·高等学校计算机基础教育教材精选·

大学计算机基础教程

刘冬莉　徐立辉　主编

清华大学出版社

北京

内 容 简 介

本书内容由计算机技术及其主要应用的理论部分以及上机实验两部分组成。理论部分包括计算机基础知识简介、操作系统功能介绍、多媒体技术与应用、数据结构基础知识、数据库设计基础、软件工程基础知识、网络技术与应用以及计算机安全等。上机实验包括计算机基础操作与目前比较流行的软件操作。在上机实验的设计中,计算机基本操作、Windows 操作系统、办公自动化 Office 软件与网络操作是基础,这部分上机实验是希望学生能在短时间内熟练操作计算机,同时也是为部分高中学校没有条件开设计算机课程的学生设置的。此外,本书还增加了目前比较流行且应用较多的软件操作,如图像处理软件 Photoshop CS、动画制作软件 Flash、网页制作软件 Dreamweaver、数据库管理系统软件 SQL Server 等。通过上机练习,能使学生掌握较新的软件操作并能应用于学习和工作中。

本书可作为高等院校本科各专业学生的计算机基础课程的教学用书,也可作为自学计算机基础课程和参加全国计算机等级考试二级考试公共基础部分的参考用书。

图书在版编目(CIP)数据

大学计算机基础教程/刘冬莉,徐立辉主编. —北京:清华大学出版社,2011.9
(高等学校计算机基础教育教材精选)
ISBN 978-7-302-26026-4

Ⅰ. ①大… Ⅱ. ①刘… ②徐… Ⅲ. ①电子计算机-高等学校-教材 Ⅳ. ①TP3

中国版本图书馆 CIP 数据核字(2011)第 182611 号

责任编辑:袁勤勇 战晓雷
责任校对:白 蕾
责任印制:何 芊

出版发行:清华大学出版社 地 址:北京清华大学学研大厦 A 座
　　　　　http://www.tup.com.cn 邮 编:100084
社 总 机:010-62770175 邮 购:010-62786544
投稿与读者服务:010-62795954,jsjjc@tup.tsinghua.edu.cn
质 量 反 馈:010-62772015,zhiliang@tup.tsinghua.edu.cn
印 装 者:三河市李旗庄少明印装厂
经 销:全国新华书店
开 本:185×260 印 张:22.5 字 数:535 千字
版 次:2011 年 9 月第 1 版 印 次:2011 年 9 月第 1 次印刷
印 数:1~5000
定 价:33.50 元

产品编号:042056-01

本书是结合目前大学计算机课程教学改革实践而编写的。我国很多省市高中已开设了计算机基础课程,而某些地区的高中由于条件所限未能开设计算机课程,使得大学生的计算机基础不尽相同,因此,在大学中计算机基础教学内容的设置显得尤为重要。本书的教学内容紧跟计算机发展形势与学生应用和就业的需要,理论教学强调学生掌握计算机知识面的广度而非深度,强调计算机技能训练,以培养计算机应用能力强的高素质、高层次人才。

本书提供了丰富的计算机基础理论知识,保证了计算机知识的系统性;强调了计算机基础的重点知识,尤其是全国计算机等级考试二级考试中公共基础知识的内容;设置了计算机应用的基础软件上机实训;增加了目前流行的软件应用。经过系统的学习与上机练习后,学生能够掌握目前比较流行且应用广泛的软件的操作,为在以后的学习和工作中应用计算机打下良好的基础。

全书共分9章。第1章介绍了计算机基础知识,其中包括计算机的发展与应用、计算机中数据的表示方法、计算机硬件系统与软件系统以及微型计算机的构成等内容。第2章介绍了操作系统的基础知识,其中包括操作系统的基本概念、操作系统的管理功能与典型的操作系统介绍。第3章介绍了多媒体技术与应用方面的知识,其中包括多媒体技术基础知识、多媒体的关键技术、多媒体节目制作基础等内容。第4章介绍了算法与数据结构方面的基础理论,其中包括数据结构与算法的概念、线性表、栈和队列、数组、二叉树、图、查找与排序技术等方面的知识。第5章介绍了数据库设计基础方面的理论知识,其中包括数据库相关基本概念、E-R模型与逻辑模型、关系代数理论、结构化查询语言、数据库系统设计等内容。第6章介绍了软件工程基础知识,其中包括软件基本概念、结构化分析方法、结构化设计方法、结构化程序设计、面向对象程序设计、软件测试与调试方面的知识。第7章主要介绍了计算机网络技术应用方面的内容,其中包括计算机网络组成、数据通信概念、局域网技术、Internet基础与信息服务、网页制作基础等内容。第8章主要介绍了计算机信息安全方面的内容,包括计算机信息系统安全、计算机网络安全以及计算机病毒预防等知识。第9章是上机实验的内容,包括计算机基本操作及Windows操作系统、办公自动化Office软件、图像处理软件Photoshop CS、动画制作软件Flash、网页制作软件Dreamweaver、数据库管理系统软件SQL Server以及互联网应用等。

本书由刘冬莉整体策划与统稿,由刘冬莉、徐立辉主编。其中第1章由冯毅宏编写,第2章由刘俊岭编写,第3章由杨英翔编写,第4章由徐立辉编写,第5、6章由刘冬莉、何彤、何凯编写,第 7、8 章由李鹏、刘天波、牛志成编写,第 9 章由陶宁、许崇编写。金媛媛参与了本书部分编辑与校对工作。

　　本书的各章后面都附有自测题,特别是第 1、4、5、6 章,习题题型接近全国计算机等级考试二级考试的题型,使学生通过练习了解有关等级考试的考核方式,掌握等级考试的知识点。

　　在教学过程中,教师可以根据学生的专业情况、学生的计算机基础条件和教学学时来选择理论教学内容与上机实验。

　　本书在编写过程中,得到了清华大学出版社袁勤勇、施猛、赵建华的支持,在此表示衷心的感谢。由于编者水平所限,书中难免会有不妥之处,敬请专家、读者批评指正。

编　者

2011 年 5 月

目录

第 **1** 章 计算机基础知识

电子计算机的诞生是 20 世纪人类社会最伟大的发明之一,计算机的广泛应用极大地推动了人类社会的发展与进步,深刻地改变了人们的工作、学习和生活方式。电子计算机简称计算机或电脑,是一种能够按照程序自动、高速、精确地进行信息处理的现代电子设备。在当今,计算机文化已融入到社会的各个领域,成为人类文化不可缺少的一部分。因此,掌握以计算机为核心的信息技术和应用能力已成为人们的迫切需求和必备素质。

1.1 计算机发展与应用

1.1.1 计算机的发展历史

1946 年 2 月,美国宾夕法尼亚大学成功研制出世界上第一台计算机,取名为 ENIAC,即 Electronic Numerical Integrator And Calculator(电子数字积分计算机)的缩写。这台计算机主要用于弹道问题研究的高速计算,共使用了 18 000 多个电子管,运算速度达每秒 5000 次,占地面积约 $170m^2$,总重量为 30 多吨,每小时耗电约 140 度。不论从性能还是可靠性上看,ENIAC 都无法与今天的任何一台计算机相比,但它的诞生具有划时代的意义,标志着计算机时代的到来。从第一台计算机诞生以来,计算机技术一直以令人难以置信的速度发展着,而以计算机技术为支柱的信息技术产业,更是使世界发生了巨大的变化。

通常,按照计算机所采用的电子元器件不同,把计算机的发展划分为 4 个时期,即电子管、晶体管、集成电路、大规模和超大规模集成电路 4 个发展阶段。

1. 第一代计算机

第一代计算机是从 1946 年到 1957 年,采用电子管为元器件,因此该阶段也称为电子管计算机时代。电子管计算机的内存储器小,仅为几千字节,使用磁鼓、磁带作外存储器。没有操作系统,采用机器语言或汇编语言编写程序。第一代计算机主要用于军事领域和科学计算,它的体积庞大,成本很高,可靠性低,运算速度为每秒几千次至几万次。

2. 第二代计算机

第二代计算机是从 1958 年到 1964 年,采用晶体管为元器件,因此该阶段也称为晶体管计算机时代。晶体管计算机比电子管计算机体积小、重量轻、能耗低、速度快、存储容量大，内存储器采用磁心，外存储器采用磁盘和磁带。软件技术有了较大的发展，使用高级语言编写程序，将计算机从少数专业人员手中解放出来，成为广大科技人员都能使用的工具。这一阶段出现了操作系统的概念，使计算机的使用方式由手工操作改变为自动作业处理。第二代计算机除了大量用于科学计算，还被用于数据处理和事务处理，可靠性大大提高，运算速度达可达每秒几万到几十万次。

3. 第三代计算机

第三代计算机是从 1965 年到 1970 年，采用集成电路为元器件，因此该阶段也称为集成电路计算机时代。集成电路是通过半导体集成技术把几十个、几百个电子元件集中在一块芯片上。集成电路计算机使用半导体存储器，外存储器仍以磁盘、磁带为主，计算机体积显著减小，成本大大降低，速度更快，功能更强大。操作系统的发展逐步成熟，出现了多种高级语言。第三代计算机的应用范围进一步扩大，广泛应用于科学计算、文字处理、自动控制等方面，运算速度达到每秒几十万次到几百万次。

4. 第四代计算机

第四代计算机是从 1971 年至今，采用大规模和超大规模集成电路为元器件，因此该阶段也称为大规模和超大规模集成电路计算机时代。大规模集成电路简称 LSI(Large Scale Integrated Circuits)，是把几千到几万个电子元件集中在一块芯片上；超大规模集成电路简称 VLSI(Very Large Scale Integrated Circuits)，是把几万到几十万个电子元件集中在一块芯片上。第四代计算机的主存储器为半导体存储器，外存储器为磁盘、光盘等。软件方面出现了分布式操作系统、数据库系统等，软件产业成为新兴的高科技产业。第四代计算机的存储容量、运算速度和功能都有了极大的提高，计算机全面深入地进入了人类生活的各个领域。

在第四代计算机这一阶段，出现了微型计算机，它的诞生是超大规模集成电路应用的直接结果。微型计算机的出现，使计算机的应用进入了突飞猛进的发展时期。

1.1.2　计算机的分类

计算机的家族庞大，种类很多，可以按照不同的方法对其进行分类。

1. 按计算机处理数据的类型分类

计算机处理的数据有数字数据和模拟数据。数字数据在时间上是离散的、非连续变化的，如姓名、性别、年龄等；模拟数据在时间上是连续变化的，如电流、电压、温度等。按照计算机处理数据的类型可分为数字计算机、模拟计算机和数字模拟混合计算机。

1) 数字计算机(Digital Computer)

数字计算机输入、处理、输出和存储的数据都是数字数据。它具有运算速度快、精度高、灵活性大和便于存储等优点，适合于科学计算、信息处理、实时控制和人工智能等领域。当今使用的计算机绝大多数都是数字计算机。

2）模拟计算机（Analog Computer）

模拟计算机输入、处理、输出和存储的数据都是模拟数据。在模拟计算和控制系统中应用较多，但通用性不强，信息不易存储，不如数字计算机的应用普遍。

3）数字模拟混合计算机（Hybrid Computer）

数字模拟混合计算机将数字技术和模拟技术相结合，兼有数字计算机和模拟计算机的功能，既能处理数字数据，又能处理模拟数据，是一种新型的计算机。

2. 按计算机的用途分类

按照计算机的用途和适用领域可分为通用计算机和专用计算机。

1）通用计算机

通用计算机是针对多种领域而设计的计算机，功能齐全，适应性强，用途广泛，是人们工作和生活中最常见的计算机。

2）专用计算机

专用计算机是为某一特定用途而设计的计算机，功能单一，适应性差，但是能够高速度、高效率地解决某些特定的问题。模拟计算机通常都是专用计算机。

3. 按计算机的性能分类

这种分类方法体现在计算机的规模和处理能力上，如体积、字长、运算速度、存储能量、外部设备和软件配置等，可以将计算机分为巨型机、大型机、小型机、微型机、工作站和服务器。

1）巨型机

巨型机又称超级计算机，具有极高的运算速度、极大的存储容量、昂贵的成本和极其强大的功能，配有多种外围设备及丰富的、高功能的软件系统，它的运算速度可达每秒1亿次以上。巨型机主要用于尖端科学研究领域的复杂计算，如核武器和反导弹武器的设计、空间技术、石油勘探、大范围长期天气预报、基因工程研究等领域。巨型机的研制和应用水平是衡量一个国家经济实力和科技水平的重要标志，它是各国尤其是大国必争的战略制高点。

2010年11月，国际超级计算机TOP500组织正式发布第36届世界超级计算机500强排名榜。中国的"天河一号"首次排名第一，实测运算速度可达每秒2570万亿次。美国的"美洲虎"排名第二。历史上美国是巨型机研发和应用的传统强国，具有绝对优势地位。在这次公布的最新TOP500排名中，美国275台、中国41台、法国26台、德国26台、日本26台、英国24台、俄罗斯11台。"天河一号"的运算速度达到世界领先水平，其意义远远超过计算机本身，这意味着巨型机被美日欧垄断的局面已被打破，这是中国科技迅猛发展的重要标志。

2）大型机

大型机具有较高的运算速度、极强的综合处理能力和极大的性能覆盖面，运算速度每秒100万次至几千万次，并且具有较大的存储容量以及较好的通用性，但价格比较贵。大型机主要用于科学计算和银行、铁路、政府部门、大公司、大企业等大型应用系统中的计算机网络服务器等。

3）小型机

小型机规模小、结构简单、成本较低,运算速度和存储容量比大型机差,设计试制周期短,开发成本低,易于操作维护,比较适合于中小用户。小型机既可用于科学计算、数据处理,又可用于工业生产过程的自动控制、大型分析仪器、测量设备、企业管理等。

4）微型机

微型机是微电子技术飞速发展的产物,它采用微处理器、半导体存储器和输入输出接口等芯片组装,使得这种计算机的体积小,功能强,价格比较便宜。如果在一块芯片中包含了微处理器、存储器和接口等微型计算机的最基本的配置,则把这种芯片称为单片机,单片机是自动控制应用领域中最主要的机型,比如数字家电中用到的单片机。微型机技术在近10年内发展速度迅猛,平均每两年芯片的集成度可提高一倍,性能提高一倍,价格降低一半。今天,微型计算机的应用已经遍及各个方面,广泛应用于办公自动化、多媒体技术、数据库管理、图像识别、语音识别等领域,并已经成为一种常用的家用电器。

5）工作站

工作站也被称为“超级微机”,是为了某种特殊用途由高性能微型计算机系统、输入输出设备以及专用软件组成。它易于联网,配有大容量内存储器和外存储器,以及大屏幕高分辨率的显示器。特别适合于计算机辅助工程、图像处理、软件工程和大型控制中心。

6）服务器

服务器是一种在网络环境下可供网络用户共享的高性能计算机,可分为文件服务器、通信服务器、打印服务器等。

当今计算机技术呈现出多极化发展的趋势,随着计算机技术的飞速发展,各机种之间的界限也正在变得模糊,例如某些超级微型机的功能已超过了当年的中型机和小型机,甚至可以与大型机媲美。

1.1.3　计算机的特点

计算机作为一种通用的智能工具,之所以具有很强的生命力,并得以飞速地发展,在各个领域得到广泛的应用,从而处理完成各种复杂的任务,是因为计算机本身具有以下基本特点。

1）运算速度快

运算速度是计算机的一个重要性能指标。衡量计算机运算速度的一种标准是用每秒执行基本运算的次数来表示。目前微型计算机进行加减基本运算的次数可高达每秒千万次,巨型计算机则可高达每秒千万亿次,计算机如此高的运算速度是其他任何计算工具无法比拟的。尽可能地提高计算机的运算速度是计算机技术发展的主要目标。人们对信息的需求范围日趋广大,对信息的处理要求时效性强、响应及时,所有这些都需要有极高运算速度的计算机才能完成。

2）计算精度高

一般计算机的有效位数可达到十几位至几十位，这是其他计算工具所无法比拟的。例如对圆周率的计算，数学家们经过长期艰苦的努力只算到小数点后 500 位，而使用计算机很快就算到小数点后 200 万位。由于计算机内采用二进制数字进行计算，因此若使用增加表示数字的设备和运用计算技巧，则数值计算的精度越来越高。

3）具有强大的记忆存储能力

计算机的存储器类似于人的大脑，可以记忆存储大量的文字、图形、图像、音乐、数据、程序等，在进行处理或计算之后，并把结果保存起来。计算机不仅有大容量的主存储器，还有各种外存储器，外存储器的个数选择是无限制的，因此也可以说计算机的存储容量是无限的。

4）具有逻辑判断功能

计算机不仅能进行算术运算，而且能进行逻辑判断，解决非数值计算问题，如信息检索、图像识别等。正是因为计算机具有这种逻辑判断能力，可以让它做各种复杂的推理，从而实现对计算机系统的控制和协调。

5）具有自动控制的能力

人们将预先编好的程序存入计算机存储器中，计算机能够在无人参与的条件下自动完成预定的全部处理任务。"程序存储"和"自动执行"是计算机的重要特性之一。计算机的高度自动化是与以前所有计算工具的本质区别。

计算机能够迅速地渗入人类社会的各个方面，与它所具有的这些特性是分不开的。计算机的这些特点赋予了它高速、自动、持续的运算能力，使计算机成为处理信息的有力工具。迄今为止，几乎人类涉及的所有领域都不同程度地应用了计算机，而且这种广泛性还在不断地延伸。

1.1.4　计算机的应用领域

早期的计算机主要应用于科学计算。随着计算机技术的日新月异的飞速发展，计算机应用领域不断扩大，已经深入到工业、农业、商业、军事及社会生活的各个领域。计算机的主要应用领域可归纳为以下几个方面。

1）科学计算

科学计算又称为数值计算，是计算机的传统应用领域。第一台计算机的研制目的就是用于弹道计算的。由于计算机具有很高的运算速度和精度，过去用手工无法完成的计算成为现实可行。随着现代科学技术的进一步发展，数值计算在现代科学研究中的地位不断提高，在尖端科学领域中显得尤为重要。如工程设计、地震预测、地质勘探、气象预报、火箭发射、人造卫星轨迹、原子反应堆计算等领域均离不开计算机的科学计算。

2）数据处理

数据处理是目前计算机应用最广泛的领域，全球约 80％的计算机用于数据处理。所谓数据处理是指用计算机对原始数据进行收集、存储、分类、加工、输出等处理过程，又称为非数值处理或信息处理。数据处理的特点是数据量大，而计算相对简单。在当今信息化的社会中,每时每刻都在产生大量的信息,数据处理是信息管理、辅助决策的基础,大大提高了现代化管理水平,广泛地用于统计、情报检索、事务管理、决策系统、办公自动化、生产管理自动化等领域。

3) 过程控制

过程控制主要用于工业生产过程的实时控制。其基本原理为:将实时采集的数据送入计算机内与控制模型进行比较,然后由计算机快速地进行处理并自动地控制被控对象的动作,实现生产过程的自动化。单片机的应用使大量仪器、仪表实现了微型化、智能化,将自动控制的应用推上一个更高的台阶。利用计算机进行过程控制,不仅可以大大提高控制的自动化水平,而且可以提高控制的及时性和准确性,从而改善劳动条件、提高质量、节约能源、降低成本。计算机在实时控制中还具有故障检测、报警和诊断等功能。因此,过程控制在工业生产的各个行业及现代化战争的武器系统中都得到了广泛应用。

4) 计算机辅助系统

计算机辅助系统是以在工程设计、生产制造等领域辅助进行数值计算、数据处理、自动绘图、活动模拟等为主要内容。计算机辅助系统主要有以下几种类型。

(1) 计算机辅助设计(Computer-Aided Design,CAD)是利用计算机高速处理、大容量存储和图形处理功能,辅助人们进行设计工作,从而使设计过程实现自动化或半自动化。采用 CAD 可缩短设计时间,提高工作效率,节省人力、物力和财力,更重要的是提高了设计质量。目前,建筑、机械、汽车、飞机、船舶、电子、服装、化工等领域都广泛地使用了计算机辅助设计系统,成为计算机应用最活跃的领域之一。

(2) 计算机辅助制造(Computer-Aided Manufacturing,CAM) 是指使用计算机辅助进行生产设备的管理、控制和操作,完成工业产品的制造。采用 CAM 技术可以提高产品质量,缩短生产周期,提高生产率,降低劳动强度并改善生产人员的工作条件。计算机监视系统、计算机过程控制系统和计算机生产计划与作业调度系统等都属于 CAM 的应用。

(3) 计算机集成制造系统(Computer Integrated Manufacturing System,CIMS)是将计算机技术集成到制造业企业的整个生产过程中,利用计算机将接受订单、产品设计、生产、入库、销售和经营管理的整个过程连接起来,形成一个自动的流水线,从而建立企业现代化的生产管理模式。

(4) 计算机辅助教育(Computer-Based Education,CBE)主要包括计算机辅助教学(Computer-Assisted Instruction,CAI)、计算机辅助测试(Computer-Aided Test,简称CAT)和计算机管理教学(Computer-Management Instruction,简称CMI)等。

CAI 是利用计算机帮助学习的自动系统,将教学内容、教学方法以及学习情况等存储在计算机中,使学生能够轻松地从中学到所需要的知识,从而改变了传统的教学和学习模式,并且可以提高教学质量和学校管理水平与工作效率。学生还可通过人机对话方式把计算机作为自学和自我测试的工具。

5) 人工智能

人工智能(Artificial Intelligence,AI)是指计算机模拟人的智能,执行某些与人的智能有关的复杂功能,如感知、理解、学习、推理等,属于计算机应用的一个新的领域。人工智能方面的研究和应用正处于发展阶段,在机器人、专家系统、模式识别、景物分析、语言翻译、自动定理证明等方面已有了显著的成果。

6) 多媒体技术应用

多媒体(Multimedia)是 20 世纪 80 年代发展起来的一种新技术,人们把文本、音频、视频、动画、图形和图像等多种媒体信息综合起来,构成一种全新的概念——"多媒体"。在工业、商业、金融业、教育、医疗、行政管理、军事、广播和出版等领域中,多媒体的应用十分广泛。

7) 电子商务

电子商务是利用计算机和网络进行的商务活动。交易的双方可以是企业与企业之间(B2B),也可以是企业与消费者之间(B2C)。例如银行和金融业的电子资金转账系统(ER)和自动柜员机(ATM)、网上购物等商业活动。电子商务从有限的资源中获得更大的收益,具有全球性,它缩短了资金的周转周期,提高了交易速度,为人们提供了新的商业机会和更广阔的天地。

人类如今已经进入网络时代,"地球村"在互联网的作用下已成为现实。随着网络技术的发展,计算机的应用进一步深入到社会的各行各业,并将更快地向前发展。

1.1.5   计算机的发展趋势

计算机技术是世界上发展最快的科学技术之一,产品不断升级换代。从目前计算机科学的现状和趋势上看,它将向着巨型化、微型化、网络化、智能化 4 个方向发展。

1) 巨型化

巨型机的研制开发是为了适应尖端科学技术的需要。巨型计算机高速度、大容量、功能强大,用于处理庞大而复杂的问题,例如空间技术、航天工程、气象预报、地球物理勘探、人类遗传基因等领域都离不开巨型机的身影。巨型机的发展是一个国家计算机科学发展水平的标志,也反映了一个国家的综合国力。

2) 微型化

自从 1971 年微处理器问世以来,计算机的微型化发展突飞猛进,更好地促进了计算机的广泛应用。从笔记本电脑到掌上型电脑,再到嵌入到各种各样家电中的电脑控制芯片。在工业生产中,微型计算机也作为主要部件控制着生产过程的自动化。因此,发展体积小、功能强、价格低、可靠性高、适用范围广的微型计算机是计算机发展的一项重要内容。

3) 网络化

计算机网络化是指用计算机技术和现代通信技术把分布在不同地点的计算机互联起来,组成一个规模大、功能强、可以互相通信的网络结构。通过网络,人们可以传递信息,共享网络资源。今天,网络已经深入到社会的每个角落,成为人们生活的一个重要部分。

4) 智能化

智能化计算机是让计算机具有人脑的智能,模拟人的思维、推理、联想等功能,甚至研制出具有某些情感和智力的计算机,是计算机技术的一个重要的发展方向。其研究领域包括图像识别、定理证明、专家系统、自然语言的生成与理解、机器人等。未来的智能化计算机将对人类生活产生极其重要的影响。

目前人们使用的是基于集成电路的电子计算机,但 CPU 和集成电路的发展正在接近理论极限,人们正在抓紧研究新型计算机。目前新出现的一些新型计算机有:生物计算机、光子计算机、量子计算机和纳米计算机等。

生物计算机运用生物工程技术,用蛋白质分子做芯片,用有机化合物存储数据;光计算机用光作为信息载体,通过对光的处理来完成对信息的处理;量子计算机将计算机科学和物理科学联系到一起,采用量子特性使用一个两能级的量子体系来表示一位;纳米计算机将纳米技术运用于计算机领域,采用纳米技术生产芯片成本十分低廉,不需要建设超洁净生产车间,也不需要昂贵的实验设备和庞大的生产队伍,只要在实验室里将设计好的分子合在一起,就可以造出芯片等。未来的新型计算机必将更好地造福于人类,推动人类文明的更快发展和进步。

1.2 计算机中数据的表示方法

计算机是信息处理的工具,通常把计算机能够接受的信息称为数据,如数值、字母、符号、图形、图像和声音等。在计算机中,数据都是以二进制形式表示的,任何信息必须转换成二进制形式的数据后才能由计算机进行处理、存储和传输。对于二进制,人们并不熟悉,也不习惯,但是计算机内部却采用二进制表示数据,其主要原因有如下几点。

1) 易于实现

采用二进制数,只有 0 和 1 两个状态,这在技术上是容易实现的。表示电子元器件的两种物理状态,如开关的接通和断开、晶体管的导通和截止、电位电平的低与高、脉冲的有无等,都可以用 0 和 1 来表示。使用二进制,电子器件具有实现的可行性。

2) 运算简单

二进制数只有 0 和 1 两个数码,记数、编码简单,运算法则少,运算时不易出错,同时使计算机运算器的硬件结构大大简化。

3) 逻辑性强

二进制数的 1 和 0 正好可与逻辑代数的真值(true)和假值(false)相对应,这样就为计算机进行逻辑运算提供了方便,用二进制表示二值逻辑具有很强的逻辑性。

4) 可靠性高

在计算机中,用两个数据代表两个状态,数字传输和处理方便、简单,不容易出错,因而电路更加可靠,控制也变得简单。

1.2.1 进位计数制

进位计数制简称数制(numbering system),是指用一组特定的数字符号按照一定的进位规则来表示数的计数方法。在日常生活中最常用的数制是十进制,但也会遇到许多非十进制的计数方法。例如计时的 60 秒为 1 分,60 分为 1 小时,是六十进制;7 天为 1 星期,是七进制;12 个月为 1 年,是十二进制等。不同的数制均涉及以下基本概念。

1) 数符

数符是数制中所使用的基本符号。例如,十进制有 10 个数符:0,1,2,3,4,5,6,7,8,9;二进制有 2 个数符:0 和 1。

2) 基数

基数是数制中的数符的个数。基数决定了所采用的进位计数制,例如,十进制共有 10 个数符,其基数为 10;而二进制共有 2 个数符,则其基数为 2。对于任意 R 进制,共有 R 个数符:$0,1,2,\cdots,R-1$,其基数为 R,其中 R 是大于 1 的正整数。

3) 位权

不同数制表示数值时,处于不同位置的数符所代表的值不同,即数符在不同位置上代表不同的数值,我们将每一数位对应的数值称为位权。例如十进制 123.45,对应于百位、十位、个位、十分位、百分位的位权分别为 10^2、10^1、10^0、10^{-1}、10^{-2},因此,十进制数的位权为 10^r。同样,任意 R 进制数的位权为 $R^r(-n\leqslant r\leqslant m-1)$。

4) 进位原则

对于任意 R 进制,其进位原则是逢 R 进 1。例如,十进制是逢 10 进 1;二进制是逢 2 进 1;八进制是逢 8 进 1;十六进制是逢 16 进 1。

采用位权表示法可以将任意数制的一个数表示为它的各位数字与位权乘积之和。即设有一个 R 进制的数 $P=D_{m-1}D_{m-2}\cdots D_1 D_0 \cdot D_{-1}D_{-2}\cdots D_{-n}(-n\leqslant i\leqslant m-1)$,可用位权表示法表示为:

$$P = D_{m-1}\times R^{m-1} + D_{m-2}\times R^{m-2} + \cdots + D_1\times R^1 + D_0\times R^0$$
$$+ D_{-1}\times R^{-1} + \cdots + D_{-n}\times R^{-n}$$

如十进制数 123.45 可用位权表示法表示为:

$$123.45 = 1\times 10^2 + 2\times 10^1 + 3\times 10^0 + 4\times 10^{-1} + 5\times 10^{-2}$$

1.2.2 常用数制

在计算机的具体使用中,除了十进制和二进制外,为使数的表示更精练、直观,书写更方便,还经常用到八进制和十六进制数。表 1-1 列出了计算机常用数制的数符、基数、进位原则与位权。表 1-2 列出了十进制数 0~16 对应的二进制数、八进制数和十六进制数。

表 1-1　常用数制的数符、基数、进位原则与位权

数　制	数　　符	基数	进位原则	位权
十进制	0 1 2 3 4 5 6 7 8 9	10	逢十进一	10^r
二进制	0 1	2	逢二进一	2^r
八进制	0 1 2 3 4 5 6 7	8	逢八进一	8^r
十六进制	0 1 2 3 4 5 6 7 8 9 A B C D E F	16	逢十六进一	16^r

当几种不同进制数混合使用时,通常用下标 10、2、8、16 或字母 D、B、O、H 分别表示十进制、二进制、八进制和十六进制数,如 $(123)_{10}$、$(123)_D$、123D 都表示十进制数 123;$(1100)_2$、$(1100)_B$、1100B 都表示二进制数 1100;$(57)_8$、$(57)_O$、57O 都表示八进制数 57;$(1AF)_{16}$、$(1AF)_H$、1AFH 都表示十六进制数 1AF。

表 1-2 十进制、二进制、八进制和十六进制数值对照表

十进制	二进制	八进制	十六进制	十进制	二进制	八进制	十六进制
0	0	0	0	9	1001	11	9
1	1	1	1	10	1010	12	A
2	10	2	2	11	1011	13	B
3	11	3	3	12	1100	14	C
4	100	4	4	13	1101	15	D
5	101	5	5	14	1110	16	E
6	110	6	6	15	1111	17	F
7	111	7	7	16	10000	20	10
8	1000	10	8				

1.2.3 数制转换

日常生活中通常使用的是十进制,而计算机内采用二进制,因此,必须把十进制转换成二进制才能被计算机所接受,显示结果则应将二进制转换成十进制,计算机可自动实现这两个转换过程。但人们应该了解不同数制之间,尤其是常用数制之间的转换规则。

1. 非十进制数转换为十进制数

转换规则:"位权法"。将非十进制数的各位数字按权展开相加,所得的和即为相应的十进制数。

【例 1-1】 将二进制数 $(10101.11)_2$ 转换成十进制数。

$$(10101.11)_2 = 1\times2^4 + 0\times2^3 + 1\times2^2 + 0\times2^1 + 1\times2^0 + 1\times2^{-1} + 1\times2^{-2}$$
$$= (21.75)_{10}$$

对于二进制数的转换,也可直接将非 0 位的位权相加转换为十进制数。

【例 1-2】 将八进制数 $(237)_8$ 转换成十进制数。

$$(237)_8 = 2\times8^2 + 3\times8^1 + 7\times8^0 = (159)_{10}$$

【例 1-3】 将十六进制数 $(2FA)_{16}$ 转换成十进制数。

$$(2FA)_{16} = 2\times16^2 + F\times16^1 + A\times16^0$$
$$= 2\times16^2 + 15\times16^1 + 10\times16^0$$
$$= (762)_{10}$$

2. 十进制数转换为非十进制数

十进制数转换为非十进制数,需将十进制数的整数部分和小数部分分别进行转换,然后将结果合并。整数使用"除 R 取余法",小数使用"乘 R 取整法"。具体转换如下:

1) 十进制整数转换为 R 进制整数

转换规则:"除 R 取余法"。即用十进制数反复地除以 R,直到商为 0。将所得余数按由下而上排列起来即可。

【例 1-4】 将十进制数 $(164)_{10}$ 转换成二进制数。

		余数	
2	164	0	(最低位)
2	82	0	
2	41	1	
2	20	0	
2	10	0	
2	5	1	
2	2	0	
2	1	1	(最高位)
	0		

所以 $(164)_{10} = (10100100)_2$

【例 1-5】 将十进制数 $(267)_{10}$ 转换成八进制数。

		余数	
8	267	3	(最低位)
8	33	1	
8	4	4	(最高位)
	0		

所以 $(267)_{10} = (413)_8$

【例 1-6】 将十进制数 $(398)_{10}$ 转换成十六进制数。

		余数	
16	398	14(E)	(最低位)
16	24	8	
16	1	1	(最高位)
	0		

所以 $(413)_{10} = (18E)_{16}$

2) 十进制小数转换成 R 进制小数

转换规则:"乘 R 取整法"。即用十进制小数乘以 R,取乘积的整数部分,将剩下的小数部分再乘以 R,重复以上过程,直至乘积的小数部分为 0 或满足转换精度要求为止,最后将取得的整数由上而下排列即可。

【例1-7】 将十进制数$(0.125)_{10}$转换成二进制数。

$$0.125 \times 2 = 0.25 \qquad 取整\ 0 \quad (最高位)$$
$$0.25 \times 2 = 0.5 \qquad 取整\ 0$$
$$0.5 \times 2 = 1.0 \qquad 取整\ 1 \quad (最低位)$$

所以$(0.125)_{10} = (0.001)_2$

【例1-8】 将十进制数$(0.3125)_{10}$转换成八进制数。

$$0.3125 \times 8 = 2.5 \qquad 取整\ 2 \quad (最高位)$$
$$0.5 \times 8 = 4.0 \qquad 取整\ 4 \quad (最低位)$$

所以$(0.3125)_{10} = (0.24)_8$

在上面两例中,能够精确转换,没有误差。并非所有的十进制小数都能完全准确地转换成对应的二进制小数,可以根据精度要求转换到某一位小数,这时是近似值。

【例1-9】 将十进制数$(0.95)_{10}$转换成十六进制数。

$$0.95 \times 16 = 15.2 \qquad 取整\ 15(F) \quad (最高位)$$
$$0.2 \times 16 = 3.2 \qquad 取整\ 3$$
$$0.2 \times 16 = 3.2 \qquad 取整\ 3 \quad (最低位)$$

若精度要求转换到三位小数,则$(0.95)_{10} = (0.F33)_{16}$。

【例1-10】 将十进制数$(164.125)_{10}$转换成二进制数。

由【例1-4】有$(164)_{10} = (10100100)_2$

由【例1-7】有$(0.125)_{10} = (0.001)_2$

所以$(164.125)_{10} = (10100100.001)_2$

试一试,马上写出答案:

(1) 将十进制数$(267.3125)_{10}$转换成八进制数。

(2) 将十进制数$(398.95)_{10}$转换成十六进制数。

3. 二进制数与八、十六进制数之间的转换

二进制数与八、十六进制数之间的转换比较简捷方便,它们之间的对应关系是:每一位八进制数与三位二进制数相对应;每一位十六进制数与四位二进制数相对应。但要注意二进制数的分组方向:以小数点为界,分别向左(整数部分)向右(小数部分),三位(或四位)一组,不足三位(或四位)用0补足。

【例1-11】 将二进制数$(1100110101.01101)_2$转换为八进制数。

分组及二进制数与八进制数之间的对应关系为:

001	100	110	101	.	011	010
↓	↓	↓	↓		↓	↓
1	4	6	5	.	3	2

所以$(1100110101.01101)_2 = (1465.32)_8$

【例1-12】 将二进制数$(1011000101.101101101)_2$转换为十六进制数。

分组及二进制数与十六进制数之间的对应关系为:

| | 0010 | 1100 | 0101 | | | 1011 | 0110 | 1000 |
| ↓ | ↓ | ↓ | | | ↓ | ↓ | ↓ |

| | 2 | C | 5 | . | B | 6 | 8 |

所以$(1011000101.101101101)_2 = (2C5.B68)_{16}$

【例 1-13】 将八进制数$(5162.73)_8$转换为二进制数。

分组及八进制数与二进制数之间的对应关系为：

5	1	6	2	.	7	3
↓	↓	↓	↓		↓	↓
101	001	110	010	.	111	011

所以$(5162.73)_8 = (101001110010.111011)_2$

【例 1-14】 将$(5BF.84)_{16}$转换成二进制数。

分组及十六进制数与二进制数之间的对应关系为：

5	B	F	.	8	4
↓	↓	↓		↓	↓
0101	1011	1111	.	1000	0100

所以$(5BF.84)_{16} = (101101111111.100001)_2$

4．八进制数与十六进制数的相互转换

这两种数制的相互转换可借助二进制或十进制来进行。例如：

$$(732)_8 = (111011010)_2 = (1DA)_{16}$$

1.2.4 计算机中数的表示方法

计算机处理的数据有数值型和非数值型两类。数值型数据是指数学中使用的数，具有值的大小，可分为正数和负数、整数和小数等；非数值型数据是指输入到计算机中的所有信息，不具有值的大小，如阿拉伯数字符号、英文大小写字母、常用符号、汉字，甚至图形、图像、声音等。由于计算机采用二进制，所以输入到计算机中的任何数据都必须转换为二进制。

十进制的正、负数可以在数字前面加上"＋"、"－"号来表示，而计算机内部，数据是以二进制的形式存储和运算的，计算机不能直接识别"＋"、"－"号。计算机中数的正负用高位字节的最高位来表示，正数用"0"表示，负数用"1"表示，称为符号位。这种把符号数值化了的数，其符号和数字都用二进制的机内表示形式，称为机器数，而把机器数所表示的实际值称为真值。例如，二进制数＋1101001在机器内的表示形式如图1-1所示。

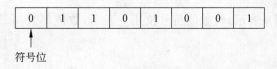

符号位

图 1-1 机器数的表示形式

机器数又分为定点数和浮点数两大类。

1）定点数

在计算机中不存储数值的小数点，小数点的位置是隐含的，且小数点的位置既可以是固定的，也可以是变化的。定点数就是小数点固定的数，定点数小数点的位置是计算机隐含约定默认的。常用的定点数有两种表示形式：如果小数点隐含约定在机器数的最低数值位的后面，则称为定点整数；如果小数点位置约定在符号位后面、最高数值位的前面，则称为定点纯小数。如图 1-2 和图 1-3 所示。

图 1-2　定点整数格式　　　　　　　　图 1-3　定点纯小数格式

如果知道一个定点数的小数点位置约定和占用存储空间大小，那么很容易确定其表示数的范围。

2）浮点数

浮点数是指小数点位置不固定的数，它既有整数部分又有小数部分。实数一般用浮点数表示，浮点数最大的特点是比定点数表示的数值范围大。浮点数表示法来源于数学中的指数表示形式。如 84.53 可表示为 $10^2 \times (0.8453)$，其中，10 的指数 2 称为阶码，0.8453 称为尾数。

二进制的实数表示也是这样，例如 101.011 可表示为：

$$(101.011)_2 = 2^{+11} \times (0.101011)_2$$

浮点数在存储时分为两部分，即尾数和阶码。尾数部分通常使用定点小数方式，阶码则采用定点整数方式。浮点数在计算机内部的表示形式如图 1-4 所示。其中，阶符是指数的符号位；阶码是指数；数符是数值的符号位；尾数表示数值的有效数字，其小数点约定在数符和尾数之间，在浮点数中数符和阶符各占一个二进制位。浮点数的尾数影响数的精度，阶码决定数的表示范围。

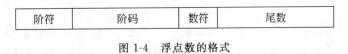

图 1-4　浮点数的格式

数在计算机内的表示方法有原码、反码和补码三种方式。任何正数的原码、反码和补码都是正数本身，负数则各自有不同的表示形式。

1）原码

正数的符号位用 0 表示，负数的符号位用 1 表示，数值部分用二进制形式表示，这种表示法称为原码。

2）反码

负数的反码是对该数的原码除符号位外按位取反。

3) 补码

负数的补码是该数的反码加1。

例如+11的原码、反码和补码相同,即$[+11]_原=[+11]_反=[+11]_补=00001011$,而-11的原码、反码和补码分别是$[-11]_原=10001011$,$[-11]_反=11110100$,$[-11]_补=11110101$。

对于负数,如果计算时把符号位和数值位分开考虑,则会增加计算机硬件的开销和复杂性。而直接使用补码进行计算就不存在这个问题。因此在计算机中,数据是以补码的形式存储并进行运算的。

1.2.5 编码

计算机处理的各种形式的信息中,除了数值计算,文字信息占有很大的比重,如字母、符号、汉字等。这些文字信息也必须按照一定的规则用一组二进制编码来表示,计算机内部才能识别和处理。为了统一信息的交换码,人们制定了编码的相关标准,常用的有BCD码、ASCII码,汉字编码等。

1. BCD码

BCD码(Binary Code Decimal)是用若干个二进制数表示一个十进制数的编码,又称二-十进制编码。BCD码编码的方法很多,常用的有8421码。表1-3是十进制数0~19的8421编码对照表。

表1-3 十进制数与BCD码的对照表

十进制数	8421码	十进制数	8421码	十进制数	8421码	十进制数	8421码
0	0000	5	0101	10	0001 0000	15	0001 0101
1	0001	6	0110	11	0001 0001	16	0001 0110
2	0010	7	0111	12	0001 0010	17	0001 0111
3	0011	8	1000	13	0001 0011	18	0001 1000
4	0100	9	1001	14	0001 0100	19	0001 1001

8421码是采用4位二进制编码表示0~9中的1位十进制数,这4位二进制数各位的位权由高到低分别是8、4、2、1。这种编码方法比较直观、简要,对于多位数,只需将它的每一位数字按表1-3中所列的对应关系用8421码直接列出。例如,十进制数转换成BCD码为:$(26.49)_{10}=(0010\ 0110.0100\ 1001)_{BCD}$

2. ASCII码

ASCII码是目前计算机中使用最广泛的西文字符集编码。西文是由拉丁字母、数字、标点符号以及一些特殊符号所组成的,统称为字符,计算机中用来表示字符的二进制编码称为字符编码。计算机中常用的字符编码有EBCDIC码(Extended Binary Coded Decimal Interchange Code)和ASCII码。IBM公司的系列大型机采用EBCDIC码,我们通常使用的微机采用 ASCII 码。

ASCII 码是美国国家标准信息交换码（American national Standard Code for Information Interchange，ASCII）的简称，被国际标准化组织定为国际标准，称为 ISO 646 标准，全世界通用。ASCII 码有 7 位版本和 8 位版本两种，国际上通用的是 7 位版本。7 位版本的 ASCII 码用一个字节表示一个字符，每个字节的最高位恒为 0，是标识位，其余 7 位可以表示 $2^7=128$ 个字符，其中阿拉伯数字 10 个，大小写英文字母 52 个，控制字符 34 个，各种标点符号和运算符号 32 个。常用的数字字符、大写字母字符、小写字母字符的 ASCII 码值按升序依次为：数字字符（48～57）、大写字母字符（65～90）、小写字母字符（97～122）。表 1-4 为 ASCII 码的编码方案。

表 1-4　ASCII 码的编码方案

ASCII 值	字　符	控制字符	ASCII 值	字符	ASCII 值	字符	ASCII 值	字符
000	空	NUL	032	空格	064	@	096	`
001	头标开始	SOH	033	!	065	A	097	a
002	正文开始	STX	034	"	066	B	098	b
003	正文结束	ETX	035	#	067	C	099	c
004	传输结束	EOT	036	$	068	D	100	d
005	查询	END	037	%	069	E	101	e
006	确认	ACK	038	&	070	F	102	f
007	嘟声	BEL	039	'	071	G	103	g
008	退格	BS	040	(	072	H	104	h
009	水平制表符	HT	041	)	073	I	105	i
010	换行	LF	042	*	074	J	106	j
011	起始	VT	043	+	075	K	107	k
012	换页	FF	044	,	076	L	108	l
013	回车	CR	045	—	077	M	109	m
014	移出	SO	046	.	078	N	110	n
015	移入	SI	047	/	079	O	111	o
016	数据链路转义	DLE	048	0	080	P	112	p
017	设备控制 1	DC1	049	1	081	Q	113	q
018	设备控制 2	DC2	050	2	082	R	114	r
019	设备控制 3	DC3	051	3	083	S	115	s
020	设备控制 4	DC4	052	4	084	T	116	t
021	反确认	NAK	053	5	085	U	117	u
022	同步空闲	SYN	054	6	086	V	118	v
023	传输块结束	ETB	055	7	087	W	119	w
024	取消	CAN	056	8	088	X	120	x
025	媒体结束	EM	057	9	089	Y	121	y
026	替换	SUB	058	:	090	Z	122	z
027	转义	ESC	059	;	091	[	123	{
028	文件分隔符	FS	060	<	092	\	124		
029	组分隔符	GS	061	=	093	]	125	}
030	记录分隔符	RS	062	>	094	^	126	~
031	单元分隔符	US	063	?	095	_	127	DEL

3. 汉字编码

英语的所有单词都由 52 个大、小写字母组合而成,而作为象形文字的汉字,总数有几万个,常用的也有几千个,而且字形复杂,同音字多,这就给汉字在计算机内部的存储、传输、交换、输入、输出等带来了一系列问题。因此,汉字必须进行独立编码,计算机对汉字信息的处理过程实际上是各种汉字编码间的转换过程。这些编码主要包括输入码、国标码、机内码和字形码,下面具体介绍汉字的 4 种编码。

1) 输入码

汉字输入码是让用户能直接使用计算机上现有的标准西文键盘来输入汉字,这种码也称机外码。汉字输入码是根据汉字的某一方面的特点,如发音或字型等编制的,从而达到易学、易记、易用的效果。汉字输入码数量众多,主要有数字编码、拼音码、字形码和音形码 4 大类。如数字编码有区位码、电报码等;拼音码有全拼输入法、双拼输入法、微软拼音输入法等;字形码有五笔输入法、大众码等;音形码有钱码、自然码等。

2) 国标码

国标码即国家标准代码,主要作用是作为汉字信息交换码使用,使系统、设备之间信息交换时能够采用统一的形式,也称为交换码。

1980 年我国颁布了《信息交换用汉字编码字符集·基本集》(代号为 GB 2312—1980),是国家规定的用于汉字信息处理使用的代码依据。该字符集中共收录了 6763 个常用汉字,其中一级汉字 3755 个,按拼音排序,二级汉字 3008 个,按偏旁部首排序;还收录了 682 个图形符号,总计 7445 个。编码表中的汉字所在行称为区,所在列称为位,整个分成 94 个区,每区 94 位。每个汉字都有一个唯一的区码和位码,两者组合成该字的位置编码,称为区位码。每个汉字的区位码采用两个字节来表示,第一字节为区码(01~94),第二字节为位码(01~94),每个字节只使用低 7 位编码。

国标码是由区位码稍作转换得到的,把第一个字节的区码和第二个字节的位码分别加上 20H,即国标码＝区位码＋2020H。如汉字"啊"位于第 16 区第 1 位,其区位码为 1601,表示为十六进制为 1001H,国标码为 3021H。

2000 年 3 月我国又推出了《信息技术·信息交换用汉字编码字符集·基本集的扩充》(代号为 GB 18030—2000)新国家标准,包括了 27 000 多个汉字和藏、蒙、维吾尔等少数民族文字,制定了计算机汉字和少数民族文字的使用新标准。

3) 机内码

机内码是汉字在计算机系统内部存储、处理和传输时使用的编码,又称为汉字内码。机内码采用变形的国标码,即将国标码中两个字节的最高位均置为 1,即为机内码。例如汉字"啊"的国标码为 3021H＝$(00110000\ 00100001)_2$,机内码为 B0A1H＝$(10110000\ 10100001)_2$。事实上,$(10000000)_2$＝80H,即机内码＝国标码＋8080H,机内码是由国标码的两个字节分别加上 80H 转换得到的。因为区码和位码的取值均为 01~94,在区码和位码上分别加 20H 转换为国标码,在此基础上两个字节再分别加 80H 转换为机内码,则机内码两个字节在区码和位码基础上增加了 A0H,即十进制 160。所以,机内码的两个字节的取值范围分别为 161~254(最高位为 1),避免了与一个字节的西文字符的 ASCII

码（最高位为 0）混淆。

为了统一地表示世界各国的文字,国际标准化组织于 1992 年 6 月通过了《通用多八位编码字符集》的国际标准(代号为 ISO/IEC 10646.1),简称 UCS(Universal Multiple-Octet Coded Character Set)。UCS 的实际表现形式为 UTF-8/UTF-16/UTF-32 编码。ISO 10646 是一个包括世界上各种语言的书面形式以及附加符号的编码体系。其中的汉字部分称为“CJK 统一汉字”(C、J、K 分别指中国、日本、朝鲜)。相应地,我国于 1994 年 1 月正式公布了与 ISO/IEC 10464.1 相一致的国家标准 GB 13000.1,1995 年 12 月全国信息标准化技术委员会制定了《汉字扩展内部规范》GBK,GB 即“国标”,K 是“扩展”的汉语拼音第一个字母。GBK 提出了一种与现行 GB 2312—1980 内码体系兼容的、能支持 ISO 10646 标准 CJK 汉字的两字节代码体系。

4) 字形码

汉字在计算机内以机内码的形式存储和处理,但输出时,必须以汉字的字形输出,才能被人们所接受和理解。通常把汉字字符集的所有字符的形状描述信息集合在一起,称为字形信息库,简称字库。汉字字库须预先存储在计算机内,一般分为点阵字库和矢量字库两类。

用点阵表示汉字字形码,即为点阵字库。一般有 16×16 点阵、24×24 点阵、32×32 点阵或 48×48 点阵等。点阵中每个点用一位二进制码来表示,其中“1”表示黑点,“0”表示空白。显然点阵越密,输出汉字的质量就越高,同时所需要的存储空间就越大。例如 16×16 点阵,每个汉字就要占 32 个字节(16×16÷8);24×24 点阵的字形码需要用 72 字节(24×24÷8),因此字形点阵不能用来替代机内码用于机内存储。不同的字体(如宋体、仿宋、楷体、黑体等)对应着不同的字库,在输出汉字时,计算机要先到字库中去找到它的字形码,然后再把字形显示或打印出来。

矢量字形库存储笔画的起点和终点坐标,半径、弧度等汉字的描述信息。字形的打印质量美观,随意放大缩小而不失真,而且所需存储量和字符大小无关。目前打印时使用的字库均为此类字库。矢量字库有很多种,常见的矢量字库有 Type1 字库、Truetype 字库和 Opentype 字库等。

计算机对汉字信息处理的全过程是:输入时,操作者在键盘上输入输入码;在计算机内部,通过输入码找到汉字的区位码,再转换为机内码存储和处理;输出时,查找字库找到相应的字形码,通过输出设备将字形输出到屏幕或打印机上。

1.3 计算机硬件系统

一个完整的计算机系统包括硬件系统和软件系统两部分。硬件系统简称硬件,指构成计算机的实际物理设备,它是由电子和电磁元器件及机械装置组成的所有的实体部件;软件系统简称软件,是指管理、控制和维护计算机的各种程序、数据及所有文档的总称。硬件是计算机系统的物质基础,也是软件赖以生存的躯壳,而软件是硬件的灵魂,只有硬件没有软件环境支持的计算机无法工作。

计算机系统的组成如图 1-5 所示。

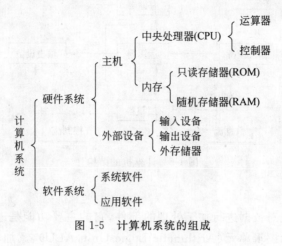

图 1-5　计算机系统的组成

1.3.1　计算机的工作原理

1946 年,美籍匈牙利科学家冯·诺依曼(John von Neumann)提出了关于计算机组成和工作方式的冯·诺依曼结构。直到现在绝大多数计算机仍采用这种体系结构。按这种思想设计的计算机统称为"冯·诺依曼计算机"。它的核心内容可以简要地概括为:

(1) 计算机硬件系统由运算器、存储器、控制器、输入设备、输出设备 5 大部件组成,并规定了它们的基本功能;

(2) 计算机内部采用二进制形式表示数据和指令。指令由操作码和地址码构成,其中操作码表示操作类型,地址码指出操作数在存储器中的地址;

(3) 巧妙地提出了"存储程序"的基本原理。程序也被当做数据存进了计算机内部,以便电脑能自动一条接着一条地依次执行指令,再也不必去接通什么线路。即把数据和程序装入内存中,计算机无须操作人员干预,能自动在程序的控制下一步一步进行处理,直到完成。计算机的工作过程是运行程序的过程。

按照冯·诺依曼思想,计算机的基本工作原理是"存储程序"和"程序控制"。

"存储程序"是先编好程序,通过输入设备送到存储器中存储。接着该执行程序了,即"程序控制"。计算机能自动执行程序,而执行程序又归结为逐条执行指令,步骤是:取一条指令、分析指令、执行指令、再取下一条指令。具体地,执行程序时 CPU 先从内存中取出第一条指令,通过译码器译出该指令对应的操作,然后在控制器的指挥下完成规定操作,再取出下一条指令并执行,如此循环下去,直到遇到结束指令时才停止执行。

1.3.2　计算机的基本结构

计算机由运算器、控制器、存储器、输入设备和输出设备 5 个基本部分组成,也称计算机的 5 大部件,其结构如图 1-6 所示。

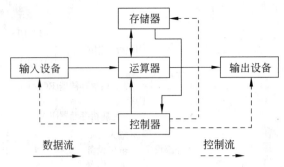

图 1-6　计算机的结构

1) 运算器

运算器是计算机对数据进行加工处理的部件,它的主要功能是进行算术运算或逻辑运算。运算器由算术逻辑单元(Arithmetic Logic Unit,ALU)、累加器、状态寄存器和通用寄存器等组成。其中,ALU 的基本功能是完成加、减、乘、除等算术运算和与、或、非、异等逻辑运算。运算器的操作由控制器决定,运算器处理的数据来自存储器,运算结果通常送回存储器或暂时寄存在运算器中。

运算器是计算机的核心部件之一,它的技术性能的高低直接影响着计算机的运算速度和整机性能。

2) 控制器

控制器是整个计算机系统的"中枢神经",指挥计算机的各个部件按照指令要求有条不紊地工作。控制器主要由指令译码器、指令寄存器、程序计数器、时序电路和控制电路等组成。它的基本任务是从存储器中取出指令,存放在指令寄存器中,再由指令译码器对指令进行分析,然后根据指令的要求发出控制信号,指挥确定的部件执行指令规定的操作。接着再从存储器取出下一条指令,周而复始地使计算机实现程序的自动执行。

运算器和控制器通常做在一块半导体芯片上,称为中央处理器,简称 CPU(Central Processing Unit)。

3) 存储器

存储器是计算机用来存储信息的重要功能部件,除了原始数据、中间结果和最终结果都保存在存储器中处,指挥计算机运行的程序(即一系列指令)也都存放在存储器中。存储器可分为两种:内存储器与外存储器。

(1) 内存储器

内存储器简称内存或主存,由半导体材料组成,它直接与 CPU 相连,其存取速度较快,但存储容量相对较小,用来存放当前运行程序的指令和数据,并直接与 CPU 交换信息。

存储器分为许多小的单元,称为存储单元;存储单元用来存放数据。每个存储单元有一个唯一的编号,称为地址。为了度量存储器的存储容量,一般将 8 位二进制码(8bits,简称 8b)称为一个字节(Byte,简称 B)。存储器的存储容量以字节为基本单位,每个存储单元即为一个字节,每个字节都有自己的地址,也就是存储单元的地址。

大学计算机基础教程

字节是计算机中数据处理和存储容量的基本单位，但字节的单位很小，表示存储容量的单位还有 KB(千字节)、MB(兆字节)、GB(吉字节)和 TB(太字节)，它们之间的换算关系是：1KB＝1024B；1MB＝1024KB；1GB＝1024MB；1TB＝1024GB，其中 $1024＝2^{10}$。现在微型计算机主存容量大多在兆字节以上。

在计算机中作为一个整体被存取、传送、处理的二进制数叫做一个字，字的长度称为字长。一个字可以是一个字节，也可以是多个字节。不同的计算机系统的字长是不同的，常见的有 8 位、16 位、64 位等，字长越长，计算机一次处理的信息位就越多，精度就越高，字长是计算机性能的一个重要指标。

（2）外存储器

外存储器简称外存或辅存。内存储器的存取速度快，但容量有限，大部分应用软件和用户的大量数据则要放在外存储器中，使用时再调入内存。外存储器的存取速度较慢，但价格便宜，存储容量很大，一般用来存放大量暂时不用的程序、数据和中间结果。通常中央处理器只能直接访问存储在内存中的数据，外存储器不与 CPU 直接交换数据，只与内存交换数据，而且是成批数据进行交换。常用的外存有磁盘、光盘、U 盘、存储卡等。

4）输入设备

输入设备的作用是把要处理的信息（程序、数据、声音、文字、图形、图像等）转变为计算机能识别的二进制代码，送入存储器保存。常用的输入设备有键盘、鼠标器、扫描仪、数字化仪、条形码输入器、光笔、摄像头、触摸屏等。

5）输出设备

输出设备的作用是将计算机的执行结果转化成某种为人们所需要的表示形式（数字、文字、图形、图像、声音等）输出出来。常用的输出设备有显示器、打印机、绘图仪、影像输出系统、语音输出系统等。

输入/输出设备简称 I/O(Input/Output)设备。

人们通常把 CPU 与内存储器合称为计算机主机。而主机以外的装置称为外部设备，外部设备包括输入设备、输出设备和外存储器。

1.4 计算机软件系统

计算机软件系统是管理和支持计算机运行的各种程序、数据以及开发、使用和维护这些程序的各种资料和文档的总称。软件是用户与计算机硬件系统之间的桥梁。一台计算机性能优良的硬件系统能否发挥其应有的功能，取决于为之配置的软件是否完善、丰富。计算机软件可以分成两大类：系统软件和应用软件。

1.4.1 系统软件

系统软件是由计算机厂商或专业软件开发商作为计算机系统资源提供给用户使用的软件的总称。它可以简化计算机操作，充分发挥计算机效能，支持应用软件的运行，并为用户开发应用系统提供一个平台。系统软件主要包括有操作系统、程序设计语言及其语言处理系统、支撑服务软件、数据库管理系统、系统实用程序等。

1. 操作系统

操作系统（Operating System）是控制和管理计算机硬件和软件资源，合理地组织计算机工作流程以及方便用户使用的程序的集合。操作系统是系统软件的核心和关键，所有其他软件（包括系统软件与应用软件）都建立在操作系统的基础之上，并得到它的支持和取得它的服务。它负责管理计算机系统的各种硬件资源，并且负责解释用户对机器的管理命令，使它转换为机器实际的操作，协调系统各部分之间、系统与使用者之间以及使用者与使用者之间的关系。操作系统提高了计算机的效率，充分利用了计算机的资源，并且方便了用户。操作系统是用户和计算机硬件之间的接口，用户不直接操作计算机硬件，而是利用操作系统所提供的命令和服务访问和控制计算机硬件。

操作系统通常具有 4 大管理功能：处理机管理、存储管理、设备管理和文件管理。操作系统可分为批处理系统、分时系统、实时系统、网络操作系统和分布式操作系统等。常用的操作系统有 Windows 98/2000/XP/NT/Vista/7、UNIX、Linux、NetWare 等操作系统。

2. 计算机语言及其语言处理程序

计算机语言又称为程序设计语言，是人与计算机之间交换信息的工具。计算机语言分为三类：机器语言、汇编语言和高级语言。对计算机语言进行有关处理（汇编、编译及解释）的程序称为语言处理程序。语言处理程序可分为三种：汇编程序、编译程序和解释程序。

1）机器语言

机器语言是能够被计算机硬件直接识别的、可以直接运行的、由二进制代码组成的计算机语言。使用机器语言编写程序，烦琐费时、容易出错、易读性差、调试修改麻烦。机器语言随机器型号不同而异，缺乏通用性和可移植性。

2）汇编语言

汇编语言是一种符号化的机器语言，它将二进制指令码用直观易记的助记符来代替。如 ADD 表示加法，MOV 表示传送等。用汇编语言写出的程序称为汇编语言源程序，它不能直接运行，必须用汇编程序把它翻译成二进制代码表示的机器语言目标程序，机器才能执行。这个翻译过程称为汇编。汇编语言与机器语言相比，具有易读、易写、易记、易修改、易调试等优点。机器语言和汇编语言都是"面向机器"的语言，缺乏通用性和可移植性，称为低级语言。

3）高级语言

高级语言是一种接近于人们的使用习惯、易为人们理解的面向问题求解过程的程序设计语言。高级语言有着与自然语言语法相近的语法体系，程序设计方法比较接近人们的习惯，更容易阅读和理解，而且编写的程序与具体机器无关，所以具有共享性、独立性和通用性。

高级语言编写的程序称为高级语言源程序。高级语言源程序不能为计算机直接理解和执行，必须进行翻译。有两种翻译方法：一种是编译方式，另一种是解释方式。编译方式和解释方式的不同是：编译是将整段程序经过编译程序的翻译，生成一个与源程序等价的机器语言目标程序，然后连接运行；解释方式则不产生完整的目标程序，而是由解释程序逐条语句进行翻译，解释一句，执行一句，不生成任何目标程序文件。例如C语言采用编译方式，而BASIC语言采用解释方式。编译程序与解释程序最大的区别之一是前者生成目标代码程序，而后者不生成目标代码程序。

目前，计算机高级语言已有上百种之多，常用的高级语言有：

FORTRAN语言：是世界上最早出现的高级语言，适用于数值计算、科学和工程计算领域。

BASIC语言：是易学易用、具有实际使用价值的适于初学者使用的高级语言。常用的有功能强大的Visual Basic系列。

PASCAL语言：是结构化编程语言，最初是为系统地教授程序设计而设计的，适于教学使用。

C语言：面向过程，既有高级语言的特点，又具有汇编语言的特点，是适于编写系统软件的高级语言。C语言数据类型丰富，语句精练、灵活，效率高，表达力强，适用范围大，可移植性好。

C++语言：是C语言的超集，是C语言向面向对象的扩充，即它除了C语言能编制过程式程序的所有语法机制以外，又增加了类和实例、继承、重载运算符、虚函数、友员、内联等支持面向对象程序设计的机制。常用的有Visual C++系列。

JAVA语言：是一个支持网络计算的面向对象程序设计语言，集成了众多程序设计语言的优点，具有面向对象、多线程处理、动态链接等特点，支持并发程序设计、网络通信和多媒体数据控制等，是网络应用开发的一种功能强大的设计语言。

3. 支撑服务软件

支撑服务软件主要为用户使用计算机和维护管理计算机提供服务，包括协助用户进行开发或硬件维护的软件，包括编辑程序、连接程序、诊断程序、调试程序等。

(1) 编辑程序：用于编辑源程序、信件及表格等。

(2) 连接程序：用于组合编译好了的目标程序，并把这些目标程序装配成一个可执行的程序的过程。它大致分为两个阶段，编译汇编阶段和连接阶段，如图1-7所示。

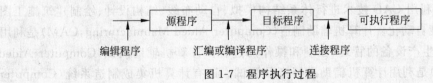

图1-7　程序执行过程

(3) 诊断程序：是面向计算机维护的一种软件，专门用于计算机硬件性能测试和系统故障的诊断维护的系统程序，能对CPU、驱动器、接口、内存等设备的性能和故障进行检测。

4. 数据库管理系统

数据库是存储在一起的相关数据的集合,它具有统一的结构形式并存放于统一的存储介质内。数据库管理系统(DataBase Management Systems,DBMS)是一种管理数据库的软件,它能维护数据库,接受和完成用户提出的访问数据库的各种要求,是帮助用户建立和使用数据库的一种工具和手段。数据库系统是一个实际可运行的存储、维护和应用大量关联数据的软件系统,是存储介质、处理对象和管理系统的集合体。数据库管理系统是数据库系统的核心组成部分,它负责数据库中的数据组织、数据操纵、数据维护、控制及保护和数据服务等。比较常用的数据库管理系统有 DB2、SQL Server、SyBase、Oracle 等。

1.4.2 应用软件

应用软件是在计算机系统支持下,为了解决各类实际问题而编制的应用程序及其相关文档的总称。如科学计算、工程设计、数据处理、事务管理、过程控制等方面的程序。应用软件通常面向具体用户群并具有特定的功能。常用的应用软件如下。

1) 办公软件

可进行文字处理、表格处理、幻灯片制作、简单数据库处理等方面工作的软件。常用的有微软 Office 系列、金山 WPS 系列等。人们经常使用的 Word、Excel、PowerPoint 属于微软 Office 系列。

2) 数据处理软件

具有对数据进行收集、存储、分析、检索等操作功能,能进行数值分析、统计分析、模拟等的数值处理。例如,常用的数据处理和数据集成软件、求解线形规划的数学软件Lindo、工程预算软件 Matlab、大型数据分析绘图表软件 Origin 等。

3) 实时处理软件

普遍用于自动控制,可随时搜集生产装置、飞行器等的运行状态信息,以此为依据按预定的方案实施自动或半自动控制,安全、准确地做出处理。例如,用计算机控制发电机组、控制阀门、温度、时间等。

4) 计算机辅助工程应用

计算机辅助设计(Computer Aided Design,CAD)是利用计算机来帮助设计人员进行设计。如可以利用 CAD 技术进行体系结构模拟、自动布线、结构设计、绘制建筑施工图纸等,具有高度自动化。计算机辅助制造(Computer Aided Manufacturing,CAM)是利用计算机来进行生产设备的管理、控制和操作的过程。计算机辅助测试(Computer Aided Testing,CAT)是利用计算机辅助进行产品测试。还有计算机集成制造系统(Computer Integrated Manufacturing System,CIMS)、计算机辅助教学(Computer Aided Instruction,CAI)等。

5) 多媒体编辑工具

多媒体技术融声音、文本、图像、动画、视频和通信等多种功能于一体。多媒体编辑工具包括字处理软件、绘图软件、图像处理软件、动画制作软件、声音编辑软件以及视频编辑软件等。例如，图形图像处理软件 Photoshop、CorelDraw、Freehand 等，动画制作软件AutoDesk Animator Pro、3ds Max、Maya、Flash 等，声音处理软件 Ulead Media Studio、Sound Forge、Audition(Cool Edit)、Wave Edit 等，视频处理软件 Ulead Media Studio、Adobe Premiere、After Effects 等。

1.4.3　指令和程序

冯·诺依曼思想的"存储程序"和"程序控制"原理是计算机结构的设计基础，也是计算机自动连续工作的基础。因此计算机工作原理可以概括成：存储程序和程序控制。"存储程序"是将事先编好的程序通过输入设备送到存储器中存储起来；"程序控制"是指计算机运行时能自动地逐一取出程序中的一条条指令，加以分析并执行规定的操作。那么，什么是指令和程序呢？

1. 指令与指令系统

指令是指计算机完成某个基本操作的命令，是程序设计的最小语言单位。指令是用一串二进制代码表示的，由操作码和地址码两部分组成。

操作码是用来指出计算机应执行何种操作的一个二进制代码。例如，加法、减法、乘法、除法、取数、存数等各种基本操作均有各自相应的操作码。地址码用来指出参与操作的数据在存储器中的地址。指定操作数所在位置的方法称为"寻址方式"。操作码通常存储在存储器中，但 CPU 访问存储器需要一定的时间，为了提高运算速度，有时也将参与运算的数据或中间结果存放在 CPU 的寄存器或直接存放在指令中。

一台计算机所能执行的全部指令的集合称为这台计算机的指令系统。指令系统能够说明计算机处理数据的能力。通常，不同种类计算机的指令系统也不相同，指令系统是根据计算机使用要求设计的。

2. 程序

程序通常是指为解决某一个问题而用计算机语言编写的指令的集合。CPU 从内存取出一条指令并执行这条指令的时间总和称为指令周期，指令周期又分为取指周期和执行周期两个阶段。计算机的工作过程可以概括为取指令、分析及取数、执行，然后再取下一条指令，如此周而复始，直到遇到停止指令或外来干预为止。

1.5　微型计算机的硬件系统

随着计算机技术的飞速发展，微型计算机已成为使用最为广泛的计算机，扮演着越来越重要的角色。微型计算机简称微机，又叫个人计算机(PC)，包括多种系列、多种档次和型号，其体积小、重量轻，适合于家庭和办公室使用。

微机系统存在着三个层次：微处理器、微机和微机系统。

微处理器是微机中的一片或几片超大规模集成电路组成的中央处理器,微处理器是现代计算机的核心部件,很大程度上决定了计算机的性能;微机是以微处理器为核心,加上存储器、输入输出接口电路以及系统总线所组成的计算机;微机系统则以微机为核心,再配上所需的外部设备以及软件,组成一个完整的微型计算机系统。微机系统同样也是由硬件系统和软件系统组成的。

1.5.1　主机系统

主机是被封装在主机箱内部的所有部件的统一体。微机的主要部件的性能指标的优劣是衡量计算机是否能快速、高效、自动地完成信息处理的标准。

1. CPU

CPU(Central Processing Unit)即中央处理器,是微型计算机的心脏。中央处理器包括运算器和控制器两部分,其结构主要由运算逻辑部件、寄存器部件和控制部件组成。其中运算逻辑部件执行算术逻辑运算;寄存器部件包括通用寄存器、专用寄存器和控制寄存器;控制部件主要负责对指令译码,并且发出相应的控制信号。CPU 负责整个系统指令的执行,数学与逻辑的运算,数据的存储与传送,以及对内对外输入与输出的控制。计算机的所有操作都受 CPU 控制,所以它的品质直接影响着整个计算机系统的性能。CPU主要的性能指标有:

(1) 字长,即 CPU 可以同时处理的二进制数据的位数。

(2) 主频,即 CPU 内核工作的时钟频率。CPU 的主频表示在 CPU 内数字脉冲信号震荡的速度。一般说来,主频越高,CPU 的速度就越快,整机的档次就越高。主频和运算速度存在一定的关系,虽然还没有确定的公式能够定量两者的数值关系,但提高主频对于提高 CPU 运算速度却是至关重要的。

(3) 外频,即系统总线的工作频率,由电脑主板提供。外频是 CPU 与主板之间同步运行的速度,正常情况下 CPU 总线频率和内存总线频率相同,所以当 CPU 外频提高后,与内存之间的交换速度也相应得到了提高,对提高电脑整体运行速度影响较大。

(4) 倍频,是指 CPU 外频与主频相差的倍数。主频、倍频和外频三者的关系是:主频＝外频×倍频。

(5) 缓存的大小和结构。

(6) 扩展指令集。

(7) 制造工艺等。

世界上生产微处理器的公司主要有 Intel、AMD、VIA、Apple、HP、SUN、IBM 等公司,其中又以 Intel 和 AMD 生产的产品应用最为广泛。

Intel、AMD 等芯片制造商不断推出在单晶片上集成多重处理单元的新型芯片,取代过去的单一中央处理器,计算机已经步入多核时代。多核处理器将多个完全功能的核心集成在同一个芯片内,整个芯片作为一个统一的结构对外提供服务,输出性能。多核心的优点主要是多线程操作,简单来说就是同时运行多个项目的程序,比如同时上 QQ、看电影、玩游戏、看网页,这种情况单核就会变得很慢。多核处理器极大地提升了处理器的并行性能,同时提高了通信效率,能有效共享资源,降低功耗,并且多核结构简单,易于优化设计,扩展性强,有助于为将来更加先进的软件提供卓越的性能。多核处理器标志着计算机技术的一次重大飞跃。用户面对飞速增长的数字信息和互联网的全球化趋势,要求处理器提供更多的便利和优势。

在多核处理器方面,起领导地位的厂商主要有 Intel 和 AMD 两家。目前 Intel 推出的多核处理器有:Core 酷睿(双核),酷睿 2(4 核),酷睿 2 至尊版(4 核),酷睿 i7 8xx/9xx(4 核),酷睿 i7 9xx(6 核)处理器,Xeon 至强服务器处理器(4 核/6 核/8 核)等。AMD 推出的多核处理器有:Athlon 速龙处理器(双核),Phenom 羿龙处理器(3 核/4 核/6 核),Opteron 皓龙服务器处理器(8 核/12 核)等。

2. 内存

微机的内存储器由半导体器件构成,是主板上重要的部件之一,它是存储 CPU 与外围设备沟通的数据与程序的部件。内存用来存放处理的中间数据及最终结果。从存储器取出信息称为"读";将信息存入存储器称为"写"。存储器读出信息后,原内容保持不变;向存储器写入信息,则原内容被新内容所代替。内存的容量大小、存取速度与工作快慢有直接的关系,因此内存的容量大小与存取速度是配置计算机考虑的重要因素之一。内存按功能可分为只读存储器、随机存储器和高速缓冲存储器。

1) 只读存储器(Read Only Memory,ROM)

ROM 存储的信息只能读出,不能写入,一般用来存放固定不变的程序和数据,断电后信息不会丢失。一般在主板上都装有 ROM,在里面固化了一个基本输入/输出系统,称为 BIOS。

ROM 存入数据的过程通常称为编程。根据编程方法的不同,可分为 MROM 和 PROM 两类。MROM 是掩膜编程 ROM,存放的内容是由生产厂家在芯片制造时利用掩膜技术写入的。它可靠性高,价格便宜,但用户不能重写或改写。

PROM 是用户可编程 ROM,存放的内容是由用户根据自己的需要在编程设备上写入的。它使用灵活方便,应用广泛。PROM 有 3 种类型:PROM、EPROM 和 EEPROM。PROM 是一次编程的只读存储器,编程只能进行一次,一旦编程完毕,其内容便不能再改变;EPROM 是可擦写可编程的只读存储器,用户可通过编程器将数据或程序写入EPROM,若需重新写入,可通过紫外线照射 EPROM 将原来的信息擦除,然后再重新写入;EEPROM 是电可擦写的只读存储器,它需要一个可擦除电压,写入时擦除原有信息。EEPROM 工作电流小、擦除速度快,而且允许改写的次数大大高于 EPROM。

2) 随机存储器 (Random Access Memory,RAM)

RAM 是可以读出也可以写入的存储器。RAM 读取时不损坏原来存储的内容,只有写入时才修改原来存储的内容。RAM 断电后,存储的内容立即消失,适用于临时存储数据。RAM 分为静态随机存储器(SRAM)和动态随机存储器(DRAM)。动态随机存储器通电时必须定时进行刷新,才能保证其存储的信息不丢失,易集成,读写速度慢,价格低,常用于制作内存;静态随机存储器不必周期性地刷新就可以保存数据,不易集成,读写速度快,价格高,常用于制作高速缓存 Cache。

3）高速缓冲存储器(Cache)

随着微机 CPU 工作频率的不断提高,RAM 的读写速度相对较慢,于是在 CPU 与内存之间设计了速度很快而相对容量较小的存储器,称为高速缓冲存储器,简称 Cache。Cache 的设置目的是解决 CPU 速度与 RAM 速度的不匹配问题。CPU 读取数据的顺序是先缓存后内存,即先访问 Cache,如果数据已在 Cache 中(这种情况称为命中),则从 Cache 中读取,否则 CPU 就从内存中读取,同时将读取的内容存于 Cache 中,当下一次读取该信息时就只需从 Cache 中读取。Cache 中存放 CPU 当前正在使用以及一个较短的时间内将要使用的程序和数据,这样,可大大加快 CPU 访问存储器的速度,提高机器的运行效率。

Cache 分为一级缓存(L1 Cache)、二级缓存(L2 Cache)和三级缓存(L3 Cache)。CPU 在读取数据时,先在 L1 缓存中寻找,再从 L2 缓存寻找,若有 L3 缓存再从 L3 缓存寻找,最后是内存。在现代 CPU 设计中,L1、L2 缓存都集成在 CPU 中。其中 L1 缓存还分成数据缓存和指令缓存两部分,分别存储数据和指令。而 L2 只缓存数据,在 CPU 核心不变化的情况下,增加 L2 缓存的容量能使性能提升,同一核心的 CPU 高低端之分往往取决于 L2 缓存的差异,可见 L2 缓存的重要性。部分高端 CPU 还集成了 L3 缓存,L3 缓存用于进一步提高 CPU 取数据的缓存命中率,减少 CPU 对内存的直接访问,但对性能的整体提升不是很大。一般 L1 缓存的容量通常在 32～256KB。普通台式机 CPU 的 L2 缓存容量一般为 128KB～2MB 或更高,笔记本、服务器和工作站上的 CPU 的 L2 缓存容量可达 3MB。

3. 主板

主板(Main Board)又称为系统板(System Board)或母板(Mother Board),是微机内最大的一块集成电路板,是微机最主要的部件之一。主板是由各种接口、扩展槽、插座以及芯片组组成,是连接 CPU、内存储器、外存储器、各种适配卡、外部设备的中心枢纽。主板上安装有系统控制芯片组、BIOS ROM 芯片、二级 Cache 等部件,提供了 CPU 插槽、内存插槽、总线扩展插槽及硬盘、软驱、打印机、鼠标、键盘等外部设备的接口。接口与插槽是按标准设计的,可以接入相应类型的部件。主板上多个扩展槽,如 PCI 扩展槽和 AGP 扩展槽,用于插接各种适配卡,如显示卡、声卡、调制解调器、网卡等。扩展槽的使用为用户提供了增加可选设备的简易方法。

主板结构是根据主板上各元器件的布局排列方式、尺寸大小、形状、所使用的电源规格等制定出的通用标准,分为 AT、Baby-AT、ATX、Micro ATX、LPX、NLX、Flex ATX、EATX、WATX 以及 BTX 等结构。其中,AT 和 Baby-AT 现已淘汰;ATX 是目前最常见的主板结构;Micro ATX 又称 Mini ATX,是 ATX 的简化版;LPX、NLX、Flex ATX 则是 ATX 的变种,多用于外国品牌机;EATX 和 WATX 多用于服务器/工作站主板;BTX 则是 Intel 公司制订的最新一代主板结构。

ATX 结构是 Intel 公司提出的一种主板标准,是目前最常见的主板结构。ATX 结构是为了考虑主板上 CPU、RAM、长短卡的位置而设计出来的,对主板上元件布局作了优化,其中将 CPU、外接槽、RAM、电源插头的位置固定;同时,配合 ATX 的机箱和电源,就能在理论上解决硬件散热的问题,为安装、扩展硬件提供了方便。

BTX 是 Intel 制订的新型主板结构,能够在不牺牲性能的前提下做到最小的体积。BTX 系统结构紧凑,线路布局优化,安装更简便,机械性能更优。BTX 是 ATX 结构的未来替代者。

下面介绍主板的主要部件。

1) 芯片组

芯片组(ChipSet)是主板的核心组成部分,是 CPU 与各种部件连接的桥梁。它由一组超大规模集成电路芯片构成,是内部元件、功能和接脚比较多的芯片的集合体。芯片组性能的优劣决定了主板性能的好坏与级别的高低。主板上最重要的芯片组就是南桥和北桥。

(1) 北桥芯片(North Bridge)也称为主桥,是主板芯片组中起主导作用的最重要的组成部分,提供对 CPU 的类型和主频、内存的类型和最大容量、ISA/PCI/AGP 插槽、ECC 纠错等的支持。北桥芯片是主板上离 CPU 最近的芯片,芯片组的名称就是以北桥芯片的名称来命名的,例如 Intel 875P 芯片组的北桥芯片是 82875P、最新的则是支持双核心处理器的 945/955/975 系列的七款北桥芯片 82945P、82945G、82945GZ、82945GT、82945PL、82955X、82975X 等。

(2) 南桥芯片是主板芯片组的重要组成部分,一般位于主板上离 CPU 插槽较远的下方,PCI 插槽的附近。南桥芯片负责对 USB(通用串行总线)、KBC(键盘控制器)、RTC(实时时钟控制器)、IDE、ACPI(高级电源管理)和大部分 I/O 设备的控制和支持,还有集成在其中的 CMOS 芯片。南桥芯片数据处理量不大,技术较稳定,所以不同芯片组中可能南桥芯片是一样的,只有北桥芯片不同,且芯片组中北桥芯片的数量要远远多于南桥芯片。

2) CPU 插座

CPU 插座用于固定 CPU 芯片。常见的 CPU 接口方式有卡式(Slot)、触点式(Socket T)、针脚式(Socket)等几种。目前 CPU 大都采用针脚式 Socket 接口与主板相连,而不同接口的 CPU 在针脚数上各不相同。CPU 接口类型的命名习惯上用针脚数来表示,比如 Intel 的 Pentium 4 系列处理器所采用的 Socket 478 接口,其针脚数就为 478 针。Intel 的 CPU 用插座有 Socket 370/423/478/479/604 等,其中 Socket 370/423 现已淘汰,Socket 478 也被 Socket T 取代,Socket 479 则为现时 Intel 笔记本电脑用插座,Socket 604 为 Xeon(至强)服务器 CPU 用插座。AMD 的 CPU 用插座有 Socket 462/754/939/940 等,其中 Socket 462(也称 Socket A)现已淘汰,Socket 754/939 为现时主流,Socket 940(也称 Socket AM2)则为高端和服务器 CPU 用插座。

Intel 处理器的插座目前主流产品称为 LGA 775,又叫做 Socket 775 或 Socket T,其中 LGA 代表了处理器的封装方式。Socket 775 接口 CPU 的底部没有传统的针脚,而代之以 775 个触点,对应的主板 CPU 插座为弹片式的 775 根触针。目前采用此种接口的 CPU 有 LGA775 封装的 Pentium4、Pentium 4 EE、Pentium D、Celeron(赛扬)D 和 Core2

Duo 系列。

3) 内存插槽

内存插槽用来插入内存条。主板所支持的内存种类和容量都由内存插槽来决定。根据内存条上的引脚多少，我们可以把内存条分为 168 线、184 线、240 线等几种。如常用的内存 SDR 为 168 线，DDR 为 184 线，DDR2 为 240 线，DDR3 为 240 线，而内存插槽的线数也分为 168 线、184 线、240 线等几种。

4) 总线扩展槽

总线扩展槽用来插入各种外部设备的适配卡，如显示卡、声卡、调制解调器、网卡等。选择主板时，应注意它的扩展槽数量和总线标准。扩展槽数量反映了计算机的扩展能力；总线标准表示对 CPU 的支持程度以及对适配卡的要求。目前总线扩展槽的插槽类型主要是 PCI 插槽，用于插接 PCI 总线的板卡。

5) 输入/输出接口

输入/输出接口是外部设备与主机之间的桥梁，它们的相连需要通过输入/输出接口来实现。I/O 设备通常是机电结合的装置，它们之间存在着速度、时序、信号格式和类型等方面的差异，I/O 接口主要是解决上述的不匹配。接口就是外围设备与计算机或其他设备连接的端口，主要用来传送信号和协调信号的传送，有时还进行信号转换。接口电路对通过它的数据起一个缓冲的作用，从而达到数据互相匹配的效果，使主机与 I/O 设备能协调地工作。外部设备不同，与之匹配的接口电路也不同。常用接口如 USB 接口、PS/2 接口、HDMI 接口、VGA 接口、LAN 网卡接口、MIDI 接口等。

USB(Universal Serial Bus，通用串行总线)接口是目前较流行的一种通用接口，其最大优点是能够支持多达 127 个外部设备，可独立供电，同时还支持热插拔，即插即用。目前可以通过 USB 接口连接的外设有鼠标、键盘、游戏杆、扫描仪、数码相机、打印机、硬盘等，通用性很好。

6) 主要辅助电路

(1) ROM BIOS 芯片：BIOS 是 Basic Input/Output System(基本输入/输出系统)的缩写。ROM BIOS 芯片简称 BIOS 芯片，是主板上一块方形或长方形芯片，是一个只读存储器，"基本输入/输出系统"程序通常固化在里面。它直接对计算机系统中的输入/输出设备进行设备级、硬件级的控制，是连接软件程序和硬件设备之间的枢纽。开机时，CPU立即会奔向 BIOS 住的地址，去读取一些信息，领取控制整个系统的指令，并开始执行第一条指令以及其后的一连串操作，如主机系统的自检、CMOS 设置的检查、系统的初始设置、中断的设置、与外围设备的连接、把操作系统载入内存等，以及开机时屏幕画面的各种显示，并发嘟的一声，这些都是 BIOS 里面的内容。

(2) CMOS 芯片：是主板上一块可读的 RAM 芯片，存储系统参数设置和硬件配置信息。在 CMOS 中保存有存储器和外部设备的种类、规格，当前日期、时间等大量参数，以便为系统的正常运行提供所需数据。开机时，CMOS 电路由系统电源供电；关机后，系统通过一块后备电池供电，因此无论是在关机状态中还是遇到系统掉电情况，CMOS 信息都不会丢失。

4. 总线

总线是连接计算机中 CPU、内存、外存、输入/输出设备的一组线路以及相关的控制电路,它是计算机中用于在各个部件之间传输信息的公共通道。在微机中总线分为内部总线、系统总线和外部总线。内部总线指芯片内部连接各元件的连线;系统总线是微机的插件板与主板之间的连线;外部总线是微机与外设之间的连线。其中系统总线又分为数据总线(DB,传输数据)、地址总线(AB,传输地址)和控制总线(CB,传输控制命令)。由于同时传输的数据位数(即位宽)不同,总线有 32 位总线、64 位总线等,位宽越宽,传输率越大,总线的带宽(单位时间内传送的数据量)越宽。

采用总线结构便于部件和设备的扩充,使用统一的总线标准,不同设备间互连将更容易实现。总线标准是指计算机部件各生产厂家都需要遵守的系统总线要求,从而使不同厂家生产的部件能够互换。常用的总线标准有 ISA 总线、EISA 总线、VESA 总线、PCI 总线。目前微机上采用的大多是 PCI 总线。PCI 总线即外部部件互连总线,是由 Intel、IBM、DEC 公司所制订的,PCI 总线与 CPU 中间经过一个桥接器(Bridge)电路,不直接与CPU 相连,故稳定性和匹配性较佳,提升了 CPU 的工作效率,为 32 位或 64 位总线,是目前主板及外部设备使用的标准总线。

1.5.2 外部存储器

外存也称为辅助存储器,是计算机长期保存信息的重要外部设备。目前在微型计算机上使用的外存储器主要有硬盘、光盘、U 盘等。

1. 硬盘

硬盘属磁介质存储器,硬盘中的磁盘是用硬质金属做的,所以称为硬盘,它由一组同样大小、涂有磁性材料的铝合金圆盘片环绕一个共同的轴心组成。硬盘内的洁净度要求非常高,采用了密封型空气循环方式和空气过滤装置,不得任意拆卸。同时,硬盘的磁头悬浮在磁盘表面上(一般只有 $0.3\sim0.6\mu m$)。硬盘每个存储表面被划分成若干个同心圆轨道,叫磁道,每道划分成若干个扇区,一般每个扇区可存放 512B 的数据。每个存储表面的同一道形成一个圆柱面,称为柱面。硬盘的转速极快,容量很大,计算机的操作系统、常用的各种软件、程序、数据、注册的各种系统信息一般都保存在硬盘上。

硬盘有很多类型,主要有移动硬盘、笔记本硬盘、固态硬盘和磁盘阵列。大多数硬盘都是固定硬盘,连同驱动器一起被永久性地密闭封装在一个金属盒子里,固定在主机箱内,存储的信息也不便于携带和交换;移动硬盘具有固定硬盘的基本技术特征,盘片可以从驱动器中取出和更换,容量大,单位存储成本低,速度快,兼容性好,是一种便携式的大容量存储系统;笔记本硬盘小巧轻便,直径一般仅为 2.5 英寸,甚至 1.8 英寸;固态硬盘与传统硬盘技术不同,是用固态电子存储芯片阵列而制成的硬盘,存储介质分为闪存(FLASH 芯片)和 DRAM 两种。在接口规范和定义、产品外形和尺寸上完全与普通硬盘一致,速度快,但成本高;磁盘阵列由磁盘阵列控制器及若干性能近似的、按一定要求排列的硬盘组成,具有高速度、大容量、安全可靠等特点,广泛用于网络系统的磁盘服务器中。

硬盘的常用技术指标有:

(1) 转速(rpm,revolutions per minute):指硬盘内主轴的每分钟转动速度,比如5400rpm 就代表该硬盘中的主轴转速为每分钟 5400 转。目前市场上流行的是 5400rpm 和 7200rpm 的硬盘,SATA 接口是 10 000rpm。

(2) 盘片容量:磁盘所能存储数据的字节数。硬盘总容量=磁头数×柱面数×扇区数×扇区字节数。

(3) 接口方式:硬盘接口是硬盘与主机系统间的连接部件,作用是在硬盘缓存和主机内存之间传输数据。硬盘采用 4 种接口方式:IDE、SATA、SCSI 和光纤通道。IDE 接口多用于家用微机;SCSI 接口主要应用于服务器;光纤通道应用于高端服务器,价格昂贵;使用 SATA 接口的硬盘又叫串口硬盘,是未来微机硬盘的趋势。

(4) 平均寻道时间:是指磁头从得到指令到寻找到数据所在磁道的时间,一般常以它来描述硬盘读取数据的能力。平均寻道时间越小,硬盘的运行速率相应也就越快。一般硬盘的平均寻道时间在 7.5~14ms。

(5) 数据传输率:是指计算机从硬盘中准确找到相应数据并传输到内存的速率,单位为 MB/s。IDE 接口目前最高的是 133MB/s,SATA 已经达到了 150MB/s。它与硬盘的转速、接口类型、系统总线类型有很大关系。

(6) 高速缓存:硬盘内部的高速缓存可大幅度提高硬盘存取速度。高速缓存越大越好,目前有使用 8MB Cache 的普通硬盘。

(7) 尺寸:按硬盘的尺寸大小来分类,常见的有 1.8in、2.5in 和 3.5in。

2. 光盘

光盘(Compact Disk)指的是利用磁光存储技术方式进行读写信息的外存储器。可以存放各种文字、声音、图形、图像和动画等多媒体数字信息,具有存储容量大、读取速度快、价格便宜、体积小、可靠性高、易长期保存、使用寿命长、携带方便等优点。

光盘有 3 种类型:只读型光盘(Compact Disk-Read Only Memory,CD-ROM)、只写一次型光盘(Write Once Read Many,WORM)和可擦写型光盘(Rewriteable)。

只读型光盘是厂商以高成本制作出母盘后大批重压制出来的光盘,记录的信息只能读出,不能被修改。常用的有 LD 影碟、CD-DA 激光唱片、VCD 影碟、DVD 数字视盘和CD-ROM(用于计算机外存,如数据盘)。

一次型光盘只能写一次,用户可以在这种光盘上记录信息,记录信息会使介质的物理特性发生永久性变化。信息一旦写入则不能再更改,只能读,可用于文档长期保存。常用的是 CD-R 光盘,可在专用的 CD-R 刻录机上向空白的 CD-R 盘写入数据。

重写型光盘可进行随机写入、擦除或重写信息。典型的产品有两种:PC(相变型)光盘和 MO(磁光型)光盘。相变型光盘利用激光与介质薄膜相作用时激光的热和光效应使介质在晶态-非晶态之间的可逆相变来实现反复擦写;磁光型光盘则是利用热磁效应使磁光介质微量磁化取向向上或向下来实现信号记录和读出。无论是相变盘还是磁光盘,介质材料发生的物理特性改变都是可逆变化,目前磁光型光盘在实用方面处于比相变型光盘领先的地位。

光盘系统由光盘盘片和光盘驱动器组成。光盘驱动器简称光驱,指的是读写光盘数据的驱动设备,是多媒体计算机中最基本的硬件。常用的光盘驱动器有 CD-ROM 驱动器、CD-R 刻录机和 MO 驱动器。

3. U 盘

U 盘是一种采用闪存为存储介质,基于 USB 接口的无须驱动器的微型高容量活动存储器,可以简单方便地实现数据交换,因其采用标准的 USB 接口与计算机的连接而得名。常用 U 盘容量有 4GB、8GB、16GB、32GB 等,它不需要驱动器,无外接电源,体积非常小,使用简便,即插即用,带电插拔,存取速度快,可靠性好,可擦写达百万次,数据可保存10 年以上,并可带密码保护功能。U 盘应用广泛,发展前景良好。目前在手机、照相机中常用的存储卡,使用时可利用读卡器插入 USB 接口,也可与 U 盘归为一类。

1.5.3　输入/输出设备

输入/输出(I/O)设备是计算机系统的重要组成部分,其功能是完成计算机与外部世界的联系,即计算机与外界的信息交换。I/O 设备通过不同的接口电路经总线与主机连接起来。

1) 键盘

键盘是计算机最重要的输入设备,是向电脑提供指令和信息的必备工具之一。各种程序和数据都要通过键盘输入到计算机中。键盘用一条电缆线连接到主机机箱,常用键盘有 101 键、102 键或 105 键,功能大致相同。键盘大致可分为 4 个区:

(1) 打字机键区:键盘上这部分键的排列与英文打字机类似,也叫主键盘区。

(2) 功能键区:从 F1 到 F12 是功能键,一般软件都是用这些键来做软件的功能热键,如 F1 为寻求帮助,F2 为存盘等。

(3) 光标控制键区:光标键和 9 个特殊键,一般软件都是用这些键来进行菜单选择和光标移动等动作。

(4) 数字键区:用于快速输入数字等,通过 NumLock 键,可以在光标功能和数字功能之间进行切换。

另外,指示灯面板上有 NumLock、CapsLock、ScrollLock 三个指示灯,对应三个功能键:数字锁定键、英文大写字母锁定键和滚动锁定键。

2) 鼠标

鼠标(Mouse)是控制显示屏上光标移动位置的一种指点式输入设备。鼠标通过"单击"、"双击"和"指向"等向计算机发出操作命令,以使计算机执行相应的程序。

按鼠标的按钮数目可以将鼠标分为两键鼠标和三键鼠标;根据鼠标的工作原理可以将鼠标分为机电式鼠标和光电式鼠标。常用的光电式鼠标有一个光电探测器,根据反射光强弱变化来判断鼠标的移动和当前位置,可在普通的桌面上使用。新型的鼠标有无线鼠标和 3D 鼠标。无线鼠标器是为了适应大屏幕显示器而生产的,没有电缆线连接,有自动休眠功能;3D 振动鼠标具有全方位立体控制能力和振动功能,是真正的三键式鼠标。

3）显示器

显示器是计算机最主要的输出设备之一，其功能是显示从键盘输入的命令或数据，并在程序运行时将计算机内部的数据转换成较直观的字符、图形或图像输出，以便用户观察程序执行过程中的信息和结果，它是人与计算机交流的主要渠道。

显示器的种类较多，按照结构可分为 CRT 显示器、LCD 液晶显示器、LED 显示器和PDP 等离子显示器等；按照显示器的显示效果可分为单色显示器和彩色显示器，目前市场上都是彩色显示器；按照显示器的尺寸大小可分为 14in、15in、17in、19in、21in 显示器等；按照显像管形状分为球面显示器、柱面显示器、直角平面显示器和纯平显示器。

显示器必须配置适当的适配器（显卡），才能构成完整的显示系统。显卡的作用是将主机的输出信息转换成字符、图形和颜色等信息，传送到显示器上显示，它是主机与显示器之间连接的桥梁。显卡按结构形式分为独立显卡和集成显卡。独立显卡是指将显示芯片、显存及其相关电路单独做在一块电路板上，作为一块独立的板卡存在，它需占用主板的扩展插槽；集成显卡是将显示芯片、显存及其相关电路都做在主板上，与主板融为一体，现在很多显示芯片集成于北桥芯片中。显卡按接口类型分为 PCI 显卡、AGP 显卡、PCI-E 显卡等类型。其中 PCI-E 显卡是新型的主流显卡。

4）打印机

打印机是计算机系统中常用的输出设备之一。按照打印方式，打印机可分为串式打印机（依次打印每一个字符）、行式打印机（以行为单位进行打印）和页式打印机（以页为单位进行打印）；按打印字符结构，可分为全形字打印机和点阵字符打印机；按照打印色彩，可分为单色（黑白）打印机和彩色打印机；按照工作原理，可分为击打式打印机和非击打式打印机两类；按所采用的技术，可分为柱形、球形、喷墨式、热敏式、激光式、静电式、磁式、发光二极管式等打印机；按用途分为办公和事务通用打印机、商用打印机、专用打印机、家用打印机、便携式打印机和网络打印机。衡量打印机好坏的主要技术指标有打印分辨率、打印速度、噪声等，彩色打印机的性能指标还包括颜色数。不同型号的打印机有不同的驱动程序，在使用打印机前，只要运行一次驱动程序即可。

非击打式打印机中最常用的是喷墨打印机和激光打印机。喷墨打印机价格低廉、打印效果较好，可灵活方便地改变字符尺寸和字体，无机械磨损，深受用户欢迎；但喷墨打印机使用的纸张要求较高，墨盒消耗较快。激光打印机能输出分辨率很高且色彩很好的图形，具有打印速度快、分辨率高、打印质量好、噪声小等优势，但价格稍高。

5）其他外部设备

（1）扫描仪

扫描仪是电脑重要的输入设备之一，它通过专用的扫描程序将各种图片、图纸、文字输入计算机，并在屏幕上显示出来。然后可以使用一些图形图像处理软件对图片等资料进行各种编辑及后期加工处理。扫描仪的种类很多：按色彩方式分为单色扫描仪和彩色扫描仪；按操作方式分为手持式扫描仪、台式扫描仪和滚筒式扫描仪；按扫描方式分为反射式扫描仪和透射式扫描仪；按用途分为图像扫描仪和光学识别器。

（2）数码相机

数码相机（Digital Camera，DC）是一种利用电子传感器把光学影像转换成电子数据的照相机。数码相机通常分为单反相机、卡片相机和长焦相机等。

（3）摄像头

摄像头（CAMERA）是一种视频输入设备，广泛应用于远程医疗、视频会议、道路交通、工业生产实时监控、数码影像及网络交流等方面。摄像头分为数字摄像头和模拟摄像头两大类。

（4）绘图仪

绘图仪是一种能按照人们要求自动绘制图形的输出设备。绘图仪在绘图软件的支持下可绘制出复杂、精确的图形，主要可绘制各种管理图表和统计图、测量图、机械图、建筑设计图、电路布线图与计算机辅助设计图等。绘图仪可分为笔式与喷墨式两类，按走纸方式又可分为平台式和滚筒式。

（5）投影仪

投影仪又称投影机，可以把水平放置的投影片由光源通过光学器件射向平面镜，再由平面镜反射到屏幕上。随着技术的发展，投影仪逐步精巧化、便携化、微小化、娱乐化、实用化，更加贴近生活和娱乐。投影仪的种类很多：按重量分为便携式投影机、台式投影机和固定安装式投影机；按投影仪工作原理分为 CRT 投影仪、LCD（液晶）投影仪和 DLP（数字光处理器）投影仪；按显示源的性质分为家用视频型和商用数据型两类。

自 测 题

一、思考题

1. 计算机的发展经历了哪几个阶段？各阶段以什么为标志来划分？

2. 试解释当代计算机的工作原理。

3. 计算机为什么采用二进制？

4. 什么是 ASCII 码？

5. 计算机硬件由哪几个部分组成？各部分的功能是什么？

6. 计算机语言分为哪几种？

7. 编译和解释有什么区别？

8. 微机内存分为几种？它们的特点和功能是什么？

二、选择题

1. 计算机中所有信息的存储都采用_____。

　　A. 十进制　　　　　B. 二进制　　　　　C. BCD 码　　　　　D. 十六进制

2. 计算机的运算器、控制器和内存储器构成了计算机的_____部分。

　　A. 外设　　　　　　B. 主机　　　　　　C. CPU　　　　　　D. ALU

3. 操作系统是一种_____。

　　A. 应用软件　　　　B. 应用支持软件　　C. 系统软件　　　　D. 目标程序

4. 高级语言源程序必须翻译成目标程序后才能执行,完成这种翻译过程的程序是_____。

    A. 汇编程序   B. 解释程序   C. 编辑程序   D. 编译程序

5. 微型计算机硬件系统中最核心的部件是_____。

    A. 主板   B. I/O 设备   C. 存储器   D. CPU

6. 下列字符中,其 ASCII 码值最大的是_____。

    A. H   B. 5   C. c   D. v

7. 计算机系统软件中的核心软件是_____。

    A. 数据库系统   B. 服务系统

    C. 操作系统   D. 语言处理系统

8. 微机的微处理器芯片上集成有_____。

    A. 控制器和运算器   B. 运算器和 I/O 接口

    C. 控制器和存储器   D. CPU 和存储器

9. 用 C 语言编写的源程序需要用编译程序先进行编译,再经过_____之后才能得到可执行程序。

    A. 汇编   B. 运行   C. 连接   D. 解释

10. CAD 指的是_____。

    A. 计算机辅助设计   B. 计算机辅助管理

    C. 计算机辅助教学   D. 计算机辅助分析

11. 内存中的每个基本单元都被赋予一个唯一的编号,称为_____。

    A. 容量   B. 字节   C. 编号   D. 地址

12. 高速缓冲存储器(Cache)的作用是_____。

    A. 解决内存与辅助存储器之间速度不匹配的问题

    B. 解决 CPU 与内存之间速度不匹配的问题

    C. 解决 CPU 与硬盘之间速度不匹配的问题

    D. 解决主机与外部设备之间速度不匹配的问题

13. RAM 中的信息断电后将_____。

    A. 丢失   B. 自动保存

    C. 有时丢失,有时不丢失   D. 不丢失

14. 计算机中运算器的作用是_____。

    A. 控制数据的输入/输出

    B. 控制主存与辅存间的数据交换

    C. 完成各种算术运算和逻辑运算

    D. 协调和指挥整个计算机系统的操作

15. 汉字在计算机上是以_____形式输出的。

    A. 内码   B. 字形码   C. 国标码   D. 外码

16. 计算机软件通常可分为_____两大类。

    A. 数据库软件、应用软件   B. 系统软件、操作系统

C. 操作系统、数据库软件 D. 系统软件、应用软件

三、填空题

1. $(94.25)_{10} = ($ $)_2 = ($ $)_8 = ($ $)_{16}$

2. $(4D.C)_{16} = ($ $)_2$

3. $(10110011101)_2 = ($ $)_8 = ($ $)_{16}$

4. 计算机存储器中，一个字节由( )位二进制位组成。

5. 电子计算机主要由 5 大部件组成，分别是( )、( )、( )、( )和( )。

6. 计算机存储器一般分为( )和( )。

7. 字符的二进制编码有多种，目前国际上通用的是美国国家标准信息交换代码，简称为( )码。

8. 在计算机中，一个浮点数由两部分组成，它们是( )和( )。

9. 一个完整的计算机系统包括( )和( )。

10. ( )是控制和管理计算机硬件和软件资源、合理地组织计算机工作流程、方便用户使用的程序集合。

 章 操作系统基础

2.1 操作系统概述

操作系统是控制其他程序运行,管理系统资源并为用户提供操作界面的系统软件的集合。操作系统是用户与计算机之间通信的桥梁,为用户提供访问计算机资源的环境。一个好的操作系统不但能使计算机系统中的软件和硬件资源得到最充分的利用,还要为用户提供一个清晰、简洁、易用的工作界面。用户通过使用操作系统提供的命令和交互功能实现这种访问计算机的操作。

2.1.1 操作系统的概念

操作系统(Operating System,OS)是计算机的第一个软件,管理和控制计算机系统中的硬件及软件资源,合理地组织计算机工作流程,以便有效利用这个资源为用户提供一个功能强大、使用方便和可扩充的工作环境,从而在计算机与用户之间起到接口作用。操作系统的出现、使用和发展是近四十年来计算机软件的一个重大进展。计算机发展到今天,从个人机到巨型机,无一例外都配置一种或多种操作系统,操作系统已经成为现代计算机系统不可分割的重要组成部分。

在计算机系统中,只有硬件部分,而未安装任何软件系统的计算机称为裸机。裸机处于计算机系统的最底层,它的上面是操作系统。各种实用程序和应用程序在操作系统之上运行。一个裸机在每加上一层软件后,就变成了一个功能更强的机器,称为"虚拟机"(Virtual Machine)。如果是多用户的操作系统,那么经过扩充后,一个实际的处理器就可以扩充成多个虚拟机,使得每一个用户都拥有一个处理机。图 2-1 表示了操作系统的层次模型。

各种应用软件		
编译程序	汇编程序	…
操作系统		
裸机		

图 2-1 操作系统的层次模型

因此,引入操作系统的目的可以从以下 3 个方面来考察:

(1) 从系统管理人员的观点来看,操作系统是计算机资源的管理者。

(2) 从用户的观点来看,引入操作系统是为了给用户使用计算机提供一个良好的界面,以使用户无须了解许多有关硬件和系统软件的细节就能方便灵活地使用计算机。

(3) 从发展的观点看,引入操作系统是为了给计算机系统的功能扩展提供支撑平台,使之在追加新的服务和功能时更加容易并且不影响原有的服务与功能。

2.1.2 操作系统的发展

操作系统与计算机硬件的发展息息相关,经历了一个从无到有、从简单到复杂的过程。操作系统的本意是提供简单的工作排序能力,后来为了辅助更新、更复杂的硬件设施而渐渐演化。从 1946 年诞生第一台电子计算机以来,它的每一代进化都以减少成本、缩小体积、降低功耗、增大容量和提高性能为目标,随着计算机硬件的发展,也加速了操作系统的形成和发展。

操作系统的发展和计算机的组成与体系结构相关,经历了 4 个发展阶段:

(1) 第一代计算机(1946—1957 年),无操作系统;

(2) 第二代计算机(1958—1964 年),批处理系统;

(3) 第三代计算机(1965—1970 年),多道程序系统;

(4) 第四代计算机(1971 年至今),分时系统、实时系统、网络操作系统及分布式操作系统。

由于现代计算机向着巨型化、微型化、网络化和智能化等方面发展,操作系统的形态非常多样,不同机器安装的操作系统可以从简单到复杂,从手机的嵌入式系统到超级计算机的大型操作系统。

2.1.3 操作系统的分类

从发展历史的角度,操作系统可分为如下几类。

1) 手工操作阶段

在第一代计算机时代,计算机运算速度慢,没有操作系统,甚至没有任何软件。用户直接用机器语言编制程序,并在上机时独占全部计算机资源。用户既是程序员,又是操作员。上机完全是手工操作:先把程序纸带(或卡片)装上输入机,然后启动输入机把程序和数据送入计算机,接着通过控制台开关启动程序运行。计算完毕,打印机输出计算结果,用户取走并卸下纸带(或卡片)。第二个用户程序上机,照此办理。随着计算机运行速度的快速提高,到了 20 世纪 50 年代后期,手工操作的慢速度和计算机的高速度之间形成的矛盾已经到了人们不能容忍的地步。为了解决人机矛盾,提高自动化程度,出现了批处理。

2) 简单批处理系统

早期的计算机系统非常昂贵,为了能充分地利用它,应尽量让该系统连续运行,以减少空闲时间。在脱机输入/输出方式中,事先已把一批作业存放在磁带上,这些作业在系统中配置的监督程序控制下,先把磁带上的第一个作业调入内存,并把控制权交给该作业;当该作业处理完后,再由监督程序把第二个作业输入内存,按这种方式对磁带上的作业自动地、一个接一个地处理,直到把磁带上的所有作业全部处理完毕。这便形成了早期的批处理系统。由于系统对作业的处理是成批地进行的,且在内存中始终只保持一道作业,因此称为单道批处理系统。

3) 多道批处理系统

在单道批处理系统中,内存中仅有一道作业,它无法充分利用系统中的所有资源,致使系统性能较差。为了进一步提高资源的利用率和系统吞吐量,在 60 年代中期又引入了多道程序设计技术,由此而形成了多道批处理系统。在该系统中,用户所提交的作业都先存放在外存上并排成一个队列,称为"后备队列";然后,由作业调度程序按一定的算法从后备队列中选择若干个作业调入内存,使它们共享 CPU 和系统中的各种资源。

多道程序设计的基本思想是在计算机内存中同时存放若干道已开始运行且尚未结束的程序,它们交替运行,共享系统中的各种硬、软件资源,使处理机得到充分利用。

多道程序设计提高了资源利用率,增加了系统对作业的吞吐能力。但是它也存在运行程序过程中不允许用户对机器进行交互对话的缺点。

在单处理机系统中,多道程序运行的特点是:

(1) 多道:计算机内存中同时存放几道相互独立的程序。

(2) 宏观上并行:同时进入系统的几道程序都处于运行过程中,即它们先后开始了各自的运行,但都未运行完毕。

(3) 微观上串行:实际上,各道程序轮流地使用 CPU,交替执行。

多道程序系统的出现标志着操作系统逐渐成熟的阶段,先后出现了作业调度管理、处理机管理、存储器管理、外部设备管理、文件系统管理等功能。

4) 分时系统

分时操作系统出现在批处理操作系统之后。它是为了弥补批处理方式不能向用户提供交互式快速服务的缺点而发展起来的。分时操作系统将 CPU 的时间划分成若干个小片段,称为时间片。操作系统以时间片为单位,轮流为每个终端用户服务。

在分时系统中,一台计算机主机连接了若干个终端,每个终端可由一个用户使用。用户通过终端交互式地向系统提出命令请求,系统接受用户的命令之后,采用时间片轮转方式处理服务请求,并通过交互方式在终端上向用户显示结果,用户根据系统送回的处理结果发出下一道交互命令。

5) 实时系统

实时操作系统(Real Time Operating System,RTOS)是指使计算机能及时响应外部事件的请求,在规定的严格时间内完成对该事件的处理,并控制所有实时设备和实时任务协调一致地工作的操作系统。所谓"实时",是表示"及时"。实时操作系统要追求的目标是:对外部请求在严格时间范围内做出反应,有高可靠性和完整性。其主要特点是资源的分配和调度首先要考虑实时性,然后才是效率。例如,导弹飞行控制、工业过程控制和各种订票业务等场合,要求计算机系统对用户的请求立即做出响应,实时系统是专门适合这类环境的操作系统。在实时系统中,往往都采取了多级容错措施来保证系统的安全及数据安全。

6) 通用操作系统

通用操作系统一般是以上三种操作系统的结合。例如,批处理系统与分时系统相结合,当系统有分时用户时,系统及时地做出响应;当系统暂时没有分时用户或分时用户较少时,可以处理不太紧急的批作业,以便提高系统的资源利用率。这种系统中,把分时作业称为前台作业,批处理作业称为后台作业。类似地,批处理系统与实时系统相结合,有实时任务请求时,进行实时处理,没有实时任务请求时运行批处理,这时把实时系统称为前台,把批处理称为后台。通用操作系统有 UNIX 操作系统、SUN 公司的 Solaris、Microsoft 公司的 Windows 系列、Linux 操作系统、Redhat 等。

7) 网络操作系统

网络操作系统是基于计算机网络的,是在各种计算机操作系统上按网络体系结构协议标准开发的软件,包括网络管理、通信、安全、资源共享和各种网络应用。其目标是相互通信及资源共享。在其支持下,网络中的各台计算机能互相通信和共享资源。其主要特点是与网络的硬件相结合来完成网络的通信任务。

由于网络计算的出现和发展,现代操作系统的主要特征之一就是具有上网功能,因此,除了在 20 世纪 90 年代初期时,Novell 公司的 NetWare 等操作系统被称为网络操作系统之外,人们一般不再特指某个操作系统为网络操作系统。

8) 分布式操作系统

它是为分布式计算系统配置的操作系统。大量的计算机通过网络被连接在一起,可以获得极高的运算能力及广泛的数据共享。这种系统被称做分布式系统(Distributed System)。它在资源管理、通信控制和操作系统的结构等方面都与其他操作系统有较大的区别。由于分布式计算机系统的资源分布于系统的不同计算机上,操作系统对用户的资源需求不能像一般的操作系统那样等待有资源时直接分配的简单做法,而是要在系统的各台计算机上搜索,找到所需资源后才可进行分配。分布式操作系统分布于系统的各台计算机上,能并行地处理用户的各种需求,有较强的容错能力。

2.1.4　操作系统的特性

当代操作系统都具有以下基本特性。

1) 并发性

在多道程序环境下,并发性是指在一段时间内宏观上有多个程序在同时运行,但在单处理机系统中每一时刻却仅能有一道程序执行,故微观上这些程序只能是分时地交替执行。倘若在计算机系统中有多个处理机,则这些可以并发执行的程序便可被分配到多个处理机上,实现并行执行,即利用每个处理机来处理一个可并发执行的程序,这样,多个程序便可同时执行。

2) 共享性

共享即资源共享,是指系统中的资源可供内存中多个并发执行的进程共同使用。可分为以下两种资源共享方式：

（1）互斥共享方式：系统中的某些资源，如打印机、磁带机，虽然它们可以提供给多个进程使用，但为使所打印或记录的结果不致造成混淆，应规定在一段时间内只允许一个进程访问该资源。

（2）同时访问方式：系统中还有另一类资源，允许在一段时间内由多个进程"同时"对它们进行访问。这里所谓的"同时"往往是宏观上的；而在微观上，这些进程可能是交替地对该资源进行访问。典型的可供多个进程"同时"访问的资源是磁盘设备。

3）虚拟性

在操作系统中的"虚拟"，是指通过某种技术把一个物理实体变成若干个逻辑上的对应物。物理实体是实的，逻辑设备是虚的。在操作系统中利用了多种虚拟技术，分别用来实现虚拟处理机、虚拟内存、虚拟外部设备和虚拟信道等。例如，可以通过虚拟存储器技术，将一台机器的物理存储器变为虚拟存储器，以便从逻辑上来扩充存储器的容量。

4）异步性

异步性也称为不确定性，指进程的执行顺序和执行时间的不确定性。在多道程序环境下，允许多个进程并发执行，从而引发对有限的系统资源的竞争，进程的执行以"时走时停"的方式运行。内存中的每个进程在何时执行，何时暂停，以怎样的速度向前推进，每道程序总共需要多少时间才能完成，都是不可预知的，很可能是先进入内存的作业后完成，而后进入内存的作业先完成。

2.1.5　用户接口

为了方便用户使用操作系统，操作系统又向用户提供了"用户与操作系统的接口"。通常以命令或系统调用的形式提供给用户。用户接口分以下几种：

1）命令接口

命令接口是为联机用户提供的，它由一组键盘操作命令及命令解释程序组成，又分联机和脱机用户接口。

（1）联机用户接口。这是为联机用户提供的，它由一组键盘操作命令及命令解释程序组成。

（2）脱机用户接口。该接口是为批处理作业的用户提供的，故也称为批处理用户接口。该接口由一组作业控制语言 JCL 组成。

2）程序接口

为用户程序在执行中访问系统资源而设置的，是用户程序取得操作系统服务的路径。它由一组系统调用组成。

3）图形接口

图形用户接口采用了图形化的操作界面，用非常容易识别的各种图标来将系统的各项功能、各种应用程序和文件，直观、逼真地表示出来。用户可用鼠标通过菜单和对话框来完成对应用程序和文件的操作。近年来，图形用户界面发展得很快，如微软公司的

Windows 2000/XP/2003 及最新一代的操作系统 Windows Vista、Windows 7,以及苹果公司的 MacOS 等,以图形和菜单作为主要的显示界面以及鼠标作为主要的输入方式,受到了广大计算机用户的欢迎,并对计算机的普及起到了关键性的作用。

2.2 操作系统的功能

操作系统的功能特性可以分别从资源管理和用户使用两个角度进行讨论。从用户使用的角度来看,操作系统对用户提供访问计算机资源的接口。从资源管理的角度来看,操作系统对计算机资源进行运行控制和管理的功能主要分为处理机管理、存储管理、设备管理和文件管理 4 部分。

2.2.1 处理机管理

处理机管理主要是对处理机(CPU)进行全面的安排和调度。CPU 是整个计算机系统中的核心硬件资源。它的性能和使用情况对整个计算机系统的性能具有关键影响。CPU 是较为昂贵的资源,它的速度一般比其他硬件设备的工作速度要快得多,其他设备的正常运行往往也离不开 CPU。因此,有效地管理 CPU,充分利用 CPU 资源也是操作系统最重要的管理任务。

在多道程序的环境中,CPU 分配的主要对象是进程(或线程),操作系统通过选择一个合适的进程占有 CPU 来实现对 CPU 的管理,因此,对 CPU 的管理归根结底是对进程的管理。操作系统有关进程方面的管理任务很多,主要有进程调度、进程控制、进程同步和互斥、进程通信、死锁的检测与处理等。

1. 程序的顺序执行与并发执行

1) 程序的顺序执行

程序的顺序执行是指 CPU 严格按程序的指令顺序执行。例如,a=100;b=50;c=a+b;为一个程序中的三条语句,顺序执行的程序是严格按照程序的指令次序执行的,即程序的一条语句都必须在前一语句结束后才能开始。对于多个程序之间的顺序执行是一个程序执行结束后,下一个程序才能开始。

程序的顺序执行具有封闭性,即只有程序本身才能改变、决定程序的运行状态和运行结果。如果程序的初始条件相同,则反复执行多次,结果不发生变化。顺序执行程序的结果与其执行速度无关。这就是说,一条指令不管执行多长时间,它执行的结果一样。

程序顺序执行方式只能是单道程序运行,其优点是硬件要求简单、清晰、便于调试程序;缺点是效率低而且资源利用率不高,比如剩余内存空间被浪费、CPU 必须等待慢速的输入/输出等。为了提高资源的利用率,必须采用程序的并行执行方式。

2）程序的并发执行

在多道程序系统中,为了提高系统资源利用率,增强计算机系统的处理能力,可以让

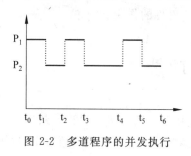

图 2-2　多道程序的并发执行

多个程序同时在系统中运行,这种多程序同时操作的技术称为程序的并发执行,即指两个或两个以上的程序在计算机系统中同时处于已开始执行且尚未结束的状态。图 2-2 表示单 CPU 条件下两道程序的同时运行。一个 CPU 分时执行两个程序,当 CPU 执行 P_1 到点 t_1 时,或者因为分配给 P_1 的 CPU 时间片已经结束,或者因为 P_1 需要外部设备输入/输出,CPU 必须暂停执行 P_1,转去执行 P_2。如此直到 P_1、P_2 运行完成。这种多道程序的同时执行称为程序并发。

2. 进程的概念与状态

随着操作系统的不断发展,进程的概念也在不断地充实与完善。较典型的进程定义如下:

（1）进程是程序在一个数据集合上的运行过程,它是系统进行资源分配和调度的独立单位。

（2）进程是一个程序在给定活动空间和初始条件下,在一个 CPU 上的执行过程。

（3）进程是系统资源分配和调度的独立单位。

一个进程运行过程中,有时 CPU 在执行它的程序,有时 CPU 不执行它的程序,有时进程当前不具备运行条件,如等待通道输入输出数据。

进程有三种基本状态:就绪状态、执行状态、等待状态。

当进程具备一切执行条件,但是唯独没有分配到 CPU 时间,这时的进程状态称为就绪状态。当进程占据 CPU,执行着它的程序时,进程这个状态称为执行状态。当进程不具备 CPU 执行条件,这时即使 CPU 空闲,该进程也不能执行,进程的这种状态称为等待状态。

进程运行过程中,其状态不断地、交替地发生改变。例如,一个正处于执行状态的进程要求外部设备输入/输出,这时,它便进入等待状态(等待外设输入/输出操作完毕)。当一个处于就绪状态的进程由进程调度获得 CPU 后就转成为执行状态。处于等待状态的进程在输入/输出完成后又可能转为就绪状态,执行状态的进程在时间片结束后又会转为就绪状态。进程各状态之间的转换关系如图 2-3 所示。

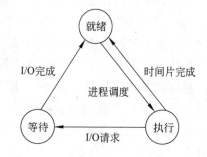

图 2-3　进程的三种基本状态及其转换

进程和程序是两个不同的概念,但又有密切的联系。它们之间的主要区别是:

（1）程序是静态概念,本身可以作为一种指令的集合,以文件形式长期保存;进程则是程序的一次执行过程,它是动态的,有一定的生命期,随着程序运行动态地产生,随着程

序运行结束而消亡。

（2）程序和进程并不一定具有一一对应的关系。如一个程序可由多个进程共用；同时，一个进程在其活动中可顺序地执行若干个程序。进程不能脱离具体程序而虚设，程序规定了相应进程所要完成的动作。若干个进程可以是协作的，也可以是无关的。

（3）进程是一个能独立运行的单位，能与其他进程并发执行，进程是作为资源申请和调度单位存在的；通常的程序段是不能作为一个独立运行的单位的。

一个进程可以涉及一个或几个程序的执行；反之，一个单一的程序也可以被一个或几个进程使用。图 2-4 和图 2-5 分别给出了 Windows 任务管理器中的应用程序和进程。

图 2-4　Windows 任务管理器中的应用程序

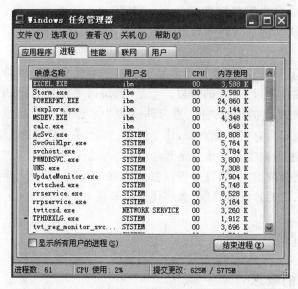

图 2-5　Windows 任务管理器中的进程

3. 进程调度

1）进程控制

当一个程序要运行,首先系统要为其申请内存等必要的资源,创建相应的进程。一个进程在完成了其程序规定的任务前,该进程处于就绪、执行和等待三个状态的反复变化之中。一旦进程完成了其程序规定的任务后或因故中止,系统便收回它的进程控制块和其他占有的资源,此时就说撤销了该进程,这标志进程生命周期结束。进程控制的主要功能是为作业创建进程、撤销已结束的进程,以及控制进程在运行过程中的状态转换。在 Windows 中,可以对正在执行的应用程序和进程进行查看和简单管理,如图 2-4 和图 2-5 所示。

2）进程同步

进程同步是对多个相关进程在执行次序上进行协调,使系统中各进程之间能有效地共享资源和相互合作。有两种协调方式:

(1)进程互斥方式。各进程在对每一次只允许一个进程使用的资源进行访问时,应采用互斥方式;

(2)进程同步方式。在相互合作去完成共同任务的各进程间,由同步机构对它们的执行次序加以协调。为了实现进程同步,系统中必须设置进程同步机制。

3）进程通信

由于不同的进程运行在各自不同的内存空间中,一方对于变量的修改另一方是无法感知的。因此,进程之间的信息传递只能通过进程间通信来完成。例如,有三个相互合作的进程,它们是输入进程、计算进程和打印进程。输入进程负责将所输入的数据传送给计算进程;计算进程利用输入数据进行计算,并把计算结果传送给打印进程;最后,由打印进程把计算结果打印出来。进程通信的任务就是用来实现在相互合作的进程之间的信息交换。当相互合作的进程处于同一计算机系统时,通常在它们之间是采用直接通信方式,即由源进程利用发送命令直接将消息(message)挂到目标进程的消息队列上,以后由目标进程利用接收命令从其消息队列中取出消息。

4）调度

进程只有占用了 CPU 才能真正活动起来。但是系统中处于就绪状态并可以立即使用 CPU 的进程数往往超过 CPU 的数目。于是,系统需要按照自己的性能要求选择调度算法,分配 CPU。调度包括作业调度、进程调度两步。作业调度是按一定算法从后备队列中选出若干个作业,为它们分配资源,建立进程,使之成为就绪进程,并把它们按一定算法插入就绪队列。进程调度是指按一定算法,如最高优先级算法,从进程就绪队列中选出一个进程,把处理机分配给它,为该进程设置运行现场,并使之投入运行。常用的调度算法有先进先出算法、时间片轮转算法、最高优先级算法等。

2.2.2 存储管理

1. 存储管理的概念

存储器是一种宝贵的系统资源。一个作业要在 CPU 上运行,它的代码和数据就要全部或部分地驻在内存中。操作系统也要占据相当大的内存空间。在多道程序系统中，并发运行的程序都要占有自己的内存空间，因此内存空间总是一种紧张的系统资源。存储管理的任务是对要运行的作业分配内存空间，当一个作业运行结束时要收回其所占用的内存空间。为了使并发运行的作业相互之间不受干扰，不能有意或无意地存取自己作业空间以外的存储区，从而干扰、破坏其他作业的运行，操作系统要对每一个作业的内存空间和系统内存空间实施保护。

存储器的功能结构如图 2-6 所示，在本章中我们的主要研究对象是内存。

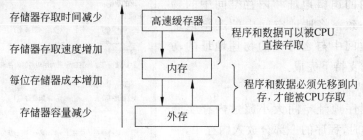

图 2-6　三级存储器结构

2. 存储管理的基本功能

存储管理的主要任务是管理存储器资源，为多道程序运行提供有力的支撑。存储管理具有如下主要功能。

1) 内存分配

分配内存时，系统根据内存实际占用情况，按照一定算法把某一自由内存区域分配给申请者。当有一内存空间要求释放时，系统负责把它收回，使之变为自由区。通过多个进程共享内存资源以提高内存的利用率。内存分配有以下三种策略：

(1) 直接方式：由程序员或编译程序确定用户程序在主存中的位置。

(2) 静态分配：在装入内存前，一次性说明程序所需要的地址空间。确定后在整个程序执行过程中不再改变。这种方法简单，但利用率低，难于实现多道程序对资源的共享。

(3) 动态分配：在程序被装入主存或在执行过程中，才确定其存储分配。这种方法管理复杂，但利用率高，容易实现主存的资源共享。在现代操作系统中，主要采用动态分配方式。

2) 内存保护

为保证各道程序能在自己的内存空间运行而互不干扰，要求每道程序在执行时能随时检查对内存的所有访问是否合法，必须设置内存保护机制。常用的内存信息保护方法有硬件法、软件法和软硬件结合保护三种。上下界保护法是常用的硬件保护法。该技术要求为每个进程设置一对上下界寄存器，其中装有被保护程序和数据段的起始地址和终止地址。在程序执行过程中，在对内存进行访问操作时首先进行地址合法性检查。若在规定的范围之内，则访问是合法的；否则是非法的，并产生地址越界中断。

3) 地址映射

在多道程序的系统中，操作系统必须提供把程序地址空间中的逻辑地址转换为内存空间对应的物理地址的功能。一个应用程序(源程序)经编译后,通常会形成若干个目标程序;这些目标程序再经过链接便形成了可执行程序。这些程序的地址都是从"0"开始的,程序中的其他地址都是相对于起始地址计算的,由这些地址所形成的地址范围称为"地址空间",其中的地址称为"逻辑地址"或"相对地址"。此外,由内存中的一系列单元所限定的地址范围称为"内存空间",其中的地址称为"物理地址"。在多道程序环境下,每道程序不可能都从"0"地址开始装入内存,这就致使地址空间内的逻辑地址和内存空间中的物理地址不相一致。将地址空间中的逻辑地址转换为内存空间中与之对应的物理地址的功能应在硬件的支持下完成。

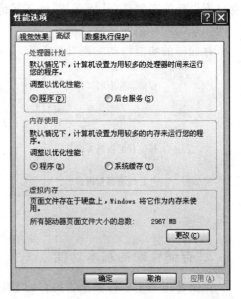

4) 内存扩充

当用户程序地址空间大小超过内存实际存储空间大小时,程序的一部分放入内存中,一部分放入辅存中,当要访问的程序或数据部分不在内存时,将自动从辅存调入。在用户看来,计算机提供了一个比实际内存容量更大的存储器,这个存储器为虚拟存储器,对应的地址空间称为虚拟空间。图 2-7 显示了 Windows 操作系统中虚拟内存的情况。

图 2-7　Windows 操作系统中的虚拟内存

2.2.3　设备管理

1. 设备管理概述

给 CPU 提供输入数据以及将 CPU 处理后的数据进行输出的设备称为输入/输出设备。

设备管理的主要任务有设备的分配和回收、设备的控制和信息传输(即设备驱动)。由于系统要支持众多的各种各样的设备,而且各类设备的控制和信息传输操作差别极大,因此设备管理方面的系统代码在操作系统核心中占有相当大的部分。一般与各种设备密切相关的代码是由设备制造商或专门的软件生产商编制,以可装卸的形式植入操作系统的内核。图 2-8 给出了计算机系统与输入/输出设备的关系。

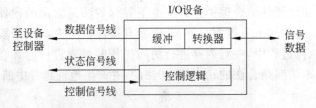

图 2-8　计算机系统与输入/输出设备的关系

图 2-9 中 Windows 操作系统的设备管理器显示了计算机系统中众多的设备。

输入/输出设备种类繁多，其分类方法如下：

1) 按服务功能分类

（1）存储类设备。如磁盘机、磁带机，它们以存储大量信息和快速检索为目标。

（2）输入/输出类设备。如键盘、屏幕、打印机、音响、摄像头等，它们把外界信息输入计算机，把运算结果从计算机输出。

（3）通信设备。如网络卡。

2) 按信息交换的单位分类

（1）块设备。这类设备用于存储信息，信息的存取总是以数据块为单位。典型的块设备是磁盘，每个盘块的大小为 512 B～4KB。磁盘设备的基本特征是其传输速率较高，通常每秒钟为几兆位；另一特征是可以寻址，即对它可随机地读/写任意一块。

图 2-9　Windows 操作系统的设备管理器

（2）字符设备。用于数据的输入和输出。其基本单位是字符，故称为字符设备。

3) 按设备的共享属性分类

（1）独占设备。这类设备在用户作业的整个运行期间必须为此用户所独占，才能保证传送信息的连贯性。大多数低速 I/O 设备，如用户终端、打印机等均属于这类设备。

（2）共享设备。这类设备通常指磁带、磁盘一类的存取设备。

（3）虚拟设备。将慢速的独占设备改造成多个用户可共享的设备，以提高设备的利用率、提高系统进程并行的程度。模拟独占设备的那部分共享设备的空间称为虚拟设备。

2. 设备管理的功能

设备管理的主要任务是，完成用户进程提出的 I/O 请求；为用户进程分配其所需的 I/O 设备；提高 CPU 和 I/O 设备的利用率；提高 I/O 速度；方便用户使用 I/O 设备。为实现上述任务，设备管理应具有缓冲管理、设备分配、设备处理以及虚拟设备等功能。

1) 缓冲管理

引入缓冲的主要原因在于改善 CPU 和 I/O 设备之间速度不匹配的情况。另一个原因是可以减少 I/O 对 CPU 的中断次数以及放宽对 CPU 的中断响应时间要求。如果 I/O 操作每传送一个字节就产生一次中断，那么设置了 n 个字节的缓冲区后，则可以等到缓冲区满才产生中断。这样，中断次数就减少为 $1/n$，而且中断响应时间也可相对放宽。因此，在现代计算机系统中，都毫无例外地在内存中设置了缓冲区，而且还可通过增加缓冲区容量的方法来改善系统的性能。最常见的缓冲区机制有单缓冲机制、能实现双向同时传送数据的双缓冲机制，以及能供多个设备同时使用的公用缓冲池机制。

2）设备分配

在多道程序环境下，多个用户或进程往往同时要求使用同一类或同一台设备。设备管理软件实现设备的登记和状态的跟踪，按照一定的算法把某 I/O 设备及相应的设备控制器和通道分配给某一用户或进程。对请求而未获得设备的进程，应把它们排成一个等待队列，使这些进程将来能按一定的次序使用设备。对于独占设备的分配，还应考虑到该设备被分配出去后，系统是否安全。设备使用完后，还应立即由系统回收。

3）设备处理

设备处理程序通常又称为设备驱动程序。它接收上层软件发来的抽象要求，再把它转换为具体要求后，发送给设备控制器，启动设备去执行，再将由设备控制器发来的信号传送给上层软件。其基本任务是用于实现 CPU 和设备控制器之间的通信，即由 CPU 向设备控制器发出 I/O 命令，要求它完成指定的 I/O 操作；反之由 CPU 接收从控制器发来的中断请求，并给予迅速的响应和相应的处理。

设备处理的过程是：设备处理程序首先检查 I/O 请求的合法性，了解设备状态是否是空闲的，了解有关的传递参数及设置设备的工作方式。然后向设备控制器发出 I/O 命令，启动 I/O 设备去完成指定的 I/O 操作。设备驱动程序还应能及时响应由控制器发来的中断请求，并根据该中断请求的类型，调用相应的中断处理程序进行处理。对于设置了通道的计算机系统，设备处理程序还应能根据用户的 I/O 请求，自动地构成通道程序。设备驱动程序大体上可分两部分，它除了需要有能够驱动 I/O 设备工作的驱动程序外，还需要有设备中断程序来处理 I/O 完成后的工作。

2.2.4 文件管理

1. 文件基础知识

文件是计算机中信息的主要存取形式，也是用户存放在计算机中的重要资源或财富。文件管理的主要目的是将文件长期、有组织、有条理地存放在系统之中，并向用户和程序提供方便的建立、打开、关闭、撤销等存取接口，便于用户共享文件。文件管理的主要功能有文件存储空间的分配和回收、目录管理、文件的存取操作与控制、文件的安全与维护、文件逻辑地址与物理地址的映象、文件系统的安装、拆除和检查等。文件管理是对计算机系统的软件资源的管理。软件资源主要包括各种系统程序、标准程序库、应用程序以及文档资料等。对计算机系统中各类软件资源的管理即是对文件的管理。

从用户使用角度来看，文件是一个具有符号名的一组相关联的字节或记录的有序集合。可分为有结构文件和无结构文件两种。在有结构的文件中，文件由若干个相关记录组成；而无结构文件则被看成是一个字符流。文件在文件系统中是一个最大的数据单位，它描述了一个对象集。比如一个班的学生记录作为一个文件。一个文件必须要有一个文件名，操作系统根据文件名来对其进行控制和管理。不同的操作系统对文件命名的规则略有不同，即文件名的格式和长度因系统而异。

文件扩展名是用来区分文件的属性的，由一些特定的字符组成，具有特定的含义，用来标志文件的类型，常随应用程序自动生成。表 2-1 列出了一些常用的文件扩展名。

表 2-1　常用的文件扩展名示例

扩展名	文件类型	示　　例	扩展名	文件类型	示　　例
ppt	Powerpoint 演示文稿	chapter2.ppt	htm/html	网页文件	textbook.htm
txt	文本文件	fun.txt	mp3	影片文件	song.mp3
doc	文档文件	computer.doc	xls	Excel 电子表格	grade.xls
bmp/jpg	图形文件	girl.jpg			

　　现代计算机操作系统提供了文件系统，当用户要求系统保存一个已命名的文件时，文件系统按照一定的格式把此逻辑文件存放到文件存储器的适当地方。用户需要时，系统根据用户提供的文件名，能够从文件存储介质上找出所需要的文件或文件的某些信息。同时文件系统提供以文件为基本单位的共享、保护。图 2-10 为 Windows 操作系统中文件的属性，显示文件的信息。

图 2-10　Windows 操作系统中文件的属性

　　文件可以按各种方法进行分类。

　　（1）按文件性质和用途分类：系统文件、用户文件、库文件。

　　系统文件：由操作系统核心和各种系统应用程序和数据组成的文件。

　　用户文件：用户文件是用户委托文件系统保存的文件，这类文件只由文件的所有者或所有者授权的用户才能使用。用户文件主要由源程序、目标程序、用户数据库等组成。

　　库文件：标准子程序及常用应用程序组成的文件，允许用户使用但不能修改。

　　（2）按信息保存期限分类：临时文件、永久文件、档案文件。

　　（3）按文件的保护方式分类：只读文件、读写文件、可执行文件。

　　（4）按文件的逻辑结构分类：流式文件、记录式文件。

　　（5）按文件的物理结构分类：顺序文件、链接文件、索引文件。

2. 文件组织

　　文件组织是指文件的构造方式。文件用户按照自己的使用要求，把构成文件的元素组织起来，文件的这种结构称为文件逻辑结构。文件系统一方面要使文件满足用户对逻辑文件的使用要求，更重要的是关注如何按照存储设备特征、文件的存取方式来组织文件，保证文件有效地存储、检索，即文件系统主要关注的是文件的物理结构。

1）文件的逻辑结构（File Logical Structure）

文件的逻辑结构通常分为两种：有结构的文件和无结构的文件。记录式文件是有结构的文件，它包含了有序的记录的集合。流式文件是有一定意义的字符流或字节流。流式文件通常称为无结构的文件。大量的数据结构和数据库采用有结构的文件形式，而大量的源程序、可执行文件、库函数等所采用的是无结构的文件形式，即流式文件，其长度以字节为单位。对流式文件的访问，则是采用读写指针来指出下一个要访问的字符。可以把流式文件看作是记录式文件的一个特例。

2）文件的物理结构

文件的物理结构是指逻辑结构的文件如何在存储介质上存放。文件的存储空间划分成若干个物理块，并以物理块作为分配、存放信息的单位。

常用的文件物理结构有：

（1）连续文件。这是一种最简单的物理文件结构，一个逻辑上连续的文件信息被存放到连续的物理块中。

（2）串联文件。串联文件的物理块是不连续的，也不必是顺序排列的，在每个物理块的尾部设置了一个指针或称连接字，指向下一个物理块。

（3）索引文件。如果采用双向链代替串联文件中的单向链就形成了索引文件。

3. 文件管理

文件管理可分为文件存储空间的管理、文件目录管理及文件的读/写管理和保护。

1）文件存储空间的管理

文件存储空间管理实际上是对磁盘空间的管理。其主要任务是为每个文件分配必要的外存空间，提高外存的利用率，并能有助于提高文件系统的运行速度。为此，系统应设置相应的数据结构，用于记录文件存储空间的使用情况，以供分配存储空间时作为参考；系统还应具有对存储空间进行分配和回收的功能。对文件操作时，用户只要指定文件名（路径）即可，具体操作的实现都是由文件系统自动完成的。

2）目录管理

文件目录项通常包括以下内容：有关文件存取控制的信息，如文件名、用户名、授权者存取权限；有关文件类型和文件属性，如读写文件、执行文件、只读文件等；有关文件结构的信息，如文件的逻辑结构中的记录类型、记录个数、记录长度等；有关文件的物理结构，如记录存放相对位置或文件第一块的物理块号，也可指出文件索引的所在位置；有关文件管理的信息，如文件建立日期、文件最近修改日期、访问日期、文件保留期限等。由若干个目录项又可构成一个目录文件。

目录管理的主要任务是为每个文件建立其目录项，并对众多的目录项加以有效的组织，以实现方便的按名存取。用户只需提供文件名，即可对该文件进行存取。其次，目录管理还应能实现文件共享。此外，还应能提供快速的目录查询手段，以提高对文件的检索速度。图 2-11 显示了 Windows 操作系统中的目录管理，(a)图为目录中的信息，(b)图为目录信息的类别选项。

目录的组织方式有：单级目录结构、二级目录结构和多级目录结构。

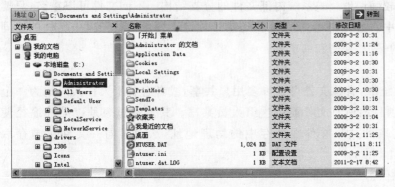

(a) 目录中的信息   (b) 目录信息的类别选项

图 2-11　Windows 操作系统中的目录管理

（1）单级目录结构是指所有文件在一个目录下组成一个线性表，如表 2-2 所示。其优点是简单且能实现目录管理的基本功能——按名存取，缺点是查找速度慢，不允许重名，不便于实现文件共享。

表 2-2　单级目录结构

文件名	物理地址	文件说明	状态位
文件名 1 文件名 2 …			

（2）二级目录结构是将系统中的目录分成一个主目录表和多个次目录表。它提供了允许文件重名的一个办法，如图 2-12 所示。二级目录结构具有以下优点：提高了检索目录的速度；在不同的用户目录中，可以使用相同的文件名；不同用户还可使用不同的文件名来访问系统中的同一个共享文件。

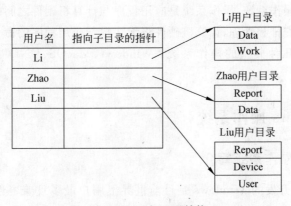

图 2-12　两级目录结构

（3）多级目录结构。为了更清楚地反映系统中众多文件的不同用途，也为了更方便查找文件，现代操作系统文件目录组织成树型结构。树型多级目录能较好地反映具有层次关系的数据集合和较确切地反映系统内部文件的分支结构。不同文件可以重名,只要它们不在同一子目录中。另外,多级目录结构还易于规定不同层次或子树中文件的不同存取权限,便于文件的保护、保密和共享等。

3)文件共享

在现代计算机系统中,有些文件可供许多用户共享,或者有若干人在共同地为一个项目而工作,有关该项目的所有文件能供这组人员共享。其基本思想是以某种途径使用户(或各进程)都能取到共享文件在外存中的物理地址,从而对同一文件实施存取操作。

4)文件的保护和保密

为了确保文件的安全,通常文件系统要提供文件的保护功能。实现文件保护的方法有许多种,下面介绍常用的几种。

(1)共享文件存取控制。这是要确定每个用户对共享文件的存取权限,以防止用户有意或无意地破坏共享文件。存取权限主要是指允许读(R)、允许写(W)和允许执行(E)。一般一个文件若允许写,就应允许读,所以允许写比允许读有更大的权限。允许执行是对程序文件而言的。

(2)口令。用户为自己的每个文件规定一个口令,附在文件目录中。存取文件时必须提供口令,当提供的口令与目录中的口令一致时,才允许存取。

(3)加密。加密是以某种密码对用户源文件进行变换而得到相应的密码文件,以此密码文件进行存储和传输。

2.3　典型操作系统介绍

开机后计算机进入工作状态运行的第一个程序就是操作系统。当前任何一种计算机都配置一种或多种操作系统,操作系统是应用程序与计算机硬件之间的"中间人",如果没有操作系统的统一安排和管理,计算机硬件将无法执行应用程序的命令。

这里简单介绍几种典型的操作系统:Windows、MacOS、UNIX、Linux及移动操作系统。

2.3.1　Windows 操作系统

1. Windows 操作系统简介

Microsoft 公司开发的 Windows 是目前世界上用户最多且兼容性最强的操作系统。最早的 Windows 操作系统从 1985 年开始推出,改进了微软以往的命令、代码系统 DOS。Windows 是彩色界面的操作系统。它默认的平台是由任务栏和桌面图标组成的。任务栏是由显示正在运行的程序、"开始"菜单、时间、快速启动栏、输入法以及右下角托盘图标组成。而桌面图标是进入程序的途径。

Windows 的主要发展历程如表 2-3 所示。

表 2-3　Windows 的主要发展历程表

Windows 9x 内核系列的发展	Windows NT 内核系列的发展
1985 年 11 月：Windows 1.0 1987 年 4 月：Windows 2.0 1990 年 5 月：Windows 3.0	
	1993 年 8 月：Windows NT 3.1 1994 年 9 月：Windows NT 3.5
1994 年 2 月：Windows 3.11 1995 年 8 月：Windows 95	
	1996 年 8 月：Windows NT 4.0
1998 年 6 月：Windows 98 1999 年 5 月：Windows 98 SE 2000 年 9 月：Windows Me 2001 年 1 月：Windows 9x 内核正式宣告结束	2000 年 2 月：Windows 2000 2001 年 10 月：Windows XP 2003 年 4 月：Windows Server 2003 2005 年 7 月：Windows Vista 2008 年 2 月：Windows Server 2008 2009 年 10 月：Windows 7

2．Windows 的特点

与早期的操作系统 DOS 相比，Windows 更容易操作，更能充分有效地利用计算机的各种资源。Windows 以窗口的形式显示信息，它提供了基于图形的人机对话界面。具体特点如下：

1）统一的基于图形的操作环境

Windows 提供的是统一的基于图形的操作环境。对计算机的操作是通过对"窗口"、"图标"、"菜单"等图形画面和符号的操作来实现。用户操作的方式，不仅可以用键盘，而且更多地是用鼠标来完成。所有应用程序的窗口都具有相似的外观和操作方式，学会了一种应用程序的操作方法，就能容易地掌握其他应用程序的操作方法。

2）易用性和兼容性

Windows 系统通过双击鼠标访问应用程序、文档或进行系统设置，单击任务栏上的按钮可以在应用程序之间切换。具有添加硬件、程序添加和删除等多种向导，具有硬件自动检测功能，支持"即插即用"技术，方便用户安装和配置各种硬件设备和应用软件。在系统中可以运行 DOS 应用程序，具有良好的兼容性。

3）多任务运行，共享系统资源

可以同时运行多道程序，执行多个任务，各程序任务之间既能很容易地转换，又可方便地交换信息、共享资源。Windows 系统为各程序之间的数据共享提供了剪贴板以及对象嵌入和对象链接等技术。

4）先进的内存管理

Windows 系统实现了自动内存管理技术，它根据应用程序的大小自动地分配适当的内存空间，使每个应用程序在不同内存空间运行。自动使用扩充内存和虚拟内存。

5）丰富的应用程序，内置网络和通信功能

Windows 系统自带了一些应用程序和实用工具，例如计算器、通讯簿、记事本等程序，并与 Internet Explorer 浏览器紧密集成。支持点对点的工作组级别的网络访问；支持客户机/服务器（Client/Server）方式的网络访问。支持多种网络传输协议，可以共享打印机、文件和网络上的资源。通过仿真终端、拨号网络或局域网的方式建立与 Internet 的链接。

6）支持多媒体信息处理

Windows 系统不仅为开发多媒体应用程序提供了高层和低层的函数支持，而且本身还配带了多个多媒体实用程序，如录音机、媒体播放机等。Windows 的特性为多媒体成为操作系统标准部件奠定了基础，是多媒体的理想平台。

3. Windows 的主要版本

1）早期版本的特点

早期版本是指 Windows 95 以前的版本，有以下技术特点：采用图形用户界面，易学易用；丰富的与设备无关的图形化操作；多任务操作环境；丰富的软件开发工具。

2）Windows 95/98

Windows 95 是 1995 年推出的操作系统，是一个混合的 16 位/32 位 Windows 系统。

图 2-13 Windows 95 操作系统启动画面

它带来了更强大、更稳定、更实用的桌面图形用户界面。在它发行的一两年内，它成为有史以来最成功的操作系统之一。图 2-13 为 Windows 95 操作系统启动画面。

1998 年 6 月发行的 Windows 98 是一个混合 16 位/32 位的图形操作系统。它是基于 Windows 95 编写的，改良了硬件标准的支持，例如 USB、MMX 和 AGP。

3）Windows NT

Windows NT 的最初设计目标是面向未来 PC 平台上的操作系统需求，兼容 POSIX 并满足美国政府的 C2 安全标准。整个 Windows NT 系统的设计包括一个运行于特权处理器模式下的执行模块，执行模块提供进入系统的唯一入口。

4）Windows 2000

发行于 2000 年 12 月的 Windows 2000 是 32 位图形商业性质的操作系统。

Windows 2000 有 4 个版本：Professional、Server、Advanced Server 和 Datacenter Server。其中：

Professional 是桌面操作系统。

Windows 2000 Server 是服务器版本，它的前一个版本是 Windows NT 4.0 Server 版。既可面向一些中小型企业的内部网络服务器，也可以应付大型网络中的各种应用。

Advanced Server 是 Server 的企业版，它的前一个版本是 Windows NT 4.0 企业版。

Advanced Server 具有更为强大的特性和功能。它对 SMP(对称多处理器)的支持要比 Server 更好,支持的数目可以达到 4 路。

Datacenter Server 可以支持 32 路 SMP 系统和 64GB 的物理内存。该系统可用于大型数据库、经济分析、科学计算以及工程模拟等方面,另外还可用于联机交易处理。

所有版本的 Windows 2000 都有共同的一些新特征:采用新的 NTFS 文件系统 NTFS5;允许对磁盘上的所有文件进行加密;增强对硬件的支持。

5) Windows XP

Windows XP 采用统一的系统代码同时面向消费型和商业型操作系统的需求。Windows XP 包括 Home、Professional、Media Center、Tablet PC 和 Professional x64 版本。图 2-14 为 Windows XP 操作系统启动画面。

图 2-14　Windows XP 操作系统启动画面

Windows XP 的新特性主要包括以下 5 个方面:

(1) 运行新特性:基于新型 Windows 引擎,采用 32 位计算体系结构和完全受保护的内存模型,提供了系统还原特性、设备驱动程序回滚、增强的设备驱动程序检验器,并消除了大部分系统重启的情况。

(2) 防止应用程序错误的手段:采用了并行 DLL 支持、Windows 核心代码文件保护、Windows 安装程序及增强的防病毒功能。

(3) 增强的 Windows 安全性:提供了 Internet 连接的防火墙特性、带有多用户支持的加密文件系统(EFS)、IPSec、Keberos 和 IC 卡支持等安全特性。

(4) 简化的管理和部署:提供了增强的应用程序兼容性、用户状态移植工具、系统准备工具、组策略、策略的结果集、Microsoft 管理控制台、恢复控制台、Windows 管理规范、安全模式启动选项等特性,为系统管理提供支持。

(5) 新的远程用户工作方式:支持远程桌面、证书管理器、脱机文件/文件夹、同步管理器等新特性。

6) Windows 2003

2003 年 4 月,Windows Server 2003 发布。它对活动目录、组策略操作和管理、磁盘管理等面向服务器的功能作了较大改进,对.NET 技术的完善支持进一步扩展了服务器的应用范围。

Windows Server 2003 有 4 个版本:Windows Server 2003 Web 服务器版本、

Windows Server 2003 标准版、Windows Server 2003 企业版以及 Windows Server 2003 数据中心版。Web 服务器版主要是为网页服务器设计的,而数据中心版是一个为极高端系统使用的。标准和企业版本则介于两者中间。图 2-15 为 Windows Server 2003 操作系统启动画面。

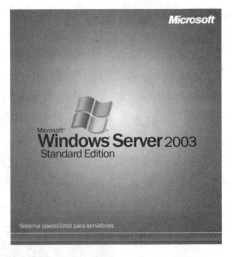

图 2-15　Windows Server 2003
操作系统启动画面

7) Windows Vista

2005 年 7 月发布的 Windows Vista 是代号为 Longhorn 的下一版本 Windows 操作系统的正式名称。它是继 Windows XP 和 Windows Server 2003 之后的又一重要的操作系统。该系统带有许多新的特性和技术。

8) Windows 7

Windows 7 是具有革命性变化的操作系统。它的设计主要围绕 5 个重点:针对笔记本电脑的特有设计;基于应用服务的设计;用户的个性化;视听娱乐的优化;用户易用性的新引擎。图 2-16 为 Windows 7 操作系统的界面。

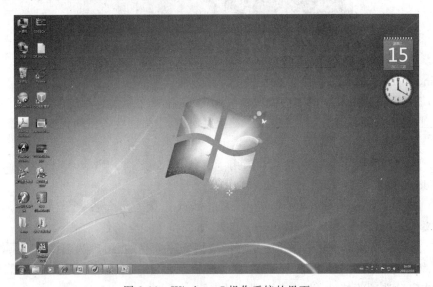

图 2-16　Windows 7 操作系统的界面

Windows 7 的新特性主要包括以下 5 个方面:

(1) 更易用。Windows 7 做了许多方便用户的设计,如快速最大化、窗口半屏显示、跳转列表(Jump List)、系统故障快速修复等,成为最易用的 Windows。

(2) 更快速。Windows 7 大幅缩减了 Windows 的启动时间。

(3) 更简单。Windows 7 将会让搜索和使用信息更加简单,包括本地、网络和互联网搜索功能,直观的用户体验将更加高级,还会整合自动化应用程序提交和交叉程序数据透明性。

（4）更安全。Windows 7包括了改进的安全和功能合法性，还会把数据保护和管理扩展到外围设备。

（5）节约成本。Windows 7可以帮助企业优化它们的桌面基础设施，具有操作系统、应用程序和数据无缝移植功能，并简化PC供应和升级，进一步朝完整的应用程序更新和补丁方面努力。

（6）更好的连接。Windows 7进一步增强了移动工作能力，无论何时、何地、任何设备都能访问数据和应用程序，无线连接、管理和安全功能进一步扩展。令性能和功能及新兴移动硬件得到优化，拓展了多设备同步、管理和数据保护功能。

2.3.2　MacOS

MacOS是一套运行于苹果Macintosh系列电脑上的操作系统。MacOS是首个在商用领域成功的图形用户界面。MAC系统是苹果机专用系统，是基于UNIX内核的图形化操作系统，一般情况下在普通PC上无法安装该操作系统。

苹果公司不但生产MAC的大部分硬件，而且MAC所用的操作系统都是它自行开发的。苹果机现在的操作系统已经到了OS 10，代号为MacOS Ⅹ（Ⅹ为10的罗马数字写法），这是MAC电脑诞生15年来最大的变化。新系统非常可靠，它的许多特点和服务都体现了苹果公司的理念。

另外，现在疯狂肆虐的电脑病毒几乎都是针对Windows的，由于MAC的架构与Windows不同，所以很少受到病毒的袭击。Mac OS Ⅹ操作系统界面非常独特，突出了形象的图标和人机对话。

MacOS Ⅹ Lion中一切应用程序均可在全屏模式下运行。这种用户界面将极大简化电脑的使用，减少多个窗口带来的困扰。它将使用户获得与iPhone、iPod touch和iPad用户相同的体验。全屏模式简化了计算体验，以用户感兴趣的当前任务为中心，减少了多个窗口带来的困扰，并为全触摸计算铺平了道路。

MacOS Ⅹ Lion中快速启动面板的工作方式与iPad相同。它以类似于iPad的用户界面显示电脑中安装的一切应用，并通过App Store（应用商店）进行管理。用户可滑动鼠标在多个应用图标界面间切换。快速启动面板简化了操作，用户可以很容易地找到各种应用。但是，某些高端用户可能更喜欢用文件夹树状目录管理应用程序。

新版MacOS的App Store应用商店的工作方式与iOS系统的App Store完全相同。它们具有相同的导航栏和管理方式。这意味着无须对应用进行管理。当用户从该商店购买一个应用后，MAC电脑会自动将它安装到快速启动面板中。

2.3.3　UNIX操作系统

UNIX是一个功能强大、性能全面的多用户、多任务操作系统，可以应用于从巨型计算机到普通PC等多种不同的平台上，是应用面最广、影响力最大的操作系统。UNIX起源于一个面向研究的分时系统,后来成为一个标准的操作系统,可用于网络、大型机和工作站。UNIX 系统运行在计算机系统的硬件和应用程序之间,负责管理硬件并向应用程序提供简单一致的调用界面,控制应用程序的正确执行。

1. UNIX 系统的发展

出现于 1969 年的 UNIX 操作系统是由 Ken Thompson 和 Dennis Ritchie 在 AT&T Bell 实验室开发的。它是一种多用户系统,支持联网和分布式文件系统。在 AT&T 将这种操作系统公开提供给大学和学院,并在研究计划和计算机科学程序中使用之后,这一操作系统就有了许多不同的应用版本。

最初的 UNIX 是用汇编语言编写的,一些应用是由称为 B 语言的解释型语言和汇编语言混合编写的。B 语言在进行系统编程时不够强大,所以 Thompson 和 Ritchie 对其进行了改造,并于 1971 年共同发明了 C 语言。1973 年 Thompson 和 Ritchie 用 C 语言重写了 UNIX。用 C 语言编写的 UNIX 代码简洁紧凑、易移植、易读、易修改,为此后 UNIX 的发展奠定了坚实的基础。

1974 年,Thompson 和 Ritchie 合作在 ACM 通信上发表了一篇关于 UNIX 的文章,这是 UNIX 第一次出现在 Bell 实验室以外。此后 UNIX 被政府机关、研究机构、企业和大学注意到,并逐渐流行开来。1979 年,版本 7 发布,这是最后一个广泛发布的研究型 UNIX 版本。

1982 年,AT&T 基于版本 7 开发了 UNIX System Ⅲ 的第一个版本,这是一个仅供出售的商业版本。为了解决 UNIX 版本的混乱情况,AT&T 综合了其他大学和公司开发的各种 UNIX,开发了 UNIX System V Release 1。这个新的 UNIX 商业发布版本不再包含源代码,所以加州大学 Berkeley 分校继续开发 BSD UNIX,作为 UNIX System Ⅲ 和 UNIX System V 的替代选择。BSD 对 UNIX 最重要的贡献之一是 TCP/IP。发布版中的 TCP/IP 代码几乎是现在所有系统中 TCP/IP 实现的前辈,包括 AT&T System V UNIX 和 Microsoft Windows。

其他一些公司也开始为自己的小型机或工作站提供商业版本的 UNIX 系统,有些选择 System V 作为基础版本,有些则选择了 BSD。BSD 的一名主要开发者,Bill Joy,在 BSD 基础上开发了 SunOS,并最终创办了 Sun Microsystems。

AT&T 继续为 UNIX System V 增加了文件锁定、系统管理、作业控制、流和远程文件系统。1987—1989 年,AT&T 决定将 Xenix、BSD、SunOS 和 System V 融合为 System V Release 4(SVR4)。这个新发布版将多种特性融为一体,结束了混乱的竞争局面。1993 年以后,大多数商业 UNIX 发行商都基于 SVR4 开发自己的 UNIX 变体了。

伴随着 UNIX 系统本身的不断完善与发展,UNIX 系统的某些特征也移植到很多微机操作系统中,如 MS-DOS、OS/2、Windows、Windows NT、Macintosh(安装在 Apple 机上)等。

2. UNIX 的特点

1) 多任务、多用户操作系统

在它内部允许有多个任务同时运行。它还允许多个用户同时使用,每个用户运行自己的或公用的程序,好像拥有一台单独的机器。

2）功能强大的 Shell

UNIX 的命令解释器由 Shell 实现。UNIX 提供了三种功能强大的 Shell,每种 Shell 本身就是一种解释型高级语言,通过用户编程就可创造无数命令,使用方便。

3）增强的系统安全机制

UNIX 提供了非常强大的安全保护机制,防止系统及其数据未经许可而被非法访问。

4）强稳定性和健壮的系统核心

在目前使用的操作系统中,UNIX 是比较稳定的。UNIX 具有非常强大的错误处理能力,保护系统的正常运行。

5）强大的网络功能

UNIX 具有很强的联网功能,目前流行的 TCP/IP 协议就是 UNIX 的默认网络协议。目前 UNIX 一直是 Internet 上各种服务器的首选操作系统。

6）移植性好

UNIX 的核心代码 95％是用 C 语言编写的,故容易编写和修改,可移植性好。应用到几乎所有 16 位及以上的计算机上,包括微机、工作站、服务器、小型机、多处理机和大型机等。

3. UNIX 系统的组成

UNIX 系统由内核、Shell、文件系统和应用程序 4 个部分组成。

1）内核

内核是系统的心脏,是运行程序和管理磁盘、打印机等硬件设备的核心程序,即直接管理计算机硬件的控制程序。

2）Shell

Shell 是用户界面,提供用户接口,是 UNIX 的一个特殊程序,是 UNIX 内核和用户的接口,是 UNIX 的命令解释器,也是一种解释性高级语言。

3）文件系统

文件系统负责组织文件在磁盘等存储设备上的存储方式。目录提供给用户一个方便的方式来组织文件,用户可以将一个文件或目录从一个目录移到另一个目录、设置目录的权限以及打开文件或与其他用户共享文件。

4）应用程序

应用程序是 UNIX 系统中的一组标准程序,通常分为编辑器、过滤器和通信程序。

UNIX 操作系统中,内核控制着硬件、程序的运行以及文件存储。Shell 与内核交互,把从用户接受的命令发送给内核。用户只需要与 Shell 通信,而不直接与内核通信,利用 Shell,用户可以运行不同的应用程序,如编辑器或通信程序。

2.3.4 Linux 操作系统

1. Linux 概述

Linux 是一套免费使用和自由传播的类 UNIX 操作系统,它主要用于基于 Intel x86

系列 CPU 的计算机上。Linux 操作系统是目前全球最大的一个自由软件,具有完备的网络功能,且具有稳定性、灵活性和易用性等特点。这个系统是由全世界各地的成千上万的程序员设计和实现的,其目的是建立不受任何商品化软件的版权制约、全世界都能自由使用的 UNIX 兼容产品。图 2-17 为 Linux 启动画面。

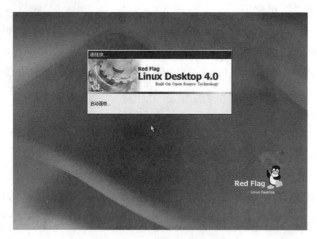

图 2-17　Linux 启动画面

Linux 最初由芬兰人 Linus Torvalds 开发,其源程序在 Internet 上公布后,引起了全球电脑爱好者的开发热情。许多人下载该源程序并按自己的意思完善某一方面的功能,再发回到网上,Linux 也因此被雕琢成为一个全球资源最稳定、最有发展前景的操作系统。Linux 的第一个版本在 1991 年 9 月被发布在 Internet 上,随后在 10 月份发布了第二个版本。

2. Linux 的特性

1) 完全免费

Linux 是一款免费的操作系统,用户可以通过网络或其他途径免费获得,并可以任意修改其源代码。来自全世界的无数程序员参与了 Linux 的修改、编写工作,程序员可以根据自己的兴趣和灵感对其进行改变。

2) 完全兼容 POSIX 1.0 标准

这使得在 Linux 下可以通过相应的模拟器运行常见的 DOS、Windows 的程序,为用户从 Windows 转到 Linux 奠定了基础。

3) 多用户、多任务

Linux 支持多用户,各个用户对于自己的文件设备有特殊的权利,保证了各用户之间互不影响。Linux 可以使多个程序同时并独立地运行。

4) 良好的界面

Linux 同时具有字符界面和图形界面。在字符界面用户可以通过键盘输入相应的指令来进行操作。它同时也提供了类似 Windows 图形界面的 X-Windows 系统,用户可以使用鼠标对其进行操作。

5）丰富的网络功能

在 Linux 中，用户可以轻松实现网页浏览、文件传输、远程登录等网络工作，并且可以作为服务器提供 WWW、FTP、E-Mail 等服务。

6）可靠的安全、稳定的性能

Linux 采取了许多安全技术措施，其中有对读、写进行权限控制、审计跟踪、核心授权等技术，这些都为安全提供了保障。Linux 在网络服务器的稳定性方面的表现也十分出色。

7）支持多种平台

Linux 可以运行在多种硬件平台上，如具有 x86、680x0、SPARC、Alpha 等处理器的平台。此外 Linux 还是一种嵌入式操作系统，可以运行在掌上电脑、机顶盒或游戏机上。

3. Linux 发行版本

目前主流的 Linux 发行版有 Ubuntu、Debian GNU/Linux、Fedora、Gentoo、openSUSE 及 Red Hat 等。其中 Ubuntu 是普及度最高的版本。Ubuntu 由马克·舍特尔沃斯创立，其首个版本于 2004 年 10 月发布。Ubuntu 是一个以桌面应用为主的 Linux 操作系统。Ubuntu 基于 Debian 发行版和 GNOME 桌面环境，与 Debian 的不同在于它每 6 个月会发布一个新版本。Ubuntu 的目标在于为一般用户提供一个最新的、同时又相当稳定的主要由自由软件构建而成的操作系统。Ubuntu 具有庞大的社区力量，用户可以方便地从社区获得帮助。

2.3.5 移动操作系统

移动操作系统是用于控制智能手机、PDA 等移动终端的操作系统。它的作用与控制个人电脑的 Windows 或 MacOS 等操作系统的作用相似。目前市场上的移动终端操作系统主要有 Symbian OS、Android OS、iPhone OS、微软的 Windows Mobile for Smartphone，以及基于 Linux 的操作系统等。

Symbian 操作系统在智能移动终端上拥有强大的应用程序以及通信能力，是一个实时性、多任务的纯 32 位操作系统，具有功耗低、内存占用少等特点，非常适合手机等移动设备使用。最重要的是，它是一个标准化的开放式平台，任何人都可以为支持 Symbian 的设备开发软件。Symbian 系统有着良好的界面，采用内核与界面分离技术，对硬件的要求比较低，兼容性很好。现在流行的 Symbian 系统有 S60（第 1 版）、S60（第 2 版）、S60（第 3 版）及 S60（第 5 版——触摸屏手机版本）。

Android 是基于 Linux 内核的开源操作系统，是 Google 公司在 2007 年 11 月公布的手机操作系统，该平台由操作系统、中间件、用户界面和应用软件组成，是为移动终端打造的开放和完整的移动软件。提供丰富的硬件选择，与 Google 应用无缝结合。Android 作为 Google 企业战略的重要组成部分，将进一步推进"随时随地为每个人提供信息"这一企业目标的实现。Android 系统不但应用于智能手机，也在平板电脑市场急速扩张。

iPhone OS 是由苹果公司为 iPhone 开发的操作系统，主要由 iPhone 和 iPod touch 使

用。iPhone OS 的系统架构分为 4 个层次：核心操作系统层(Core OS layer)、核心服务层(Core Services layer)、媒体层(Media layer)和可轻触层(Cocoa Touch layer)。系统操作占用大概 512MB 的存储空间。iPhone OS 由两部分组成：操作系统和能在 iPhone 和 iPod touch 设备上运行原生程序的技术。由于 iPhone 是为移动终端开发的，所以尽管在底层的实现上 iPhone 与 MacOS X 共享了一些底层技术，但是需要解决的用户需求与 MacOS X 有所不同。

Windows Mobile 是微软为智能移动终端设备开发的操作系统，它将用户熟悉的桌面 Windows 体验扩展到了移动设备上。Windows Mobile 系统因为与 Windows 操作系统系出同源，和 PC 能无缝连接，所以与其他操作系统相比更易上手。手机上的 Windows Mobile 系统同样给用户带来了极高的易用性和强大的可扩展能力，与桌面 PC 上的 Windows 一样，都有开始菜单、资源管理器、IE、Windows Media Player 等，使新手感到熟悉、易上手。Windows Mobile 也可以像桌面 PC 那样安装第三方的软件、游戏，不断扩展它的功能，使之成为一款名副其实的移动 PC。目前最新的 Windows Mobile 系统是 Windows Phone 7。

Linux 具有自由、免费、开放源代码的优势，经过来自互联网、遍布全球的程序员的努力，再加上 IBM、Sun 等计算机巨头的支持，在众多知名厂商宣布支持 Linux 手机操作系统之后，Linux 的发展不容忽视。Linux 具有稳定性高、源代码开放、软件授权费用低、应用开发人才资源丰富等优点，便于开发个人和行业应用。有利于独立软件开发商开发出硬件利用效率高、功能更强大的应用软件，也方便行业用户开发自己的安全、可控认证系统。但它起步较晚，缺乏雄厚的软件基础。

自 测 题

1. 计算机引入操作系统的目的有哪些？
2. 操作系统的基本功能有哪些？
3. 处理机管理中的进程有哪几种基本状态？它们之间如何转换？
4. 目前主要有哪些典型的操作系统？它们的市场占有率各为多少？
5. Windows 7 的新特性有哪些？

第 3 章 多媒体技术与应用

3.1 多媒体技术基础知识

3.1.1 多媒体的基本知识

一般来说,媒体通常被认为是信息的载体。国际电话电报咨询委员会 CCITT (Consultative Committee on International Telephone and Telegraph,国际电信联盟 ITU 的一个分会)把媒体分成 5 类:

(1) 感觉媒体(Perception Medium):指直接作用于人的感觉器官,使人产生直接感觉的媒体。如引起听觉反应的声音、引起视觉反应的图像等。

(2) 表示媒体(Representation Medium):指传输感觉媒体的中介媒体,即用于数据交换的编码。如图像编码(JPEG、MPEG 等)、文本编码(ASCII 码、GB2312 等)和声音编码等。

(3) 表现媒体(Presentation Medium):指进行信息输入和输出的媒体。如键盘、鼠标、扫描仪、话筒、摄像机等为输入媒体,显示器、打印机、喇叭等为输出媒体。

(4) 存储媒体(Storage Medium):指用于存储表示媒体的物理介质。如硬盘、软盘、磁盘、光盘、ROM 及 RAM 等。

(5) 传输媒体(Transmission Medium):指传输表示媒体的物理介质。如电缆、光缆等。

所谓"多媒体"概念的标准定义还没有统一,一般理解为"多种媒体的综合",而多媒体技术也就是"进行多种媒体综合的技术"了。这个定义道出了多媒体的实质,但还太笼统。

究其实质,多媒体是计算机和视频技术的结合,实际上它是两个媒体:声音和图像,或者用现在的术语说:音响和电视。多媒体本身有两个方面,和所有现代技术一样,它是由硬件和软件,或机器和思想混合组成。可以将多媒体技术和功能在概念上区分为控制系统和信息。多媒体之所以能够实现,是依靠数字技术。多媒体代表数字控制和数字媒体的汇合,电脑是数字控制系统,而数字媒体是当今音频和视频最先进的存储和传播形式。可以简单地说,多媒体是电脑和电视的结合。当电脑的能力达到实时处理电视和声音数据流的水平,这时多媒体就诞生了。多媒体系统的一个应用示例如图 3-1 所示。

多媒体电脑需要具有比主流电脑更强的能力,多媒体电脑决定了主流电脑的发展。区别普通电脑和多媒体电脑的主要东西是声卡和只读光盘驱动器。光盘是多媒体的主要

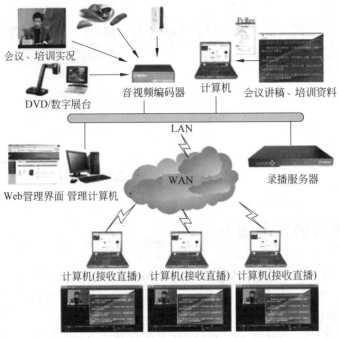

图 3-1 多媒体

存储和交换媒体。没有这种方便的光盘,电脑工业就无法销售构成多媒体节目的几百兆字节的音频、可视的和文字的数据,你也无法买到多媒体。

因此,多媒体是包括许多东西的复杂的组合:硬件、软件和这两者相遇时的界面,还包括用户。对于多媒体,用户不是一个被动的观众,可以控制,可以交互作用,可以让它按用户的需要去做。

多媒体展示信息、交流思想和抒发情感。它让你看到、听到和理解其他人的思想。也就是说,它是一种通信的方式。声音、图像、图形、文字等被理解为承载信息的媒体而称为多媒体其实并不准确,因为这容易跟那些承载信息进行传输、存储的物质媒体(也有人称为介质),如电磁波、光、空气波、电流、磁介质等相混淆。但是,现在多媒体这个名词或术语几乎已经成为文字、图形、图像和声音的同义词。也就是说,一般人都认为,多媒体就是声音、图像与图形等的组合,所以在一般的文章中也就一直沿用这个不太准确的词。目前流行的多媒体的概念,仍主要是指文字、图形、图像、声音等人的器官能直接感受和理解的多种信息类型,这已经成为一种较狭义的对多媒体的理解。

与传统媒体相比,多媒体具有下列特点:

(1) 集成性。能够对信息进行多通道统一获取、存储、组织与合成。

(2) 控制性。多媒体技术是以计算机为中心,综合处理和控制多媒体信息,并按人的要求以多种媒体形式表现出来,同时作用于人的多种感官。

(3) 交互性。交互性是多媒体应用有别于传统信息交流媒体的主要特点之一。传统信息交流媒体只能单向地、被动地传播信息,而多媒体技术则可以实现人对信息的主动选

　　　　大学计算机基础教程

择和控制。

（4）非线性。多媒体技术的非线性特点将改变人们传统循序性的读写模式。以往人们读写方式大都采用章、节、页的框架，循序渐进地获取知识，而多媒体技术将借助超文本链接（Hyper text Link）的方法，把内容以一种更灵活、更具变化的方式呈现给读者。

（5）实时性。当用户给出操作命令时，相应的多媒体信息都能够得到实时控制。

（6）互动性。它可以形成人与机器、人与人及机器间的互动，互相交流的操作环境及身临其境的场景，人们根据需要进行控制。人机相互交流是多媒体最大的特点。

（7）信息使用的方便性。用户可以按照自己的需要、兴趣、任务要求、偏爱和认知特点来使用信息，任取图、文、声等信息表现形式。

（8）信息结构的动态性。"多媒体是一部永远读不完的书"，用户可以按照自己的目的和认知特征重新组织信息，增加、删除或修改节点，重新建立链接。

3.1.2　多媒体计算机基本结构

一个功能较齐全的多媒体计算机系统从处理的流程来看包括输入设备、计算机主机、输出设备、存储设备几个部分。而从处理过程中的功能作用看，则分以下几个部分：

（1）音频部分：负责采集、加工、处理波表、MIDI 等多种形式的音频素材，需要的硬件有录音设备、MIDI 合成器、高性能的声卡、音箱、话筒、耳机等。

（2）图像部分：负责采集、加工、处理各种格式的图像素材，需要的硬件有静态图像采集卡、数字化仪、数码相机、扫描仪等。

（3）视频部分：负责采集、编辑计算机动画、视频素材，对机器速度和存储要求较高，需要的硬件设备有动态图像采集卡、数字录像机以及海量存储器等。

（4）输出部分：可以用打印机打印输出或在显示器上进行显示。显示器可以用来实时显示图像、文本等，但是不能保存数据，更不能播放声音，声音需要放大器、喇叭、音响或MIDI 合成器等设备才能回放。像显示器一类的关机后信息就会丢失的输出设备一般称为软输出设备，投影电视、电视等都属于此类；而像打印机、胶片记录仪、图像定位仪等则是硬输出设备，它们可以长期保存数据。

（5）存储部分：可以用刻录机刻录成光盘保存。也可以用硬盘（IDE 硬盘、SCSI 硬盘等）保存。

多媒体计算机系统的系统框如图 3-2 所示。

多媒体计算机系统由硬件系统和软件系统组成。其中硬件系统包括计算机的主要配置和各种外部设备以及计算机与各种外部设备之间的控制接口卡（其中包括多媒体实时压缩和解压缩电路），软件系统包括多媒体驱动软件、多媒体操作系统、多媒体数据处理软件、多媒体创作工具软件和多媒体应用软件。

3.1.3　多媒体技术发展简史

多媒体技术经历了不断发展的过程。科学技术的进步和社会的需求是促进多媒体发

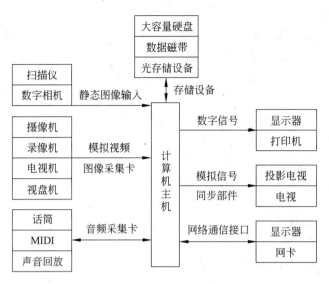

图 3-2　多媒体计算机系统的系统框图

展的基本动力。

　　多媒体技术的一些概念和方法起源于 20 世纪 60 年代。1965 年,纳尔逊(Ted Nelson)为在计算机上处理文本文件提出了一种把文本中遇到的相关文本组织在一起的方法,并为这种方法杜撰了一个词,称为"hypertext(超文本)"。与传统的方式不同,超文本以非线性方式组织文本,使计算机能够响应人的思维以及能够方便地获取所需要的信息。万维网(WWW)上的多媒体信息正是采用了超文本思想与技术,组成了全球范围的超媒体空间。

　　多媒体技术实现于 20 世纪 80 年代中期。1984 年美国 Apple 公司在研制苹果计算机(Macintosh)时,为了增加图形处理功能,改善人机交互界面,创造性地使用了位映射(bitmap)、窗口(window)、图标(icon)等技术。这一系列改进所带来的图形用户界面(GUI)深受用户的欢迎,加上引入鼠标(mouse)作为交互设备,配合 GUI 使用,大大方便了用户的操作。Apple 公司在 1987 年又引入了"超级卡"(Hypercard),使 Macintosh 机成为更容易使用、更容易学习并且能处理多媒体信息的机器,受到计算机用户的一致赞誉。

　　尽管难以考证出"多媒体"这个名词是由谁和什么时候开始第一次运用的,但是,1985 年 10 月 IEEE 计算机杂志首次出版了完备的"多媒体通信"专集,是文献中可以找到的最早的出处。

　　多媒体技术的出现在世界范围内引起了巨大的反响,它清楚地展现出信息处理与传输(即通信)技术的革命性的发展方向。1987 年,国际上成立了交互声像工业协会,该组织于 1991 年更名为交互多媒体协会(Interactive Multimedia Association,IMA)时,已经有15 个国家的 200 多个公司加入了。

　　自 20 世纪 90 年代以来,多媒体技术逐渐成熟。多媒体技术从以研究开发为重心转为以应用为重心。

　　多媒体技术的关键技术之一是关于多媒体数据压缩(编码)和解压(解码)算法。

国际电信联盟(ITU)的前身 CCITT 推出的 CCITT Group 2(G2)是一种非常早的压缩方案,用于传真系统。随后推出的有 CCITT Group 3(1980 年)和 CCITT Group 4(1984 年)。

静态图像的一个标准是国际电信联盟(ITU)的 T. 81。静态图像的主要标准称为 JPEG 标准(ISO/IEC 10918)。它是 ISO 和 IEC 联合成立的专家组 JPEG(Joint Photographic Experts Group)建立的适用于单色和彩色、多灰度连续色调静态图像的国际标准。该标准在 1991 年通过,成为 ISO/IEC 10918 标准,全称为"多灰度静态图像的数字压缩编码"。

视频/运动图像的主要标准是国际标准化组织(ISO)下属的一个专家组 MPEG(Moving Picture Experts Group)制定的 MPEG-1(ISO/IEC 11172)、MPEG-2(ISO/IEC 13818)和 MPEG-4(ISO/IEC 14496)三个标准。与 MPEG-1、MPEG-4 等效的国际电信联盟(ITU)标准,在运动图像方面有用于视频会议的 H. 261(Px64)、用于可视电话的 H. 263。

MPEG-1 标准的正式名称叫"信息技术-用于数据率 1.5Mbit/s 的数字存储媒体的电视图像和伴音编码",于 1991 年被 ISO/IEC 采纳,由系统、视频、音频、一致性测试和软件模拟 5 个部分组成。MPEG-2 标准的正式名称叫"信息技术——活动图像和伴音信息的通用编码"。MPEG-2 的基本位速率为 4~8Mb/s,最高达 15Mb/s。MPEG-2 包含 9 个部分:系统、视频、音频、一致性测试、软件模拟、数字存储媒体命令和控制(DSM-CC)扩展协议、先进音频编码(AAC)、系统解码器实时接口扩展协议和 DSM-CC 一致性扩展测试。MPEG-4 标准的正式名称叫"甚低速率视听编码",已完成系统、视频、音频以及传输多媒体集成框架(DMIF)等部分的 2000 编辑版,参考软件的 2001 编辑版在 2001 年内通过。

随着多媒体各种标准的制定和应用,极大地推动了多媒体产业的发展。很多多媒体标准和实现方法(如 JPEG、MPEG 等)已被做到芯片级,并作为成熟的商品投入市场。与此同时,涉及多媒体领域的各种软件系统及工具也如雨后春笋,层出不穷。这些既解决了多媒体发展过程必须解决的难题,又对多媒体的普及和应用提供了可靠的技术保障,并促使多媒体成为一个产业而迅猛发展。

代表之一是进一步发展多媒体芯片和处理器。1997 年 1 月美国 Intel 公司推出了具有 MMX 技术的奔腾处理器(Pentium processor with MMX),使它成为多媒体计算机的一个标准。奔腾处理器在体系结构上有三个主要的特点:

(1) 增加了新的指令,使计算机硬件本身就具有多媒体的处理功能(新添 57 个多媒体指令集),能更有效地处理视频、音频和图形数据。

(2) 单条指令多数据处理(SIMD,Single Instruction Multiple Data process)减少了视频、音频、图形和动画处理中常有的耗时的多循环。

(3) 更大的片内高速缓存,减少了处理器不得不访问片外低速存储器的次数。奔腾处理器使多媒体的运行速度成倍增加,并已开始取代一些普通的功能卡板。

除具有 MMX 技术的奔腾处理器外,还有 AGP 规格、MPEG-2、AC-97、PC-98、2D/3D 绘图加速器、Java Code(Processor Chip)等最新技术,也为多媒体大家族增添了风采。

另一代表是 AC97 杜比数字环绕音响的推出。在视觉进入 3D 立体视觉空间的境界后,对听觉也提出环绕及立体音效的要求。电影制片商在讲究大场景时,更会要求有逼真及临场感十足的声音效果。加上个人计算机游戏(PC Game)的刺激,将音效的需求带到巅峰。AC97(Audio Codec 97)在此情此景的推动下,由声霸卡(Sound Blaster)的创始者Creative 公司及深耕此领域的 Analog Device、NS、Yamaha、Intel 主导生产。在 AC97 硬件解决方案中,由 Controller(声音产生器)及 Codec IC 两片 IC 构成。

随着网络电脑(Internet PC,NC)及新一代消费性电子产品,如电视机顶盒(Set-Top Box)、DVD、视频电话(Video Phone)、视频会议(Video Conference)等观念的崛起,强调应用于影像及通信处理上最佳的数字信号处理器(DSP),经过另一番的结构包装,可由软件驱动组态的方式进入咨询及消费性的多媒体处理器市场。

1996 年,Chromatic Research 推出整合 MPEG-1、MPEG-2、视频、音频、2D、3D、电视输出等七合一功能的 Mpact 处理器,一举打响了其知名度,引起市场的高度重视,现已推出第二代产品 Mpact2,应用于 DVD、计算机辅助制造(CAM)、个人数字助手(PDA)、蜂窝电话(cellular phone)等新一代消费性电子产品市场。继 Chromatic 后,Fujitsu、Matsushita、Mitsubishi、Philips、Samsung、Sharp 等几大厂商亦相继投入此市场。

多媒体处理器结合了 DSP 在数字信号处理方面的优势,并可发挥其在通信方面的优点。除了最初应用于网络 PC 的构想外,日本 Sharp 将其多媒体微处理器 Data-Driven Media Processor(DDMP)应用于打印机、复印机、传真机及扫描器四合一的多功能打印机 Camcoder 中,Fujitsu 也将其 MMA(Multi Media Assist)系列应用于汽车导航系统中,并将推出第二代甚至第三代。

与此同时,MPEG 压缩标准得到推广应用。已开始把活动影视图像的 MPEG 压缩标准推广应用于数字卫星广播、高清晰电视、数字录像机以及网络环境下的电视点播(VOD)、DVD 等各方面。

虚拟现实(virtual reality)技术正向各个应用领域开拓。虚拟现实技术是在计算机系统环境下,集视、听、说、触动等多种感觉器官的功能于一体的仿真综合体技术。将虚拟现实技术推广应用到各个领域,以带动各领域实现可视仿真,这一发展趋势在美国特别明显。1994 年美国几所大学公开发表了视听实验的示范成果。

现在多媒体技术及应用正在向更深层次发展。如下一代用户界面、基于内容的多媒体信息检索、保证服务质量的多媒体全光通信网、基于高速互联网的新一代分布式多媒体信息系统等,多媒体技术及其应用正在迅速发展,新的技术、新的应用、新的系统不断涌现。从多媒体应用方面看,有以下几个发展趋势:

(1) 从单个 PC 用户环境转向多用户环境和个性化用户环境。

(2) 从集中式、局部环境转向分布式、远程环境。

(3) 从专用平台和系统有关的解决方案转向开放性、可移植的解决方案。

(4) 多媒体通信从单向通信转向双向通信。

(5) 从被动的、简单的交互方式转向主动的高级的交互方式。

(6) 从改造原有的应用转向建立新的应用。

(7) 多媒体技术越来越多地应用于生产、协同工作、生产过程可视化等将给生产率带来提高的领域。

(8) 多媒体技术也将越来越多地应用于生活和消费,新的多媒体消费产品和应用将不断涌现。

3.2 多媒体的关键技术

多媒体技术是处理文字、声音、图形、图像等媒体的综合技术。在多媒体技术领域内主要涉及以下几种关键技术：数据压缩与编码技术、数据压缩传输技术及以其为基础的数字图像技术、数字音频技术、数字视频技术、多媒体网络技术和超媒体技术等。

3.2.1 多媒体关键技术简介

1. 视频、音频等媒体的压缩编码技术

研制多媒体计算机需要解决的关键问题之一是要使计算机能实时地综合处理声、文、图信息。然而，由于数字化的图像、声音等多媒体数据量非常大，而且视频音和频信号还要求快速地传输处理，这致使一般计算机产品特别是个人计算机上的多媒体应用难以实现，因此，视频、音频数字信号的编码和压缩算法成为一个重要的研究课题。

编码理论研究已有40多年的历史，技术已日趋成熟，在研究和选用编码时，主要有两个要求：一是该编码方法能用计算机软件或集成电路芯片快速实现；二是一定要符合压缩编码/解压缩编码的国际标准。

2. 多媒体专用芯片技术

多媒体专用芯片依赖于大规模集成电路(VLSI)技术，它是多媒体硬件系统体系结构的关键技术。这是由于，要实现音频、视频信号的快速压缩、解压缩和播放处理，需做大量的快速计算，而实现图像的特殊效果、图像生成、绘制等处理以及音频信号的处理等也都需要较快的运算处理速度，因此，只有采用专用芯片才能取得满意效果。

多媒体计算机的专用芯片可分为两类：一类是固定功能的芯片，另一类是可编程数字信号处理器(DSP)芯片。

除专用处理器芯片外，多媒体系统还需要其他集成电路芯片支持，如数/模(D/A)和模/数(A/D)转换器、音频及视频芯片，彩色空间变换器及时钟信号产生器等。

3. 多媒体输入/输出技术

多媒体输入/输出技术包括媒体变换技术、识别技术、媒体理解技术和综合技术。

目前，前两种技术相对比较成熟，应用较为广泛，后两种技术还不成熟，只能用于特定场合。

输入/输出技术进一步发展的趋势是：人工智能输入/输出技术、外围设备控制技术，以及多媒体网络传输技术。

4. 多媒体存储设备与技术

多媒体的音频、视频、图像等信息虽经过压缩处理，但仍需相当大的存储空间，只有在

大容量只读光盘存储器(CD-ROM)问世后才真正解决了多媒体信息存储空间问题。

1996 年又推出了新一代光盘标准 DVD(Digital Video Disc)。该标准使得基于计算机的数字视盘驱动器将能从单个盘面上读取 4.7～17GB 的数据量。

大容量活动存储器发展极快,1995 年推出了超大容量的 ZIP 软盘系统。

另外,作为数据备份的存储设备也有了发展。常用的备份设备有磁带、磁盘和活动式硬盘等。

随着存储技术的发展,磁光(Magneto-Optical,MO)驱动器也将成为备份设备的主流。MO 驱动器有 5.25in 和 3.5in 两种规格,其优点是数据的写入和读取可以反复进行,速度比磁带机快。

由于存储在 PC 服务器上的数据量越来越大,使得 PC 服务器的硬盘容量需求提高很快。为了避免磁盘损坏而造成的数据丢失,采用了相应的磁盘管理技术,磁盘阵列(Disk Array)就是在这种情况下诞生的一种数据存储技术。这些大容量存储设备为多媒体应用提供了便利条件。

5. 多媒体系统软件技术

多媒体系统软件技术主要包括多媒体操作系统、多媒体编辑系统、多媒体数据库管理技术、多媒体信息的混合与重叠技术等,这里主要介绍多媒体操作系统和多媒体数据库技术。

1) 多媒体操作系统

多媒体操作系统要像处理文本、图形文件一样方便灵活地处理动态音频和视频,在控制功能上要扩展到对录像机、音响、MIDI 等声像设备以及 CD-ROM 光盘存储技术等。多媒体操作系统要能处理多任务,易于扩充。要求数据存取与数据格式无关,提供统一友好的界面。

2) 多媒体数据库技术

由于多媒体信息是结构型的,致使传统的关系数据库已不适用于多媒体的信息管理,需要从以下几个方面研究多媒体数据库:

(1) 研究多媒体数据模型。

(2) 研究数据压缩和解压缩的格式。

(3) 研究多媒体数据管理及存取方法。

(4) 用户界面。

3.2.2　图像压缩技术介绍

由于图像和视频本身的数据量非常大,给存储和传输带来了很多不便,所以图像压缩和视频压缩得到了非常广泛的应用。比如数码相机、USB 摄像头、可视电话、视频点播、视频会议系统、数字监控系统等,都使用了图像或视频的压缩技术。

常用的图像的压缩方法有以下几种:

1. 行程长度编码

行程长度编码(Run-Length Encoding,RLE)是压缩文件最简单的方法之一。它的做法就是把一系列的重复值(例如图像像素的灰度值)用一个单独的值再加上一个计数值来取代。比如有这样一个字母序列 aabbbccccccccdddddd,它的行程长度编码就是 2a3b8c6d。这种方法实现起来很容易,而且对于具有长重复值的串的压缩编码很有效。例如对于有大面积的连续阴影或者颜色相同的图像,使用这种方法压缩效果很好。很多位图文件格式都用行程长度编码,如 TIFF、PCX、GEM 等。

2. LZW 编码

LZW 是三个发明人名字的缩写(Lempel,Ziv,Welch),其原理是将每一个字节的值都与下一个字节的值配成一个字符对,并为每个字符对设定一个代码。当同样的字符对再度出现时,就用代码代替这一字符对,然后再以这个代码与下一个字符配对。

LZW 编码原理的一个重要特征是,代码不仅仅能取代一串同值的数据,也能够代替一串不同值的数据。在图像数据中若有某些不同值的数据经常重复出现,也能找到一个代码来取代这些数据串。在此方面,LZW 压缩原理是优于 RLE 的。

3. 霍夫曼编码

霍夫曼编码(Huffman encoding)是通过用不固定长度的编码代替原始数据来实现的。霍夫曼编码最初是为了对文本文件进行压缩而建立的,迄今已经有很多变体。它的基本思路是:出现频率越高的值,其对应的编码长度越短;反之,出现频率越低的值,其对应的编码长度越长。

霍夫曼编码的压缩比很少能达到 8:1,此外它还有以下两个不足:

(1) 它必须精确地统计出原始文件中每个值的出现频率,如果没有这个精确统计,压缩的效果就会大打折扣,甚至根本达不到压缩的效果。霍夫曼编码通常要经过两遍操作,第一遍进行统计,第二遍产生编码,所以编码的过程是比较慢的。另外,由于各种长度的编码的译码过程是比较复杂的,因此解压缩的过程也比较慢。

(2) 它对于位的增删比较敏感。由于霍夫曼编码的所有位都是合在一起的,而不考虑字节分位,因此增加一位或者减少一位都会使译码结果面目全非。

4. 预测及内插编码

一般在图像中局部区域的像素是高度相关的,因此可以用先前的像素的有关灰度知识来对当前像素的灰度进行预计,这就是预测。而所谓内插就是根据先前的和后来的像素的灰度知识来推断当前像素的灰度情况。如果预测和内插是正确的,则不必对每一个像素的灰度都进行压缩,而是把预测值与实际像素值之间的差值经过熵编码后发送到接收端。在接收端通过预测值加差值信号来重建原像素。

预测编码可以获得比较高的编码质量,并且实现起来比较简单,因而被广泛地应用于图像压缩编码系统。但是它的压缩比并不高,而且精确的预测有赖于图像特性的大量的先验知识,并且必须作大量的非线性运算,因此一般不单独使用,而是与其他方法结合起来使用。如在 JPEG 中,使用了预测编码技术对 DCT 直流系数进行编码,而对交流系数则使用量化＋游程编码＋霍夫曼编码。

5. 矢量量化编码

矢量量化编码利用相邻图像数据间的高度相关性,将输入图像数据序列分组,每一组 m 个数据构成一个 m 维矢量,一起进行编码,即一次量化多个点。根据香农率失真理论,对于无记忆信源,矢量量化编码总是优于标量量化编码。

编码前,先通过大量样本的训练或学习或自组织特征映射神经网络方法,得到一系列的标准图像模式,每一个图像模式就称为码字或码矢,这些码字或码矢合在一起称为码书,码书实际上就是数据库。输入图像块按照一定的方式形成一个输入矢量。编码时计算这个输入矢量与码书中的所有码字的距离,找到距离最近的码字,即找到最佳匹配图像块。输出其索引(地址)作为编码结果。解码过程与之相反,根据编码结果中的索引从码书中找到索引对应的码字(该码书必须与编码时使用的码书一致),构成解码结果。由此可知,矢量量化编码是有损编码。目前使用较多的矢量量化编码方案主要是随机型矢量量化,包括变换域矢量量化、有限状态矢量量化、地址矢量量化、波形增益矢量量化、分类矢量量化及预测矢量量化等。

6. 变换编码

变换编码就是将图像光强矩阵(时域信号)变换到系数空间(频域信号)上进行处理的方法。在空间上具有强相关的信号,反映在频域上是某些特定的区域内能量常常被集中在一起,或者是系数矩阵的分布具有某些规律。我们可以利用这些规律在频域上减少量化比特数,达到压缩的目的。由于正交变换的变换矩阵是可逆的,且逆矩阵与转置矩阵相等,这就使解码运算是有解的且运算方便,因此运算矩阵总是选用正交变换来做。

常用的变换编码有 K-L 变换编码和 DCT 编码。K-L 变换编码在压缩比上优于 DCT 编码,但其运算量大,且没有快速算法,因此在实际应用中广泛采用 DCT 编码。

7. 模型法编码

预测编码、矢量量化编码以及变换编码都属于波形编码,其理论基础是信号理论和信息论;其出发点是将图像信号看作不规则的统计信号,从像素之间的相关性这一图像信号统计模型出发设计编码器。而模型编码则是利用计算机视觉和计算机图形学的知识对图像信号的分析与合成。

模型编码将图像信号看作三维世界中的目标和景物投影到二维平面的产物,而对这一产物的评价是由人类视觉系统的特性决定的。模型编码的关键是对特定的图像建立模型,并根据这个模型确定图像中景物的特征参数,如运动参数、形状参数等。解码时则根据参数和已知模型用图像合成技术重建图像。由于编码的对象是特征参数,而不是原始图像,因此有可能实现比较大的压缩比。模型编码引入的误差主要是人眼视觉不太敏感的几何失真,因此重建图像非常自然和逼真。

此外，近些年来，分形编码和小波变换技术也越来越多地应用在图像压缩领域，但是大多仍处于研究阶段，常见的图像压缩方法仍以前面介绍的为主。当然，在实际的应用中，多种图像压缩方法往往是结合起来使用的，如 JPEG 等。

3.2.3　数字音频技术

1. 音频压缩技术的出现及早期应用

音频压缩技术指的是对原始数字音频信号流(PCM 编码)运用适当的数字信号处理技术，在不损失有用信息量或所引入损失可忽略的条件下降低(压缩)其码率，也称为压缩编码。它必须具有相应的逆变换，称为解压缩或解码。音频信号在通过一个编解码系统后可能引入大量的噪声和一定的失真。

数字信号的优势是显而易见的，而它也有自身的缺点，即存储容量需求的增加及传输时信道容量要求的增加。以 CD 为例，其采样率为 44.1kHz，量化精度为 16b，则 1 分钟的立体声音频信号需占约 10MB 的存储容量，也就是说，一张 CD 唱盘的容量只有 1 小时左右。

当然，在带宽高得多的数字视频领域，这一问题就显得更加突出。是不是所有这些比特都是必需的呢？研究发现，直接采用 PCM 码流进行存储和传输存在非常大的冗余度。

事实上，在无损的条件下对声音至少可进行 4∶1 压缩，即只用 25% 的数字量保留所有的信息，而在视频领域压缩比甚至可以达到几百倍。因而，为利用有限的资源，压缩技术从一出现便受到广泛的重视。

对音频压缩技术的研究和应用由来已久，如 A 律、μ 律编码就是简单的准瞬时压扩技术，并在 ISDN 话音传输中得到应用。对语音信号的研究发展较早，也较为成熟，并已得到广泛应用，如自适应差分 PCM(ADPCM)、线性预测编码(LPC)等技术。在广播领域，NICAM(Near Instantaneous Companded Audio Multiplex，准瞬时压扩音频复用)等系统中都使用了音频压缩技术。

2. 音频压缩算法的主要分类及典型代表

一般来讲，可以将音频压缩技术分为无损(lossless)压缩及有损(lossy)压缩两大类。而按照压缩方案的不同，又可将其划分为时域压缩、变换压缩、子带压缩，以及多种技术相互融合的混合压缩等。

各种不同的压缩技术，其算法的复杂程度(包括时间复杂度和空间复杂度)、音频质量、算法效率(即压缩比例)，以及编解码延时等都有很大的不同。各种压缩技术的应用场合也因之而各不相同。

1) 时域压缩

时域压缩(或称为波形编码)技术是指直接针对音频 PCM 码流的样值进行处理，通过静音检测、非线性量化、差分等手段对码流进行压缩。此类压缩技术的共同特点是算法复杂度低，声音质量一般，压缩比小(CD 音质＞400kb/s)，编解码延时最短(相对其他技术)。

此类压缩技术一般多用于语音压缩,低码率应用(源信号带宽小)的场合。时域压缩技术主要包括 G.711、ADPCM、LPC、CELP,以及在这些技术上发展起来的块压扩技术(如 NICAM)和子带 ADPCM(SB-ADPCM)技术如(G.721、G.722、Apt-X 等)。

2)子带压缩

子带压缩技术是以子带编码理论为基础的一种编码方法。子带编码理论最早是由 Crochiere 等于 1976 年提出的。其基本思想是将信号分解为若干子频带内的分量之和,然后对各子带分量根据其不同的分布特性采取不同的压缩策略以降低码率。

通常的子带压缩技术和下面介绍的变换压缩技术都是根据人对声音信号的感知模型(心理声学模型),通过对信号频谱的分析来决定子带样值或频域样值的量化阶数和其他参数选择的,因此又可称为感知型(Perceptual)压缩编码。

这两种压缩方式相对于时域压缩技术而言要复杂得多,同时编码效率、声音质量也大幅提高,编码延时相应增加。一般来讲,子带编码的复杂度要略低于变换编码,编码延时也相对较短。

由于在子带压缩技术中主要应用了心理声学中的声音掩蔽模型,因而在对信号进行压缩时引入了大量的量化噪声。然而,根据人类的听觉掩蔽曲线,在解码后,这些噪声被有用的声音信号掩蔽掉了,人耳无法察觉;同时由于子带分析的运用,各频带内的噪声将被限制在频带内,不会对其他频带的信号产生影响。因而在编码时各子带的量化阶数不同,采用了动态比特分配技术,这也正是此类技术压缩效率高的主要原因。在一定的码率条件下,此类技术可以达到"完全透明"的声音质量(EBU 音质标准)。

子带压缩技术目前广泛应用于数字声音节目的存储与制作和数字化广播中。典型的代表有著名的 MPEG-1 层 I、层 II(MUSICAM),以及用于 Philips DCC 中的 PASC(Precision Adaptive Subband Coding,精确自适应子带编码)等。

3)变换压缩

变换压缩技术与子带压缩技术的不同之处在于该技术对一段音频数据进行"线性"的变换,对所获得的变换域参数进行量化、传输,而不是把信号分解为几个子频段。通常使用的变换有 DFT、DCT(离散余弦变换)、MDCT 等。根据信号的短时功率谱对变换域参数进行合理的动态比特分配可以使音频质量获得显著改善,而相应付出的代价则是计算复杂度的提高。

变换域压缩具有一些不完善之处,如块边界影响、预回响、低码率时声音质量严重下降等。然而随着技术的不断进步,这些缺陷正逐步被消除,同时在许多新的压缩编码技术中也大量采用了传统变换编码的某些技术。

有代表性的变换压缩编码技术有 Dolby AC-2、AT&T 的 ASPEC(Audio Spectral Perceptual Entropy Coding)、PAC(Perceptual Audio Coder)等。

3. 音频压缩技术的标准化和 MPEG-1

由于数字音频压缩技术具有广阔的应用范围和良好的市场前景,因而一些著名的研究机构和大公司都不遗余力地开发自己的专利技术和产品。这些音频压缩技术的标准化工作就显得十分重要。CCITT(现 ITU-T)在语音信号压缩的标准化方面做了大量的工作,制订了如 G.711、G.721、G.728 等标准,并逐渐受到业界的认同。

在音频压缩标准化方面取得巨大成功的是 MPEG-1 音频(ISO/IEC 11172-3)。在 MPEG-1 中,对音频压缩规定了三种模式,即层Ⅰ、层Ⅱ(即 MUSICAM,又称 MP2)、层Ⅲ(又称 MP3)。由于在制订标准时对许多压缩技术进行了认真的考察,并充分考虑了实际应用条件和算法的可实现性(复杂度),因而三种模式都得到了广泛的应用。

VCD 中使用的音频压缩方案就是 MPEG-1 层Ⅰ;而 MUSICAM 由于其适当的复杂程度和优秀的声音质量,在数字演播室、DAB、DVB 等数字节目的制作、交换、存储、传送中得到广泛应用;MP3 是在综合了 MUSICAM 和 ASPEC 的优点的基础上提出的混合压缩技术,在当时的技术条件下,MP3 的复杂度显得相对较高,编码不利于实时,但由于 MP3 在低码率条件下高水准的声音质量,使得它成为软解压及网络广播的宠儿。

可以说,MPEG-1 音频标准的制订方式决定了它的成功,这一思路甚至也影响到以后的 MPEG-2 和 MPEG-4 音频标准的制订。

3.2.4　常用多媒体制作软件

1. PowerPoint

PPT 就是 PowerPoint 的简称。PowerPoint 是微软公司出品的办公软件 Office 的重要组件之一(另外还有 Excel、Word 等)。PowerPoint 是功能强大的演示文稿制作软件。它增强了多媒体支持功能,利用 PowerPoint 制作的文稿可以通过不同的方式播放,也可将演示文稿打印成一页一页的幻灯片,使用幻灯片机或投影仪播放,可以将演示文稿保存到光盘中以进行分发,并可在幻灯片放映过程中播放音频流或视频流。最新版本对用户界面进行了改进并增强了对智能标记的支持,可以更加便捷地查看和创建高品质的演示文稿。

2. Authorware

Authorware 是一款专业的多媒体合成软件,它采用了基于图标的方法,图标决定程序的功能,流程则决定程序的走向。

Authorware 的主要优点表现在:

(1) 基于流程,能够表现具体的算法。

(2) 能够制作非常丰富的交互。

(3) 有较好的开放性,支持所有的素材。

(4) 提供丰富的函数和变量功能。

Authorware 的主要缺点为:

(1) 采用图标式流程设计概念不易理解,普通用户很难掌握,更适于专业人士使用。

(2) 基于流程,容易将结构构造复杂化,不利于总体内容的组织和管理,修改时也非常的复杂与不便。

（3）缺乏多媒体同步机制。

（4）影像不能非窗口播放。

（5）只有和数据库的接口，对数据库的支持较弱。

（6）到目前为止还没有官方汉化版，给用户的学习与使用造成了很大的不便。

3．Flash

Flash 是一个优秀的矢量动画制作软件，它可以制作出声色俱佳、互动性高的动画效果，但是它的制作需要较高的美工专业知识，一般 Flash 更适合作为动画素材制作软件，应用在课件制作中表现极佳，成为课件制作软件的主流。

Flash 的主要优点是可以制作效果丰富的动画。

其主要缺点是：

（1）要求用户具有较好计算机基础，对用户的美工基础要求高。

（2）基于时间帧概念，将结构复杂化，并且给修改与管理造成极大不便。

（3）交互功能的实现比较复杂，需要使用 ActionScript 脚本语言。

（4）它不支持影像。支持的多媒体格式少。

（5）制作费时。

4．Director

Director 是一种基于时间轴的功能强大的平面动画制作和多媒体集成软件，与 Authorware 相比，它更偏重于利用自身的功能创作动画。

在动画制作方面，Director 可以有多种途径。可以用单步录制制作动画、即时录制制作动画、用关键帧制作动画、自动变形制作动画，更高级的可以用 Lingo 语言编写脚本制作动画或制作具有交互性的课件。标题的制作可以利用文本的自动产生动画功能，制作出文本的移动、缩放、渐移等多种效果。

Director 可保存成 dir 文件，也可以保存成 avi 文件，这两种形式的文件都能直接被 Authorware 所使用；还可以利用 Director 自带的播放器形成 exe 可执行文件直接播放。

5．几何画板（Geometer's Sketchpad）

美国著名的教育软件，特别适用于制作数学几何软件。画出有几何约束条件的点、线、圆构成几何图形，当改变图形的某一部分时，所有相关部分随之变化，而各几何约束关系不变，因此可以动态地表现一系列相关变化情况。在各层次教学中使用率高，主导地位不可动摇！

6．Frontpage 和 Dreamweaver

集网页制作和网站管理于一身的网页编辑器，是针对专业网页设计师的视觉化网页开发工具。它除了具有强大的交互功能和页面跳转功能外，还具有超强的信息链接功能，这是其他类型软件无法比拟的。普通用户也可以制作出精美的网页和主题网站，提供全面系统的信息资源，并且可以在网络上发布、共享、推广普及。网页的超大容量和超强的交互性,以及通往互联网的信息通道给应用留下了广阔的空间。

3.3 多媒体节目制作基础

3.3.1 多媒体节目的制作流程

多媒体节目与其他类型的软件相比,其特点是以内容情节为导向,而其他的软件如文本处理软件、数据库管理系统一般是工具性的软件。多媒体节目是面向用户的,可以反复阅读、观赏、倾听、浏览其内容,因此设计制作一个多媒体节目就像是在编导一部电影。

下面是多媒体节目制作的一般流程。

1) 选题

明确使用对象,了解用户需求。

2) 编辑多媒体脚本(总体设计)

(1) 指定节目目标、大纲与表现手法。

(2) 流程图与故事分镜头表。

(3) 节目系统功能规划。

(4) 交互式功能规划。

(5) 定义制作环境平台与播放系统。

(6) 屏幕画面设计。

(7) 用户界面设计/交互式设计。

(8) 各类媒体脚本撰写。

(9) 商品化包装设计。

(10) 设计文件的撰写与评估。

3) 组织资源

获取节目所需求的各种素材,包括图片、声音、文字及视频信息。

4) 编辑多媒体资源

使用各种工具软件来修改组合素材以达到预期的目的。

5) 系统制作

用专门软件将各种资源联结起来,构成情节,并附加交互功能。

6) 测试、优化、生产、发行

美国俄亥俄州 Cedarville 大学的 Wes Baker 教授认为,根据项目的范围和内容以及所需人员的构成,一个多媒体开发团队应该包含以下角色:执行总监、制作人/项目经理、创意导演/多媒体设计师、艺术导演/视觉设计师、画家、界面设计师、游戏设计师、主题设计师、指导者/培训者、脚本编写者、动画师(2D/3D)、声音制作师、作曲师、视频制作师、多媒体程序员、HTML 程序员、律师、媒体采集以及市场总监。

3.3.2　素材的收集与编辑

1．文本素材的收集

文本素材的准备可以采用以下方法：

(1) 在多媒体编辑工具中直接输入(适合少量文字)。

(2) 利用文字处理软件载入(适合大量文字录入)。

(3) 利用 OCR(光学字符识别技术)进行转换,需要使用扫描仪。

(4) 利用语音识别技术进行转换,需要话筒和声卡。

(5) 利用手写体识别技术进行转换,需要手写板的支持。

2．音频素材的获取与创作

声音是多媒体的又一重要方面,它除了给多媒体带来令人惊奇的效果外,还最大限度地影响展示效果,声音可使电影从沉闷变得热闹,从而引导、刺激观众的兴趣。

在多媒体中声音有两类：音乐和音效。音乐除了我们熟悉的普通音乐外,还有电脑特有的 MIDI 音乐。

能作为音频数据来源的有立体声混音器(Stereo Mixer)、麦克风(Microphone)、线入(Line-In)、CD 模拟声音输入(CD Player)、视频(Video)等。

下面简单介绍几种音频编辑软件。

1) 音序器软件(如 Cakewalk 9)

MIDI 输入：可以用外接的 MIDI 键盘录入 MIDI 信号,或者用鼠标直接点击录入 MIDI 信号,可以输入多个音轨。

编辑和操作 MIDI 音轨：对输入的音符进行长短修改、音高编辑等操作,修改音轨属性(包括静音、独奏、音量、相位等参数),以及多音轨相互联系、区别。

MIDI 效果器(如 Style Enhancer,Guitar Pro 3)。

MIDI 技巧：为 MIDI 信号添加逼真、富于变化的人性化的真实效果。

在 Cakewalk 9 中将 MIDI 转化为 WAV。

2) 多轨音频编辑软件(如 Vegas)

音频合成：将导出的 WAV 音频音轨混合,再做进一步处理。

人声录制：用麦克风录制人声,或者用其他乐器通过声卡 Line-In 接口录制音频信号。

3) 音频效果器(如 Waves 3.0)

加入各种音效：对音频 Wav 事件进行效果设置,以优化音频效果。

4) 后期处理软件(如 T-Racks 2.0)

最终合成：利用 EQ 均衡器、电子管压缩器和限制器为音频增加暖声效果,改变"数码之声"的冰冷和机械感。

3. 图像/图形素材的获取与创作

创建每个多媒体项目都会包含图形元素：背景、人物、界面、按钮……，多媒体产品不能缺少直观的图像，就像报刊离不开文字一样，图形图像是多媒体最基本的要素。

图像处理软件一般包括以下几种功能：

1) 图像处理
- 色彩、亮度的处理：图像软件通常都提供不同的调节方案，包括亮度、对比度、色饱和度等。
- 滤噪或加噪：一般来说，图像软件通常都提供对画面的滤噪声或加噪声功能。
- 效果处理：图像软件通常提供一些画面平滑处理、轮廓加强及产生浮雕效应等效果处理功能。
- 画面效果：提供一些特殊的画面效果，如运动模糊、透过玻璃的效果、马赛克效果、各种模拟绘画效果（如钢笔画、水彩画、油画、印象派画）等。

2) 格式转换
- 图像颜色数的转换，如 24 位图像转化为 8 位图像。
- 彩色图像转成黑白灰度图像或二值图像。
- 调色板的生成与调整。
- 图像分辨率的调整。
- 图像存储时压缩及压缩图像的读取（即解压缩）。
- 各种图像存储格式之间的转换。
- 电子分色的能力，产生各分量颜色的图像。

3) 图像编辑
- 对整幅图像或图像某一部分的旋转、平移、缩放等几何变换。
- 图像的切割、复制与粘贴。
- 具有一定的文字处理能力，如字体、大小、颜色的选择。
- 具有多层的 UNDO 能力。

4) 图像绘制
- 各种形状的工具：提供绘制各种形状的工具，如直线、曲线等各种几何图形，以及橡皮、填充、刷子等基本的辅助工具。
- 各种画笔：对各种笔的模拟，如油画笔、水笔、毛笔、蜡笔、喷枪等。
- 模拟绘画：提供一些模拟的绘画手段，如滴水、吹气等。
- 纸张效果：提供不同的纸张的纹理效果与吸水性能等特性。
- 选取颜色：图像软件通常都提供选取颜色的功能，可选取画面上任一点的颜色。

4. 动画素材的获取与创作

电脑动画分为二维动画与三维动画，高品质的多媒体作品中离不开大量的动画场面，因而动画的创作也是多媒体产品必不可少的一部分。

在各类动画当中,最有魅力并动用最广的当属三维动画。二维动画可以看成一个分支,它的制作难度及对电脑性能的要求都远远低于三维动画。现在,三维动画软件功能越来越强大,操作也越来越容易,这使得三维动画更广泛地被运用。三维动画的制作过程如图 3-3 所示。

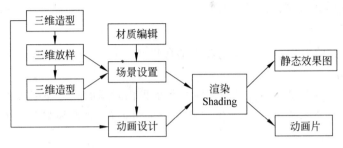

图 3-3　三维动画的制作过程

动画的一般制作步骤如下:

(1) 收集创作所需素材。主要包括视频材料、音频材料、文字材料、图片材料等,将这些材料导入到电脑中。

(2) 设计动画脚本。勾勒出一个简单的故事版作为关键帧画面草稿,脚本要有动画的总长度、分镜头长度、文字、配音等内容。

(3) 建模。根据动画角色的几何特点,选择合适的建模方法,在这个过程中,建立一些诸如流体、电磁波等动态的模型比具体的几何模型要复杂许多,动画师要与该领域的专家相互配合。

(4) 布光。三维场景中只要规模不是很大,一般都采用主光、背景光、辅助光的三点布光方法。

(5) 定义场景中对象的材质,要保持角色质感与动画片整体风格的一致。

(6) 设置时间和运动,在这个步骤中可以边制作边观看动画效果,直至达到满意的效果。

(7) 渲染。制作三维动画的最后一步,也叫图形的光栅化,有硬件渲染和软件渲染之分。硬件渲染是一种快速的渲染方式,省略了图形的一些重要属性。软件渲染主要由三种算法实现:扫描线渲染、光线跟踪渲染和光能传递渲染。

5. 视频素材的获取与创作

数字视频是对传统模拟视频片段进行捕获并转换成电脑能调用的数字信号,因为视频利用摄像机直接从实景中拍摄的,比较容易取得,经过编辑再创作后成为我们需要的数字视频,也就是电影文件,数字视频总能使多媒体作品变得更加生动、完美,而其制作难度一般低于动画创作。

Digital Video 是应用数字视频格式记录音视频数据的摄像机,即 DV 摄像机。Desktop Video(桌面视频编辑)是指基于个人 PC 的非线性视频编辑系统,它是相对于专业的视频剪辑而言的。DV 是消费类数字视频的统一标准。这个标准在 1993 年 9 月由世界主要录像机生产商组成的"高清晰度数字录像机协会"联合制定。

DV 电影制作步骤如下：

收集素材→影片剪辑→特效合成→添加音效→输出成品。

素材包括视频、图片、静帧、声音、二维/三维动画，以及文字信息等。

摄像头、摄像机、电视接收机、激光视盘等设备都可以作为视频数据的获取工具，当然，有些设备还需要相应的视频捕捉卡或者连接线的支持。

线性编辑：即基于磁带的电子编辑。其根本特点是：素材的搜索和录制必须按时间顺序进行，需反复前后卷带以寻找素材，因此比较麻烦、费时，并且容易损坏磁带，损失图像质量，还限制了艺术创作思路。

非线性编辑(Nonlinear Editing System)是使用数字存储媒体进行数字音视频编辑的后期制作系统。非线编辑可以使用非线性操作系统(整机)，还可以把视频通过接口上载到计算机中再用软件进行编辑。

编辑数字视频的流程如下(以 Premiere 为例)：

(1) 输入要编辑的各个视频段、音频段或图像；

(2) 对视频进行剪辑；

(3) 对各个视频段或图像应用过渡方法；

(4) 对视频片段使用图像滤波(处理)；

(5) 设计画面运动方式；

(6) 最后生成一定格式的电影文件输出。

面向流程的合成：面向流程的软件把合成画面所需要的一个个步骤作为单元，每一个步骤都接受一个或几个输入画面，对这些画面进行处理，并产生一个输出画面。通过把若干步骤连接起来，形成一个流程，从而使原始的素材经过种种处理，最终得到合成结果。这种技术适合制作精细的特技镜头。

面向层的合成：面向层的合成把合成画面划分为若干层次，每个层次一般对应一段原始素材。通过对每一层进行操作，比如增加滤镜、抠像、调整运动等，使每一层画面满足合成的需要，最后把所有层次按一定的顺序叠合在一起，就可以得到最终的合成画面。这种技术具有较高的制作效率。

下面对一些具体的合成技术作简要介绍。

通道提取：分离画面元素的方法，也叫做抠像。最常见的如蓝屏幕技术，在单色背景前拍摄人物或其他前景内容，然后利用色度的区别把单色背景去掉。

跟踪和稳定：为了保证不同镜头拍摄到的画面一致，计算机自动地分析在一系列图像上某个特征区随时间推进发生的位置变化。跟踪得到一系列的位移数据。然后把另外一个画面中的物体按照这个不断变化的位置贴到刚才跟踪的画面上。

数字复制和场景延伸：有成千上万人的大场面是好莱坞大片的招牌手法之一。数字复制和场景延伸常常结合使用，能够得到气势恢宏的大场面。

自 测 题

1. 多媒体技术的主要研究趋势是什么？
2. 什么是多媒体计算机系统？其基本构成是怎样的？
3. 图像压缩主要有哪些方法？是怎样分类的？

第 **4** 章 算法与数据结构

4.1 绪 论

　　数据结构不仅是大学计算机专业的核心课程之一,也是其他相关专业主要选修的课程之一。数据结构是一门集数学、计算机硬件和软件于一体的综合性学科,它不仅是一般程序设计的基础,而且是实现操作系统、编译程序、数据库系统以及其他系统程序和大型应用程序的基础。算法是问题求解逻辑步骤的一种准确而完整的描述。计算机科学的重要基础是对算法的研究,而数据结构则是算法研究的基础。

　　著名的瑞士计算机科学家沃思(Nikiklaus Wirth)提出了一个模式:

程序＝算法＋数据结构

其中,算法是指对操作的描述,即操作的步骤;数据结构是指对数据的描述,即数据的类型和组织形式;程序是算法在计算机中的实现。算法和数据结构是程序的两大要素。程序设计的本质就是在分析具体问题后建立数学模型,然后针对数学模型设计出求解算法,再选择或设计一个良好的数据结构来存储相关数据,最后利用某种计算机语言编写程序解决问题。

　　数据结构作为计算机的一门重要学科,主要研究三个方面的问题,如图 4-1 所示。

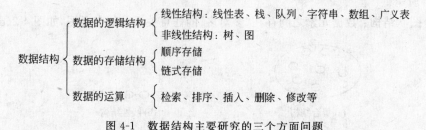

图 4-1　数据结构主要研究的三个方面问题

　　(1) 数据的逻辑结构:在数据集合中,各个数据元素之间的逻辑关系。
　　(2) 数据的存储结构:在处理数据时,各个数据元素在计算机中的物理存储关系。
　　(3) 在各种数据结构上进行的运算:检索、排序、插入、删除、修改等。

4.1.1 数据结构的基本概念

1. 数据

　　数据(data)是指用符号来描述客观事物,它是所有能输入到计算机中并被识别、存储和处理的符号集合,是计算机化的信息。它包含数值、字符、图形、图像、声音等。

2. 数据项

数据项(data item)是描述数据的最小单位,能用来描述个体的具体信息。

3. 数据元素

数据元素(data element)是描述数据的基本单位,有时也称为记录、节点、顶点等。一个数据元素可以由一个或多个数据项组成。客观存在的一切个体都可以是数据元素,它在计算机程序中一般也作为一个个体进行考虑和处理。

4. 数据对象

数据对象(data object)是一类性质相同的数据元素集合,是数据的子集。

5. 数据结构

数据结构(data structure)是指相互之间有关系的数据元素的集合。它是由数据和结构两个部分组成。其中,数据是指数据元素的集合;结构是指数据元素之间关系的集合。也就是说,在计算机中的数据不是杂乱无章的,而是具有内在联系的数据元素的集合。所以在计算机中处理数据时,既要保存数据,又要保存数据之间的关系。

数据元素之间一般有如下 4 种基本结构(关系):

(1) 集合结构:所有数据元素"属于同一个集合"。关系松散,如图 4-2(a)所示。

(2) 线性结构:数据元素之间存在"一对一"的相邻关系。如铁路春运购票队列,如图 4-2(b)所示。

(3) 树状结构:数据元素之间存在"一对多"的层次关系。如高校组织机构,如图 4-2(c)所示。

(4) 图状结构:数据元素之间存在"多对多"的任意关系。如交通图,如图 4-2(d)所示。

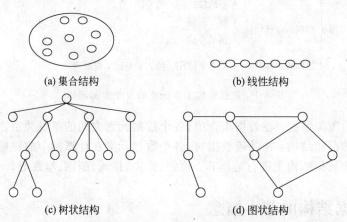

(a) 集合结构　　　　　　　　　　(b) 线性结构

(c) 树状结构　　　　　　　　　　(d) 图状结构

图 4-2　4 种基本数据结构示意图

数据结构根据逻辑抽象描述方式和计算机内物理存储形式分为逻辑结构和存储结构两类。

1) 逻辑结构(logical structure)

逻辑结构是指使用数学模型来抽象地描述数据元素之间的逻辑关系。

一个数据的逻辑结构包括两个方面内容：

(1) 数据元素的信息；

(2) 数据元素之间的前后关系。

其中,数据元素之间的前后关系用前驱(或直接前驱)和后继(或直接后继)描述。

数据的逻辑结构可以用一个二元组表示：

$$\text{Data\_Structure} = (D, R)$$

其中,D 为数据元素的有限集合,R 为 D 上关系的有限集合。

例如,每周的数据结构用一个二元组表示为：

$$\text{Week} = (D, R)$$
$$D = \{\text{周一},\text{周二},\text{周三},\text{周四},\text{周五},\text{周六},\text{周日}\}$$
$$R = \{(\text{周一},\text{周二}),(\text{周二},\text{周三}),(\text{周三},\text{周四}),$$
$$(\text{周四},\text{周五}),(\text{周五},\text{周六}),(\text{周六},\text{周日})\}$$

数据的逻辑结构也可以用一个图形表示。每个数据元素用中间标有数据元素值的方框表示,再用一条有向线段从直接前驱节点指向直接后继节点。

例如,具有如下的二元组结构的家庭成员的数据结构可用图 4-3 来表示。

$$\text{Family} = (D, R)$$
$$D = \{\text{母亲},\text{儿子},\text{女儿}\}$$
$$R = \{(\text{母亲},\text{儿子}),(\text{母亲},\text{女儿})\}$$

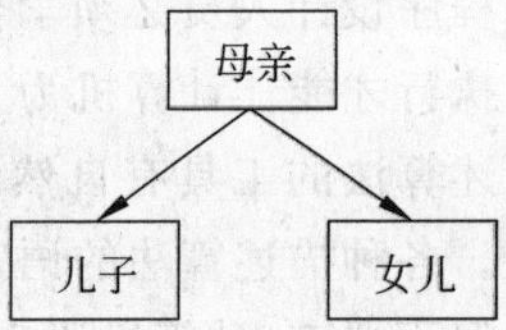

2) 存储结构(也称物理结构,physical structure)

存储结构是数据的逻辑结构在计算机内的存储形式,也称存储映像或内存映像。一种逻辑结构可能有多种存储结构。存储结构一般分为顺序存储结构和链式存储结构。

图 4-3 数据逻辑结构的图形表示

(1) 顺序存储结构的特点是借助于数据元素在存储器中的相对位置来表示数据元素之间的逻辑关系。即逻辑上相邻的数据元素在物理存储地址上也相邻。

(2) 链式存储结构的特点是借助于指示数据元素存储地址的指针来表示数据元素之间的逻辑关系,即逻辑上相邻的数据元素在物理存储地址上不一定相邻。

另外,还有索引存储结构和散列存储结构,但是它们都是通过顺序存储结构和链式存储结构复合而成。

索引存储结构的特点是借助于数据元素的索引号来确定存储地址,检索速度快,但是索引表需要附加的存储空间。

散列存储结构的特点是借助于数据元素的值来确定存储地址,检索速度快,但是若使用得不好,可能会造成数据元素单元的冲突而需要附加存储空间。

由于数据元素在计算机存储空间中的物理位置关系可以与数据元素的逻辑关系不同,所以在描述数据结构时,数据的逻辑结构和数据的存储结构是数据结构不可分的两个方面。一方面,数据的逻辑结构是数据结构的抽象;另一方面,数据的存储结构是数据结构的具体实现。一个算法的设计取决于数据的逻辑结构,而一个算法的具体实现则取决于数据的存储结构。在进行数据处理时候,一种数据的逻辑结构可以依据需要而采用多种不同的存储结构,如顺序存储结构、链式存储结构、索引存储结构和散列存储结构等,只要能反映出所要求的逻辑关系即可。但是,选用其中最合适的存储结构对于提高数据处理的效率是非常重要的。在实际应用中,不同的存储结构对算法的时间性能和空间性能等都有很大影响,即使是相同的存储结构也可以使用不同的算法来实现。

4.1.2 算法

用计算机解决实际问题,首先要给出解决问题的算法,再根据算法来编写程序。

1. 算法的定义

算法(algorithm)是问题求解逻辑步骤的一种准确而完整的描述。对于一个实际的问题来说,若通过一个计算机程序能在有限的存储空间中运行有限的时间后得到正确的结果,则对于这个问题就是算法可解的。程序可以作为算法的一种描述,它是通过使用一些编程语言(例如 C 语言)来描述算法。同一个算法如果采用不同的编程语言能够编写出不同的程序,并且程序中一般还要考虑一些与算法无关的问题,如在编写程序时要考虑计算机运行环境的限制等。所以,算法不等于程序,程序的编写也绝不可能优先于算法的设计。程序设计人员必须学会设计算法,并能根据算法利用高级语言编写程序,输入到计算机中执行才能让计算机为人类服务。

描述算法的工具有自然语言、传统流程图、N-S 流程图、伪代码、类计算机语言、计算机语言。各种描述算法的语言在对问题的描述能力方面存在一定的差异。例如,自然语言灵活但不严谨;计算机语言虽然严谨,但是由于语法方面的限制显得不灵活;类计算机语言具有高级语言的一般语句,但是抛弃了高级语言中某些细节,便于把注意力集中在算法处理步骤的描述上。

2. 算法的基本特性

一般来说,一个算法应具有以下几个基本特性:

(1) 有穷性(finiteness):一个算法应包含有限的操作步骤,即一个算法必须是在执行有穷步骤之后结束,并且其中每一步骤都可以在有穷时间内完成。例如,算法中若存在数学中的无穷级数时只能取有限项计算。

在实际应用中,有穷性也是指在合理的时间范围之内。如果一个算法用计算机执行了一万年才结束,虽然算法是有穷的,但不是合理的。而程序与算法的主要区别是程序可以无限地循环下去,例如操作系统中的监控程序在计算机启动以后就一直不停地监测操作者的操作动作直到停机。

(2) 确定性(definiteness):一个算法中的每一步骤必须有确定的含义,不能是含糊不清的,并且算法只有一个入口和一个出口。

（3）可行性（effectiveness）：一个算法应可以有效地执行，即算法描述的每一步骤都可通过已实现的基本运算执行有限次来完成。例如，算法中不能出现分母为零的情况。

（4）输入（input）：一个算法在执行时可能需要外部数据，也可能不需要外部数据，即一个算法有零个或多个外部输入。零个输入是指算法本身具有初始条件。

（5）输出（output）：一个算法的目的就是为了求解。即一个算法在执行完成后，一定要有一个或多个结果。或者说，一个算法至少要有一个输出，否则就失去了实际应用意义。当然，算法的输出是指一个算法得到了结果，并不一定是利用打印机进行输出。

3. 算法的基本要素

一个算法有两个基本要素：

（1）算法中对数据对象的运算和操作：算法中基本的运算和操作包括算术运算、关系运算、逻辑运算和数据传输。

（2）算法的控制结构：是指算法中各个操作之间的先后执行次序。一个算法的执行次序可以使用顺序、选择和循环三种基本结构组合而成。

4. 算法设计的基本方法

（1）列举法：根据实际问题，列举出所有可能的情况。

（2）归纳法：通过对特殊的情况进行归纳分析后找出一般的关系。

（3）递推法：从已知的条件逐渐推出结果。它也属于归纳法。

（4）递归法：先将复杂问题逐层分解（即回推）成最简单的问题，当解决了最简单的问题后，再沿着原来分解的逆过程逐步回归（即递推）以解决复杂问题。

（5）减半递推法：将复杂问题的规模减少一半，并且重复进行减半的过程。

5. 算法的评价

（1）正确性：指根据算法编写的程序能得到满足问题要求的结果，它分为 4 个层次：

① 程序中不存在语法错误；

② 程序对于几组输入数据能得到满足要求的结果；

③ 程序对于苛刻的几组输入数据能得到满足要求的结果；

④ 程序对于所有合理的输入数据能得到满足要求的结果。

（2）可读性：指算法首先应是便于理解，其次才是计算机可以执行。例如，使用的标识符要做到"见名知意"。有时为便于理解也可以加上注释。

（3）健壮性：指输入不合法数据时算法能做出相应的处理，而不是陷入瘫痪。

（4）高效率：指根据算法编写的程序有较快的运算速度。

（5）低存储量：指根据算法编写的程序在运行时占用较少的存储空间。

6. 算法的复杂度

衡量算法的性能主要包括时间性能和空间性能等。大多数算法主要是对时间性能进行分析的，而算法的时间性能是以算法的时间复杂度来衡量的。

1) 算法的时间复杂度

算法的时间复杂度是指执行算法所需要的计算工作量。由于一个算法在采用不同的语言、不同的编译程序以及在不同的计算机上运行时效率都不同,所以不能使用绝对时间单位来衡量算法效率。算法的工作量应使用算法在执行过程中基本运算的执行次数来度量。例如,在两个矩阵相乘时,两个实数之间的乘法运算就作为基本运算,并且可以忽略其中的加法运算。

算法执行的基本运算次数与问题的规模有关。例如,两个 30 阶矩阵相乘的基本运算次数一定大于两个 5 阶矩阵相乘的基本运算次数。

为了便于计算,对算法的时间复杂度可以采用一种近似的形式(即数量级)来表示。

算法的时间复杂度表示为:

$$T(n) = O(f(n))$$

其中 O 表示数量级,n 是问题的规模。即算法的基本运算次数 $T(n)$ 是问题规模 n 的函数,并且 $T(n)$ 的增长率与 $f(n)$ 的增长率相同,$T(n)$ 是 $f(n)$ 的同阶无穷大。

例如,

```
for(i=1;i<=n;i=i+1)
    for(j=1;j<=n;j=j+1)
        {c[i][j]=0;
            for(k=1;k<=n;k=k+1)
            c[i][j]=c[i][j]+a[i][k]*b[k][j];}
```

每层循环为从 1 到 n 的三重循环,总的基本运算次数为: $n \times n \times n = n^3$,时间复杂度为 $T(n) = O(n^3)$。一般情况下只要大致计算出相应的数量级即可,不必精确计算出算法的时间复杂度,即可以通过对算法的时间性能的近似描述来简要了解算法的时间性能。

有些情况下,算法执行的基本运算次数与输入数据有关,此时可以从平均性态、最坏情况来进行分析。平均性态(average behavior)是指在各种特定输入下的基本运算的加权平均值。最坏情况(worst-case)是指在规模为 n 时所执行的基本运算的最大次数。

2) 算法的空间复杂度

算法的空间复杂度是指执行算法所需存储空间的度量。它包括算法程序占用的存储空间、输入的原始数据占用的存储空间和执行算法所需额外占用的存储空间(如在链式存储结构中,既要存储数据,又要额外存储链接地址,以表示数据元素之间的关系)。

算法的空间复杂度表示为:

$$S(n) = O(f(n))$$

其中 O 表示数量级,n 是问题的规模。

4.2 线 性 表

4.2.1 线性表的基本概念

线性表是最简单的一种数据结构,它由一组数据元素组成。例如,一年的月份号

$(1,2,3,\cdots,12)$是一个线性表,表中的每个数据元素是一个整型数。再如,英文小写字母表$(a,b,c,\cdots,z)$是一个线性表,表中的每个数据元素是一个小写字母。又如,表 4-1 所示的学生成绩表也是一个线性表,表中的每个数据元素(记录)是由学号、姓名、数学、外语、计算机等数据项组成。

表 4-1　学生成绩表

学号	姓名	数学	外语	计算机	学号	姓名	数学	外语	计算机
001	赵一	91	83	75	004	李四	99	89	76
002	钱二	82	75	83	…	…	…	…	…
003	孙三	73	67	91					

综上所述,线性表(linear list)是由 $n(n\geqslant0)$ 个类型相同的数据元素 $a_1,a_2,\cdots,a_{i-1},a_i,a_{i+1},\cdots,a_n$ 组成的有限序列。一般可以表示为:

$$L = (a_1,a_2,\cdots,a_{i-1},a_i,a_{i+1},\cdots,a_n)$$

其中,L 称为线性表的名称。线性表中数据元素的个数 n 称为线性表的长度,当 $n=0$ 时称为空线性表。任意一个数据元素 $a_i(1\leqslant i\leqslant n)$ 也称为一个节点(node),它只是一个抽象的符号,其内容可以依据具体情况确定。同一个线性表中的数据元素必须具有相同的属性,数据元素可以是一个数据项,也可以由若干个数据项组成。由若干个数据项组成的数据元素也称为记录(record),由若干个记录组成的线性表称为文件(file)。

如果一个线性表非空,则 $a_i(1\leqslant i\leqslant n)$ 称为线性表的第 i 个数据元素,其中 i 称为 a_i 的位序(或序号)。$a_1,a_2,\cdots,a_{i-1}$ 称为 $a_i(2\leqslant i\leqslant n)$ 的前驱;$a_{i+1},a_{i+2},\cdots,a_n$ 称为 $a_i(1\leqslant i\leqslant n-1)$ 的后继。a_{i-1} 称为 $a_i(2\leqslant i\leqslant n)$ 的直接前驱;a_{i+1} 称为 $a_i(1\leqslant i\leqslant n-1)$ 的直接后继。在线性表中第一个数据元素 a_1 没有前驱,最后一个数据元素 a_n 没有后继。

在线性表中,数据元素的位置取决于它们的序号,数据元素之间的逻辑关系就是其邻接关系(如图 4-4 所示),由于数据元素之间的相对位置是线性的,所以线性表是一种线性结构。

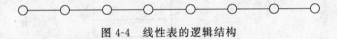

图 4-4　线性表的逻辑结构

非空线性表有如下特点:

(1) 有且只有一个根节点,它没有前驱节点。

(2) 有且只有一个终端节点,它没有后继节点。

(3) 除根节点和终端节点外,每个节点有且只有一个直接前驱节点,有且只有一个直接后继节点。

4.2.2　线性表的顺序存储及其基本运算

线性表在计算机中主要有两种存储结构,即顺序存储结构和链式存储结构。

把线性表中逻辑结构上相邻的数据元素依次存放在计算机内一组物理地址连续的存

储单元中,即把逻辑关系上相邻接的数据元素存储在物理地址也相邻接的存储单元之中,这种存储结构称为顺序存储结构。在计算机中存储线性表最简单的方法是采用顺序存储结构,用顺序存储结构来存储的线性表也称为顺序表。

顺序表具有的两个基本特点:

(1) 顺序表的所有数据元素所占的存储空间是连续的;

(2) 顺序表的各个数据元素在存储空间中是按照逻辑顺序依次存放的。

假设长度为 n 的顺序表$(a_1,a_2,\cdots,a_{i-1},a_i,a_{i+1},\cdots,a_n)$中每个数据元素所占的存储空间相同(假设都为 k 字节),并且第 i 个数据元素 a_i 的存储地址用 $\text{Address}(a_i)$ 表示,则相邻数据元素的存储地址可以表示为:

$$\text{Address}(a_i) = \text{Address}(a_{i-1}) + k \quad (2 \leqslant i \leqslant n)$$

因此,顺序表中第 i 个数据元素 a_i 在计算机存储空间中的存储地址可以表示为:

$$\text{Address}(a_i) = \text{Address}(a_1) + (i-1) \times k \quad (1 \leqslant i \leqslant n)$$

若知道顺序表的起始地址 $\text{Address}(a_1)$ 和每个数据元素所占的字节数 k,则顺序表中任意一个数据元素都可随机存取。顺序表的存储结构是一个随机存取的存储结构,如图 4-5 所示。

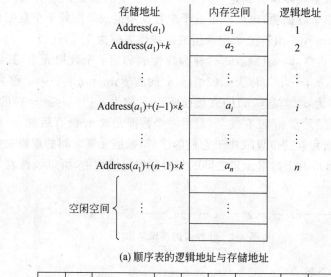

(a) 顺序表的逻辑地址与存储地址

(b) 顺序表的存储

图 4-5　顺序表存储的两种示意图

在使用高级语言(例如 C 语言)进行程序设计时,由于一维数组与计算机中实际存储空间结构类似,所以一般使用一维数组来表示线性表的顺序存储(即顺序表)空间。顺序表所需的最大存储空间有时不好预测,如果开始时所开辟的存储空间太小,可能在顺序表动态增长时会造成存储空间不够;但若开始时所开辟的存储空间太大,就有可能造成存储空间浪费。一般情况下,可以根据顺序表动态变化时的一般规模来决定。

1. 顺序表的插入运算

顺序表的插入运算是指线性表在顺序存储结构下的插入运算。它是在线性表的第 i($1 \leqslant i \leqslant n+1$)个数据元素的位置之前插入一个新数据元素 x,使长度为 n 的线性表(a_1, a_2, $\cdots$, a_{i-1}, a_i, $\cdots$, a_n)变成长度为 $n+1$ 的线性表(a_1, a_2, $\cdots$, a_{i-1}, x, a_i, $\cdots$, a_n)。

通常情况下,若要在长度为 n 的顺序表的第 i($1 \leqslant i \leqslant n+1$)个数据元素之前插入一个新的数据元素,则需要把从最后一个(即第 n 个)数据元素开始直到第 i 个数据元素之间共 $n-i+1$ 个数据元素依次向后移动一个位置,即把位序为 n、$n-1$、$\cdots$、$i+1$、i 的数据元素依次向后移动到 $n+1$、n、$\cdots$、$i+2$、$i+1$ 位置上,然后将新的数据元素 x 插入到新空出的第 i 个位置上。

例如,已知顺序表(3,6,11,18,23,38,41,43,58),若要在第 5 个位序的数据元素之前插入一个新的数据元素"20",则要把第 9 个位序(元素 58)到第 5 个位序(元素 23)之间的数据元素依次向后移动一个位置,再将新的数据元素"20"插入到第 5 个位序,如图 4-6 所示。

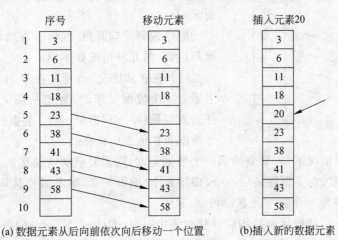

(a) 数据元素从后向前依次向后移动一个位置　　　(b)插入新的数据元素

图 4-6　顺序表插入运算的前后变化

顺序表插入运算(即线性表在顺序存储结构下的插入运算)的几种情况如下:

(1) 在通常情况下,若在第 i($1 \leqslant i \leqslant n+1$)个数据元素之前插入一个新的数据元素时,要把从最后一个(即第 n 个)数据元素开始直到第 i 个数据元素之间共 $n-i+1$ 个数据元素依次向后移动一个位置。

(2) 在特殊情况下,若要在顺序表第一个数据元素之前插入一个新的数据元素,则需要依次向后移动表中所有的 n 个数据元素;若要在顺序表最后一个(即第 n 个)数据元素之后(即第 $n+1$ 个数据元素之前)插入一个新的数据元素,则不需要移动表中的数据元素,只要在表的末尾增加一个新的数据元素即可。

(3) 插入一个新的数据元素平均需要移动表中一半(即 $n/2$ 个)的数据元素。

由于数据元素的移动消耗很多时间,因此顺序表的插入运算的效率非常低,尤其在顺序表的长度较大的情况下这个问题更为严重。另外,在顺序表的插入运算中,若为顺序表开辟的存储空间已满,此时就不能再进行插入,否则会产生"上溢"错误。

2. 顺序表的删除运算

顺序表的删除运算是指线性表在顺序存储结构下的删除运算。它是在线性表中删除第 $i(1\leqslant i\leqslant n)$ 个位置上的数据元素，使长度为 n 的线性表 $(a_1,a_2,\cdots,a_{i-1},a_i,a_{i+1},\cdots,a_n)$ 变成长度为 $n-1$ 的线性表 $(a_1,a_2,\cdots,a_{i-1},a_{i+1},\cdots,a_n)$。

通常情况下，若要在长度为 n 的顺序表的第 $i(1\leqslant i\leqslant n)$ 个位置上删除一个数据元素，则需要把从第 $i+1$ 个数据元素开始，直到最后一个（即第 n 个）数据元素之间共 $n-i$ 个元素依次向前移动一个位置，即把位序为 $i+1、i+2、\cdots、n-1、n$ 的数据元素依次向前移动到位序为 $i、i+1、\cdots、n-2、n-1$ 的位置上。

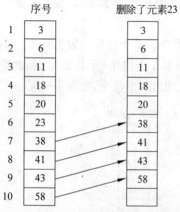

图 4-7　顺序表删除运算的前后变化

例如，已知顺序表 (3,6,11,18,20,23,38,41,43,58)，若要删除在第 6 个位序的数据元素"23"，则要把第 7 个位序（数据元素 38）到第 10 个位序（数据元素 58）之间的数据元素依次向前移动一个位置，如图 4-7 所示。

顺序表删除运算（即线性表在顺序存储结构下的删除运算）的几种情况如下：

(1) 在通常情况下，若要在第 $i(1\leqslant i\leqslant n)$ 个位置上删除一个数据元素时，要把从第 $i+1$ 个数据元素开始直到最后一个（即第 n 个）数据元素之间共 $n-i$ 个数据元素依次向前移动一个位置。

(2) 在特殊情况下，若要删除第一个数据元素，则需要依次向前移动表中所有其他的 $n-1$ 个数据元素；若要删除最后一个（即第 n 个）数据元素，则不需要移动表中数据元素，只要删除表的末尾一个数据元素即可。

(3) 删除一个数据元素平均需要移动表中一半（即 $(n-1)/2$ 个）的数据元素。

由于数据元素的移动消耗很多时间，因此顺序表的删除运算（即线性表在顺序存储结构下的删除运算）的效率非常低，尤其在顺序表的长度较大的情况下这个问题更为严重。另外，在顺序表的删除运算中，若为顺序表开辟的存储空间内容已空，此时就不能再进行删除，否则会产生"下溢"错误。

线性表顺序存储结构（即顺序表）的优缺点如下：

(1) 优点：逻辑关系上相邻的数据元素（节点）在计算机中存储的物理位置上也相邻，所以不需要为表示数据元素的逻辑关系而增加额外的存储空间，并且可以根据初始地址随机存取线性表中任一数据元素；运算简单方便，存储空间的使用紧凑，占用了最少的存储空间。

(2) 缺点：除了线性表表尾的数据元素（节点）外，在其他位置进行插入、删除操作时需要移动大量的数据元素，平均需要移动表中约一半的数据元素，而大量数据元素的移动消耗许多处理时间；而且，由于占用连续的存储空间，所以只能进行预先静态分配，若开辟的存储空间太大，就有可能造成存储空间浪费；若开辟的存储空间太小，当分配的存储空间已满时，再插入数据就会发生"上溢"错误，不便于扩充；另外，由于只能使用相邻的整块存储单元，也可能会产生较多的碎片现象。

结论：由于顺序存储结构相对简单，所以线性表的顺序存储结构适用于小线性表或者其中数据元素不常变动的线性表。又因为数据元素的移动消耗很多时间，导致顺序表的插入、删除运算的效率非常低，所以线性表的顺序存储结构不适用于大线性表或者其中数据元素经常变动的线性表。顺序表适合于主要是进行查找而很少做插入和删除操作。

4.2.3 线性表的链式存储及其基本运算

顺序表（即线性表的顺序存储结构）的优点是逻辑关系上相邻的数据元素在计算机中存储的物理位置上也相邻，则可以根据初始地址来随机存取线性表中任一元素。它的缺点是进行插入、删除操作时平均需要移动线性表中一半的元素，并且要预先静态分配存储空间，不便于扩充。

由于线性表的顺序存储结构不适用于大线性表或者其中数据元素经常变动的线性表，为了避免由于大量数据元素的移动而消耗处理时间而导致顺序表的插入、删除运算效率低的缺点，线性表可以使用另外一种存储结构——链式存储结构。

使用一组任意的存储单元来存储线性表中的数据元素，这些存储单元在计算机内的物理位置可以是连续的，也可以是不连续的，这种存储结构称为链式存储结构。用链式存储结构来存储的线性表称为线性链表，简称为链表（linked list）。根据链接的方式把链表分为单链表、双链表和循环链表等。链表适合于频繁地进行插入和删除操作。

1. 单链表

因为链式存储结构不要求逻辑关系上相邻的数据元素在计算机中存储的物理位置上也相邻，所以为了表示数据元素（或节点）之间的逻辑关系，每个数据元素（或节点）的存储空间就被分为两个部分。其中一个部分用来存储节点的值，称为数据域；另一个部分用来存储指向直接后继的指针（或后继的地址），称为指针域。所有的节点通过指向直接后继的指针（或后继的地址）的连接按其逻辑顺序链接在一起而组成了链表，使得逻辑上相邻节点的物理位置不一定相邻。除了数据域外，如果每一个节点只包含一个指针域，这样形成的线性链表就只有一个方向的链，则称为线性单链表，简称为单链表（single linked list），如图 4-8 所示。

图 4-8　单链表的节点形式

其中，data 是数据域，用来存放节点的值；next 是指针域（也称链域），一般用来存放节点的直接后继的地址（或位置）。

由于在单链表中每个节点的存储地址都保存在其直接前驱节点的指针域中，而第一个节点无直接前驱节点，为增强程序的可读性，在线性单链表中一般还增加一个指针指向链表的第一个节点（即存储第一个节点的地址），称为头指针（HEAD）。一个单链表可以用头指针的名字来命名。最后一个节点由于没有直接后继节点，则它的指针域值为空（用

NULL、0 或 ∧ 表示)，表示链表终止。由于任意一个节点的存取都必须从头指针出发，顺着链域逐个节点往下进行，所以单链表是顺序存取的存储结构，如图 4-9 所示。

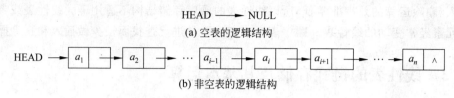

(a) 空表的逻辑结构

(b) 非空表的逻辑结构

图 4-9　线性单链表的逻辑结构(不带头节点)

例如，线性表$(a_1,a_2,a_3,a_4,a_5,a_6)$采用链式存储，如图 4-10 所示。

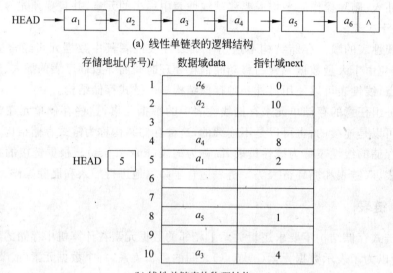

(a)　线性单链表的逻辑结构

存储地址(序号)i	数据域data	指针域next
1	a_6	0
2	a_2	10
3		
4	a_4	8
5	a_1	2
6		
7		
8	a_5	1
9		
10	a_3	4

HEAD　5

(b) 线性单链表的物理结构

图 4-10　线性单链表(不带头节点)

链表的特点是：链表正是通过每个节点的指针域(也称链域)将线性表中的所有节点按其逻辑顺序链接在一起的。通常情况下，各个节点的存储地址(或序号)不是连续的，并且在存储空间的位置关系与逻辑关系也不一致。

为了操作方便，有时可以在单链表第一个节点之前再增加一个节点，称为头节点。头节点的数据域为任意或依据需要设置，头节点的指针域存储指向第一个节点的指针(即第一个节点的存储地址)。此时，头指针 HEAD 指向头节点，而头节点指向单链表的第一个节点，如图 4-11 所示。

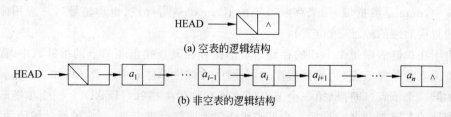

(a) 空表的逻辑结构

(b) 非空表的逻辑结构

图 4-11　线性单链表的逻辑结构(带头节点)

　大学计算机基础教程

1）建立线性单链表

（1）头插法建立线性单链表：从空链表开始，每次申请生成一个新的节点，将读入的数据存放到数据域中，并设置指针域为空。然后将新节点插入到链表头节点的后面，即新节点的指针域存储原来头节点指针域存放的指针，再将头节点的指针域存储指向新节点的指针（或存储地址）。重复以上操作，直到读入的数据为结束标志，如图4-12所示。

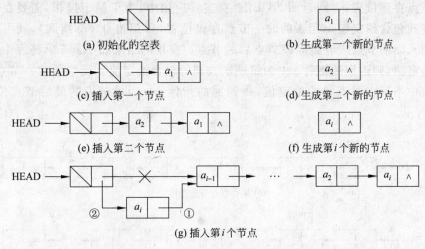

图 4-12　头插法建立线性单链表

使用头插法建立线性单链表时，节点的逻辑顺序与输入数据元素的顺序相反。

（2）尾插法建立线性单链表：从空链表开始，每次申请生成一个新的节点，将读入的数据存放到数据域，并设置指针域为空。然后将新节点插入到链表尾节点的后面，即原来链表尾节点的指针域存储指向新节点的指针（或存储地址），此时新节点转变为新的尾节点。重复以上操作，直到读入的数据为结束标志，如图4-13所示。

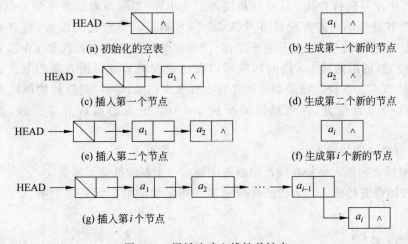

图 4-13　尾插法建立线性单链表

使用尾插法建立线性单链表时，节点的逻辑顺序与输入数据元素的顺序相同。

2) 线性单链表的查找

为便于下面进行线性单链表的插入或删除操作,需要先查找到插入或删除的位置。

线性单链表的查找是指在线性单链表查找指定的数据元素。

(1) 按照值进行查找:从线性单链表的头指针出发,顺着链表逐个将节点数据域的值和要查找的给定值作比较。若查找到有节点数据域的值等于给定值时,则返回首次找到的节点存储位置;否则返回 NULL。在实际应用中,为了便于操作,需要在线性单链表中查找包含给定值 x 元素的前一节点存储位置(可用指针 pre 指向),就可以在该节点后插入新的节点或者删除该节点后的节点。查找的结果如下:若单链表中存在要查找的给定值,则返回的指针 pre 为第一次找到的包含给定值 x 元素的前一节点位置;若单链表中不存在要查找的给定值,则返回的指针 pre 为单链表的最后节点位置,如图 4-14 所示。

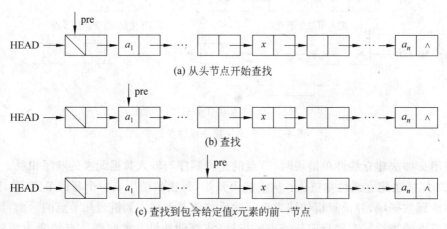

(a) 从头节点开始查找

(b) 查找

(c) 查找到包含给定值x元素的前一节点

图 4-14　线性单链表的查找(按照值进行查找)

(2) 按照序号进行查找:从线性单链表的头指针出发,顺着链表逐个节点往下扫描直到第 i 个节点为止。若查找到节点($1 \leqslant i \leqslant n$),则返回节点存储位置(指针);否则返回 NULL。在实际应用中,为了便于操作,需要在线性单链表中查找第 i 个节点的前一节点存储位置(可用指针 pre 指向),就可以方便地在该节点后插入新的节点或者删除该节点后的节点。查找的结果如下:若查找到节点($1 \leqslant i \leqslant n$),则返回的指针 pre 为第 i 个节点的前一节点位置;否则返回的指针 pre 为单链表的最后节点位置,如图 4-15 所示。

3) 线性单链表的插入

线性单链表的插入是指在线性单链表中插入一个新的数据元素。

(1) 按照值进行插入:是在线性单链表中指定值的数据元素之前插入一个新数据元素。

运算过程如下:

① 申请新节点:生成一个新节点,输入数据 y 存放到数据域;

② 查找:在单链表中查找包含给定值 x 的元素的前一节点的存储位置(用指针 pre 指向);

大学计算机基础教程

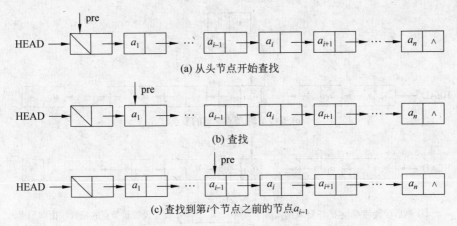

(a) 从头节点开始查找

(b) 查找

(c) 查找到第 i 个节点之前的节点 a_{i-1}

图 4-15　线性单链表的查找(按照序号进行查找)

③ 修改链接：首先设置新节点的指针域指向节点 x，然后再设置 x 前一节点的指针域指向新节点(注意，在程序设计时此顺序不能颠倒)，如图 4-16 所示。

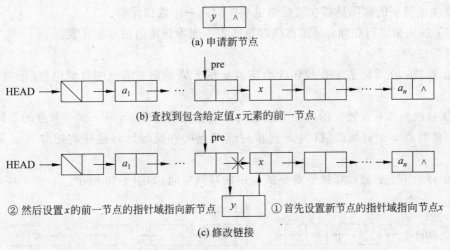

(a) 申请新节点

(b) 查找到包含给定值 x 元素的前一节点

② 然后设置 x 的前一节点的指针域指向新节点　①首先设置新节点的指针域指向节点 x

(c) 修改链接

图 4-16　线性单链表的插入(按照值进行插入)

(2) 按照序号进行插入：是指在线性单链表中第 i 个节点之前插入一个新的节点。运算过程如下：

① 申请新节点：生成一个新节点，输入数据 x 存放到数据域；

② 查找：在单链表中查找第 i 个节点之前的节点 a_{i-1} 的存储位置(用指针 pre 指向)；

③ 修改链接：首先设置新节点的指针域指向节点 a_i，然后再设置节点 a_{i-1} 的指针域指向新节点(注意，在程序设计时此顺序不能颠倒)，从而实现三个节点 a_{i-1}，x 和 a_i 之间的逻辑关系的变化，以便将新节点插入到单链表的第 i 个节点之前的位置上，即插入到 a_{i-1} 与 a_i 之间，如图 4-17 所示。

可以看到，在线性单链表的插入过程中，不需要移动数据元素，只要改变相关节点的指针就可以实现，提高了效率。

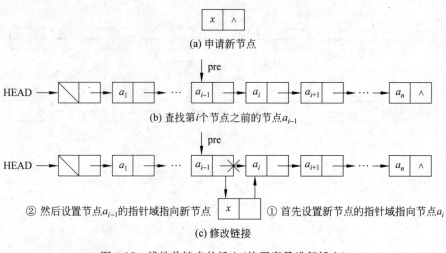

(a) 申请新节点

(b) 查找第 i 个节点之前的节点 a_{i-1}

② 然后设置节点 a_{i-1} 的指针域指向新节点　　　　① 首先设置新节点的指针域指向节点 a_i

(c) 修改链接

图 4-17　线性单链表的插入（按照序号进行插入）

4）线性单链表的删除

线性单链表的删除是指在线性单链表中删除一个数据元素。

（1）按照值进行删除：是指在线性单链表中删除指定值的数据元素。

运算过程如下：

① 查找：在单链表中查找包含给定值 x 的元素的前一节点的存储位置（用指针 pre 指向）。

② 修改链接：设置 x 的前一节点指向 x 的直接后继节点，即 x 前一节点的指针域改变为存放节点 x 指针域的值（为 x 直接后继节点的存储地址），这样就把节点 x 从链上摘下。

③ 释放节点：最后释放节点 x 所占用的存储空间，如图 4-18 所示。

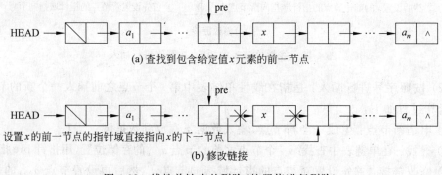

(a) 查找到包含给定值 x 元素的前一节点

设置 x 的前一节点的指针域直接指向 x 的下一节点

(b) 修改链接

图 4-18　线性单链表的删除（按照值进行删除）

（2）按照序号进行删除：是指在线性单链表中删除第 i 个节点。

运算过程如下：

① 查找：在单链表中查找第 i 个节点之前的节点 a_{i-1} 的存储位置（用指针 pre 指向）。

② 修改链接：设置 a_{i-1} 指向 a_i 的直接后继节点 a_{i+1}，即把 a_{i-1} 的指针域改变为存放节点 a_i 指针域的值（为 a_{i+1} 的存储地址），就能把节点 a_i 从链上摘下。

③ 释放节点：最后释放节点 a_i 所占用的存储空间，如图 4-19 所示。

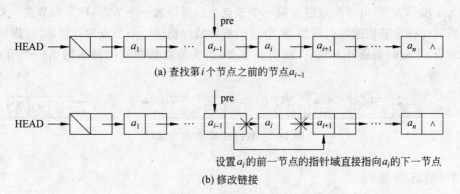

(a) 查找第 i 个节点之前的节点 a_{i-1}

设置 a_i 的前一节点的指针域直接指向 a_i 的下一节点

(b) 修改链接

图 4-19　线性单链表的删除（按照序号进行删除）

可以看到，在线性单链表的删除过程中，不需要移动数据元素，只要改变被删除节点的前一节点指针域，使其指向被删除节点的直接后继节点就可以实现，提高了效率。

链表的优缺点如下：

（1）优点是在链表中进行插入、删除操作时只需要修改指针，而不需要移动表中的数据元素，对于频繁地进行插入、删除操作的线性表，适合采用链表做存储结构。

（2）缺点是对链表中的数据元素只能顺着链表进行顺序存取而不能进行随机存取。

2. 双链表

在线性单链表中，每个节点只包含一个指向其直接后继的指针（地址），因此从某一个节点出发，由这个指针可以很方便地找到后继节点，但是不能找到前驱节点；为了能找到前驱节点，必须从头指针重新开始另一次查找。

为了快速地找到任意一个节点的前驱和后继，在线性单链表的每个节点中再增加一个指针域，用来指向该节点的直接前驱。每个节点包含两个指针（如图 4-20 所示），其中指向直接前驱节点的指针称为左指针（llink），指向直接后继节点的指针称为右指针（rlink），由此形成的线性链表就有两个不同方向的链，则称为双向链表，简称为双链表（double linked list），如图 4-21 所示。

图 4-20　双链表的节点形式

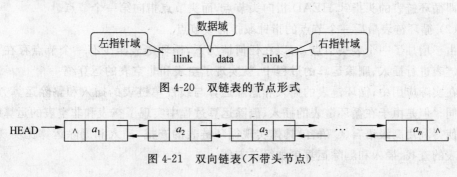

图 4-21　双向链表（不带头节点）

其中,data 是数据域,用来存放节点的值;llink 是指向直接前驱节点的左指针,一般用来存放节点的直接前驱的地址(或位置);rlink 是指向直接后继节点的右指针,一般用来存放节点的直接后继的地址(或位置)。

为了操作方便,可以在双链表第一个节点之前再增加一个节点,称为头节点。头节点的数据域为任意或依据需要设置,头节点的指针域存储第一个节点的存储地址(即指向第一个节点)。此时头指针 HEAD 指向头节点,而头节点指向双向链表的第一个节点,如图 4-22 所示。

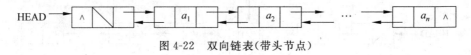

图 4-22　双向链表(带头节点)

3. 循环链表

虽然线性单链表的插入、删除运算很方便,但是在运算过程中必须单独考虑空表和第一个节点等特殊情况,使得空表和非空表的运算不统一而需要采用不同的方法;另外,若要查找某一节点的前驱节点,必须从头指针重新开始另一次查找。为了避免这些缺点,可以使用线性表的另一种链式存储结构——循环链表。

将单链表中最后一个节点的指针域由空(NULL)改变为指向头节点而使链表头尾相接形成环状,称为单向循环链表,简称为循环链表(circular linked list)。

在单向循环链表中,只是对表的链接方式稍微改变一些,就可以从任意一个节点出发来访问表中所有其他的节点,提高了查找的效率。而线性单链表却做不到这一点。

在程序设计时,为了操作方便而使空表和非空表的处理保持一致,可在循环链表中再增加一个头节点,它的数据域可以任意或依据需要设置,指针域指向链表的第一个节点,如图 4-23 所示。

图 4-23　单向循环链表(带头节点)

循环链表具有的两个特点:

(1) 循环链表增加一个头节点,其数据域可以依据需要设置,其指针域指向第一个节点。即循环链表的头指针 HEAD 指向头节点,而头节点指向第一个节点。

(2) 循环链表最后一个节点的指针域指向头节点。

由于增加了一个表头节点,所以在任何情况下,循环链表至少有一个节点存在,在对循环链表进行插入、删除运算的过程中,就实现了空表和非空表的运算统一。

在实际应用中,循环链表的插入和删除运算与线性单链表的插入和删除运算方法基本相同。但是由于在循环链表的插入、删除运算过程中实现了空表和非空表的运算统一,所以使得利用高级语言(C语言)具体实现循环链表的查找、插入和删除运算比实现线性单链表的查找、插入和删除运算更加简单方便。

链式存储结构的存储方式既可以用来表示线性结构,也可以用来表示非线性结构。

4.3 栈和队列

4.3.1 栈及其基本运算

1. 栈的基本概念

栈(stack)是一种特殊的线性表,它是限定仅在一端进行插入或删除操作的线性表,即栈是一种运算受限的线性表。其中,允许进行插入或删除操作的一端称为栈顶(top),不允许进行插入、删除操作的另一端称为栈底(bottom),不含数据元素的栈称为空栈。

栈是根据"先进后出"或"后进先出"的原则组织数据,栈有时也被称为"先进后出的线性表"或"后进先出的线性表"。一般用指针 top 指向栈顶位置,用指针 bottom 指向栈底位置。向栈中插入一个数据元素称为入栈;从栈中删除一个数据元素称为退栈。

由于栈也是一种线性表,因此也可以采用线性表的顺序存储和链式存储这两种存储结构。以顺序存储结构存储的栈称为顺序栈。以链式存储结构来存储的栈称为带链的栈。

下面通过举例来说明栈结构的特点。假设有一个火车维修处,其中一侧为封闭的,现有 6 辆火车,编号为 1、2、3、4、5、6,按照编号的顺序进入维修处。此时,若编号 1 的火车要退出,必须要等编号 6、5、4、3、2 的火车依次退出后才行。这个火车维修处可以看作一个栈,编号 6 火车的位置为栈顶,编号 1 火车的位置为栈底,火车的进入和退出可以看作栈的插入和删除,并且都在栈顶进行,如图 4-24 所示。

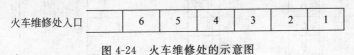

图 4-24 火车维修处的示意图

2. 栈的顺序存储及其基本运算

与一般的线性表类似,在程序设计时,可以使用一维数组作为栈的顺序存储空间,即可以利用一组地址连续的存储单元依次存放从栈底到栈顶的所有数据元素。用顺序存储结构来存储的栈简称为顺序栈。可以设置 n 表示栈的最大存储空间,并假设栈顶指针为 top,如图 4-25 所示。

栈的顺序存储结构下的基本运算有入栈运算、退栈运算和读栈运算。

1) 顺序栈的入栈运算

顺序栈的入栈运算是指在栈顶位置插入一个新的数据元素。

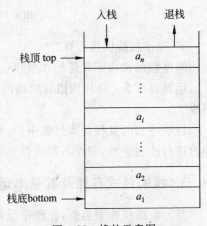

图 4-25 栈的示意图

运算过程如下：

(1) 修改指针：将栈顶指针加1(top 加1)。

(2) 插入：在当前栈顶指针所指向的位置将新的数据元素插入。

在顺序栈的入栈运算过程中，若栈顶指针已经指向栈存储空间的最后位置（即 top＝n），表明此时栈的空间已满，不能再进行入栈运算，否则会产生栈的上溢错误。

2）顺序栈的退栈运算

顺序栈的退栈运算是指在栈顶位置取走一个数据元素并且把它赋给某个变量。

运算过程如下：

(1) 退栈：将栈顶指针所指向的栈顶元素读取后并且赋给一个变量；

(2) 修改指针：将栈顶指针减1(top 减1)。

在顺序栈的退栈运算过程中，若栈顶指针已经为 0 时（即 top＝0），表明此时栈空，不能再进行退栈运算，否则会产生栈的下溢错误，如图 4-26 所示。

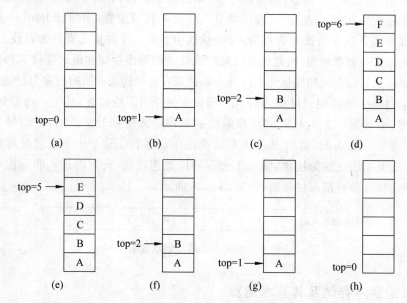

图 4-26　顺序栈的入栈和退栈

3）顺序栈的读栈运算

顺序栈的读栈运算是指在栈顶位置读取一个数据元素并且把它赋给某个变量。

运算过程为：将栈顶指针所指向的栈顶元素读取后并赋给一个变量，栈顶指针保持不变。

在顺序栈的读栈运算过程中，若栈顶指针已经为 0 时（即 top＝0），表明此时栈空，不能再进行读栈运算，即读不到栈顶元素。

3. 栈的链式存储及其基本运算

与一般的线性表类似，在程序设计时，栈也可以使用链式存储结构。用链式存储结构来存储的栈称为带链的栈，简称为链栈。它其实就是运算受限的单链表，其插入和删除操作仅限制在链表的表头位置上进行,所以栈顶指针就是链表的头指针,头指针指向栈顶节点(不带头节点)或者头节点(带头节点),如图 4-27 和图 4-28 所示。

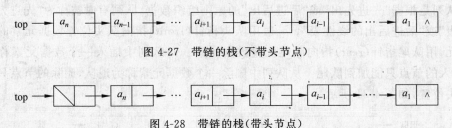

图 4-27　带链的栈(不带头节点)

图 4-28　带链的栈(带头节点)

栈的链式存储结构下的基本运算有带链栈的入栈运算、带链栈的退栈运算。

1)带链栈的入栈运算

带链栈的入栈运算是指在栈顶位置插入一个新的数据元素,如图 4-29 所示。

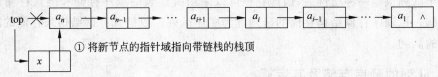

① 将新节点的指针域指向带链栈的栈顶
② 将栈顶指针指向新节点

图 4-29　带链栈的入栈运算(不带头节点)

运算过程如下:

(1)申请新节点:先开辟一个新的节点,然后为新节点的数据域赋数值;

(2)修改链接:将新节点的指针域指向带链栈的栈顶,然后将栈顶指针指向新节点。

2)带链栈的退栈运算

带链栈的退栈运算是指在栈顶位置退出一个数据元素,如图 4-30 所示。

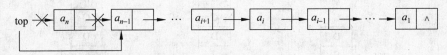

使栈顶指针指向栈顶元素的直接后继节点

图 4-30　带链栈的退栈运算(不带头节点)

运算过程如下:

(1)读取栈顶指针所指向的栈顶元素的数值并存放在变量中。

(2)修改链接:使栈顶指针指向栈顶元素的直接后继节点。

(3)释放节点:释放旧栈顶指针指向的栈顶元素。

4.3.2　队列及其基本运算

1. 队列的基本概念

队列(queue)也是一种特殊的线性表,它是限定在一端进行插入操作,而在另一端进行删除操作的线性表,即队列也是一种运算受限的线性表。其中允许进行插入操作的一端称为队尾,允许进行删除操作的另一端称为队头。不含数据元素的队列称为空队列。

队列是根据"先进先出"或"后进后出"的原则组织数据,队列有时被称为"先进先出的线性表"或"后进后出的线性表"。一般用队头指针(front)指向队头位置数据元素的前一个单元,用队尾指针(rear)指向队尾位置数据元素。向队列中插入一个数据元素称为入队,插入的节点只能加到队尾。从队列中删除一个数据元素称为退队,删除的节点只能来自队头位置,如图 4-31 所示。

图 4-31　队列

由于队列也是一种线性表,因此它也可以采用线性表的顺序存储和链式存储这两种存储结构。以顺序存储结构存储的队列称为顺序队列。以链式存储结构来存储的队列称为带链的队列。

2. 队列的顺序存储及其运算

与一般的线性表类似,在程序设计时,可以使用一维数组作为队列的顺序存储空间。用顺序存储结构来存储的队列简称为顺序队列,如图 4-32 所示。

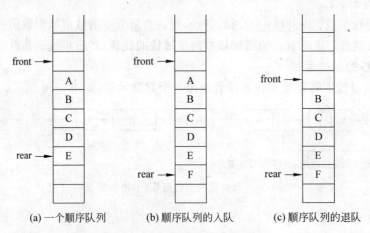

(a) 一个顺序队列　　　(b) 顺序队列的入队　　　(c) 顺序队列的退队

图 4-32　顺序队列的入队和退队

为了充分利用空间,在实际应用中,队列的顺序存储结构可以采用循环队列的形式。将顺序存储的队列的最后一个位置指向第一个位置,从而使顺序队列形成逻辑上的环状空间,称为循环队列(circular queue)。当循环队列的最后一个位置已经被使用而还要进行入队运算时,此时只要第一个位置空闲,就可以将数据元素插入到第一个位置,即将第一个位置作为新的队尾。可以设置 n 表示循环队列的最大存储空间。

在循环队列中,从队头指针 front 指向的下一个位置到队尾指针 rear 指向的队尾位置之间的所有数据元素都是队列中的数据元素。

循环队列具有两种基本运算：循环队列的入队运算、循环队列的退队运算。

循环队列的初始状态为空，此时 $front=rear=n$。

循环队列进行一次退队运算，队头指针 front 就加 1，若 $front=n+1$ 时，则设置 $front=1$。

循环队列进行一次入队运算，队尾指针 rear 就加 1，若 $rear=n+1$ 时，则设置 $rear=1$。

由于在循环队列中，循环队列为空或满都有 $front=rear$，即根据 $front=rear$ 不能判定队列是空还是满，一般还要增加一个标志 sign，并设置 $sign=0$ 表示队列空，$sign=1$ 表示队列非空。所以，可以用 $sign=0$ 表示队列空，用 $sign=1$ 且 $front=rear$ 表示队列满。

1）循环队列的入队运算

循环队列的入队运算是指在循环队列的队尾位置插入一个新的数据元素。

运算过程如下：

（1）修改队尾：将队尾加 1（即 $rear=rear+1$），此时若 $rear=n+1$，则设置 $rear=1$；

（2）节点插入：将新节点插入到将队尾指针所指向的位置。

当 $sign=1$ 并且 $rear=front$，循环队列空间已满，就不能进行入队，否则会产生上溢错误，如图 4-33 所示。

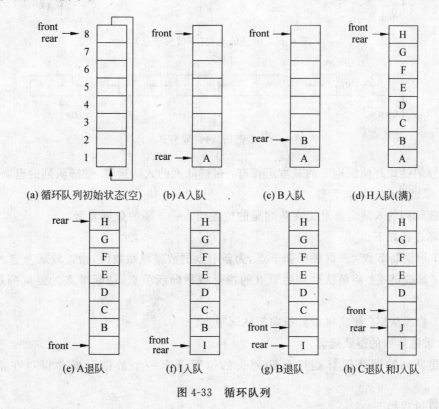

图 4-33　循环队列

2）循环队列的退队运算

循环队列的退队运算是指在循环队列的队头位置退出一个数据元素并且保存在指定的变量中。

运算过程如下：

（1）修改队头：先将队头加 1（即 front＝front＋1），此时若 front＝$n+1$ 则设置 front＝1。

（2）节点退出保存：将队头指针所指向位置的数据元素退出并且赋给一个指定变量。

当 sign＝0 时循环队列为空，就不能进行退队，否则会产生下溢错误。

3．队列的链式存储及其运算

与一般的线性表类似，在程序设计时，队列也可以使用链式存储结构。用链式存储结构来存储的队列，称为带链的队列，简称为链队列。它是限制仅在表尾进行插入和表头进行删除的单链表。由于只有单链表的头指针不便于在表尾进行插入操作，因此增加一个尾指针，指向单链表的最后一个节点。一个带链队列可以由一个头指针唯一确定，如图 4-34 和图 4-35 所示。

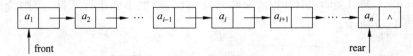

图 4-34　带链的队列（不带头节点）

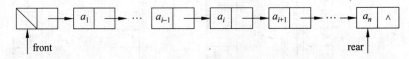

图 4-35　带链的队列（带头节点）

队列的链式存储结构下的基本运算有：带链队列的入队运算、带链队列的退队运算。

1）带链队列的入队运算

带链队列的入队运算是指在队列尾的位置插入一个新的数据元素。

运算过程如下：

（1）申请新节点：开辟一个新节点，为新节点的数据域赋数值，指针域赋为空。

（2）修改链接：将链队列最后节点的指针域指向新节点，使新节点为链队列最后的节点。

（3）修改队尾：使队尾指针指向新队尾节点。

2）带链队列的退队运算

带链队列的退队运算是指在队列头的位置退出一个数据元素并保存在指定变量中。

运算过程如下：

（1）节点保存：读取链队列头指针所指向的队列头元素的数值并存放在变量中。

（2）修改链接：使链队列头指针指向队列头元素的直接后继节点。

（3）节点释放：释放旧链队列头指针所指向的数据元素，如图 4-36 所示。

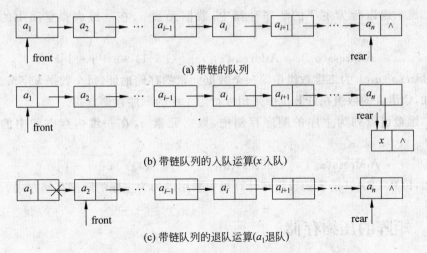

(a) 带链的队列

(b) 带链队列的入队运算(x入队)

(c) 带链队列的退队运算(a_1退队)

图 4-36　带链队列的入队运算和退队运算(不带头节点)

4.4　数　　组

4.4.1　数组的基本概念

数组也是一种特殊的线性表,它的数据元素自身也是一个线性表。矩阵在科学研究和计算中是一种常用的数学对象,在使用计算机高级语言进行程序设计时,一般将一个矩阵描述为一个二维数组。所以在此主要研究二维数组,如图 4-37 所示。

可以把二维数组看成一个线性表:$A = (x_1, x_2, \cdots, x_m)$,其中的每个数据元素 a_i 是一个由行组成的线性表:$x_i = (a_{i1}, a_{i2}, \cdots, a_{in})$。

$$A = \begin{bmatrix} a_{11} & a_{12} & \cdots & a_{1n} \\ a_{21} & a_{22} & \cdots & a_{2n} \\ \vdots & \vdots & & \vdots \\ a_{m1} & a_{m2} & \cdots & a_{mn} \end{bmatrix}$$

图 4-37　二维数组

同样,可以把二维数组看成一个另一种形式的线性表:$A = (y_1, y_2, \cdots, y_n)$,其中的每个数据元素 y_j 是一个由列组成的线性表:$y_j = (y_{1j}, y_{2j}, \cdots, y_{mj})$。

4.4.2　数组的存储结构

计算机的内存空间是一维结构,由于一维数组与内存空间有一致的结构,所以存储起来方便。而二维数组使用计算机的内存单元存储数组元素时则存在着次序问题,因此它有两种存储次序:以行为主序的顺序存储和以列为主序的顺序存储。

以行为主序的顺序存储是将数组中的数据元素从第一行开始一行接一行地顺序存储在计算机内连续的存储空间中。以列为主序的顺序存储是将数组中的数据元素从第一列开始一列接一列地顺序存储在计算机内连续的存储空间中。

在二维数组以行为主序的顺序存储中,数据元素 a_{ij} 在一维内存空间中的存储地址为:

$$\text{Address}(a_{ij}) = \text{Address}(a_{11}) + [(i-1)*n+j-1]k$$

其中,$\text{Address}(a_{11})$ 为二维数组中第一个数据元素的存储地址,每个数据 k 字节。

例如,C 语言的数组在计算机中采用以行为主序的顺序存储方式。

在二维数组以列为主序的顺序存储中,数据元素 a_{ij} 在一维内存空间中的存储地址为:

$$\text{Address}(a_{ij}) = \text{Address}(a_{11}) + [(j-1)*m+i-1]k$$

例如,FORTRAN 语言的数组在计算机中采用以列为主序的顺序存储方式。

4.4.3 矩阵的压缩存储

在使用高级语言进行程序设计时,一般使用二维数组来存储矩阵,或者说一般将一个矩阵描述为一个二维数组。在矩阵中出现大量的零元素或者非零数据元素按照某种规律分布的情况下,若还使用较多的存储单元去存储零元素或重复的非零数据元素,对矩阵会造成很大的浪费,特别是高阶矩阵情况下需要占用大量的存储空间,以致浪费严重。为了节省存储空间需要进行压缩存储,在实际应用中,为零元素不分配存储空间以及为多个值相同的非零数据元素分配一个存储空间称为压缩存储。

零元素或值相同的非零数据元素分布有一定规律的矩阵称为特殊矩阵,主要包括对称矩阵、三角矩阵和对角矩阵。非零数据元素的数目比零元素少很多且分布没有一定规律的矩阵称为稀疏矩阵。矩阵的压缩存储主要是指特殊矩阵和稀疏矩阵的压缩存储。

1. 特殊矩阵的压缩存储

特殊矩阵的压缩存储是要存储非零元素,而对于零元素和重复的非零元素不存储。

1) 对称矩阵

n 阶方阵中的数据元素满足 $a_{ij}=a_{ji}(1\leqslant i\leqslant n,1\leqslant j\leqslant n)$。

对称矩阵的数据元素是关于主对角线对称的,如果知道对角线以上(或以下)各个数据元素的值,就能知道其对称的数据元素。所以在存储时可以只存储矩阵上三角或下三角区域的数据元素,使每两个对称的数据元素共用一个存储单元,这样就能将 n^2 个数据元素压缩存储到 $n(n+1)/2$ 个存储单元中,节省大约一半的存储空间,如图 4-38 所示。

$$\begin{bmatrix} a_{11} & a_{12} & a_{13} & \cdots & a_{1n} \\ & a_{22} & a_{23} & \cdots & a_{2n} \\ & & a_{23} & \cdots & a_{3n} \\ & & & \cdots & \\ & & & & a_{nn} \end{bmatrix} \qquad \begin{bmatrix} a_{11} & & & & \\ a_{21} & a_{22} & & & \\ a_{31} & a_{32} & a_{33} & & \\ & & & \cdots & \\ a_{n1} & a_{n2} & \cdots & & a_{nn} \end{bmatrix}$$

(a) 对称矩阵上三角部分   (b) 对称矩阵下三角部分

图 4-38 对称矩阵

对称矩阵下三角部分以行为主序顺序存储在一维数组时其数据元素 a_{ij} 的存储地址为：

$$a_{ij} = i(i-1)/2 + j \quad (i \geqslant j)$$

对称矩阵上三角部分以列为主序顺序存储在一维数组时其数据元素 a_{ij} 的存储地址为：

$$a_{ij} = j(j-1)/2 + i \quad (i \leqslant j)$$

2) 三角矩阵

在 n 阶方阵中，当 $i > j$ 有 $a_{ij} = c$，称为上三角矩阵；当 $i < j$ 有 $a_{ij} = c$，称为下三角矩阵。即三角矩阵上三角或下三角部分(不含主对角线)的数据元素为常数 c。可以使用存储对称矩阵的方法来存储三角矩阵，区别是多使用一个空间来存储常数 c。

3) 对角矩阵

矩阵中所有非零数据元素分布在主对角线以及主对角线相邻两侧的若干条对角线上。三对角矩阵是指非零数据元素分布在主对角线及主对角线相邻两侧的两条对角线上，其余位置均为 0 的矩阵，如图 4-39 所示。

(a) n 阶三对角矩阵   (b) 以行为主顺序存储在一维数组中

图 4-39 三对角矩阵

三对角矩阵以行为主序顺序存储在一维数组时，其数据元素 a_{ij} 的存储地址为：

$$a_{ij} = \begin{cases} 2(i-1)+j & (i-1 \leqslant j \leqslant i+1) \\ 0 & (j < i-1 \text{ 或者 } j > i+1) \end{cases}$$

三对角矩阵的第一行和最后一行都有两个元素，其他各行都有三个元素，共有 $3n-2$ 个非零数据元素。这样就将 n^2 个元素压缩存储到 $3n-2$ 个存储单元中，节省了存储空间。

由上述介绍可以看出，特殊矩阵经过压缩存储在一维数组后，通过一维数组元素与特殊矩阵中数据元素的对应关系，可以对特殊矩阵中的数据元素进行随机存取。

2. 稀疏矩阵的压缩存储

稀疏矩阵是指在矩阵中非零数据元素的数目比较少且分布没有一定规律。由于稀疏矩阵中非零数据元素的数目比较少，所以为了节省空间要进行压缩存储。另外，因为非零数据元素的分布没有一定规律，所以在存储非零数据元素时，除了要存储非零数据元素的值以外，还要同时存储它们的位置(行下标和列下标)，即稀疏矩阵的每个非零数据元素可以由一个三元组 (i, j, a_{ij}) 确定，分别表示非零数据元素所在位置的行号、列号和值。并且为了表示矩阵的唯一性，在所有三元组的上面添加一个三元组 (I, J, S)，用来表示稀疏矩阵总行数、总列数和非零数据元素总个数，如图 4-40 所示。

$$
\begin{array}{ccccccc}
0 & 3 & 5 & 0 & 0 & 0 & 0 \\
0 & 0 & 0 & 0 & 0 & 0 & 0 \\
7 & 0 & 0 & 0 & 0 & 0 & 0 \\
0 & 0 & 0 & 0 & 9 & 0 & 0 \\
0 & 0 & 0 & 0 & 0 & 0 & 0 \\
2 & 0 & 0 & 0 & 1 & 0 & 0
\end{array}
\qquad
\begin{bmatrix}
6 & 7 & 6 \\
1 & 2 & 3 \\
1 & 3 & 5 \\
3 & 1 & 7 \\
4 & 5 & 9 \\
6 & 1 & 2 \\
6 & 5 & 1
\end{bmatrix}
$$

(a) 6 行 7 列稀疏矩阵　　　　　　　　(b) 稀疏矩阵的三元组

图 4-40　稀疏矩阵及其三元组表示

4.5　树与二叉树

树是一类非线性数据结构，它也是以分支关系定义的层次结构，其中最为常用的是二叉树。在实际应用中，许多问题是能够建立层次关系模型的，而树与二叉树是描述和处理层次模型的典型结构。使用图形来表示树这样的数据结构时，很像是自然界中一棵倒长的树。在现实生活中，有许多能用树的结构表示的关系：人类家族的血缘关系、银行的行政关系、图书目录的层次关系等。

4.5.1　树的基本概念

树（tree）是 $n(n \geqslant 0)$ 个节点的有限集合，在任意一棵非空树中：① 有且仅有一个节点称为树的根（root）；② 其余 $n-1$ 个节点被分成为 $m(m \geqslant 0)$ 个互相不相交的有限集合，其中每一个集合自身又是一棵树，称为根节点的子树（sub tree）。树的定义是一个递归定义。

在树的结构中，树中的每个数据元素也称为节点（node）。按照树的特征分类可分为根节点、分支节点和叶子节点；按照家族的特征分类可分为祖先节点、双亲节点、兄弟节点、堂兄弟节点、孩子节点、子孙节点等。

在树的结构中，每个节点的上一层节点称为该节点的双亲节点（parents）。没有双亲的节点称为树的根（root）。每个节点的子树的根，即每个节点的下一层节点称为该节点的孩子节点（child）。同一个节点的孩子称为兄弟节点（brother）。每个节点拥有的子树数目，即与该节点连接的孩子节点的数目称为该节点的度（node degree）。所有节点的度中最大的值称为树的度（tree degree）。树中度为 0 的节点，即无后继的节点称为叶子节点（leaf）（或称为终端节点）。

树是一种分层结构，根节点为第一层，从根节点开始到某节点的层数称为该节点的层次（level）（或称为节点的深度）。所有节点的层数中最大的值称为树的层次（tree level）（或称为树的深度）。若树中节点的各棵子树是从左至右有先后次序的（即不能互换），则

　　　　　　　大学计算机基础教程

称该树为有序树,否则称为无序树。树中的每个节点至多有一个直接前驱(双亲节点),但是可以有多个后继节点。

4.5.2 二叉树及其基本性质

由于对二叉树的操作算法相对简单,而任何树都可以转换为二叉树的形式,即可以通过二叉树的运算来实现树的运算,所以二叉树在树结构的实际应用中起着重要的作用,它解决了树的存储结构及其运算中的复杂性问题。

1. 什么是二叉树

二叉树(binary tree)是 $n(n \geqslant 0)$ 个节点的有限集合。它或者为空集,或者是由一个根节点加上两棵互相不相交的左子树和右子树组成,并且左子树和右子树也都是二叉树。二叉树的定义是一个递归定义。二叉树是一种特殊的有序树,二叉树的子树有左、右之分;如图 4-41 所示。

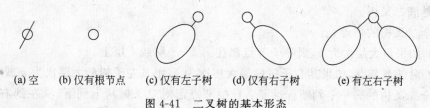

(a) 空　　(b) 仅有根节点　　(c) 仅有左子树　　(d) 仅有右子树　　(e) 有左右子树

图 4-41　二叉树的基本形态

二叉树的特点:
(1) 二叉树的每个节点至多有二棵子树(即不存在度大于 2 的节点)。
(2) 二叉树的子树分为左子树、右子树,其次序也不能任意颠倒互换。

2. 二叉树的基本性质

性质 1:在二叉树的第 $i(i \geqslant 1)$ 层上,至多有 2^{i-1} 个节点。

性质 2:在深度为 $k(k \geqslant 1)$ 的二叉树上,至多有 $2^k - 1$ 个节点。

证明:深度为 k 的二叉树总共有 k 层,根据性质 1,在二叉树的第 $i(i \geqslant 1)$ 层上,至多有 2^{i-1} 个节点,所以,整个二叉树中节点的最大数是将各层(从 1 到 k)中节点的最大数相加。

$$2^{1-1} + 2^{2-1} + \cdots + 2^{k-2} + 2^{k-1} = 2^k - 1$$

性质 3:在任意一棵二叉树中,叶子节点的数目总比度为 2 的节点数目多一个。即如果叶子节点(终端节点)数为 n_0,度为 2 的节点数为 n_2,则有 $n_0 = n_2 + 1$。

证明:设 n 为二叉树中节点总数,n_0 为二叉树中叶子节点(度为 0)数,n_1 为二叉树中度为 1 的节点数,n_2 为二叉树中度为 2 的节点数。

由于二叉树中所有节点的度均小于或等于 2,所以有,$n = n_0 + n_1 + n_2$。

又由于二叉树中,除根节点外的其余节点都只有一个向上的分支,设 d 为分支总数,则 $d = n - 1$ 或者 $n = d + 1$。

又由于分支是由度为 1 和度为 2 的节点射出，则 $d=1n_1+2n_2=n_1+2n_2$。

由 $n=d+1=n_1+2n_2+1$，又由 $n=n_0+n_1+n_2$，则 $n_1+2n_2+1=n_0+n_1+n_2$，可以推出 $n_0=n_2+1$。

性质 4：在具有 n 个节点的一棵二叉树中，其深度至少为 $[\log_2 n]+1$。其中 $[\log_2 n]$ 为取 $\log_2 n$ 的整数部分。

注意：可以由性质 2 直接推出性质 4。

在二叉树中有两种特殊形态的二叉树——满二叉树和完全二叉树。

除最后一层叶子节点以外的各层任何节点都有两个孩子节点，并且所有的叶子节点都在同一层上，这样的二叉树称为满二叉树。即满二叉树中的每一层的节点数都达到了最大值，即第 $i(i\geqslant 1)$ 层上有 2^{i-1} 个节点，深度为 $k(k\geqslant 1)$ 的满二叉树上有 2^k-1 个节点。

除最后一层外，每一层节点数都达到最大值，且最后一层节点在该层左对齐，这样的二叉树称为完全二叉树。左对齐是指左边节点是满的，但可以缺少右边的若干节点。

满二叉树是完全二叉树的特例。或者说，满二叉树一定是完全二叉树，而完全二叉树不一定是满二叉树。

完全二叉树的特点是：

(1) 如果最大层次为 k，则叶子节点都在第 $k-1$ 层或 k 层上。

(2) 对任意节点，如果其右子树的最大层次为 k，则其左子树最大层次为 k 或 $k+1$。

完全二叉树的另一个判断标准是：自根节点起对二叉树从上到下、从左到右进行顺序编号，则深度为 k、有 n 个节点的完全二叉树中的节点能够与深度为 k 的满二叉树中的节点实现编号从 1 到 n 一一对应，如图 4-42 所示。

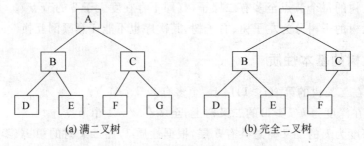

(a) 满二叉树　　　　　　　　(b) 完全二叉树

图 4-42　满二叉树与完全二叉树

性质 5：在具有 n 个节点的一棵完全二叉树中，其深度为 $[\log_2 n]+1$。其中 $[\log_2 n]$ 为取 $\log_2 n$ 的整数部分。

性质 6：在具有 n 个节点的一棵完全二叉树中，若把节点按层序编号（从上层到下层，每层从左到右），则对任一节点 $i(1\leqslant i\leqslant n)$，有：

(1) 如果 $i=1$，则节点 i 是二叉树的根，无双亲节点；如果 $i>1$，则节点 i 的双亲节点编号是 $[i/2]$。其中 $[i/2]$ 为取 $i/2$ 的整数部分。

(2) 如果 $2i\leqslant n$，则节点 i 的左孩子节点编号是 $2i$；否则无左孩子节点。

(3) 如果 $2i+1\leqslant n$，则节点 i 的右孩子节点编号是 $2i+1$；否则无右孩子节点。

性质 7：在具有 n 个节点的一棵完全二叉树中，当 n 为偶数时，有且只有一个度为 1 的节点；当 n 为奇数时，则没有度为 1 的节点。

性质 8：在具有 n 个节点的一棵完全二叉树中，编号大于 $[n/2]$ 的节点均为叶子节点。其中 $[n/2]$ 为取 $n/2$ 的整数部分。

注意：上面的 $[x]$ 表示是不大于 x 的最大整数。

4.5.3　二叉树的存储结构

与一般的线性表类似，在程序设计时，二叉树也可以使用顺序存储结构和链式存储结构，不同的是此时表示一种层次关系而不是线性关系。

1.　二叉树的顺序存储结构

在二叉树中，将所有节点的数值按照由上到下、由左到右的顺序存储在一个一维数组（线性结构）中，这样的存储方式称为二叉树的顺序存储结构。

对于满二叉树或完全二叉树可以使用顺序存储结构来存储。因为满二叉树或完全二叉树可以按照层的顺序进行顺序存储，并能很快确定每一个节点的双亲节点和左右孩子节点，能明确树中各个节点之间的相互关系，并且可以节省存储空间，如图 4-43 所示。

对于一般的二叉树应使用链式存储结构来存储。因为对于一般的二叉树若使用顺序存储结构，为了便于运算和清楚地表示节点之间的相互关系，不能直接将所有节点顺序存储在一维数组中，而是要额外增加一些虚节点，将它补成完全二叉树甚至是满二叉树的树型。由于虚节点的增加造成了很多的空间浪费，特别是在二叉树接近单枝树时，浪费更严重。为了避免此种缺点，在实际应用中一般的二叉树不适合使用顺序存储结构，如图 4-43、图 4-44 所示。

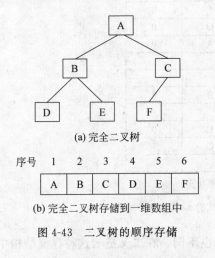

(a) 完全二叉树

序号	1	2	3	4	5	6
	A	B	C	D	E	F

(b) 完全二叉树存储到一维数组中

图 4-43　二叉树的顺序存储

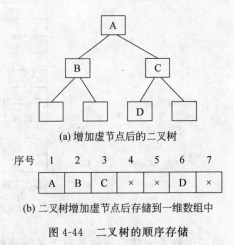

(a) 增加虚节点后的二叉树

序号	1	2	3	4	5	6	7
	A	B	C	×	×	D	×

(b) 二叉树增加虚节点后存储到一维数组中

图 4-44　二叉树的顺序存储

2.　二叉树的链式存储结构

以链表的形式来存储二叉树中的节点以及相互之间的关系，这样的存储方式称为二叉树的链式存储结构。常用的链式存储结构有二叉链表、三叉链表以及线索链表等。

在二叉树的链式存储结构中,存储二叉树的每个节点的存储空间也被分为两个部分:数据域和指针域。由于二叉树的每个节点可以有两个孩子节点,使得每个节点上需要有两个指针域,分别指向其左子树和右子树,这种二叉树的链式存储结构称为二叉链表。与分别指向直接前驱节点和直接后继节点的双向链表不同,二叉链表的两个指针一个用于指向该节点的左孩子节点,另一个用于指向该节点的右孩子节点,如图 4-45 所示。

图 4-45　二叉树链式存储结构的节点结构

生成二叉链表就是为二叉树建立链式存储结构,例如按以下顺序输入二叉树节点:
(1) 输入根节点。
(2) 如果左子树不空,则输入左子树,否则输入一个结束标志。
(3) 如果右子树不空,则输入右子树,否则输入一个结束标志,如图 4-46 所示。

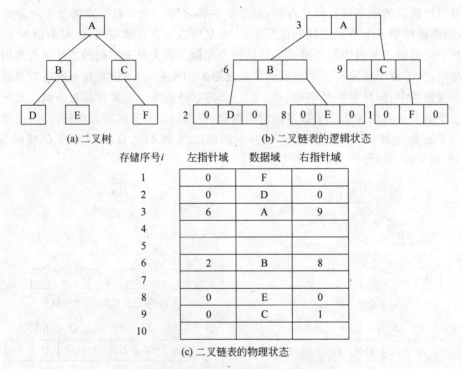

图 4-46　二叉树的链式存储结构

不同的输入方法会使得构造二叉链表的方法也不同。在二叉链表这种存储结构中查找任何一个节点的孩子节点非常方便,但是在查找双亲节点时就困难了。为了能快速地查找到双亲节点,在节点中可以再增加一个指针域,指向其双亲节点,这种二叉树的链式存储结构称为三叉链表。与二叉链表相比,三叉链表要付出一个指针域空间的代价。

　　大学计算机基础教程

为了在二叉链表中实现线性查找,对二叉链表进行改进,增加两个标志域来记录每个节点的直接前驱和直接后继,把指向直接前驱和直接后继的指针称为线索,以这种结构存储的二叉链表作为二叉树的存储结构时就称为线索链表。在实际应用中,一般使用某种遍历方法把一个二叉链表改造成线索链表。

性质9:在具有 n 个节点的二叉链表中,有 $n+1$ 个空指针域。

4.5.4 二叉树的遍历

在树的一些应用中,常常要求查找具有某种特征的节点,或者对树中全部节点逐一进行某种处理。因此引入了遍历二叉树。

二叉树的遍历是指按照某条路径访问二叉树中的每一个节点,使得每一个节点都被访问一次而且仅被访问一次。或者说是不重复、不遗漏地访问二叉树中的每一个节点。

注意:访问是指输出节点的数值、查看节点的数值、更新节点的数值、增加或删除节点等操作。二叉树的遍历运算是二叉树各种运算的重要基础。

二叉树是一种非线性数据结构,通过遍历可以按照某条路径访问二叉树中的每一个节点,使得每一个节点都被访问一次而且仅被访问一次,就可以得到二叉树中所有节点的访问顺序,这样就可以将非线性数据结构转化成为线性的访问顺序(或线性序列)。

二叉树的递归定义确定了二叉树的三个基本组成单元:根节点、左子树和右子树。

遍历二叉树的方法实际上就是要确定所有节点的访问顺序,以便不重复、不遗漏地访问所有节点。在遍历过程中,规定先左子树后右子树的规则,再依据根节点在遍历时的访问顺序,把二叉树的遍历方法分为先序(前序)遍历、中序遍历和后序遍历三种。

一般以 L 代表遍历左子树,D 代表访问根节点,R 代表遍历右子树。则二叉树的先序(根)遍历、中序(根)遍历和后序(根)遍历可以分别地表示为 DLR、LDR 和 LRD。

(1) 先序(前序)遍历二叉树(DLR)的过程:

若二叉树为空,则遍历结束。

若二叉树不为空:①访问根节点;②先序遍历左子树;③先序遍历右子树。

(2) 中序遍历二叉树(LDR)的过程:

若二叉树为空,则遍历结束。

若二叉树不为空:①中序遍历左子树;②访问根节点;③中序遍历右子树。

(3) 后序遍历二叉树(LRD)的过程:

若二叉树为空,则遍历结束。

若二叉树不为空:①后序遍历左子树;②后序遍历右子树;③访问根节点。

遍历二叉树的过程也是一个递归的过程,其左、右子树的遍历可以采用与整个二叉树遍历相同的方式来实现,并且对二叉树的遍历是在对各个子树的遍历的基础上进行的。例如,在先序遍历二叉树中,其左、右子树的遍历也分别采用先序遍历方式来进行;同样,对更低层次子树的遍历也采用先序遍历方式来进行。另外,中序遍历、后序遍历的方式与先序遍历的方式类似。

例如,对于如图 4-47 所示的一棵二叉树,要求分别写出先序遍历序列、中序遍历序列和后序遍历序列。首先研究先序遍历序列,根据先序遍历二叉树的过程:先访问根节点,然后先序遍历左子树,再先序遍历右子树,则可以先写出 A、A_L(即 A 的左子树序列)和 A_R(即 A 的右子树序列)。由于其中的左子树 A_L 和右子树 A_R 遍历的序列暂时还不知道,所以要分别对 A 的左子树 A_L 和右子树 A_R 采用上面同样的方法继续进行分解,这是一个递归的过程,求得先序遍历序列为 ABDEHIJKCFG。

分别以同样的方式求得中序遍历序列、后序遍历序列如下:

中序遍历序列为 DBHEJIKAFCG。

后序遍历序列为 DHJKIEBFGCA。

再如,已知一棵二叉树的先序遍历序列为 ABDHEICFJG,中序遍历序列为 DHBIEAJFCG,要求构造出相应的二叉树。可以看出这是上面问题的逆问题,同样也需要使用遍历二叉树的方法。首先通过先序遍历序列确定根节点 A,再由中序遍历序列划分出左子树 DHBIE 和右子树 JFCG,然后对左子树和右子树分别采用上面同样的方法继续进行处理,最终则可以构造出一棵二叉树,如图 4-48 所示。

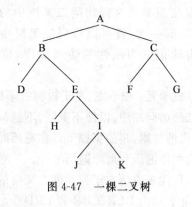

图 4-47　一棵二叉树

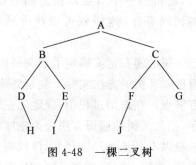

图 4-48　一棵二叉树

4.6　图

图是比线性表和树更为复杂的一种数据结构,它是非线性的。线性表反映的是数据元素之间存在"一对一"的相邻关系;树反映的是数据元素之间存在"一对多"的层次关系;图反映的是数据元素之间存在"多对多"的网状(任意)关系。图中任何两个数据元素之间都可能存在关系,线性表和树也可以被认为是最简单的图或者是图的特例。

4.6.1　图的基本概念

图(graph)是由 $n(n \geqslant 0)$ 个数据元素组成的有限集合,是一种网状的数据结构。

图的逻辑结构可以用一个二元组表示:

$$G = (V, E)$$

其中，V 是图中顶点的非空有限集合，即是数据元素的集合，一般称为顶点集；E 是图中边的有限集合，即数据元素之间关系的集合，一般称为边集。也就是说，数据元素使用顶点来表示，数据元素之间的关系使用边（无方向）或者弧（有方向）来表示。在图的结构中，图中的每个数据元素有时也称为节点（node）。

图一般分为无向图和有向图两类。如果任意两个顶点构成的偶对 $(v_i, v_j) \in E$ 是无序的，即顶点之间的连线没有方向，则称为无向图（undirected graph）。无向图顶点的无序对可记为 (v_i, v_j)，并且 (v_i, v_j) 与 (v_j, v_i) 等价。如果任意两个顶点构成的偶对 $(v_i, v_j) \in E$ 是有序的，即顶点之间的连线有方向，则称为有向图（directed graph）。有向图顶点的有序对可记为 $\langle v_i, v_j \rangle$，表示从顶点 v_i 到顶点 v_j，即 v_i 为弧尾，v_j 为弧头。

在一个图中，若任意两个顶点之间都有边或弧相连，则称为完全图。具有 n 个顶点的无向完全图的边数是 $n(n-1)/2$；具有 n 个顶点的有向完全图的边数是 $n(n-1)$。

在一个图中，一个顶点的直接前驱的个数称为该顶点的入度。一个顶点的直接后继的个数称为该顶点的出度。一个顶点的入度与出度之和称为该顶点的度。无向图的每一个顶点的入度等于该顶点的出度。图中顶点的最大度称为图的度，如图 4-49 所示。

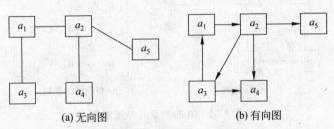

(a) 无向图   (b) 有向图

图 4-49　无向图与有向图

4.6.2　图的存储结构

线性表的存储结构有顺序表和链表。树的存储结构有数组和链表以及二者的组合形式。同样，图也有顺序存储结构和链式存储结构两类。由于图比较复杂，所以对图的运算一定要采取合适的存储结构。常用的存储方法有邻接矩阵、邻接表、邻接多重表和十字链表等，每种方法各有利弊。

1. 邻接矩阵

在具有 n 个节点的图中，用 $a_1, a_2, \cdots, a_n$ 表示节点的值，它在实际存储时是使用长度为 n 的一维数组 $A(n)$ 来存储；而使用 n 阶的二维数组 $R(n, n)$ 来存储节点之间的关系，则 R 称为图的邻接矩阵（或称为关联矩阵），其中每个数据元素用 $R(i, j)$ 表示。

$$R(i, j) = \begin{cases} 0 & \text{若 } v_i \text{ 与 } v_j \text{ 之间不存在边或弧相连} \\ 1 & \text{若 } v_i \text{ 与 } v_j \text{ 之间存在边或弧相连} \end{cases}$$

由于无向图的邻接矩阵是对称矩阵，它的对角线上也都为 0，所以可以进行压缩存储,只存储其右上三角(或左下三角)的数据元素,即有 n 个顶点的无向图只需要 $n(n-1)/2$ 个存储单元。无向图中顶点 v_i 的度是邻接矩阵 R 中第 i 行数据元素之和。有向图的邻接矩阵不一定是对称矩阵,即有 n 个顶点的有向图需要 n_2 个存储单元。有向图中顶点 v_i 的出度是邻接矩阵 R 中第 i 行的数据元素之和;有向图中顶点 v_i 的入度是邻接矩阵 R 中第 i 列的数据元素之和,如图 4-50 和图 4-51 所示。

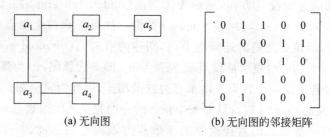

(a) 无向图　　　　　　　　(b) 无向图的邻接矩阵

图 4-50　无向图及其邻接矩阵

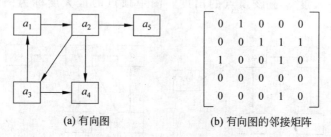

(a) 有向图　　　　　　　　(b) 有向图的邻接矩阵

图 4-51　有向图及其邻接矩阵

在有值图中,若需要在节点之间进行数值运算时,要使用矩阵存储每两个节点之间的求值函数,称为图的求值矩阵,如图 4-52 所示。

$$V(i,j) = \begin{cases} 0 & \text{若 } i = j \text{(当考虑节点自身前驱后继关系时不可为 } 0\text{)} \\ -1 & \text{若 } v_i \text{ 与 } v_j \text{ 之间不存在边或弧相连} \\ f(v_i, v_j) & \text{若 } v_i \text{ 与 } v_j \text{ 之间存在边或弧相连} \end{cases}$$

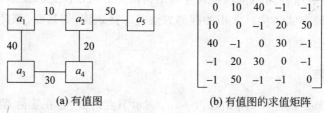

(a) 有值图　　　　　　　　(b) 有值图的求值矩阵

图 4-52　有值图及其求值矩阵

2. 邻接表

邻接表是指以单链表存储各节点的邻接节点。

大学计算机基础教程

（1）首先用一个顺序存储空间来存储各个节点的信息，每个存储节点拥有两个部分：数据域 data 用来存储各个节点的值；指针域 link 用来存放第一个与之相邻接的后继节点。

（2）然后为图中每个节点建立单链表，记录每个节点的所有直接后继节点，即第 i 个单链表中的节点表示存在以顶点 v_i 为前驱的边。链表头指针为顺序存储空间中对应存储节点的指针域。这样就把顺序存储空间和单链表有机地结合在一起来表示邻接表。

在无向图中，顶点 v_i 的度为邻接表中第 i 个单链表上的节点个数。

在有向图中，顶点 v_i 的出度为邻接表中第 i 个单链表上的节点个数；顶点 v_i 的入度为邻接表中所有单链表上邻接点域值是 i 的节点个数，如图 4-53 和图 4-54 所示。

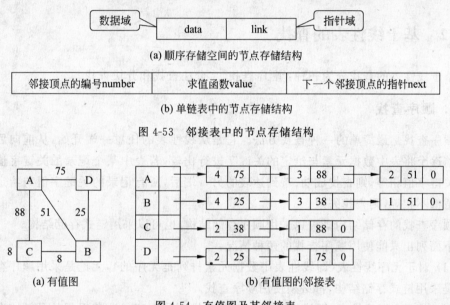

图 4-53　邻接表中的节点存储结构

图 4-54　有值图及其邻接表

4.6.3　图的遍历

图的遍历是指从图的某一个节点开始按照某种顺序依次访问图中的所有节点，而且每个节点仅仅被访问一次。图的遍历主要有纵向优先搜索和横向优先搜索两种方法。

4.7　查找技术

一般情况下，在非数值运算问题中的数据存储量很大，为了找到某些数值，需要用到查找技术，而对一些数据进行排序后就能大大提高查找效率。

4.7.1　查找的基本概念

由同一类型的记录(或数据元素)构成的集合称为列表,列表中的每个记录由若干个数据项组成。若某个数据项可以用来标识列表中的一个或多个记录(或数据元素),则将此数据项称为关键字。在一个含有若干记录(或数据元素)的列表中找出关键字值与给定值相同的记录的过程称为查找。若找到相应的记录,则查找成功,返回记录在表中的位置或记录的信息;否则,查找失败,返回空地址或失败的信息。

在查找过程中,若只是对表内数据进行查询,则称为静态查找;在对表内数据进行查询的同时,还对表进行更新(如插入或删除)操作,则称为动态查找。

4.7.2　基于线性表的查找

基于线性表的查找分为三种:顺序查找、二分法查找和分块查找。

1. 顺序查找

顺序查找是最简单的一种查找方法。它是从线性表的任意一端开始,从前向后或从后向前逐个将表中数据元素与给定的关键字进行比较,若表中某个记录的关键字值与给定的关键字值相等,则查找成功;若到达表的另一端后,所有记录的关键字值与给定的关键字值都不相等,则查找失败。

顺序查找的存储结构既可以采用顺序存储结构,也可以采用链式存储结构。

下面列出只能使用顺序查找的两种情况:

(1) 对于无序线性表(即线性表中数据元素排列是无序的),无论是采用顺序存储结构还是采用链式存储结构,都必须使用顺序查找。

(2) 对于有序线性表(即线性表中数据元素排列是有序的),若采用的是链式存储结构,也必须使用顺序查找。

1) 线性表在顺序存储结构下的顺序查找

返回为要查找的数据元素 x 在线性表中的序号;若不存在,返回 NULL。若线性表的存储空间中含有多个数据元素值为 x 的记录,则只能返回第一个查找到的数据元素 x 在线性表中的序号。

例如,已知线性表(5,15,20,40,60,35,50,70,85,100)用顺序存储结构存储。若顺序查找与给定的关键字值"60"相等的数据元素,则要将给定的关键字从前向后依次与线性表中第 1 个位序(数据元素为 5)到第 5 个位序(数据元素为 60)之间的数据元素进行比较,返回的是要查找的数据元素在线性表中的序号 5,如图 4-55 所示。

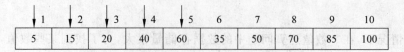

1	2	3	4	5	6	7	8	9	10
5	15	20	40	60	35	50	70	85	100

图 4-55　在顺序存储结构下顺序查找元素 60

2) 线性表在链式存储结构下的顺序查找

返回要查找的数据元素 x 在线性链表中的存储地址;若不存在,返回 NULL。

若线性链表的存储空间中含有多个数据元素值为 x 的记录,只能返回第一个查找到的数据元素 x 在线性链表中的存储地址。

顺序查找的算法简单,查找的效率与数据元素所在的位置有关。它的优点是对表中数据元素的存储没有特别要求,既可以使用顺序表存放记录,也可以使用链表来存放记录;它的缺点是在平均情况下大约要与表中一半的数据元素进行比较,当线性表的长度很大时效率较低,即不适用于长度较大的线性表的查找。

2. 二分法查找

二分查找也称为折半查找,它要求线性表采用顺序存储结构存储并且按照关键字有序排列,如图 4-56 所示。有序是指线性表中的数据元素已经升序或降序排列。

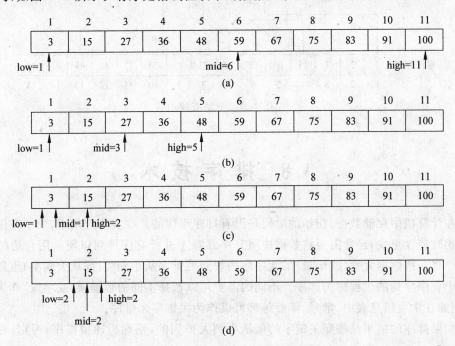

图 4-56 二分法查找元素 15 的过程

3. 分块查找

分块查找也称为索引顺序查找,它是对顺序查找进行改进的一种方法,其效率介于顺序查找和二分查找之间。它是将线性表划分成多个子块,每个子块内的记录不一定按照关键字有序,但是要求前一个子块中所有数据元素的最大关键字小于后一个子块中所有数据元素的最小关键字,即线性表的子块内不一定有序,子块之间一定有序。

1) 分块查找的存储结构

(1) 建立顺序存储结构。使用一维数组实现顺序存储结构下存放线性表的所有数据元素,每个数据元素至少包含关键字域。

（2）建立索引表。对线性表的每个子块建立一个索引节点,每个索引节点包含两个部分:一个是数据域,用于存放对应子块中的最大关键字;另一个指针域,用于存放对应子块中第一个节点在线性表中的位置(即每个子块的起始地址)。

2）分块查找的查找过程

（1）由于子块块间有序,所以可以使用二分查找方法,先查找索引表确定待查的记录在哪一个子块。

（2）由于子块块内无序,所以必须使用顺序查找方法,在相应的子块内进行查找。

例如,线性表长度 15,分为 5 个子块,每个子块有 3 个数据元素,如图 4-57 所示。

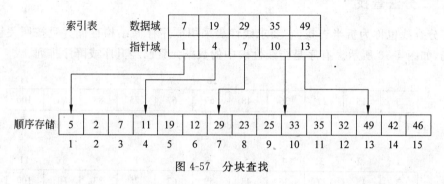

图 4-57　分块查找

4.8　排序技术

在计算机中存储数据,初始的时候是没有排序规律的。在实际应用中,为了在进行数据查找时速度更快,经常需要将数据按照升序或降序进行有序排列以便采用合适的查找方法。将一组数据元素(或记录)的无序序列按照关键字从小到大(或从大到小)重新排列成一个有序序列的过程称为排序。不同的需要可以选择不同的数据项(或字段)作为关键字,例如在学生信息表中,学号、年龄等都可以作为关键字来排序。

如果排序的结果是按照关键字的值从小到大排列的,则称为递增排序;否则,称为递减排序。

在有 n 个数据元素(或记录)的序列 $\{r_1, r_2, \cdots, r_n\}$ 中,关键字序列为 $\{key_1, key_2, \cdots, key_n\}$。假设关键字 $key_i = key_j (1 \leqslant i, j \leqslant n, i \neq j)$,并且在排序前的序列中 r_i 在 r_j 前面,如果排序后的序列中 r_i 仍然在 r_j 前面,就是说在排序的过程中关键字相同的两个记录(或数据元素)的相对次序保持不变,则称为稳定的排序或使用的排序方法是稳定的;否则,则称为不稳定的排序或使用的排序方法是不稳定的。

在排序的过程中,如果数据表中的所有数据元素(或记录)都在内存中,则称为内部排序;否则,则称为外部排序。

在实际应用中,按照排序过程中依据的原则不同,将排序的方法分为以下几类:

（1）插入排序:将无序序列中的数据元素依次插入到有序序列中。例如,直接插入排序、折半插入排序、希尔排序。

（2）交换排序：通过比较数据元素的关键字大小决定是否进行交换。例如，冒泡排序、快速排序。

（3）选择排序：将无序序列中关键字值最小的（或最大的）数据元素依次放到有序序列中的指定位置。例如，简单选择排序、树型选择排序、堆排序。

（4）归并排序：将两个或多个小的有序序列合并成为一个大的有序序列。例如，2路归并排序。

（5）基数排序：在数据元素关键字的 k 位有效数字中，从最低位开始到最高位进行处理。例如，最低位优先排序。

4.8.1　插入排序

插入排序是指每次将一个待排序的数据元素插入到有序序列中，直到将所有待排序的数据元素全部插入为止。常用的插入排序有直接插入排序、折半插入排序、希尔排序。

1. 直接插入排序

将数据元素依次插入到已经排好序的序列中，称为直接插入排序（straight insertion sort）。也就是说，把整个无序序列看成左、右两个区域，其中左边的有序，右边的无序，整个排序的过程就是把右边的无序区域中的数据元素逐个插入到左边的有序区域中。

直接插入排序过程如下：假设前 $i-1$ 个数据元素已经有序并且已放在有序区域中，现在要将无序区域中的第一个数据元素（即第 i 个数据元素）插入到前面的有序区域中。首先把第 i 个数据元素存放到临时单元 T 中，然后从有序区域中的最后一个数据元素（即第 $i-1$ 个数据元素）开始，从后向前依次使用数据元素的关键字 key_{i-1}、key_{i-2}、…、key_1 与临时单元 T 中存放的第 i 个数据元素的关键字 key_i 进行比较，将关键字大于 key_i 的数据元素依次向后移动一个位置，直到发现一个关键字小于或者等于 key_i 的数据元素为止，此时将临时单元 T 中的数据元素插入到刚移出的空的存储单元即可。

在实际应用中，一般先将序列中第1个数据元素看成一个有序序列，然后从第2个数据元素开始直到最后一个数据元素，逐个将每个数据元素插入到前面的有序序列中，直至整个序列有序。直接插入排序的整个过程需要 $n-1$ 趟插入，每次比较最多移去一个逆序，最坏情况时需要进行 $n(n-1)/2$ 次比较。直接插入排序是稳定的排序方法，因为关键字相同的数据元素在排序前后没有交换次序，如图4-58所示。直接插入排序适用于对数据元素的数目不多且基本有序的序列进行排序。

2. 希尔排序

先将整个无序序列分为若干个较小的子序列，然后再分别对子序列按照关键字进行直接插入排序以使整个序列基本有序，如此重复进行，最后再对整个序列进行一次直接插入排序，称为希尔排序（Shell sort）。它是先做宏观调整、再做微观调整的方法。

无序序列:	[6]	1	9	2	1	7	16	5	23	1
第1趟插入:	[1	6]	9	2	1	7	16	5	23	9
第2趟插入:	[1	6	9]	2	1	7	16	5	23	2
第3趟插入:	[1	2	6	9]	1	7	16	5	23	1
第4趟插入:	[1	1	2	6	9]	7	16	5	23	7
第5趟插入:	[1	1	2	6	7	9]	16	5	23	16
第6趟插入:	[1	1	2	6	7	9	16]	5	23	5
第7趟插入:	[1	1	2	5	6	7	9	16]	23	23
第8趟插入:	[1	1	2	5	6	7	9	16	23]	

图 4-58　直接插入排序示意图

希尔排序过程如下：先取一个正整数 d_1，把所有相隔 d_1 的数据元素分在一组，在各个组内进行直接插入排序；然后取小于 d_1 的正整数 d_2，重复上述分组和排序操作，直至 $d_i=1$，即所有数据元素在一个组中排序为止。由于正整数 d_i 每次缩小，则希尔排序也称为缩小增量排序。

在希尔排序的过程中，尽管在各个组内也进行直接插入排序，但由于每次比较可能移去多个逆序，比直接插入排序改进了许多，提高了排序效率。希尔排序的效率与所选取的正整数 d_i 有关。由图 4-59 可以看出排序前后两个 1 的次序已变化，希尔排序是不稳定的排序。

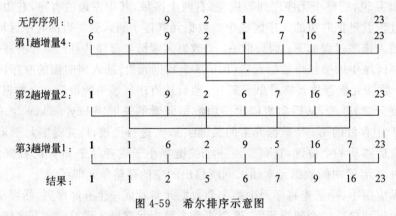

图 4-59　希尔排序示意图

4.8.2　交换排序

所谓交换排序是指通过在数据元素之间互相交换逆序元素而进行的排序，并且是发现逆序立即进行交换。常用的交换排序有冒泡排序、快速排序。

1. 冒泡排序

通过将相邻的数据元素进行交换，逐步将无序序列处理成为有序序列，称为冒泡排序（bubble sort）。

冒泡排序过程如下：在实际应用中，从某一端(前端或后端)开始逐个比较相邻的数据元素，发现逆序立即进行交换。例如，在如图 4-60 所示的排序中，在第一趟冒泡排序时，将第一个数据元素与第二个数据元素进行比较，若为逆序则交换位置；然后比较第二个数据元素与第三个数据元素；依次类推，直到第 $n-1$ 个数据元素和第 n 个数据元素比较为止，此时关键字最大的数据元素被放置在最后一个位置。然后对 $n-1$ 个数据元素进行第二趟冒泡排序，结果使关键字次大的数据元素被放置在第 $n-1$ 个位置。不断重复以上过程，直到在某一趟排序过程中没有进行过交换数据元素位置的操作为止，最多时进行 $n-1$ 趟排序。在排序过程中，由于关键字较大的数据元素向尾部移动，关键字较小的数据元素向前部移动，类似气泡冒到前面，因此称为冒泡排序；当然，也可以按照关键字进行与上面相反的次序进行排序，最后得到一个递减排序序列。

```
无序序列：   6      1      9      2      1      7     16      5     23
第1趟排序：  6 ←→ 1      9 ←→ 2 ←→ 1 ←→ 7     16 ←→ 5     23
排序结果：   1      6      2      1      7      9      5     16     23
第2趟排序：  1      6 ←→ 2 ←→ 1      7      9 ←→ 5     16     23
排序结果：   1      2      1      6      7      5      9     16     23
第3趟排序：  1      2 ←→ 1      6      7 ←→ 5      9     16     23
排序结果：   1      2      1      6      5      7      9     16     23
第4趟排序：  1      1      2      6 ←→ 5      7      9     16     23
排序结果：   1      1      2      5      6      7      9     16     23
```

图 4-60　冒泡排序示意图

最坏情况下，冒泡排序在长度为 n 的线性表中要进行 $n(n-1)/2$ 次比较。可以看出，冒泡排序是稳定的排序方法，因为关键字相同的数据元素在排序前后没有交换次序。

2. 快速排序

从待排序的序列中选出一个数据元素 T(一般选取第一个元素)作为中间的数据元素，通过一趟排序，将数据元素分割成独立的两部分，其中前面部分的数据元素的关键字均比 T 的关键字小，后面部分的数据元素的关键字均比 T 的关键字大，然后把 T 放置在两部分之间。再分别对前后两部分的数据元素按照上述原则进行下去，直到所有部分的数据元素个数都不超过 1 为止，称为快速排序。快速排序是由霍尔发明的，因此也叫霍尔排序(Hoare sort)。也就是说，快速排序首先通过一趟排序把整个无序序列分成左、右两个区，其中左区的任意数据元素不大于右区的任意数据元素，然后再对左、右两个区分别进行同样的排序，直到整个序列有序为止。

快速排序过程如下：假设数据元素在空间 $v[left,left+1,\cdots,right-1,right]$ 中，设前指针 front 和后指针 rear 的初始数值分别为 left 和 right，分割数据元素时先将 $v[left]$ 移动到临时单元变量 T 中，此时 $v[left]$ 为空单元，即 $v[front]$ 变为空单元。

(1) 从 rear 所指位置由右向左搜索，并逐次比较 $v[rear]$ 与临时变量 T，直到找到第一个 $v[rear]$ 小于 T 的数据元素，并将 $v[rear]$ 移动到 $v[front]$，此时 $v[rear]$ 变为空单元。

(2) 从 front 所指位置由左向右搜索，并逐次比较 $v[front]$ 与临时变量 T，直到找到

第一个 $v[\text{front}]$ 大于 T 的数据元素,并将 $v[\text{front}]$ 移动到 $v[\text{rear}]$,则 $v[\text{front}]$ 又变为空单元。

(3) 重复上述两个步骤,直至 front 指针与 rear 指针指向同一个位置为止(即 front = rear),并将临时变量 T 中的数据元素移动到 $v[\text{front}]$(也是 $v[\text{rear}]$)中,完成一次分割。再分别对两个子序列采用上述同样的方法分割来进行快速排序,直到每个子序列只含有一个数据元素为止,如图 4-61 所示。

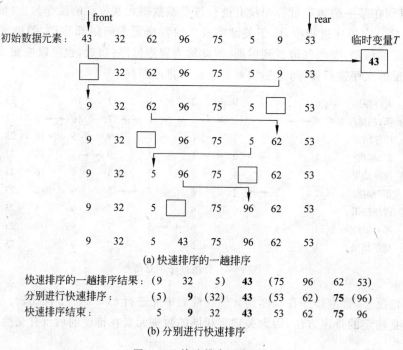

(a) 快速排序的一趟排序

快速排序的一趟排序结果: (9   32   5) **43** (75   96   62 53)
分别进行快速排序: (5) **9** (32) **43** (53 62) **75** (96)
快速排序结束: 5   **9** 32   **43** 53   62 **75** 96

(b) 分别进行快速排序

图 4-61 快速排序示意图

最坏情况下,快速排序在长度为 n 的线性表中需要进行 $n(n-1)/2$ 次比较。在实际应用中,快速排序比冒泡排序效率高。

快速排序是不稳定的排序方法,因为关键字相同的数据元素可能会交换次序。快速排序适用于对数据元素的关键字大小分布较均匀的序列进行排序。

4.8.3 选择排序

所谓选择排序,是指从无序的序列中选取一个关键字最小的(为升序排列)或最大的(为降序排列)数据元素存放到有序序列中指定的位置。

1. 简单选择排序

从无序的序列中选取一个关键字最小的(或最大的)数据元素存放到有序序列中指定的位置,称为简单选择排序(simple selection sort)。也就是说,通过在无序的序列中比较一遍来选取一个关键字最小的(或最大的)数据元素,并且把该数据元素放到序列的最前面(或最后面),然后再对剩余的部分进行同样的排序,直到整个序列有序为止。

简单选择排序过程如下:

(1) 从第一个数据元素开始,通过 $n-1$ 次关键字比较,从 n 个数据元素中选出关键字最小的,再将它与第一个数据元素交换位置,完成第一趟简单选择排序。

(2) 从第二个数据元素开始,再通过 $n-2$ 次关键字比较,从剩余的 $n-1$ 个数据元素中选出关键字次小的,再将它与第二个数据元素交换位置,完成第二趟简单选择排序。

(3) 依此类推,从第 i 个数据元素开始,再通过 $n-i$ 次关键字比较,从剩余的 $n-i+1$ 个数据元素中选出关键字最小的,将它与第 i 个数据元素交换位置,完成第 i 趟简单选择排序。重复上述过程,共进行 $n-1$ 趟排序后,把 $n-1$ 个数据元素移动到指定位置,最后一个数据元素直接放到最后,排序结束,如图 4-62 所示。

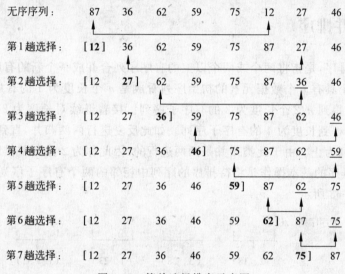

图 4-62　简单选择排序示意图

最坏情况下,简单选择排序在长度为 n 的线性表中进行 $n(n-1)/2$ 次比较。

简单选择排序是不稳定的排序方法,因为关键字相同的数据元素可能会交换次序。例如,对无序的序列(6,6,3)进行简单选择排序时,第一个 6 与 3 进行交换而导致两个 6 之间交换了次序。

2. 堆排序

在具有 n 个数据元素的序列 $(r_1, r_2, \cdots, r_i, \cdots, r_n)$ 中,当且仅当满足下列关系之一时,称为堆(heap)。

(1) $r[i].\text{key} \geqslant r[2i].\text{key}$ 并且 $r[i].\text{key} \geqslant r[2i+1].\text{key}$,其中($i=1,2,\cdots,[n/2]$)。

(2) $r[i].\text{key} \leqslant r[2i].\text{key}$ 并且 $r[i].\text{key} \leqslant r[2i+1].\text{key}$,其中($i=1,2,\cdots,[n/2]$)。

因此,堆序列可以是空二叉树,或者是满足下列条件的完全二叉树:左、右子树都为堆,并且当左、右子树不为空时,根节点值一定大于(或小于)左、右子树根节点值,则堆顶元素(完全二叉树的根)为序列中 n 个元素最大值(或最小值),称为大根堆(或小根堆)。

将一个无序序列建成一个堆,得到关键字最大(或最小)的数据元素;输出堆顶的最大(小)值后,使剩余的 $n-1$ 个数据元素重新又建成一个堆,则可得到 n 个元素的次大(或次小)值;重复执行前面的步骤而得到一个有序序列,称为堆排序(heap sort),堆排序需要一个数据元素大小的辅助空间。堆排序是由 J. Willioms 在 1964 年发明的。

堆排序过程如下:

(1) 按照堆的定义将一个无序序列建成一个大根堆(或小根堆),得到关键字最大(或最小)的数据元素,然后与序列中最后一个数据元素交换。

(2) 去掉最大(或最小)的数据元素后,再对剩余的 $n-1$ 个数据元素重新建成一个大根堆(或小根堆),与序列中第 $n-1$ 个数据元素交换。

(3) 重复上述过程会得到一个有序序列。

4.8.4 归并排序

所谓归并排序,是指将两个或两个以上的有序序列合并成一个新的有序序列。

如果将一个具有 n 个数据元素的初始序列看成是 n 个长度为 1 的有序子序列,然后进行两两归并,得到 $n/2$ 个长度为 2 的有序子序列。接着继续对长度为 2 的有序子序列进行两两归并,得到长度为 4 的有序子序列。如此反复进行两两归并,直到得到一个长度为 1 的有序序列为止。由于此类归并是两两进行的,因此称为 2 路归并排序。

2 路归并排序的基本操作是将待排序的序列中相邻的两个有序子序列合并成一个有序序列,如图 4-63 所示。

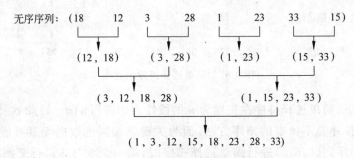

图 4-63　2 路归并排序示意图

自 测 题

一、思考题

1. 什么是数据结构? 数据结构具体分为哪几类? 4 种基本数据结构的名称和含义是什么?

2. 什么是算法? 如何评价一个算法的优劣? 什么是时间复杂度和空间复杂度?

3. 线性结构和非线性结构有什么区别？

4. 什么是二叉树的遍历？二叉树的遍历方法主要有哪几种？

5. 什么是交换排序、插入排序和选择排序？其各自常见的排序方法有哪几种？

二、选择题

1. 数据结构主要研究的问题是_____。

    A. 数据的模型

    B. 数据的逻辑结构、数据的存储结构和数据的运算

    C. 提高数据处理的速度

    D. 节省在数据处理过程中所占用的计算机存储空间

2. 数据结构根据抽象描述方式和在计算机中的存储形式可分为_____。

    A. 线性结构和非线性结构   B. 逻辑结构和物理结构

    C. 顺序存储结构和链式存储结构   D. 索引存储结构和散列存储结构

3. 不是线性表具有的特性是_____。

    A. 线性表的长度为 n，但是 n 不能为 0

    B. 除第一个元素以外，每个元素都有前驱

    C. 线性表是有限序列

    D. 除最后一个元素以外，每个元素都有后继

4. 栈和队列都是_____。

    A. 限制插入和删除操作位置的线性表

    B. 限制插入和删除操作位置的非线性结构

    C. 采用顺序存储的线性表

    D. 采用链式存储的线性表

5. 若线性表采用链式存储，则表中各个数据元素的存储地址_____。

    A. 一定不是连续的   B. 可以连续也可以不连续

    C. 部分必须是连续的   D. 全部必须是连续的

6. 在二叉树的第 $k(k \geqslant 1)$ 层上，最多有_____个节点。

    A. 2^{k-2} B. 2^{k-1} C. 2^k D. 2^{k+1}

7. 深度为 m 的二叉树最多有_____个节点。

    A. $2^m - 2$ B. $2^m - 1$ C. 2^m D. $2^m + 1$

8. 深度为 m 的满二叉树有_____个节点。

    A. $2^m - 1$ B. 2^m C. $2^m + 1$ D. $2^m + 2$

9. 在任意一棵二叉树中，度为 0 的节点（即叶子节点）总是比度为 2 的节点多_____个。

    A. 0   B. 1   C. 2   D. 3

10. 只能采取顺序查找的为_____。

    A. 无序线性表或者链式存储的有序线性表   B. 有序线性表

    C. 顺序存储的有序线性表   D. 分块有序表

11. 对分查找适用于有序线性表,并且存储结构为_____。
    A. 顺序存储或链式存储　　　　　　B. 顺序存储
    C. 链式存储　　　　　　　　　　　D. 索引存储
12. 按照排序分类的说法,属于交换排序的为_____。
    A. 冒泡排序和快速排序　　　　　　B. 希尔排序
    C. 堆排序　　　　　　　　　　　　D. 归并排序
13. 按照排序分类的说法,属于插入排序的为_____。
    A. 冒泡排序和快速排序　　　　　　B. 希尔排序
    C. 堆排序　　　　　　　　　　　　D. 归并排序

三、填空题

1. 线性结构的数据元素之间存在(　　)关系;树状结构的数据元素之间存在(　　)关系;图状结构的数据元素之间存在(　　)关系。
2. 数据的逻辑结构有(　　)、(　　)、(　　)、(　　)4 种。
3. 常用的数据的存储结构有(　　)、(　　)两种。
4. 算法具有(　　)、(　　)、(　　)、(　　)、(　　)5 种特性。
5. 在顺序表中插入或删除一个数据元素时,平均需要移动(　　)数据元素。
6. 在顺序表中,逻辑上相邻的数据元素在存储的物理位置上(　　)相邻;在线性单链表中,逻辑上相邻的数据元素在存储的物理位置上(　　)相邻。
7. 栈是限定在表的一端进行插入和删除的线性表,这一端称为(　　);不允许插入和删除运算的另一端称为(　　),形成"后进先出"或"先进后出"的操作原则。
8. 队列是限定所有的插入都在表的一端进行,所有的删除都在表的另一端进行的线性表。其中允许(　　)的一端叫队头,允许(　　)的一端叫队尾,形成了"先进先出"或"后进后出"的操作原则。
9. 线性链表是线性表的链式存储结构,在它的存储空间中每一个存储节点分为两部分:其中(　　)用于存储数据元素的值,(　　)用于存放下一个数据元素的存储地址。

第 5 章 数据库设计基础

信息已经成为各行各业和各部门的重要资源,信息处理系统越来越显示出其重要性,在企业的建设和发展中起着相当重要的作用。在现代信息社会中,数据库无时不与我们的日常工作、生活和学习相关,如银行数据库、电信数据库、企业信息管理数据库、图书数据库、学生数据库等。

数据库技术是计算机科学的分支,是研究数据库的结构、存储、设计和使用的一门软件的学科。随着数据库应用范围不断扩大,它不仅应用于事务处理,而且进一步应用于情报检索、人工智能、专家系统和计算机辅助设计等,涉及非数值计算各方面的应用。可以说数据库系统已成为当代计算机系统的重要组成部分,了解和掌握数据库系统的基本概念和基本技术是应用数据库技术的前提。

本章介绍数据库系统设计的基本概念与基础知识,重点介绍数据的关系模型;实体联系模型及 E-R 图;关系代数及其在关系数据库中的应用,包括集合运算及选择、投影、连接运算;最后介绍数据库的设计过程。

5.1　数据库的基本概念

5.1.1　数据库与数据库管理系统

1. 信息与数据

信息是关于现实世界事物的存在方式或运动状态的反映的组合。它反映的是在某一客观系统中,某一事物的存在方式或者某一时刻的运动状态。可以说,信息是经过加工处理的、对人类客观行为产生影响的、通过各种方式传播的、可被感知的数据表现形式。

在计算机应用中,数据处理和以数据处理为基础的信息系统所占的比重最大,一个国家现代化水平越高,科学管理、自动化服务的需求就越大。在数据处理领域中,首先应该掌握的概念是信息和数据。

数据是用符号记录下来的可加以鉴别的信息。

信息与数据之间的关系:数据是信息的符号表示或称为载体,信息则是数据的内涵,是对数据的语义解释。

计算机中的数据一般分为两部分,其中一部分与程序仅有短时间的交互关系,随着程序的结束而消亡,称为临时性数据,这类数据一般存放于计算机内存中;而另一部分数据则对系统起着长期持久的作用,称为持久性数据,数据库系统中处理的就是这种持久性数据。

在过去的软件系统中是以程序为主体,而数据则以私有形式从属于程序,此时数据在系统中是分散、凌乱的,这也造成了数据管理的混乱,如数据冗余度高、数据一致性差以及数据的安全性差等。后来,数据在软件系统中的地位产生了变化,在数据库系统及数据库应用系统中数据已占有主体地位,而程序已退居附属地位。在数据库系统中需要对数据进行集中、统一的管理,以达到数据被多个应用程序共享的目标。

2. 数据库

人们收集并筛选出应用所需要的数据后,将其保存起来供进一步加工处理,进一步抽取有用信息。由于现代科学技术的飞速发展,数据量急剧增加。同时,随着计算机技术的发展,人们可以利用计算机保存和管理大量复杂数据,以便能方便并充分地利用这些重要的信息资源。

数据库(DataBase,DB)是长期存储在计算机内的、有组织的、可共享的数据集合。数据库不仅包括数据本身,而且包括数据之间的联系。它具有统一的结构形式并存放于统一的存储介质内,是多种应用数据的集成,并可被各个应用程序所共享。

数据库中的数据是按一定的数据模式存放的,它能构造复杂的数据结构,建立数据间的内在联系与复杂的关系,从而构成数据的全局结构模式。

通常,数据库由两部分组成:一部分是有关应用所需要的工作数据的集合,称为物理数据库,它是数据库的主体;另一部分是关于各级数据结构的描述,称为描述数据库,通常是由一个数据字典系统管理。

3. 数据库管理系统

数据库管理系统(DataBase Management System,DBMS)是指数据库系统中对数据进行管理的软件系统,是位于用户与操作系统之间的一层数据管理软件。它是数据库系统的核心组成部分,它负责数据库中的数据组织、数据操纵、数据维护、数据控制、数据保护和数据服务等。数据库中的数据有数据量大、结构复杂等特点,需要提供管理工具。数据库管理系统主要有如下功能:

1) 数据定义功能

用户可以方便地对数据库中的数据对象进行定义。数据库管理系统负责为数据库构建模式,也就是为数据库构建其数据框架。

2) 数据存取的物理构建

数据库管理系统负责为数据模式的物理存取及构建提供有效的存取方法与手段。

3) 数据操纵功能

数据库管理系统为用户使用数据库中的数据提供方便,它可以提供查询、插入、修改以及删除数据的功能。此外,它自身还具有做简单算术运算及统计的能力,并可以与某些过程性语言结合,使其具有强大的过程性操作能力。

4) 数据控制管理功能

（1）数据的完整性、安全性定义与检查

数据库中的数据具有内在语义上的关联性与一致性，它们构成了数据的完整性，数据的完整性是保证数据库中数据正确的必要条件，因此必须经常检查以维护数据的正确。

数据安全性控制的作用是防止被未授权的用户存取数据库中的数据；数据完整性控制是保持进入数据库中的存储数据的语义的正确性和有效性，防止任何操作对数据造成违反其语义的改变。

（2）数据库的并发控制与故障恢复

数据库管理系统对多个应用程序的并发操作做必要的控制以保证数据不受破坏，这就是数据库的并发控制。数据库是一个集成、共享的数据集合体，它能为多个应用程序服务，所以就存在着多个应用程序对数据库的并发操作。在并发操作中如果不加以控制和管理，多个应用程序间就会相互干扰，从而对数据库中的数据造成破坏。数据库中的数据一旦遭受破坏，数据库管理系统必须有能力及时进行恢复，这就是数据库的故障恢复。

（3）数据的服务

数据库管理系统提供对数据库中的数据的多种服务功能，如数据备份、数据恢复、数据转存、数据重组、数据库的性能监测和数据分析等。

为了完成以上功能，数据库管理系统提供了相应的数据语言（Data Language）。

（1）数据定义语言（Data Definition Language，DDL）。该语言负责数据的模式定义与数据的物理存取构建。

（2）数据操纵语言（Data Manipulation Language，DML）。该语言负责数据的操纵，包括对数据的查询以及增加数据、删除数据和修改数据等操作。

（3）数据控制语言（Data Control Language，DCL）。该语言负责数据完整性、安全性的定义与检查以及并发控制、故障恢复等功能，包括系统初启程序、文件读写与维护程序、存取路径管理程序、缓冲区管理程序、安全性控制程序、完整性检查程序、并发控制程序、事务管理程序、运行日志管理程序、数据库恢复程序等。

数据语言一般具有两种结构形式：

（1）交互式命令语言：能在终端上即时操作，即时得出结果，简单易学。

（2）宿主型语言：可嵌入某些宿主语言中，如 C 语言、COBOL 语言等计算机语言。

4. 数据库管理员

数据库管理员（DataBase Administrator，DBA）是对数据库的规划、设计、维护、监视等工作进行管理的人员，主要工作职责有：

（1）数据库设计（DataBase Design）。具体地说是进行数据模式的设计。由于数据库的集成与共享性，因此需要有专门人员（即 DBA）对多个应用的数据需求作全面的规划、设计与集成。

（2）数据库维护。DBA 必须对数据库中的数据安全性、数据完整性、数据的并发控制及系统恢复、数据定期转存等进行实施与维护。

（3）改善系统性能。DBA 必须随时监视数据库的运行状态，不断调整内部结构，使系统保持最佳状态与最高效率。

5. 数据库系统

数据库系统(DataBase System,DBS)是指引入数据库后的系统,一般由数据库、硬件、软件、数据库管理员及用户等组成。数据库系统的软硬件层次结构如图5-1所示。

1)硬件组成

计算机:它是数据库系统中的硬件的基础平台,目前常用的有微型机、小型机、中型机、大型机及巨型机。

网络:过去数据库系统通常建立在单机上,但是近年来它更多的是建立在网络上。数据库系统今后将以建立在以网络上为主,而其结构形式又以客户/服务器(C/S)方式与浏览器/服务器(B/S)方式为主。

2)软件组成

操作系统:它是数据库系统的基础软件平台,目前常用的有 Windows、UNIX 与Linux 等。

数据库管理系统:具备数据库定义功能、数据操纵功能和数据控制功能的软件。

数据库系统开发工具:为开发数据库应用程序所提供的工具,它包括过程性程序设计语言(如 C 语言、C++ 语言等),也包括可视化开发工具 Visual Basic、Power Builder、Delphi 等,还包括与 Internet 有关的 HTML 及 XML 等。

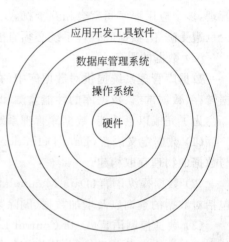

图 5-1　数据库系统的软硬件层次结构图

接口软件:在网络环境下数据库系统中数据库与应用程序、数据库与网络间存在着多种接口,它们需要用接口软件进行连接,否则数据库系统整体就无法运行,这些接口软件包括 ODBC、JDBC、OLEDB、CORBA、COM、DCOM 等。

5.1.2　数据管理技术的发展

随着计算机硬件技术、软件技术和计算机应用范围的发展,计算机数据管理技术也不断地发展。根据数据的独立性、数据的冗余度、数据间相互联系及数据的安全性、完整性等特点,数据管理方法可划分成三个阶段:人工管理阶段、文件系统阶段和数据库系统阶段。随着计算机应用领域的不断扩大,数据库系统的功能和应用范围也愈来愈广,到目前已成为一个企业或者部门必不可少的管理系统。

1. 人工管理阶段

人工管理阶段是在 20 世纪 50 年代中期以前,计算机主要用于科学计算。当时的计算机在硬件方面,外存储器只有卡片、纸带、磁带,没有磁盘这样的可以随机访问、直接存

　　　　　　　　　　　　　　大学计算机基础教程

取的外部存储设备。软件方面没有专门管理数据的软件,数据由计算或处理它的程序自行携带,数据处理方式基本是批处理。

2. 文件系统阶段

20 世纪 50 年代后期到 60 年代中期,计算机开始大量地用于管理中的数据处理工作。大量的数据存储、检索和维护成为紧迫的需求。在硬件方面,可直接存取的磁盘成为主要外存。在软件方面,出现了高级语言和操作系统。数据处理方式有批处理方式,也有联机实时处理方式。文件系统是数据库系统发展的初级阶段,它提供了简单的数据共享与数据管理能力,但是它无法提供完整的、统一的管理和数据共享的能力。由于它的功能简单,只能附属于操作系统而不成为独立的软件,一般将其看成数据库系统的雏形,而不是真正的数据库系统。

3. 数据库系统阶段

20 世纪 60 年代后期,计算机应用于管理的规模更加庞大,需要计算机管理的数据量急剧增长,并且对数据共享的需求日益增强。软件价格上升,硬件价格相对下降,使独立开发系统维护软件的成本增加。文件系统的数据管理方法已无法适应开发应用系统的需要,为解决数据的独立性问题,实现数据的统一管理,达到数据共享的目的,发展了数据库技术。此时数据管理进入数据库系统阶段。

从 20 世纪 60 年代末期起,真正的数据库系统——层次数据库与网状数据库开始发展,它们为统一管理与共享数据提供了有力支撑,这个时期数据库系统的蓬勃发展形成了有名的“数据库时代”。但是这两种系统也存在不足,主要是它们脱胎于文件系统,受文件系统的影响较大,对数据库使用带来诸多不便,同时,此类系统的数据模式构造烦琐,不宜于推广使用。

关系数据库系统出现于 20 世纪 70 年代,在 80 年代得到蓬勃发展,并逐渐取代了前两种数据库系统。关系数据库系统结构简单,使用方便,逻辑性强,物理性少,因此在 80 年代以后一直占据数据库领域的主导地位。

目前,数据库技术也与其他信息技术一样在迅速发展之中,计算机处理能力的增强和越来越广泛的应用是促进数据库技术发展的重要动力。一般认为,未来的数据库系统应支持数据管理、对象管理和知识管理,应该具有面向对象的基本特征。在关于数据库的诸多新技术中,下面三种是比较重要的:

(1)面向对象数据库系统:用面向对象方法构建面向对象数据模型使其具有比关系数据库系统更为通用的数据管理能力。

(2)知识库系统:用人工智能中的方法特别是用谓词逻辑知识表示方法构建数据模型,使其模型具有特别通用的能力。

(3)关系数据库系统的扩充:利用关系数据库作进一步扩展,使其在模型的表达能力与功能上有进一步的加强,如与面向对象数据库系统结合、与网络技术结合等。

数据库技术是在文件系统的基础上发展产生的,两者都以数据文件的形式组织数据,但数据库系统在文件系统的基础上加入了 DBMS 对数据进行管理,从而使得数据库系统具有以下特点：

1）数据的集成性

主要表现在以下几个方面：

（1）在数据库系统中，采用统一的数据结构方式，如在关系数据库中采用二维表作为统一结构方式。

（2）在数据库系统中按照多个应用的需要组织全局统一的数据结构（即数据模式），数据模式不仅可以建立全局的数据结构，还可以建立数据间的语义联系，从而构成一个内在紧密联系的数据整体。

（3）数据库系统中的数据模式是多个应用共同的、全局的数据结构，而每个应用的数据则是全局结构中的部分，称为局部结构（即视图），这种全局与局部的结构模式构成了数据库系统数据集成性的主要特征。

2）数据的高共享性与低冗余性

数据的集成性使得数据可为多个应用所共享，特别是在网络发达的今天，数据库与网络的结合扩大了数据管理的应用范围。数据的共享又可极大地减少数据冗余性，不仅减少了不必要的存储空间，更为重要的是可以避免数据的不一致性。所谓数据的一致性是指在系统中同一数据的不同出现应保持相同的值，而数据的不一致性指的是同一数据在系统的不同处有不同的值。因此，减少冗余性以避免数据多处出现是保证系统一致性的基础。

3）数据的独立性

数据的独立性一般分为物理独立性与逻辑独立性两种。

（1）物理独立性：数据的物理结构（包括存储结构、存取方式等）的改变，如存储设备的更换、物理存储的更换、存取方式改变等都不影响数据库的逻辑结构，从而不会引起应用程序的变化。

（2）逻辑独立性：数据库总体逻辑结构的改变，如修改数据模式、增加新的数据类型、改变数据间的联系等，不需要修改相关的应用程序。

4）数据统一管理与控制

数据库系统不仅为数据提供高度集成的环境，同时它还为数据提供统一管理的手段，主要包含以下三方面：

（1）数据的完整性检查：检查数据库中数据的正确性。

（2）数据的安全性保护：检查数据库访问者以防止非法访问。

（3）并发控制：控制多个应用的并发访问所产生的相互干扰以保证其正确性。

5.1.3　数据库的体系结构

数据库的体系结构具有三级模式、两级映射。三级模式为：内部级模式、概念级模式、外部级模式。两级映射为：外模式/模式映射和模式/内模式映射。

图 5-2 是 1975 年美国国家标准化委员会提出的。虽然现在数据库管理系统的产品多种多样，能在不同的操作系统支持下工作，但是绝大多数系统在总的数据库体系结构上都具有三级结构的特征。

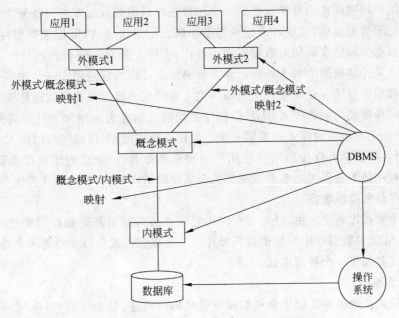

图 5-2　数据库的三级模式、两级映射关系图

从某个角度看到的数据特性称为"数据视图"。外部级最接近用户,是用户所能看到的数据特性。用户所使用的数据称为"外模式"。概念级是涉及所有用户的数据的定义,也就是全局的数据视图,称为"概念模式"。内部级最接近于物理存储设备,涉及实际数据存储的方式。物理存储的数据视图称为"内模式"。

需要注意的是:这三层均不表示数据的实际存在,而仅表示数据的抽象,即定义了数据库中每一个记录的类型(称为记录类型),数据实际存放在物理设备上。不同层次的数据视图表示称为模式,因此,这里模式是一个非常重要的概念。通常意义上讲,模式是一个统称,是数据库每一层的数据结构的描述,包括外模式、概念模式和内模式。

数据库的三级体系结构是数据的三个抽象级别,它把数据的具体组织留给数据库管理系统管理,使用户处理数据时不必关心数据在计算机中的表示和存储。这三级结构之间往往差别很大,为实现这三个抽象级别的转换,数据库管理系统在这三级结构之间提供了两级映射:外模式/模式映射和模式/内模式映射。

1. 数据库系统的三级模式

数据模式是数据库系统中数据结构的表示形式,它具有不同的层次与结构方式。

1) 外模式

外模式也称子模式或用户模式,是用户与数据库系统的接口。它是用户的数据视图,也就是用户所见到的数据模式,它由概念模式推导而出。概念模式给出了系统全局的数据描述,而外模式则给出每个用户的局部数据描述。一个概念模式可以有若干个外模式,每个用户只关心与它有关的模式,这样不仅可以屏蔽大量无关信息,而且有利于数据保护。在一般的 DBMS 中都提供有相关的外模式描述语言(外模式 DDL)。

面向用户的视图称为外部视图。一个用户往往只用到数据库的一部分。外部视图由若干外部记录类型组成，这些外部记录类型和概念记录类型、内部记录类型可能不一样。用户使用数据操纵语言语句对数据库进行操作，实际上是对外部视图的外部记录进行操作。外模式是外部视图中每个外部记录类型的定义，因此，它是面向一个或多个用户需要的那部分数据的描述。在外模式中还必须定义外模式和概念模式间数据结构的差异。

由于将外模式与概念模式分离，数据库系统的灵活性大大增加。外模式是从模式导出的，它必须是导出它的模式的逻辑子集。但在外模式里，不仅那些与用户无关的数据可以略去，而且数据项可以按照用户使用的习惯重新命名，记录类型也可以重新组合和命名。应用程序员不必再关心整个数据库的全局逻辑结构，它只与外模式发生直接联系，按照外模式存储和操纵数据。

对一个数据库系统来说，任何一个应用程序在某一时刻都必须使用而且只能使用一个外模式，才能对数据库中的数据进行操作。一个概念模式可以支持若干个外模式，但每一个外模式只属于一个概念模式。

2）概念模式

概念模式是数据库系统中全局数据逻辑结构的描述，是全体用户（应用）公共数据视图。此种描述是一种抽象的描述，它不涉及具体的硬件环境与平台，也与具体的软件环境无关。

概念模式是所有概念记录类型的定义，因此它是数据库中全部数据逻辑结构的描述，即数据库中所有记录类型的整体描述。实际上，概念模式就是数据库每一层的数据结构（或数据模式）的描述。

概念模式要描述记录之间的联系、所允许的操作、数据的一致性、有效性、安全性和其他管理控制方面的要求。数据按外模式的描述提供给用户，按内模式的描述存储在磁盘中，而概念模式提供了一种约束其他两级的相对稳定的中间观点，它使得外模式和内模式这两级任何一级的改变都不受另一级的牵制。

概念模式要求数据库具备数据独立性功能。概念模式描述中不涉及存储结构、访问技术等细节，因此，概念模式描述中就不会遇到存储字段的表达、记录的物理顺序、索引方式等存储/访问等细节问题。只有这样，概念模式才算做到了数据独立，而在概念模式基础上定义的外模式才能做到数据独立。

3）内模式

内模式又称物理模式。它给出了数据库的物理存储结构与物理存取方法，如数据存储的文件结构、索引、集簇及 hash 等存取方式与存取路径，内模式的物理性主要体现在操作系统及文件级上，它还未深入到设备级上（如磁盘及磁盘操作）。内模式对一般用户是透明的，但它的设计直接影响数据库的性能。DBMS 一般提供相关的内模式描述语言（内模式 DDL）。

内部视图是数据库结构中最低一级的逻辑表达，它由若干内部记录类型组成。内部记录也称为存储记录。内模式要定义所有的内部记录类型，定义一些索引、数据在存储器的安排以及安全性、恢复和其他管理方面的细节。所以内模式是数据在物理存储结构方面的描述。

数据模式给出了数据库的数据框架结构,数据是数据库中真正的实体,但这些数据必须按框架所描述的结构组织,以概念模式为框架所组成的数据库叫概念数据库,以外模式为框架所组成的数据库叫用户数据库,以内模式为框架所组成的数据库叫物理数据库。这三种数据库中只有物理数据库真正存在于计算机外存中,其他两种数据库并不真正存在于计算机中,而是通过两种映射由物理数据库映射而成。

模式的三个级别层次反映了模式的三个不同环境以及它们的不同要求。内模式处于最底层,它反映了数据在计算机物理结构中的实际存储形式;概念模式处于中层,它反映了设计者的数据全局逻辑要求;而外模式处于最外层,它反映了用户对数据的要求。

2. 数据库系统的两级映射

数据库系统的三级模式是对数据的三个级别抽象,它把数据的具体物理实现留给物理模式,使用户与全局设计者不必关心数据库的具体实现与物理背景。同时,它通过两级映射建立了模式间的联系与转换,使得概念模式与外模式虽然并不具备物理存在,但是也能通过映射而获得其实体。此外,两级映射也保证了数据库系统中数据的独立性,即数据的物理组织改变与逻辑概念级改变相互独立,使得只要调整映射方式而不必改变用户模式。

1) 外模式到概念模式的映射

概念模式是全局模式,而外模式是用户的局部模式。在概念模式中可以定义多个外模式,而每个外模式是概念模式的一个基本视图。外模式到概念模式的映射给出了外模式与概念模式的对应关系,这种映射一般也是由 DBMS 来实现的。

由于这两级的数据结构可能不一致,因此需要说明外部记录和字段怎样对应到概念记录和字段。一个模式可能有多个外模式,每个用户只能使用一个外模式,但不同的用户可共享同一个外模式,不同的外模式可以重叠。如果数据库的整体逻辑结构(即概念模式)要作修改,那么外模式/模式映射也要作相应的修改,但外模式很可能仍然保持不变。也就是说,对概念模式的修改尽量不要涉及外部级的外模式,当然对于应用程序的影响就更小,这样我们就说数据库达到了逻辑数据独立性。外模式/概念模式映射都是在外模式中描述。

2) 概念模式到内模式的映射

该映射给出了概念模式中数据的全局逻辑结构到数据的物理存储结构间的对应关系,这种映射一般由 DBMS 实现。

这个映射存在于概念级和内部级之间,用于定义模式和内模式间的对应性。由于这两级的数据结构可能不一致,即记录类型和字段类型的组成可能不一样,因此需要说明概念记录和字段怎样对应到内部记录和字段。如果内模式要作修改,即数据库的存储设备和存储方法有所变化,那么概念模式/内模式映射也要做出相应的修改,但概念模式很可能仍然保持不变。也就是说对内模式的修改尽量不要涉及概念模式。当然,对于外模式和应用程序的影响就更小,这样我们就说数据库达到了物理数据独立性。

概念模式到内模式的映射一般是在内模式中描述的,但有的数据库系统把映射的部分内容放在概念模式中描述。

5.2　现实世界的数据模型

模型是现实世界特征的模拟和抽象。在数据库技术中我们使用模型的概念来描述数据库的结构与语义。数据库系统均是基于某种数据模型的。数据模型应满足这三方面的要求：一是能比较真实地模拟现实世界中的数据；二是容易被人们理解；三是便于在计算机上实现。但是，一种数据模型很难完全满足这三方面的要求，因此，在数据库系统中针对不同目的应采用不同的数据模型。

目前广泛使用的数据模型大体可以分为两种类型：一种是概念模型，按照用户的观点来对数据建模，主要用于数据库设计。概念模型是独立于任何计算机系统实现的，如实体联系模型，这类模型完全不涉及信息在计算机系统中的表示，只是用来描述某个特定组织所关心的信息结构。另一种是逻辑数据模型，直接面向数据库中数据逻辑结构，主要包括网状、层次、关系、面向对象等模型，它们是按计算机系统的观点对数据建模，主要用于数据库管理系统的实现。

概念模型用于建立信息世界的数据模型。这类模型强调其语义表达能力，概念简单、清晰，易于理解，它是现实世界的第一层抽象，是用户和数据库设计人员之间进行交流的语言。第二层抽象是建立机器世界的逻辑数据模型，这类模型有严格的形式化定义，以便于在机器上实现。它通常有一组严格定义了语法和语义的语言，人们可以使用它来定义、操纵和管理数据库中的数据。

逻辑数据模型由三部分组成：模型结构、数据操作和完整性规则。其中模型结构是数据模型最基本的部分，它将确定数据库的逻辑结构，是对系统静态特性的描述。数据操作提供对数据库的操纵手段，主要有增、删、改、查等操作，是对系统动态特性的描述。完整性规则是对数据库有效状态的约束。

5.2.1　数据的三个世界

从人们对现实生活中事物特性的认识到计算机数据库里的具体表示，数据要经历三个世界：现实世界——概念世界——机器世界。它们是与数据处理有关的三个范畴。

1. 现实世界

现实是我们赖以生存的生活环境。它是具体事物和抽象概念的总和，是数据处理的基础和源泉。

组成现实的个体的确切含义是一个实际存在的且可以被识别的事实。我们可以特指个体，可以标识个体，可以把一个个体与其他个体相区别，可以把它们归类。例如一张桌子、一本书、一个人等都是个体。个体可以是具体的事物，也可以是抽象的概念，例如一笔账目、一则消息等。

个体总是通过特征来表现其存在的。例如，人可以有许多特征：身份证号码、姓名、性别、年龄等,这些特征使我们能了解某一个人的信息。同样,每一个个体的特征也会使我们标识和识别其个体。

实际上我们不可能,也没有必要去研究个体的全部特征。而是根据研究的需要选择其中对之有意义的特征,这样我们就可能把实际存在的一个事物标识为不同的个体。为了研究和处理方便,我们把具有相同特征的所有个体称为同类个体,如所有学生、所有课程、所有计算机等,这些都是具有相同特征而构成的个体集合。

我们还应注意到一点,也是最重要的一点:现实世界中的个体之间总存在着某种或多种简单或复杂的关系。这种关系或者通过"组织",或者通过"活动"表现出来。例如学生与课程之间的关系是通过学习活动表现的;学生和图书馆中的图书是由借阅活动表现的;图书馆管理员和图书之间的关系是由管理活动表现的;等等。由此,现实世界中的个体通过各种各样的关系连接成一个整体,称为总体。这个总体就是我们所研究的现实世界。

2. 信息世界

信息世界是现实世界在人们头脑中的反映,是对客观事物及其联系的一种抽象描述。人的大脑对现实世界中的事实有个认识过程。经过选择、命名、分类等抽象过程之后进入信息世界。信息世界的主要对象是实体及实体间的相互联系。

概念模型用于信息世界的建模,是现实世界到信息世界的第一层抽象,是现实世界到计算机世界必然经过的中间层次。概念模型是数据库设计人员进行数据库设计的工具,也是数据库设计人员和用户进行交流的语言,因此概念模型应该简单、清晰、易于理解,能方便、直接地表达应用中的各种意义。

建立概念模型常用 E-R(实体-联系)模型,通过 E-R 图表示。

建立概念模型涉及下面几个术语。

1) 实体

现实世界中的事物可以抽象成为实体,实体是概念世界中的基本单位,它们是客观存在的且又能相互区别的事物。有共性的实体可组成一个集合称为实体集,如张三、李四各是一个实体,他们都是学生,则他们组成一个学生实体集。

2) 属性

现实世界中的事物均有一些特性,这些特性可以用属性来表示。属性刻画了实体的特征。一个实体往往可以有若干个属性。每个属性可以有值,一个属性的取值范围称为该属性的值域或值集。如张三 19 岁,则属性年龄的值域为一定范围内的正数。

3) 联系

联系是现实世界中事物间的关联。在概念世界中联系反映了实体集间的一定关系,如学生与课程之间的关系、生产者与消费者之间的关系等。

实体集间的联系有多种。

(1) 两个实体集间的联系。两个实体集间的联系是一种最为常见的联系,前面举的例子均属两个实体集间的联系。

(2) 多个实体集间的联系。这种联系包括三个实体集间的联系以及三个以上实体集间的联系。如学生、课程、成绩这三个实体集间互相存在着必然的联系。

（3）一个实体集内部的联系。一个实体集内有若干个实体，它们之间的联系称实体集内部联系。如某公司职工这个实体集内部可以有上、下级领导的联系。

两个实体集间的联系实际上是实体集之间的函数关系，这种函数关系可以有以下三种：

（1）一对一联系，简记为 1∶1。这种函数关系是常见的函数关系之一，如班主任与班级之间的联系，一个班主任与一个班级间相互一一对应。

（2）一对多或多对一联系，简记为 1∶M(1∶m) 或 M∶1(m∶1)。这两种函数关系实际上是一种函数关系，如学生与其宿舍房间的联系是多对一的联系（反之，则为一对多联系），即多个学生对应一个宿舍。

（3）多对多联系，简记为 M∶N 或 m∶n。这是一种较为复杂的函数关系，如学生与课程这两个实体集间的联系是多对多的，因为一个学生可以选修多门课程，而一门课程又可以有许多学生学习。

3. 计算机世界

在信息世界基础上致力于其在计算机物理结构上的描述，从而形成的物理模型叫计算机世界。现实世界的要求只有在计算机世界中才得到真正的物理实现，而这种实现是通过信息世界逐步转化得到的。

5.2.2　E-R 模型

信息世界的概念模型是用 E-R 模型（entity-relationship model）来实现的，该模型也称为实体联系模型。该模型将现实世界的要求转化成实体、联系、属性等几个基本概念以及它们之间的两种基本连接关系，并且可以用 E-R 图非常直观地表示出来。

1. 实体、联系、属性三个基本概念之间的连接关系

E-R 模型由实体、联系、属性这三个基本概念组成，由这三者结合起来表示现实世界。

1）实体集（联系）与属性间的连接关系

实体是概念世界中的基本单位，属性附属于实体，属性本身并不构成独立单位。一个实体可以有若干个属性，实体以及它的所有属性构成了实体的一个完整描述。因此实体与属性间有一定的连接关系。如在学生档案中每个学生（实体）可以有学号、姓名、性别、年龄等若干属性，它们组成了一个有关学生（实体）的完整描述。

属性有属性域，每个实体可取属性域内的值。一个实体的所有属性取值组成了一个值集，叫元组（tuple）。在概念世界中，可以用元组表示实体，也可用它区别不同的实体。如在学生档案表中，每行的一名学生表示一个实体，这个实体可以用一组属性值表示。比如表 5-1 学生档案表中的(201101001,张三,男,19)和(201101002,李四,男,20)这两个元组分别表示两个不同的实体。

实体有型与值之别，一个实体的所有属性构成了这个实体的型，如学生档案中的实

体,它的型是由编号、姓名、性别、年龄、籍贯、政治面貌等属性组成,而实体中属性值的集合(即元组)则构成了这个实体的值。

相同型的实体构成了实体集。如表 5-1 中的每一行是一个实体,它们均有相同的型,因此表内诸实体构成了一个实体集。

表 5-1　学生档案表

学　号	姓名	性别	年龄	学　号	姓名	性别	年龄
201001	张华	男	20	201101	赵丽	女	18
201002	李红	女	19	201102	李来	男	19
201003	王一	男	21	201103	周军	男	17

联系也可以附有属性,联系和它的所有属性构成了联系的一个完整描述,因此,联系与属性间也有连接关系。如有教师与学生两个实体集间的教与学的联系,该联系可附有属性"课程号"。

2) 实体(集)与联系

实体集间可通过联系建立连接关系,一般而言,实体集间无法建立直接关系,它只能通过某个联系才能建立起连接关系。如学生与课程之间无法直接建立关系,只有通过"选修"的联系才能在相互之间建立关系,这个"选修"的联系是学生与课程两个实体的纽带。

在 E-R 模型中有三个基本概念以及它们之间的连接关系。它们将现实世界中的错综复杂的现象抽象成简单明了的几个概念与关系,具有极强的概括性和表达能力。因此,E-R 模型已成为表示概念世界的有力工具。

2. E-R 模型的图示法

E-R 模型可以用一种非常直观的图的形式表示,这种图称为 E-R 图(entity-relationship diagram),也称为实体-联系图。在 E-R 图中分别用下面几种几何图形表示 E-R 模型中的三个概念与两个实体的连接关系。

实体集用矩形表示,在矩形内写上该实体集的名字。如实体集学生,见图 5-3。

属性用椭圆形表示,在椭圆形内写上该属性的名称。如学生有属性姓名,见图 5-4。

联系用菱形表示,在菱形内写上联系名。如学生与课程间的联系选修,见图 5-5。

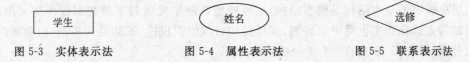

图 5-3　实体表示法　　　　图 5-4　属性表示法　　　　图 5-5　联系表示法

三个基本概念分别用三种几何图形表示。它们之间的连接关系也可用图形表示。

实体集(联系)与属性间的连接关系用连接这两个图形间的无向线段表示(一般情况下可用直线)。如实体集学生有属性学号、姓名及年龄,实体集课程有属性课程号、课程名及学时。

属性也依附于联系,它们之间也有连接关系,因此也可用无向线段表示。如联系选修可与学生的课程成绩属性建立连接。

实体集与联系间的连接关系用连接这两个图形间的无向线段表示。如实体集学生与联系选修间有连接关系,实体集课程与联系选修间也有连接关系,因此它们之间均可用无向线段相连。

为了进一步刻划实体间的函数关系,可在线段边上注明实体间联系的函数关系,如 $1:1$、$1:n$、$m:n$ 等。

由矩形、椭圆形、菱形以及按一定要求相互间连接的线段构成了一个完整的 E-R 图。

例如,由前面所述的实体集学生、课程以及附属于它们的属性和它们间的联系选修以及附属于选修的属性成绩构成了一个学生课程联系的概念模型,可用图 5-6 的 E-R 图表示。

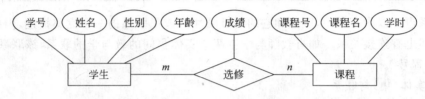

图 5-6   学生-课程 E-R 图

在概念上,E-R 模型中的实体、属性与联系是三个有明显区别的不同概念。但是在分析客观世界的具体事物时,对某个具体数据对象,究竟它是实体还是属性或联系,则是相对的,所做的分析设计与实际应用的背景以及设计人员的理解有关。这是工程实践中构造 E-R 模型的难点之一。

5.3   数据的逻辑模型

目前数据库领域中最常用的逻辑模型有 4 种,它们是层次模型、网状模型、关系模型和面向对象模型,其中层次模型和网状模型为非关系模型。

5.3.1   层次模型

层次模型的基本结构是树型结构,这种模型是最早发展起来的数据库模型。层次模型的结构方式在现实世界中很普遍,如单位的行政组织机构、家族结构等,它们自顶向下、层次分明。图 5-7 给出了一个单位机构图。

由图中树的性质可知,任一树的结构均有下列特性:

(1) 每棵树有且仅有一个无双亲节点,称为根。

(2) 树中除根外所有节点有且仅有一个双亲。因此,树型结构是受到一定限制的,对于联系也加上了许多限制。

层次数据模型支持的操作主要有查询、插入、删除和更新。在对层次模型进行插入、删除和更新操作时,要满足层次模型的完整性约束条件。进行插入操作时,如果没有相应的双亲节点值就不能插入孩子节点值;进行删除操作时,如果删除双亲节点值,则相应的

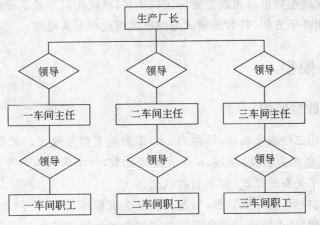

图 5-7　层次模型示例图

孩子节点值也同时被删除;进行更新操作时,应更新所有相应记录,以保证数据的一致性。

层次模型的数据结构比较简单,操作简单,对于实体间联系是固定且预先定义好的应用系统,层次模型有较高的性能。同时,层次模型还可以提供良好的完整性支持。但由于层次模型形成早,受文件系统影响大,模型受限制多,物理成分复杂,操作与使用均不甚理想,它不适合于表示非层次性的联系,对于插入和删除操作的限制比较多。此外,查询孩子节点必须通过双亲节点。

5.3.2　网状模型

网状模型是一个不加任何条件限制的无向图。网状模型的出现略晚于层次模型,在结构上比层次模型好,不像层次模型那样要满足严格的条件。图 5-8 是学校行政机构图中学校与学生的联系图。

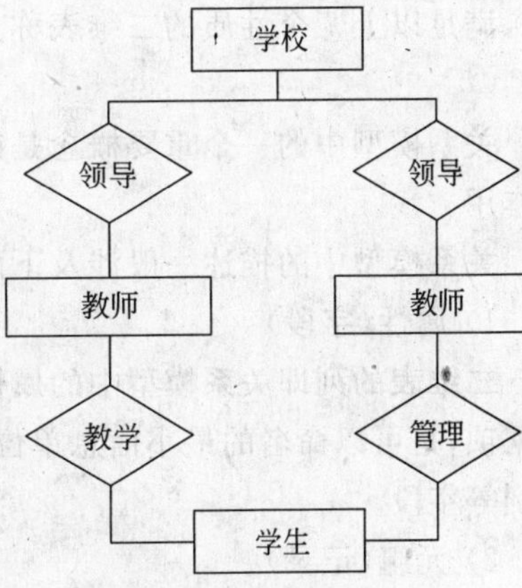

在实现中,网状模型将通用的网络拓扑结构分成一些基本结构。一般采用的分解方法是将一个网络分成若干个二级树,即只有两个层次的树。换句话说,这种树是由一个根及若干个叶所组成。为方便实现,一般规定根节点与任一叶子节点间的联系均是一对多的联系(包含一对一联系)。

在网状模型的数据库管理系统中,一般提供 DDL 语言。网状模型中的基本操作是简单二级树中的操作,它包括查询、增加、删除、修改等操作,对于这些操作,不仅需要说明做什么,还需要说明怎么做。比如,在进行查询时,不但要说明查找对象,而且还要规定存取的路径。

图 5-8　网状模型示例

网状模型明显优于层次模型,不管是数据表示或数据操纵均显示了更高的效率,更为成熟。但是,网状模型数据库系统也有一定的不足,在使用时涉及系统内部的物理因素较多,用户操作使用并不方便,其数据模式与系统实现也均不甚理想。

5.3.3 关系模型

1. 关系的数据结构

关系模型采用二维表来表示,简称表。二维表由表框架及表的元组组成。表框架由 n 个命名的属性(也称为字段)组成,n 称为属性元数,每个属性有一个取值范围,称为值域。表框架对应了关系的模式,即类型的概念。

在表框架中按行可以存放数据,每行数据称为元组或记录,实际上,一个元组是由 n 个元组分量所组成,每个元组分量是表框架中每个属性的投影值。一个表框架可以存放 m 个元组,m 称为表的基数。

一个 n 元表框架及框架内 m 个元组构成了一个完整的二维表。表 5-1 的学生档案表给出了有关学生二维表的一个实例。

二维表一般满足下面 7 个性质:

(1) 二维表中元组个数是有限的——元组个数有限性。

(2) 二维表中元组均不相同——元组的唯一性。

(3) 二维表中元组的次序可以任意交换——元组的次序无关性。

(4) 二维表中元组的分量是不可分割的基本数据项——元组分量的原子性。

(5) 二维表中属性名各不相同——属性名唯一性。

(6) 二维表中属性与次序无关,可任意交换——属性的次序无关性。

(7) 二维表属性的分量具有与该属性相同的值域——分量值域的同一性。

满足以上 7 个性质的二维表称为关系,以二维表为基本结构所建立的模型称为关系模型。

关系模型中的一个重要概念是键(Key)或码,键具有标识元组、建立元组间联系等重要作用。

关系模型中的描述一般涉及下面几个术语:

1) 属性(字段)

二维表的列即关系模型中的属性或者字段。它是标识实体属性的符号集,叫字段或数据项,是可以命名的最小信息单位,所以又叫数据元素。例如学生有学号、姓名、年龄、性别等字段。

2) 元组(记录)

二维表的行即是关系模型中的元组或者记录。一般用一个记录描述一个实体,所以记录又可定义为能完整地描述一个实体的符号集,例如一个学生的记录是由有序的字段集组成。

3) 文件

一个完整的二维表可以存储在存储器中,即是一个文件。文件是描述实体集的,所以它又可以定义为描述一个实体集的所有符号集,例如所有的学生记录组成了一个学生文件。

键(码):在二维表中能唯一标识元组的属性或最小属性集。二维表中可能有若干个键,它们称为该表的候选码或候选键。

主键(主码):从二维表的所有候选键中选取一个作为用户使用的键,一般主键也简称键或码。主键不允许出现空值和重复值。

外键(外码):表 A 中的某属性集是表 B 的键,则称该属性集为 A 的外键或外码。表中一定要有键,因为如果表中所有属性的子集均不是键,则表中属性的全集必为键(称为全键),因此也一定有主键。

通俗地说,一个表格就是一个关系模型,表格在关系数据库中称为表,表格中的行(实体,不包括列标题)称为元组或者记录,表格中的列称为属性或者字段,表格中的列标题称为属性名或者字段名,属性名下面的值则为属性值,每个属性都有自己的取值范围。而在表格中,能够区别各行的属性或属性组合则称为键,常用的如身份证号码、学号、商品编号等。

在关系元组的分量中允许出现空值以表示信息的空缺。空值用于表示未知的值或不可能出现的值,一般用 NULL 表示。目前的关系数据库系统都支持空值,但关系的主键中不允许出现空值,因为如果主键为空值则失去了其元组标识的作用。

关系框架与关系元组构成了一个关系。一个语义相关的关系集合构成一个关系数据库。关系的框架称为关系模式,而语义相关的关系模式集合构成了关系数据库模式。

关系模式支持子模式,关系子模式是关系数据库模式中用户所见到的那部分数据模式描述。关系子模式也是二维表结构,关系子模式对应用户数据库,称为视图(View)。

关系模式的构成如下:

关系名(属性名 1,属性名 2,属性名 3,…)

关系模式中的数据来源于概念模型的数据,键是通过带下划线的属性名来表示的。

【例 5-1】 根据图 5-6 中的 E-R 图写出学生选课的关系模式。

在关系数据库中,E-R 图中的每个实体是一个关系,实体之间的联系也可以是一个关系。因此图 5-6 中的 E-R 图中的学生实体、课程实体和选修联系分别为三个关系。关系模式中的属性与图中的属性相对应。学生关系和课程关系中的键分别是学号和课程号。对于选修关系,不能只有一个成绩属性。前面曾经说过,选修关系是学生关系和课程关系的纽带,通过它可以将学生关系与课程关系建立联系。因此选修关系中要分别加上学生关系和课程关系中具有键的功能的属性。而选修关系中任意一个属性都不能成为键,因为都可能有重复值,但是任意两个元组中,学号和课程号不可能完全相同,因此由学号和课程号共同作为选修关系的键。

因此,根据图 5-6 中的 E-R 图写出学生选课的关系模式:

学生(学号,姓名,性别,年龄)
课程(课程号,课程名,学时)
选修(学号,课程号,成绩)

2．关系操纵

关系模型的数据操纵即是建立在关系模型上的数据操纵,有查询、增加、删除及修改4种操作。

1）数据查询

用户可以查询关系数据库中的数据,它包括一个关系内的查询及多个关系间的查询。

(1)对一个关系内查询的基本单位是元组分量,其基本过程是先定位后操作。所谓定位包括纵向定位与横向定位两部分,纵向定位即是指定关系中的一些属性(称列指定)——投影运算,横向定位即是选择满足某些逻辑条件的元组(称行选择)——选择运算。通过纵向与横向定位后一个关系中的元组分量即可确定了。在定位后即可进行查询操作,就是将定位的数据从关系数据库中取出并放入指定内存中,得出查询结果。

(2)对多个关系间的数据查询可以按以下步骤进行:第一步,将多个关系合并成一个关系;第二步,对合并后的一个关系作定位;第三步,查询操作。其中第二步与第三步为对一个关系的查询。对多个关系的合并可分解成两个关系的逐步合并,如有三个关系 R1、R2 与 R3,合并过程是先将 R1 与 R2 合并成 R4,然后再将 R4 与 R3 合并成最终结果 R5。

因此,对关系数据库的查询可以分解成一个关系内的属性指定、一个关系内的元组选择、两个关系的合并三个基本定位操作以及一个查询操作。

2）数据删除

数据删除的基本单位是一个关系内的元组,它的功能是将某个关系内的指定元组删除。它也分为定位与操作两部分,其中定位部分只需要横向定位而无须纵向定位,定位后执行删除操作。因此数据删除可以分解为一个关系内的元组选择与关系中元组删除两个基本操作。

3）数据插入

数据插入仅对一个关系而言,在指定关系中插入一个或多个元组。在数据插入中不需定位,仅需做关系中的元组插入操作,且在该指定关系的末尾处开始插入,因此数据插入只有一个基本操作。

4）数据修改

数据修改是在一个关系中修改指定的元组与属性。数据修改不是一个基本操作,它可以分解为删除需修改的元组与插入修改后的元组两个更基本的操作。

以上4种操作的对象都是关系,而操作结果也是关系,因此都是建立在关系上的操作。这4种操作可以分解成以下6种基本操作,称为关系模型的基本操作:

(1)关系的属性指定;

(2)关系的元组选择;

(3)两个关系合并;

(4)一个或多个关系的查询;

(5)关系中元组的插入;

(6)关系中元组的删除。

3．关系中的数据约束

关系模型中的数据约束是防止增加数据、删除数据和修改数据操作时可能带来的错误操作。

关系模型允许定义三类数据约束,它们是实体完整性约束、参照完整性约束以及用户定义的完整性约束,其中前两种完整性约束由关系数据库系统自动支持。对于用户定义的完整性约束,则由关系数据库系统提供完整性约束语言,用户利用该语言写出约束条件,运行时由系统检查约束条件。

1) 实体完整性约束

实体完整性约束要求关系的主键中属性值不能为空值,也不能是重复值,以保证关系数据库中没有完全重复的元组。这是关系数据库完整性的最基本要求。例如,户籍管理数据库中每个公民的身份证号不应该有重复的号码,同理,一所学校中的学生学号也不能出现重复的现象。

2) 参照完整性约束

参照完整性约束是关系之间相关联的基本约束,它不允许关系引用不存在的元组,即在一个关系中的外键,要么是所关联关系中实际存在的元组,要么就为空值。比如前面所举例的三个关系:学生(学号,姓名,性别,年龄)、课程(课程号,课程名,学时)与选修(学号,课程号,成绩),学生关系中主键为学号;课程关系中主键为课程号;选修关系中主键则为(学号,课程号),选修关系中的外键有两个:学号和课程号;学生关系中的学号与选修关系中的学号相关联,课程关系中的课程号与选修关系中的课程号相关联,参照完整性约束要求选修关系中学号的值要在学生关系中有相应元组值,否则就会成为有学生选课并具有考试成绩,但该学生没有学籍的非正常情形。

3) 用户定义的完整性约束

用户定义的完整性约束是针对关系数据库中根据数据环境与应用环境,由用户具体设置的约束,它反映了具体应用中数据的语义。例如,考试成绩只能是 0~100 分,可以在数据库中设定成绩的范围,超出设计的范围,则系统给出输入错误的提示,这就是针对成绩值域的约束。对于学生的性别、年龄等属性同样可以设置相应的值域范围。

5.4　关　系　代　数

关系数据库的理论基础是关系代数,下面讨论有关数据库的各种操作。

5.4.1　关系模型的基本操作

关系是由若干个不同的元组所组成的,因此关系可视为元组的集合。n 元关系是一个 n 元有序组的集合。

关系模型有插入、删除、修改和查询 4 种操作,它们可以分解成 6 种基本操作:

(1) 关系的属性指定。指定一个关系内的某些属性,用它确定关系这个二维表中的列,它主要用于检索或定位。

(2) 关系的元组的选择。用一个逻辑表达式给出关系中满足此表达式的元组,用它确定关系这个二维表的行,它主要用于检索或定位。

用上述两种操作即可确定一张二维表内满足一定行、列要求的数据。

（3）两个关系的合并。将两个关系合并成一个关系。用此操作可以不断合并从而将若干个关系合并成一个关系,以建立多个关系间的检索与定位。

（4）关系的查询。在一个关系或多个关系间做查询,查询的结果也为关系。

（5）关系元组的插入。在关系中增添一些元组,用它完成插入与修改。

（6）关系元组的删除。在关系中删除一些元组,用它完成删除与修改。

5.4.2　关系模型的基本运算

由于操作是对关系的运算,而关系是有序元组的集合,因此,可以将操作看成是集合的运算。下面是利用关系代数理论完成关系模型的基本操作运算。

1. 插入

设有关系 R 需插入若干元组,要插入的元组组成关系 $R1$,则插入可用集合并运算表示为:

$$R \cup R1$$

【例 5-2】 有两个关系老生和新生,其内容分别如表 5-2(a)和表 5-2(b)所示,要将关系新生插入关系老生中组成全体学生的关系,求插入操作运算后的关系全体学生。

插入运算表达式如下:

$$全体学生＝老生 \cup 新生$$

在关系老生中插入新生操作运算后的关系全体学生如表 5-2(c)所示。

表 5-2　关系的插入运算实例

(a) 关系：老生

学号	姓名	性别	年龄
201001	张华	男	20
201002	李红	女	19
201003	王一	男	21

(b) 关系：新生

学号	姓名	性别	年龄
201101	赵丽	女	18
201102	李来	男	19
201103	周军	男	17

(c) 关系：全体学生

学号	姓名	性别	年龄
201001	张华	男	20
201002	李红	女	19
201003	王一	男	21
201101	赵丽	女	18
201102	李来	男	19
201103	周军	男	17

2. 删除

设有关系 R 需删除一些元组,要删除的元组组成关系 $R1$,则删除可用集合差运算表示为:

大学计算机基础教程

$$R-R1$$

【例 5-3】 有两个关系全体学生和老生,其内容分别如表 5-3(a)和表 5-3(b)所示,要将关系全体学生中的老生删除,只保留新生,求删除操作运算后的关系新生。

删除运算表达式如下:

$$新生 = 全体学生 - 老生$$

在关系全体学生中删除老生操作运算后的关系新生如表 5-3(c)所示。

表 5-3 关系的删除运算实例

(a) 关系:全体学生

学号	姓名	性别	年龄
201001	张华	男	20
201002	李红	女	19
201003	王一	男	21
201101	赵丽	女	18
201102	李来	男	19
201103	周军	男	17

(b) 关系:老生

学号	姓名	性别	年龄
201001	张华	男	20
201002	李红	女	19
201003	王一	男	21

(c) 关系:新生

学号	姓名	性别	年龄
201101	赵丽	女	18
201102	李来	男	19
201103	周军	男	17

3. 修改

修改关系 R 内的元组内容可用下面的方法实现:

(1) 设需修改的元组构成关系 $R1$,则先做删除,将 R 删除 $R1$ 得:$R-R1$

(2) 设 $R1$ 修改后的元组构成关系 $R2$,此时将其插入即得到结果:$(R-R1) \cup R2$

【例 5-4】 有一个关系新生 1,其内容如表 5-4(a)所示,要将周军同学的年龄改为 18 岁,设周军同学的原关系为周军 1,其内容如表 5-4(b)所示,修改后的关系为周军 2,其内容如表 5-4(c)所示,求修改操作运算后的关系新生 2。

按本题要求,修改操作运算过程为:先删除后插入。

运算表达式如下:

$$新生 2 = (新生 1 - 周军 1) \cup 周军 2$$

操作运算后的关系新生 2 如表 5-4(d)所示。

5.4.3 查询

用于查询的三个操作无法用传统的集合运算表示,需要引入一些新的运算。

表 5-4　关系的修改运算实例

（a）关系：新生 1

学号	姓名	性别	年龄
201101	赵丽	女	18
201102	李来	男	19
201103	周军	男	17

（b）关系：周军 1

学号	姓名	性别	年龄
201103	周军	男	17

（c）关系：周军 2

学号	姓名	性别	年龄
201103	周军	男	18

（d）关系：新生 2

学号	姓名	性别	年龄
201101	赵丽	女	18
201102	李来	男	19
201103	周军	男	18

1. 投影运算

对于关系内的属性指定而引入新的运算叫投影运算。投影运算是一个一元运算，一个关系 R 通过投影运算（并由该运算给出所指定的属性）后仍为一个关系。这个关系是 R 中投影运算所指出的那些列所组成的关系。设 R 有 n 个列：$A_1, A_2, \cdots, A_n$，则在 R 上对列 $A_{i1}, A_{i2}, \cdots, A_{im}(A_{ij} \in \{A_1, A_2, \cdots, A_n\})$ 的投影可表示成为下面的一元运算：

$$\pi A_{i1}, A_{i2}, \cdots A_{im}(R)$$

【例 5-5】　有一个关系学生 1，其内容如表 5-5（a）所示，要求从关系学生 1 中查询所有学生的姓名与年龄并组成新的关系学生 2，求查询操作运算后的关系学生 2。

要从关系学生中查询所有学生的姓名与年龄并组成新的关系学生 2，此运算为投影运算。投影运算表达式如下：

$$学生 2 = \pi_{姓名,年龄}(学生 1)$$

投影操作运算后的关系学生 2 如表 5-5（b）所示。

表 5-5　关系的投影运算实例

（a）关系：学生 1

学号	姓名	性别	年龄
201101	赵丽	女	18
201102	李来	男	19
201103	周军	男	17

（b）关系：学生 2

姓名	年龄
赵丽	18
李来	19
周军	17

2. 选择(selection)运算

选择运算也是一个一元运算,关系 R 通过选择运算(并由该运算给出所选择的逻辑条件)后仍为一个关系。这个关系是由 R 中那些满足逻辑条件的元组所组成的。设关系的逻辑条件为 F,则 R 满足 F 的选择运算可写成为:

$$\sigma_F(R)$$

逻辑条件 F 是一个逻辑表达式,它由下面的规则组成。

它可以具有 $\alpha\theta\beta$ 的形式,其中 α 和 β 是域(变量)或常量,但 α 和 β 又不能同为常量,θ 是比较符,称为条件运算符,它可以是 $<$、$>$、$\leqslant$、$\geqslant$、$=$ 及 $\neq$。$\alpha\theta\beta$ 叫基本逻辑条件。

若干个基本逻辑条件经逻辑运算得到值为真或假的结果,逻辑运算符由数据与 $\wedge$(并且)、$\vee$(或者)及 $\sim$(否)构成,称为复合逻辑条件。

【例 5-6】 有一个关系学生 1,其内容如表 5-6(a)所示,要求从关系学生 1 中查询男生的信息并组成新的关系学生 2,求查询操作运算后的关系学生 2。

要从关系学生 1 中查询男生的信息并组成新的关系学生 2,此运算为选择运算。选择运算表达式如下:

$$学生 2 = \sigma_{性别=男}(学生 1)$$

投影操作运算后的关系学生 2 如表 5-6(b)。

表 5-6　关系的选择运算实例

(a) 关系:学生 1

学号	姓名	性别	年龄
201101	赵丽	女	18
201102	李来	男	19
201103	周军	男	17

(b) 关系:学生 2

学号	姓名	性别	年龄
201102	李来	男	19
201103	周军	男	17

有了投影和选择两个运算后,就可以对一个关系内的任意行、列的数据方便地进行查询。

3. 笛卡儿积运算

对于两个关系的合并操作可以用笛卡儿积表示。设有 n 元关系 R 及 m 元关系 S,它们分别有 p、q 个元组,则关系 R 与 S 经笛卡儿积记为 $R \times S$,该关系是一个 $n+m$ 元关系,元组个数是 pq,由 R 与 S 的有序组组合而成。

【例 5-7】 有两个关系学生和成绩,其内容如表 5-7(a)和表 5-7(b)所示,求它们的笛卡儿积运算后的关系学生成绩。

笛卡儿积运算表达式如下:

$$学生成绩 = 学生 1 \times 成绩$$

笛卡儿积操作运算后的关系学生成绩如表 5-7(c)所示。

通过观察笛卡儿积运算的结果,发现该运算结果并不是我们想要的查询结果,该运算将不同学号的同学也连接在一起组成一个元组,这样的元组其实是没有任何意义的,或者说是错误的连接查询结果。

4. 连接与自然连接运算

在例 5-7 中我们发现，虽然可以用笛卡儿积建立两个关系间的连接，但这样得到的关系庞大，数据大量冗余，而且有一些不相干的数据连接在一起，没有实际意义。在实际应

表 5-7　关系的笛卡儿积运算实例

（a）关系：学生

学号	姓名	性别	年龄
201001	张华	男	20
201002	李红	女	19

（b）关系：成绩

学号	课程号	成绩
201101	101	81
201101	102	76
201102	101	90

（c）关系：学生成绩

学号	姓名	性别	年龄	学号	课程号	成绩
201001	张华	男	20	201101	101	81
201001	张华	男	20	201101	102	76
201001	张华	男	20	201103	101	90
201002	李红	女	19	201101	101	81
201002	李红	女	19	201101	102	76
201002	李红	女	19	201102	101	90

用中一般两个相互连接的关系往往须满足一些条件，所得到的结果也较为简单，这样就引入了连接运算与自然连接运算。

连接运算又可称为 θ 连接运算，这是一种二元运算，通过它可以将两个关系合并成一个大关系。设有关系 R、S 以及比较式 $i\theta j$，其中 i 为 R 中的域，j 为 S 中的域，θ 含义同前。则可以将 R、S 在域 i，j 上的 θ 连接记为

$$R \underset{i\theta j}{|\times|} S$$

它的含义可用正式定义：

$$R \underset{i\theta j}{|\times|} S = \sigma_{i\theta j}(R \times S)$$

即 R 与 S 的 θ 连接是由 R 与 S 的笛卡儿积中满足限制 $i\theta j$ 的元组构成的关系，一般其元组的数目远远少于 $R \times S$ 的数目。应当注意的是，在 θ 连接中，i 与 j 须具有相同域，否则无法作比较。

在 θ 连接中，如果 θ 为"＝"就称为等值连接；如果 θ 为"＜"就称为小于连接；如果 θ 为"＞"就称为大于连接。

【例 5-8】 设有关系 R、S 分别如表 5-8(a) 和表 5-8(b) 所示，则 $T1 = R \underset{D>E}{|\times|} S$ 为如表 5-8(c) 所示的关系，$T2 = R \underset{D=E}{|\times|} S$ 为如表 5-8(d) 所示的关系。

在实际应用中最常用的连接是名为自然连接的一种特例。它满足下面的条件：

(1) 两关系间有公共域。

表 5-8　关系的连接运算实例

(a) 关系 R

A	B	C	D
1	2	3	4
5	6	7	8
9	10	11	3

(b) 关系 S

E	F
3	4
6	5
15	6

(c) $T1 = R\underset{D>E}{|\times|}S$

A	B	C	D	E	F
1	2	3	4	3	4
5	6	7	8	3	4
5	6	7	8	6	5

(d) $T2 = R\underset{D=E}{|\times|}S$

A	B	C	D	E	F
9	10	11	3	3	4

(2) 通过公共域的相等值进行连接。

自然连接就是去掉重复值的等值连接。

设有关系 R 和 S，R 有域 A_1、A_2、$\cdots$、A_n，S 有域 B_1、B_2、$\cdots$、B_m，并且，A_{i1}、A_{i2}、$\cdots$、A_{ij} 与 B_1、B_2、$\cdots$、B_j 分别为相同域，此时它们的自然连接可记为 $R|\times|S$。

【例 5-9】 有两个关系学生和成绩，其内容如表 5-9(a) 和表 5-9(b) 所示，求它们的自然连接运算后的关系学生成绩。

自然连接运算表达式如下：

$$学生成绩 = |\times| 成绩$$

自然连接操作运算后的关系学生成绩如表 5-9(c) 所示。

表 5-9　关系的自然连接运算实例

(a) 关系：学生

学号	姓名	性别	年龄
201001	张华	男	20
201002	李红	女	19

(b) 关系：成绩

学号	课程号	成绩
201101	101	81
201101	102	76
201102	101	90

(c) 关系：学生成绩

学号	姓名	性别	年龄	课程号	成绩
201001	张华	男	20	101	81
201001	张华	男	20	102	76
201002	李红	女	19	101	90

5. 交运算

关系 R 与 S 经交运算后所得到的关系是由那些既在 R 内又在 S 内的有序组所组成，记为 $R \cap S$。

交运算可由基本运算推导而得：

$$R \bigcap S = R - (R - S)$$

【例 5-10】 有两个关系英语社团和计算机社团,其内容如表 5-10(a)和表 5-10(b)所示,求同时参加了英语社团和计算机社团的学生,设新的关系名为多兴趣学生。

求同时参加了英语社团和计算机社团的学生,即那些既在英语社团内又在计算机社团内的学生,实际上就是两个关系英语社团和计算机社团的交运算。

交运算的运算表达式如下:

多兴趣学生＝英语社团∩计算机社团＝英语社团－(英语社团－计算机社团)

两个关系交运算后的关系多兴趣学生如表 5-10(c)所示。

表 5-10　关系的交运算实例

(a) 关系：英语社团

学号	姓名	性别	年龄
201001	张华	男	20
201002	李红	女	19
201003	王一	男	21

(b) 关系：计算机社团

学号	姓名	性别	年龄
201002	李红	女	19
201004	赵力	男	20
201003	王一	男	21

(c) 关系：多兴趣学生

学号	姓名	性别	年龄
201002	李红	女	19
201003	王一	男	21

6. 除运算

如果将笛卡儿积运算看作乘运算的话,那么除运算就是它的逆运算。当关系 $T = R \times S$ 时,则可将除运算写成:

$$T \div R = S$$

或

$$T/R = S$$

S 称为 T 除以 R 的商。

由于除是采用逆运算,因此除运算的执行是需要满足一定条件的。设有关系 T、R,T 能被除的充分必要条件是:T 中的域包含 R 中的所有属性;T 中有一些域不出现在 R 中。

在除运算中 S 的域由 T 中那些不出现在 R 中的域所组成,对于 S 中的任一有序组,由它与关系 R 中每个有序组所构成的有序组均出现在关系 T 中。

【例 5-11】 有两个关系学生和课程,其内容如表 5-11(a)和表 5-11(b)所示,关系学生给出了学生修读课程的情况,关系课程给出了所有课程号,求修读所有课程的学生号,设新的关系名为全修课学生。

求修读所有课程的学生号,就是求两个关系的除法。

除运算的运算表达式为:

全修课学生＝学生/课程

两个关系除运算后的关系全修课学生如表 5-11(c)所示。

表 5-11　关系的除运算实例

(a) 关系：学生

学号	课程号
201001	101
201001	103
201002	101
201002	102
201002	103
201003	101

(b) 关系：课程

课程号
101
102
103

(c) 关系：全修课学生

学号
201002

5.4.4　关系代数的应用实例

关系代数虽然形式简单,但它已经足以表达对表的查询、插入、删除及修改等要求。关系数据库的查询语言一般是非过程语言,即仅仅说明要查询的要求,而不说明如何去进行查询。最终,通过查询优化技术解决了此问题,而对于查询语句(即代数表达式)本身的优化即代数优化是最基本的技术。下面通过一个例子来体会一下如何将关系代数应用于查询。

【例 5-12】　有三个关系模式学生、课程和选修,每个关系模式内容如下:

学生(学号,姓名,性别,年龄)

课程(课程号,课程名,学时)

选修(学号,课程号,成绩)

写出对关系模式学生、课程和选修查询的表达式:

(1) 查询课程的所有信息:

课程

(2) 查询课程名为高等数学课程的课程号:

$$\pi_{课程号}(\sigma_{课程名=高等数学}(课程))$$

(3) 查询学生年龄大于等于 19 岁的学生姓名:

$$\pi_{姓名}(\sigma_{年龄\geqslant19}(学生))$$

(4) 查询课程号为 101,且成绩大于 80 分的所有学生姓名:

$$\pi_{姓名}(\sigma_{课程号=101\wedge成绩>80}(学生|\times|选修))$$

注意:这是一个涉及两个关系的检索,此时需用连接运算。

(5) 查询学号 201101 所修读的所有课程名及成绩:

$$\pi_{课程名,成绩}(\sigma_{学号=201101}(课程|\times|选修))$$

(6) 查询女同学所修读的课程名和成绩:

$$\pi_{课程名,成绩}(\sigma_{性别=女}(学生|\times|选修|\times|课程))$$

注意:这是涉及三个关系的检索,此时需用三个关系的连接运算。

5.5 结构化查询语言 SQL

5.5.1 SQL 概述

SQL 是英文 Structured Query Language 的缩写,意为结构化查询语言,SQL 是关系型数据库管理系统的标准语言。

SQL 语言的主要功能是与各种数据库建立联系,进行沟通。SQL 语句可以用来执行各种各样的操作,例如更新数据库中的数据、查询数据等。目前,绝大多数流行的关系型数据库管理系统,如 Microsoft SQL Server、Oracle、Sybase、Access 等都采用了 SQL 语言标准。虽然很多数据库对 SQL 语句进行了再开发和扩展,但是标准的 SQL 命令仍然可以被用来完成几乎所有的数据库操作。

SQL 主要具有以下特点:

(1) SQL 是一种高度非过程化的语言,它无须一步一步地告诉计算机"如何去做",而只需要告诉计算机"做什么"。

(2) SQL 是一体化语言,它包括了数据定义、数据查询、数据操纵、数据控制等方面的功能,它可以完成对数据库的全部操作。

(3) SQL 语言虽然只有为数不多的几条命令,但功能非常强大。另外,SQL 非常接近于英文自然语言,易学易用。

(4) SQL 既可以直接以命令方式交互使用,也可以嵌入程序设计语言中以程序方式使用。无论 SQL 以何种方式使用,SQL 的语法基本是一致的。

SQL 语言具有数据库管理系统的三大语言功能,即数据定义语言、数据操纵语言和数据控制语言。以三种语言中的命令完成表 5-12 中的功能。数据定义语言有 3 条命令:CREATE、DROP、ALTER;数据操纵语言有 4 条命令:INSERT、UPDATE、DELETE、SELECT;数据控制语言有两条命令 GRANT、REVOKE。

表 5-12 SQL 命令动词

SQL 功能	命令动词	SQL 功能	命令动词
数据定义	CREATE、DROP、ALTER	数据查询	SELECT
数据修改	INSERT、UPDATE、DELETE	数据控制	GRANT、REVOKE

5.5.2 数据定义

1. 创建表格

SQL 语言中的 CREATE TABLE 语句被用来建立新的数据库表。

CREATE TABLE 语句的使用格式如下:

```
CREATE TABLE 表名 (<列名 1><数据类型 (列宽度)>[列级完整性约束条件],
<列名 2><数据类型 (列宽度)>[列级完整性约束条件],
<列名 3><数据类型 (列宽度)>[列级完整性约束条件]);
```

格式中"<>"表示里面的数据不能省略,"[ ]"中的数据允许省略,在实际应用中输入命令时不能输入"<>"与"[ ]"。

【例 5-13】 建立一个表,表名为"学生",它由学号、姓名、性别和年龄 4 个属性组成,其中学号不能为空,值是唯一的。

```
CREATE TABLE 学生 (学号 CHAR(9) NOT NULL UNIQUE,姓名 CHAR(10),性别 CHAR(2),年龄
INT);
```

简单地说,创建新表格时,在关键字 CREATE TABLE 后面加入所要建立的表格的名称,然后在括号内依次设定各列的名称、数据类型及可选的限制条件等。注意,对于 SQL 语句在结尾处的";"符号是 SQL 标准语言规定的,在不同的数据库管理系统软件中各软件有各自的规定,因此运行命令时要根据所使用软件的规定来决定是否在命令结尾处加分号。

数据类型用来设定某一个具体列中数据的类型。例如,在姓名列中只能采用字符型的数据类型,而不能使用数值型的数据类型。

SQL 语言中较为常用的数据类型为:

CHAR(size):固定长度字符串,其中括号中的 size 用来设定字符串的最大长度,一个字符的长度为 1,一个汉字的长度为 2。CHAR 类型的最大长度为 255B。

VARCHAR(size):可变长度字符串,最大长度由 size 设定。

NUMBER(size):数字类型,其中数字的最大位数由 size 设定。

NUMBER (size,d):数字类型,size 决定该数字总的最大位数,而 d 则用于设定该数字在小数点后的位数。在数据库的数字类型中小数点要算一位。

INT:整数。

DATE:日期类型。

最后,在创建新表格时需要注意的一点就是表格中的列级完整性约束条件。所谓列级完整性约束条件就是前面学习过的用户定义的完整性约束条件,即当向特定列输入数据时所必须遵守的规则。

例如,UNIQUE 这一约束条件要求某一列中不能存在两个值相同的记录,所有记录的值都必须是唯一的。除 UNIQUE 之外,较为常用的列的限制条件还包括 NOT NULL 和 PRIMARY KEY 等。NOT NULL 用来规定表格中某一列的值不能为空,PRIMARY KEY 则为表格中的所有记录规定了唯一的标识符,即主关键字,也称为主索引。

2. 修改表格结构

SQL 语言用 ALTER TABLE 语句修改表的结构。

ALTER TABLE 语句的使用格式如下:

```
ALTER TABLE<表名>[ADD<新列名><数据类型 (列宽度)>][列级完整性约束条件][DROP<列级
```

完整性约束条件>]

[MODIFY<列名><数据类型 (列宽度)>]][列级完整性约束条件];

其中<表名>是要修改的表名,ADD 子句用于增加新列和新的完整性约束条件,DROP子句用于删除指定的列完整性约束条件,MODIFY 子句用于修改原有的列定义,包括修改列名和数据类型。

【例 5-14】 向"学生"表中加入属性"专业",数据类型为字符型。

```
ALTER TABLE 学生 ADD 专业 CHAR(10);
```

无论原表中是否有数据,新增加的列均为空值。

SQL 语言没有删除属性列的语句,因此要实现删除列,需要间接完成这个任务,即将保留的列及其内容复制到一个新表中,再删除原表,然后再将新表名重新命名为原表的名字。

3．删除表格

在 SQL 语言中使用 DROP TABLE 命令删除某个表以及该表中的所有记录。

DROP TABLE 命令的使用格式为:

```
DROP TABLE<表名>;
```

【例 5-15】 删除"学生"表。

```
DROP TABLE 学生;
```

如果用户希望将某个数据库表格完全删除,只需要在 DROP TABLE 命令后输入希望删除的表格名称即可。

5.5.3 数据修改

1．向表中插入数据

SQL 语言使用 INSERT 语句向数据库表中插入或添加新的数据行。

INSERT 语句的使用格式如下:

```
INSERT INTO<表名>[(列名 1,列名 2,…)]VALUES(<常量 1>[,<常量 2>]…);
```

【例 5-16】 将一个新学生记录(学号:201104,姓名:赵南,性别:男,年龄:18 岁)插入到"学生"表中。

```
INSERT INTO 学生 (学号,姓名,性别,年龄)VALUES ('201104','赵南','男',18);
```

简单来说,当向数据库表格中添加新记录时,在关键字 INSERT INTO 后面输入所要添加的表格名称,然后在括号中列出将要添加新值的列的名称。最后,在关键字VALUES 的后面按照前面输入的列的顺序对应地输入所有要添加的记录值。注意,字符串被包含在单引号内。

2. 更新记录

SQL 语言使用 UPDATE 语句更新或修改满足规定条件的现有记录。

UPDATE 语句的格式为：

UPDATE<表名>SET<列名 1>=<表达式>[,<列名 2>=<表达式>…][WHERE<条件>];

【例 5-17】 将"学生"表中学号为 20114 的学生年龄改为 19 岁。

UPDATE 学生 SET 年龄=19 WHERE 学号='201104';

【例 5-18】 将"学生"表中所有学生的年龄增加 1 岁。

UPDATE 学生 SET 年龄=年龄+1;

3. 删除记录

SQL 语言使用 DELETE 语句删除数据库表中的记录(元组)。

DELETE 语句的格式为：

DELETE FROM<表名>[WHERE<条件>];

【例 5-19】 删除"学生"表中学号为 201104 的学生记录。

DELETE FROM 学生 WHERE 学号='201104';

简单地说,当需要删除某一行或某个记录时,在 DELETE FROM 关键字之后输入表格名称,然后在 WHERE 子句中设定删除记录的判断条件。注意,如果用户在使用 DELETE FROM 语句时省略了 WHERE 子句,则表格中的所有记录将全部被删除。

注意,不要将 DELETE 命令与 DROP TABLE 命令混淆。DELETE 命令删除表中的记录之后,该表仍然存在,而且表中列标题的信息不会改变。而 DROP TABLE 命令则会将整个数据库表格的所有信息全部删除。

5.5.4　数据查询

在 SQL 命令中,SELECT 语句是使用最频繁的。SELECT 语句主要被用来对数据库进行查询并返回符合用户查询标准的数据结果。

SELECT 语句的语法格式如下：

SELECT[ALL|DISTINCT]<列表达式 1>[,<列表达式 2>…]
FROM<表名 1>[,<表名>2]…
[WHERE<条件表达式>]
[GROUP BY<列名 1>[HAVING<条件表达式>]]
[ORDER BY<列名 2>[ASC|DESC]];

SELECT 语句含义为：根据 WHERE 子句的条件表达式从 FROM 子句指定的基本

表中找出满足条件的元组,再按 SELECT 子句中的列表达式选出元组中的属性形成新的表。如果有 GROUP 子句,则将结果按<列名 1>的值进行分组,该属性列值相等的元组为一个组。如果 GROUP 子句有 HAVING 短语,则只有满足指定条件的组才能输出。如果有 ORDER 子句,则结果还要按<列名 2>值的升序(ASC)或者降序(DESC)进行排序。

在下面的查询命令中,以前面的三个关系模式为例:

学生(学号,姓名,性别,年龄)

课程(课程号,课程名,学时)

选修(学号,课程号,成绩)

1. 基本查询

【例 5-20】 查询课程的所有信息。

SELECT * FROM 课程;

【例 5-21】 查询学生的姓名和年龄。

SELECT 姓名,年龄 FROM 学生;

2. 条件查询

SELECT 语句中的 WHERE 子句用来规定哪些数据值或哪些行将被作为查询结果返回或显示。在 WHERE 条件中可以使用以下一些运算符来设定查询标准:

＝ 等于	<> 不等于
> 大于	>＝ 大于等于
< 小于	<＝ 小于等于

【例 5-22】 查询课程名为高等数学课程的课程号。

SELECT 课程号 FROM 课程 WHERE 课程名='高等数学';

【例 5-23】 查询学生年龄大于等于 19 岁的学生姓名。

SELECT 姓名 FROM 学生 WHERE 年龄>=19;

除了上面所提到的运算符外,LIKE 运算符在 WHERE 条件子句中也非常重要。

通过使用 LIKE 运算符可以设定只选择与用户规定格式相同的记录,还可以使用通配符"％"用来代替任何字符串。

【例 5-24】 查询姓张的学生信息。

SELECT * FROM 学生 WHERE 姓名 LIKE '张％';

SELECT 关键字支持用户查询数据表中指定字段的所有数据,如果用户希望只查询那些具有不同记录值的信息的话,可以使用 SQL 语言的 DISTINCT 关键字。

【例 5-25】 查询不及格学生的学号。

SELECT DISTINCT 学号 FROM 选修 WHERE 成绩<60;

3. 计算查询

为了增强对运算的支持能力,SQL 提供了众多实用的运算函数供广大用户使用。例如,SUM、AVG 和 COUNT 是可以用于计算的常用函数。

【例 5-26】 查询成绩表中所有学生成绩的平均分。

```
SELECT 学号,AVG(成绩) FROM 选修;
```

【例 5-27】 计算学生人数。

```
SELECT COUNT(学号)FROM 学生;
```

4. 分组查询 GROUP BY

在例 5-26 中,用 AVG 函数计算所有学生的成绩平均分。如果希望计算每名学生的平均分时该怎么办呢? 要实现这一目的需要做两件事:首先,需要查询学生学号和成绩两个字段;其次,使用 SELECT 语句中的 GROUP BY 子句将成绩按照不同的学号进行分组,从而计算出每个学生的平均成绩。

【例 5-28】 查询成绩表中每名学生成绩的平均分。

```
SELECT 学号,AVG(成绩) FROM 选修 GROUP BY 学号;
```

用户在使用 SQL 语言的过程中可能希望解决的另一个问题就是对由运算函数计算的结果进行限制。例如,我们可能只希望看到成绩表选了三门以上课程的学生平均成绩的信息,这时就需要使用 HAVING 从句。

【例 5-29】 查询成绩表中选修了三门以上课程的学生成绩的平均分。

```
SELECT 学号,AVG(成绩) FROM 选修 GROUP BY 学号 HAVING COUNT(*)>3;
```

5. 多表连接查询

通过对两个有公共属性的表的查询,可以实现连接查询。例如学生表和选修表的公共属性是"学号",课程表与选修表的公共属性是"课程号"。可以利用对学生表和选修表的"学号"对这两个表进行自然连接查询,利用对课程表和选修表的"课程号"对这两个表进行自然连接查询,还可以通过"学号"和"课程号"对三个表进行自然连接查询。

【例 5-30】 查询课程号为 101,且成绩大于 80 分的所有学生的姓名:

```
SELECT 姓名 FROM 学生,选修
WHERE 课程号='101' AND 成绩>80 AND 学生.学号=选修.学号;
```

【例 5-31】 查询学号 201101 所修读的所有课程名及成绩:

```
SELECT 课程名,成绩 FROM 课程,选修
```

WHERE 学号='201101'AND 课程.课程号=选修.课程号;

【例 5-32】 查询女同学所修读的课程名和成绩：

SELECT 课程名,成绩 FROM 学生,选修,课程
WHERE 性别='女'AND 学生.学号=选修.学号 AND 课程.课程号=选修.课程号;

5.5.5 数据控制

1. 授权

SQL 语言用 GRANT 语句向用户授予操作权限。

GRANT 语句的格式为：

GRANT <权限>[,<权限>]…[ON <对象类型><对象名>] TO <用户>[,<用户>]…[WITH GRANT
OPTION];

其功能是将对指定操作对象的指定操作权限授予指定的用户。

对属性列的操作权限有：查询(SELECT)、插入(INSERT)、修改(UPDATE)、删除(DELETE)以及这 4 种权限的总和(ALL PRIVILEGES)。

对表的操作权限有：查询(SELECT)、插入(INSERT)、修改(UPDATE)、删除(DELETE)、修改表结构(ALTER)和建立索引(INDEX)以及这 6 种权限的总和(ALL PRIVILEGES)。

对数据库可以有建立表(CREATE TABLE)的权限,该权限属于 DBA。可以由 DBA 授予普通用户。

接受权限的用户可以是一个或者多个用户,也可以是全体用户(PUBLIC)。

如果命令中设定了 WITH GRANT OPTION 子句,则获得某种权限的用户也可以把这种权限再授予其他用户。若命令中没有 WITH GRANT OPTION 子句,则获得某种权限的用户只能使用该权限,不能再把该权限授予其他用户。

【例 5-33】 把查询"学生"表的权限授予所有用户。

GRANT SELECT ON TABLE 学生 TO PUBLIC;

2. 收回授权

SQL 语言用 REVOKE 语句由 DBA 或其他授权者收回权限。

REVOKE 语句的格式为：

REVOKE <权限<[,<权限<]…[ON<对象类型<<对象名<] FROM<用户<[,<用户<]…;

【例 5-34】 收回所有用户对"学生"表查询的权限。

REVOKE SELECT ON TABLE 学生 FROM PUBLIC;

大学计算机基础教程

5.6 数据库系统设计

数据库设计是建立数据库及其应用系统的技术，是数据库应用的核心。数据库设计是指对于给定的应用环境构造最优的数据库模式，建立数据库及其应用系统。

5.6.1 数据库设计概述

在数据库应用系统中的一个核心问题就是设计一个能满足用户要求、性能良好的数据库，这就是数据库设计。大型数据库的设计和开发是涉及多学科的综合性技术，其开发周期长、耗资多、风险大，对从事数据库设计的专业人员来说应该具备多方面的技术和知识。

在设计一个实际应用系统的数据库时，考察应用单位的数据有两种不同的观点：一种是数据的描述观点。按照这种观点，数据是对应用单位的各种事物及其相互关系的描述，应用单位确定了，相应的描述数据也基本确定了，数据具有客观性。另一种是数据的使用观点，即从使用的角度来考察数据的观点。从这种观点看到的数据是局部的，而且随着使用者的需求而变化，数据具有主观性。这两种数据观点分别与上述从信息需求及处理需求中考察数据的观点相一致。因此，对数据库设计有两种方法，一种是以信息需求为主，兼顾处理需求，称为面向数据的方法；另一种是以处理需求为主，兼顾信息需求，称为面向过程的方法。这两种方法目前都有使用，在早期由于应用系统中处理多于数据，因此以面向过程的方法使用得较多，而近期由于大型系统中的数据结构复杂、数据量庞大，而数据在系统中的稳定性高，数据已成为系统的核心，因此面向数据的设计方法已成为主流方法。

数据库设计目前一般采用生命周期法，即将整个数据库应用系统的开发分解成目标独立的若干阶段：需求分析阶段、概念设计阶段、逻辑设计阶段、物理设计阶段、编码阶段、测试阶段、运行阶段及系统维护阶段。在数据库设计中采用上面几个阶段中的前4个阶段，并且重点以数据结构与模型的设计为主线，如图5-9所示。后几个阶段在软件工程中一并进行。

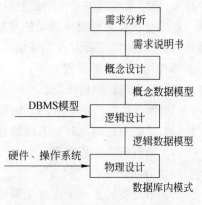

图 5-9 数据库设计的 4 个阶段

5.6.2 数据库设计的需求分析

需求分析就是分析用户的要求，这个阶段是设计数据库的起点，需求分析的结果是否准确地反映了用户的实际要求，将直接影响到后面各个阶段的设计以及设计结果是否合理。

1. 需求分析的任务

需求分析是数据库设计的第一阶段,这一阶段收集到的基础数据和一组数据流图(Data Flow Diagram,DFD)是下一步设计概念结构的基础。概念结构是整个组织中所有用户关心的信息结构,对整个数据库设计具有深刻影响。而要设计好概念结构,就必须在需求分析阶段用系统的观点来考虑问题、收集数据、分析数据及数据处理。

需求分析阶段的任务是通过详细调查现实世界要处理的对象(组织、部门、企业等),充分了解原系统的工作概况,明确用户的各种需求,然后在此基础上确定新系统的功能。新系统必须充分考虑今后可能的扩充和改变,不能仅按当前应用需求来设计数据库。

详细调查的重点是数据和处理,通过调查可以获得每个用户对数据库的要求:

1)信息要求

指用户需要从数据库中获得信息的内容与性质。由信息要求可以导出数据要求,即在数据库中需存储哪些数据。

2)处理要求

指用户要完成什么处理功能,对处理的响应时间有何要求,处理的方式是批处理还是联机处理。

3)安全性和完整性的要求

设计人员必须不断地与用户交流,以便逐步确定用户的实际需求,然后分析和表达这些需求,确定系统的安全性与完整性要求。

需求分析是整个设计活动的基础,也是最困难、最花时间的一步。需求分析人员既要懂得数据库技术,又要对应用环境的业务比较熟悉。

调查用户需求的步骤如下:

(1)调查组织机构情况。

(2)调查各部门的业务活动情况。

(3)协助用户明确对新系统的各种要求。

(4)确定新系统的边界。

调查方法如下:

(1)亲身参加业务工作以了解业务活动的情况。

(2)开调查会了解业务活动情况及用户需求。

(3)请专人介绍有关业务活动的情况。

(4)询问某些调查中的问题。

(5)填写调查表。

(6)查阅与原系统有关的数据记录。

2. 需求分析的方法与工具

分析和表达用户的需求,经常采用的方法有结构化分析方法和面向对象的分析方法。

结构化分析方法(Structured Analysis,SA)采用自顶向下、逐层分解、模块化的方式分析系统。

需求分析中的常用工具有数据流图、数据字典、判定表和判定树。数据流图表达了数据和处理过程的关系,数据字典对系统中数据的详尽描述是各类数据属性的清单。对数据库设计来讲,数据字典是进行详细的数据收集和数据分析所获得的主要结果。处理过程中的处理逻辑常常使用判定表或判定树来描述。

1) 数据流图

数据流图是用图示来表达数据和处理过程的关系。

图 5-10 给出的是顶层数据流图,该图表现的是系统概要,若要反映更详细的内容,可将处理功能分解为若干子功能,每个子功能还可以继续分解,直至把系统工作过程表示清楚为止。可以用 1 层、2 层等数据流图来表示一级级的子功能,形成若干层次的数据流图。

图 5-10 系统顶层数据流图

系统的数据将借助数据字典来描述。

2) 数据字典

数据字典是各类数据描述的集合,它通常包括 5 个部分:

(1) 数据项:是数据的最小单位。

(2) 数据结构:是若干数据项有意义的集合。

(3) 数据流:可以是数据项,也可以是数据结构,表示某一处理过程的输入或输出。

(4) 数据存储:处理过程中存取的数据,常常是手工凭证、手工文档或计算机文件。

(5) 处理过程:需要描述处理的说明性信息。

数据字典是在需求分析阶段建立,在数据库设计过程中不断修改、充实、完善的。

需求分析阶段建立的数据字典,在以后的设计阶段将得到不断的修改和补充,它是建立数据库应用系统的基础。因此如何将应用系统中的数据组织好显得十分重要,数据字典便是组织这类数据的一种有效方式。

3) 数据字典的管理

存放在一般数据库中的数据是为单位的管理人员所需要的数据。这类数据描述了现实世界中的各类事物及其相互间的关系,如关于学生、课程、成绩等的数据。而数据库的分析设计人员或数据库管理员感兴趣的是另外一类数据,即关于数据的数据,它们用来描述前一类数据的基本特征,如数据的名称、类型、宽度、值域以及如何被使用等特性,这些用来描述数据基本特征的数据称为元数据,数据字典就是管理和控制元数据的工具。

现在的数据字典都是由计算机实现的。数据字典系统类似于 DBMS,只是管理的对象为元数据。数据字典系统按其和 DBMS 的关系可分为以下几种不同的表现方式。

(1) 独立系统。独立于信息系统中的 DBMS 而自成系统,显然它和 DBMS 的选择没有关系,这就有可能在需求分析阶段选定一个系统投入使用,当然需要一笔额外的软件开销。目前市场上不少产品中的中心信息库系统(含有数据字典功能)是独立系统,在这种系统中,元数据是借助于需求分析工具在分析过程中采集的,不需要二次输入,集成度高,一致性强,但要和将来的信息系统中的 DBMS 所管辖的有关元数据保持一致比较困难。

(2) 基于 DBMS 的一个应用系统。数据字典系统和信息系统共用一个 DBMS,数据是一个独立的库。由于可共享 DBMS 的功能,因而节省了一份软件开销,实现两库之间的数据交换也比较容易。但这种方案要求在系统开发的早期便能提供合适的 DBMS,通常这是很难办到的。另外一种方案是利用单位已有的 DBMS 来建立数据字典系统,开发比较容易,借助于异构数据库系统的互联技术,有可能与未来的信息系统中的数据库系统实现数据的互联互通。

(3) DBMS 内含的数据字典。这种方式下的数据字典作为 DBMS 管理下的一个用户数据库,元数据的定义、操作、检索等功能都由 DBMS 提供,用户并不感到在使用一个特定的数据字典。其优点是结构紧凑,没有额外的软件开销,元数据不会有重复。其明显的缺点是完全依赖于 DBMS。

3. 需求分析规格说明书

需求分析阶段的最后成果是需求分析规格说明书。

需求分析规格说明书是在需求分析活动后建立的文档资料,它是对开发项目需求分析的全面描述。需求分析规格说明书的内容有需求分析的目标、任务、具体需求说明、系统功能与性能、运行环境等。

需求分析规格说明书是需求分析阶段的结果产品,是用户和开发人员对开发系统的需求取得认同的基础上的文字说明。需求分析规格说明书要由用户、领导和专家相结合进行评审。它是以后各个设计阶段的主要依据,也是进行数据库评价的依据。需求分析规格说明书必须交与用户讨论研究,取得用户的认可。

需求分析是一项技术性很强的工作,应该由有经验的专业技术人员完成,如系统分析员、数据库管理员 DBA,而需求分析阶段用户的参与和支持也是很重要的,如果没有用户的积极参与,需求分析将不能顺利进行。因此,需求分析要取得用户的支持,同他们一起完成需求分析工作。

5.6.3 数据库概念设计

1. 数据库概念设计概述

将需求分析阶段的结果抽象为概念模型的过程就是概念结构设计,它是数据库设计的关键。因此,数据库概念设计的任务就是设计 E-R 模型。

数据库概念设计的目的是分析数据间的内在语义关联,在此基础上建立一个数据的抽象模型。数据库概念设计的方法有以下两种:

1）集中式模式设计法

这是一种统一的模式设计方法，它根据需求由一个统一机构或人员设计一个综合的全局模式。这种方法设计简单方便，它强调统一与一致，适用于小型或并不复杂的单位或部门，而对大型的或语义关联复杂的单位则并不适合。

2）视图集成设计法

这种方法是将一个单位分解成若干个部分，先对每个部分作局部模式设计，建立各个部分的视图，然后以各视图为基础进行集成。在集成过程中可能会出现一些冲突，这是由于视图设计的分散性形成的不一致所造成的，因此需对视图作修正，最终形成全局模式。

视图集成设计法是一种由分散到集中的方法，它的设计过程复杂，但它能较好地反映需求，适合于大型与复杂的单位，避免设计的粗糙与不周到，目前此种方法使用较多。

2. 数据库概念设计的过程

使用 E-R 模型与视图集成法进行设计时，需要按以下步骤进行：首先选择局部应用，设计分 E-R 图，其次进行局部视图设计，最后对局部视图进行集成得到概念模式。

1）选择局部应用

根据系统的具体情况，在多层的数据流图中选择一个适当层次的数据流图，让这组图中每一部分对应一个局部应用，以这一层次的数据流图为出发点，设计分 E-R 图。

高层数据流图只能反映系统概况，中层的数据流图能较好地反映系统中各局部应用的子系统组成，因此实际中经常以中层的数据流图作为设计分 E-R 图的依据。

2）逐一设计分 E-R 图

选择好局部应用之后，则对每个局部应用逐一设计分 E-R 图。在选好的某一层数据流图中，每个局部应用都对应了一组数据流图，局部应用涉及的数据都已经收入在数据字典中了。要将这些数据从数据字典中抽取出来，参照数据流图，标定局部应用中的实体、实体的属性、实体的码，确定实体之间的联系及类型。

在数据字典中已经定义了若干属性有意义的聚合，如数据结构、数据流、数据存储等。可以先从这些内容定义 E-R 图，然后再进行调整。

在调整中应遵循的原则是：现实世界的事物能作为属性对待的尽量作为属性对待。

作为属性的原则：一是不能再具有需要描述的性质，是不可再分的数据项；二是不能与其他实体有联系。

3）局部视图设计

局部视图设计一般有三种设计次序，它们是：

（1）自顶向下。这种方法是先从抽象级别高且普遍性强的对象开始逐步细化、具体化与特殊化，如学生这个视图可先从学生开始，再分成大学生、研究生等，再进一步由大学生细化为大学本科学生与专科学生，研究生细化为硕士研究生与博士研究生等，每类学生还可以再细化成学号、姓名、性别、年龄、专业等细节。

（2）由底向上。这种设计方法是先从具体的对象开始，逐步抽象，普遍化与一般化，最后形成一个完整的视图设计。

（3）由内向外。这种设计方法是先从最基本与最明显的对象着手逐步扩充至非基本、不明显的其他对象,如学生视图可从最基本的学生开始逐步扩展至学生所读的课程、上课的教室与任课的教师等其他对象。

上面3种方法为视图设计提供了具体的操作方法,设计者根据实际情况灵活运用,可以单独使用,也可以混合使用。有某些共同特性和行为的对象可以抽象为一个实体。对象的组成成分可以抽象为实体的属性。

在进行设计时,实体与属性是相对而言的。同一事物,在一种应用环境中作为"属性",在另一种应用环境中就可能作为"实体"。

4) 视图集成

视图集成的实质是将所有的局部视图统一合并成一个完整的数据模式。

视图集成可以有两种方式:

(1) 多个分E-R图一次集成;

(2) 逐步集成,用累加的方式一次集成两个分E-R图,然后再合成一个完整的E-R图,这种方法可以降低复杂度。

集成局部E-R图需要两个步骤:一是合并,解决各分E-R图之间的冲突,生成初步E-R图;二是修改和重构,以消除不必要的冗余。

在集成过程中由于每个局部视图在设计时的不一致性,因而会产生矛盾,引起冲突,常见冲突有下列几种:

(1) 命名冲突。命名冲突有同名异义和同义异名两种。

(2) 概念冲突。同一概念在一处为实体,而在另一处为属性或联系。

(3) 域冲突。相同的属性在不同视图中有不同的域,如学号在某视图中的域为字符串,而在另一个视图中为整数。有些属性采用不同度量单位也属于域冲突。

(4) 约束冲突。不同的视图可能有不同的约束。

视图经过合并生成的是初步E-R图,其中可能存在冗余的数据和冗余的实体间的联系。冗余数据和冗余联系容易破坏数据库的完整性,给数据库维护增加困难。因此,对于视图集成后所形成的整体的数据库概念结构还必须进行进一步的验证,确保它能够满足下列条件:

(1) 结构内部必须具有一致性,即不能存在互相矛盾的表达。

(2) 能准确地反映原来的每个视图结构,包括属性、实体及实体间的联系。

(3) 能满足需求分析阶段所确定的所有要求。

(4) 最终提交给用户,征求用户和有关人员的意见,进行评审、修改和优化,然后把它确定下来,作为数据库的概念结构,作为进一步设计数据库的依据。

5.6.4 数据库的逻辑设计

1. 从E-R图向关系模式转换

数据库逻辑设计的主要任务是将E-R图转换成指定RDBMS中的关系模式。首先,从E-R图到关系模式的转换是比较直接的,实体与联系都可以表示成关系,E-R图中属性也可以转换成关系的属性,实体集也可以转换成关系。

由 E-R 图转换成关系模式时会遇到的一些转换问题:

1) 命名与属性域的处理

关系模式中的命名可以用 E-R 图中的原有命名,也可另行命名,但是应尽量避免重名,RDBMS 一般只支持有限种数据类型,而 E-R 图中的属性域则不受此限制,如出现有 RDBMS 不支持的数据类型时则要进行类型转换。

2) 非原子属性处理

E-R 图中允许出现非原子属性,但在关系模式中一般不允许出现非原子属性,非原子属性主要有集合型和元组型。如出现此种情况时可以进行转换,其转换办法是集合属性纵向展开而元组属性则横向展开。

3) 联系的转换

在一般情况下联系可用关系表示,但是在有些情况下联系可归并到相关联的实体中。

2. 逻辑模式规范化及调整、实现

1) 规范化

在逻辑设计中还需对关系做规范化验证。

2) RDBMS

对逻辑模式进行调整以满足 RDBMS 的性能、存储空间等要求,同时对模式做适应 RDBMS 限制条件的修改,它们包括如下内容:

(1) 调整性能以减少连接运算。

(2) 调整关系大小,使每个关系数量保持在合理水平,从而可以提高存取效率。

(3) 尽量采用快照,因在应用中经常仅需某固定时刻的值,此时可用快照将某时刻值固定,并定期更换,此种方式可以显著提高查询速度。

3. 关系视图设计

逻辑设计的另一个重要内容是外模式设计,又称为关系视图的设计。关系视图是在关系模式基础上所设计的直接面向操作用户的视图,它可以根据用户需求随时创建,目前的 RDBMS 均提供关系视图的功能。

关系视图的作用如下:

(1) 提供数据逻辑独立性:使应用程序不受逻辑模式变化的影响。数据的逻辑模式会随着应用的发展而不断变化,逻辑模式的变化必然会影响到应用程序的变化,这就会产生极为麻烦的维护工作。关系视图则起了逻辑模式与应用程序之间的隔离墙作用,有了关系视图后,建立在其上的应用程序就不会随逻辑模式修改而产生变化,此时变动的仅是关系视图的定义。

(2) 能适应用户对数据的不同需求:每个数据库有一个非常庞大的结构,而每个数据库用户则希望只知道自己所关心的那部分结构,不必知道数据的全局结构,以减轻用户在此方面的负担。此时,可用关系视图屏蔽用户所不需要的模式,而仅将用户感兴趣的部分呈现出来。

（3）有一定的数据保密功能：关系视图为每个用户划定了访问数据的范围，从而在应用的各用户间起了一定的保密隔离作用。

5.6.5　数据库的物理设计

数据库物理设计的任务是将逻辑设计所得到的模式转换为内模式。数据库的内模式包括记录的存储结构、库文件的存储结构以及访问一个库文件中特定记录的路径。记录的存储结构是指组成一个记录的数据项如何表示、数据项编码怎样压缩存储、记录与记录之间如何连接等；库文件的存储结构的指一个库文件中的记录在存储空间中的位置关系，如记录是一个跟着一个存放的还是按照某种算法来定位的，或者将那些经常在同一访问中涉及的一批记录尽可能地紧挨着存放，形成记录簇集；而访问路径指的是索引等有效地实现访问特定记录的机制。DBMS 包含了对这些基本结构的实现并提供了多种访问机制，所以数据库的物理设计并不是从头开始设计数据库的存储结构，而只能就 DBMS 所提供的各种机制，根据实际应用需求做出适当的选择。整个设计过程由两个紧密相关的活动组成：物理分析和实现决策。物理分析是在前面需求分析的基础上，进一步找出对物理设计决策有用的信息。而实现决策便是根据这些信息，在 DBMS 给定的范围内选择适当的手段，设计出较为合理的数据库存储结构及存取路径。在目前的关系数据库中已大量屏蔽了内部物理结构，因此留给用户参与物理设计的余地并不多，一般的 RDBMS 中留给用户参与物理设计的内容主要有索引设计、集簇设计和分区设计等。

5.6.6　数据库的建立和维护

设计人员在数据库物理设计之后要将其结果严格描述出来，成为数据库管理系统可以接受的源代码，经过编译产生目标程序，接着则是组织数据并输入数据库中。数据库是一种共享资源，它需要维护与管理，这种工作称为数据库管理，而实施此项管理的人则称为数据库管理员（DataBase Administrator，DBA）。数据库管理一般包含如下一些内容：数据库的建立、数据库的调整、数据库的重组、数据库的安全性控制与完整性控制、数据库的故障恢复和数据库的监控。

1. 数据库的建立

数据库的建立包括两部分内容：数据模式的建立及数据加载。

（1）数据模式的建立：建立数据模式由 DBA 负责建立。DBA 利用 RDBMS 中的 DDL 语言定义数据库名，定义表及相应属性，定义主关键字、索引、集簇、完整性约束、用户访问权限，申请空间资源，定义分区，定义视图等。

（2）数据加载：在数据模式定义后即可加载数据。DBA 可以编制加载程序将外界数据加载至数据模式内，从而完成数据库的建立。

一般数据库系统中数据量都很大，而且数据来源于单位中各个不相同的部门，数据的组织方式、结构和格式都与新设计的数据库系统有相当的差距，组织数据录入就要将各类源数据从各个局部应用中抽取出来,输入计算机,再分类转换,最后综合成符合新设计的数据库结构的形式,输入数据库。因此这样的数据转换、组织入库的工作量是很大的。在向新的数据库系统中输入数据时,还要处理大量的纸质文件,工作量就更大。为提高数据输入工作的效率和质量,应该针对具体的应用环境设计一个数据录入子系统,由计算机来帮助完成数据入库的任务。

在设计数据录入子系统时要注意原有系统的特点,例如对原有系统是人工数据处理系统时,尽管新系统的数据结构与原系统有很大差别,在设计数据录入子系统时,尽量让输入格式与原系统结构相近,这不仅使处理手工文件比较方便,更重要的是减少用户出错的可能性,保证数据输入的质量。数据库应用程序的设计应该与数据库设计同时进行,因此在组织数据入库的同时还要调试应用程序。

2. 数据库系统的试运行

在原有系统的数据有一小部分输入数据库后,就可以开始对数据库系统进行联合调试,这也称为数据库系统的试运行。

这一阶段要实际运行数据库应用程序,执行对数据库的各种操作,测试应用程序的功能是否满足设计要求。如果不满足,对应用程序部分则要修改、调整,直到达到设计要求为止。

在数据库试运行时,还要测试系统的性能指标,分析其是否达到设计目标。在对数据库进行物理设计时已初步确定了系统的物理参数值,但一般情况下,设计时的考虑在许多方面只是近似的估计。事实上,有些参数的最佳值往往是经过运行调试后找到的。如果测试的结果与设计目标不符,则要返回物理设计阶段,重新调整物理结构,修改系统参数,某些情况下甚至要返回逻辑设计阶段,修改逻辑结构。经过这样反复修改,最终得到合格的系统。

试运行时应分期分批地组织数据入库,先输入小批量数据做调试用,待试运行基本合格后,再大批量输入数据,逐步增加数据量,逐步完成运行评价。同时,在数据库试运行阶段,由于系统还不稳定,硬件、软件故障随时可能发生。而系统的操作人员对新系统还不熟悉,误操作也不可避免,因此应首先调试运行 DBMS 的恢复功能,做好数据库的转储和恢复工作。一旦故障发生,能使数据库尽快恢复,尽量减少对数据库的破坏。

3. 数据库的运行和维护

数据库试运行合格后,数据库开发工作就基本完成,可以投入正式运行了。由于应用环境的不断变化,数据库运行过程中物理存储也会不断变化,对数据库设计进行评价、调整、修改等维护工作是一个长期的任务,也是设计工作的继续和提高。

1) 数据库的转储和恢复

DBA 要针对不同的应用要求制订不同的转储计划,以保证一旦发生故障能尽快将数据库恢复到某种一致的状态,并尽可能减少对数据库的破坏。因此当数据库中的数据遭受破坏时,需要及时进行恢复。RDBMS 一般都提供此种功能,并由 DBA 负责执行故障恢复功能。

2）数据库的调整

经过一段时间运行后,数据库往往会产生一些不适应的情况,此时需要调整。数据库的调整一般由 DBA 完成,调整包括下面一些内容：

（1）调整关系模式与视图,使之更能适应用户的需求；

（2）调整索引与集簇,使数据库性能与效率更佳；

（3）调整分区、数据库缓冲区大小以及并发度,使数据库物理性能更好。

3）数据库的安全性与完整性控制

DBA 应采取有效措施保证数据不被非法盗用与破坏。在数据库运行过程中,由于应用环境的变化,对安全性的要求也会发生变化,比如有的数据原来是机密的,现在可以公开查询了,而新加入的数据又可能是机密的了,系统中用户的保密级别发生改变等。这些都需要 DBA 根据实际情况修改原有的安全性控制。同样,数据库的完整性约束条件也会随着环境的变化而变化,也需要 DBA 不断修正。此外,为了保证数据的正确性,使录入库内的数据均能保持正确,也需要有数据库的完整性控制。

4）数据库监控

DBA 的又一重要任务就是监督系统运行,对监测数据进行分析,找出改进系统性能的方法。目前许多 DBMS 产品提供了监测系统性能参数的工具,DBA 可以利用这些工具方便地得到系统运行过程中一系列性能参数的值。DBA 需根据这些参数值随时观察数据库的动态变化,并在发生错误、故障或产生不适应情况时随时采取措施；同时还需监视数据库的性能变化,在必要时对数据库作调整。

5）数据库的重组织与重构造

数据库运行一段时间后,由于记录不断增加、删除和修改,数据库的物理存储情况变坏,数据的存取效率降低,数据库性能下降,不断的删除与插入而造成盘区内碎片的增多影响输入/输出速度,同样也造成了集簇的性能下降,造成了存储空间分配的零散化,使一个完整表的存储空间分散,存取效率下降。基于这些原因需要对数据库进行重新整理,重新调整存储空间,这项工作称为数据库重组。数据库重组需要花费大量时间,并做大量的数据搬迁工作。在实际应用中,往往是先做数据卸载,然后再重新加载从而达到数据重组的目的。目前 RDBMS 都提供一定手段来实现数据重组功能。这时 DBA 就要对数据库进行重组,或者部分重组（只对频繁增加、删除和修改的表进行重组）。在重组的过程中,按原设计要求重新安排存储位置、回收垃圾、减少指针链等来提高数据库系统性能。

数据库的重组并不修改原设计的逻辑和物理结构,而数据库的重构造则不同,它是指部分修改数据库的概念模式和内模式。

由于数据库应用环境发生变化,增加了新的应用或新的实体,取消了某些应用,有的实体与实体之间的联系也发生了变化等,使原有的数据库设计不能满足新的需求,需要调整数据库的概念模式和内模式。例如在表中增加或删除某些数据项,改变数据项的类型,增加或删除某个表,改变数据库的容量,增加或删除某些索引等。当然数据库的重构也是有限的,只能做部分修改。如果应用环境变化太大,数据库重组与重构也无法解决问题,说明此数据库应用系统的生命周期已经结束,应该设计新的系统用于应用新的数据库应用环境。

自　测　题

一、思考题

1. 简述计算机数据管理技术的几个发展阶段。
2. 解释名词：数据库、数据库管理系统、实体、关系。
3. 举例说明实体间的三种联系。
4. 简述数据逻辑模型。
5. 简述关系中的数据约束。
6. 简述数据库设计的阶段。

二、选择题

1. 数据库系统的核心是_____。

    A. 数据库　　　　B. 数据库管理系统　　　　C. 数据模型　　　　D. 软件工具

2. 在数据管理技术的发展过程中，经历了人工管理阶段、文件系统阶段和数据库系统阶段。其中数据独立性最高的阶段是_____阶段。

    A. 人工管理　　　B. 文件系统　　　　C. 数据库系统　　　D. 数据项管理

3. 用树型结构来表示实体之间联系的模型称为_____。

    A. 关系模型　　　B. 层次模型　　　　C. 网状模型　　　　D. 数据模型

4. E-R 图中表示联系的图形是_____。

    A. 矩形　　　　　B. 菱形　　　　　　C. 椭圆　　　　　　D. 线段

5. 关系表中的每一行称为一个_____。

    A. 元组或记录　　B. 字段或属性　　　C. 主键　　　　　　D. 外键

6. 关系表中的每一列称为一个_____。

    A. 元组和记录　　B. 字段和属性　　　C. 主键　　　　　　D. 外键

7. 关系数据库管理系统能实现的专门关系运算包括_____。

    A. 排序、索引、统计　　　　　　　　　B. 选择、投影、连接

    C. 关联、更新、排序　　　　　　　　　D. 显示、打印、制表

8. 在关系数据库中，用来表示实体之间联系的是_____。

    A. 树状结构　　　B. 网状结构　　　　C. 线性表　　　　　D. 二维表

9. 数据库逻辑设计的任务是_____。

    A. 设计

    B. 设计 E-R 模型

    C. 将 E-R 模型转换为关系模式

    D. 将逻辑设计所得到的模式转换为内模式

10. 将 E-R 图转换到关系模式时,实体与联系都可以表示为_____。

    A. 属性   B. 关系   C. 键   D. 域

三、填空题

1. 学校开运动会,一个运动员可以参加多个竞赛项目,一个竞赛项目可以有多名运动员参加比赛,则实体"运动员"与实体"竞赛项目"的联系属于_____联系。

2. 数据独立性分为逻辑独立性与物理独立性。当数据的存储结构改变时,其逻辑结构可以不变,因此,基于逻辑结构的应用程序不必修改,称为_____。

3. 数据库系统中实现各种数据管理功能的核心软件称为_____。

4. 数据库管理系统提供三种语言,它们是数据定义语言、数据操纵语言和_____。

5. 关系模型的完整性约束包括实体完整性、参照完整性和_____。

6. 在关系模型中,把数据看成一个二维表,每一个二维表称为一个_____。

7. 数据库系统的体系结构分为三级模式结构,它们是外模式、模式和_____。

8. 在关系数据库管理系统中,三种基本关系运算是选择、_____和自然连接。

第 **6** 章 软件工程基础

软件工程的概念是在 1968 年正式提出的,到现在出现了大量的研究成果,也进行了大量的技术实践。正是由于学术界和业界的共同努力,软件工程正在逐步发展为一门成熟的专业学科,以解决软件生产的质量和效率问题为宗旨,在软件产业的发展中起到了重要的技术保障和促进作用。

6.1 软件工程基本知识

6.1.1 软件的发展

在计算机发展的早期阶段,大多数人把软件看成是不需预先计划的事情。计算机编程很简单,没有什么系统化的方法。软件的开发没有任何管理,一旦计划延迟了或成本提高了,程序员才开始手忙脚乱地弥补,而他们的努力一般情况下也会取得成功。

计算机系统发展的第二阶段跨越了从 60 年代中期到 70 年代末期的十余年。多道程序设计、多用户系统引入了人机交互的新概念。但是存在一系列软件相关的问题,当用户需求发生变化时需要修改;当硬件环境更新时需要适应。这些活动统称为软件维护。在软件维护上所花费的精力开始以惊人的速度消耗资源。而且,许多程序的个人化特性使得它们根本不能维护。为了寻找解决的办法,人们研究开发技术、思想、方法、工具等问题。软件工程就是用工程、科学和数学的原理来研制、维护计算机软件的有关技术与管理方法。

现在,软件既是一种产品,同时又是开发和运行产品的载体。作为一种产品,它表达了由计算机硬件体现的计算潜能,它就是一个信息转换器——产生、管理、获取、修改、显示或转换信息,这些信息可以很简单,也可以很复杂。作为开发运行产品的载体,软件是计算机控制(操作系统)的基础、信息通信的基础,也是创建和控制其他程序的基础。

6.1.2 软件定义与软件特点

计算机软件是计算机系统中与硬件相互依存的另一部分,是包括程序、数据及相关文档的完整集合。其中,程序是软件开发人员根据用户需求开发的用程序设计语言描述的、适合计算机执行的指令(语句)序列。数据是使程序能正常操纵信息的数据结构。文档是与程序开发、维护和使用有关的图文资料。

国标(GB)中对计算机软件的定义为：与计算机系统的操作有关的计算机程序、规程、规则，以及可能有的文件、文档及数据。

软件在开发、生产、维护和使用等方面与计算机硬件相比存在明显的差异。要深入理解软件的定义，需要了解软件的特点：

(1) 软件是一种逻辑实体，而不是物理实体，具有抽象性。

(2) 软件的生产与硬件不同，没有明显的制作过程，可以大量复制。

(3) 软件在运行、使用期间不存在磨损、老化问题。

(4) 软件的开发运行对计算机系统具有依赖性，这导致了软件移植的问题。

(5) 软件复杂性高，成本昂贵。

(6) 软件开发涉及诸多的社会因素。

6.1.3 软件危机与软件工程

软件危机是指在计算机软件开发和维护过程中所遇到的严重问题。实际上，几乎所有的软件都不同程度地存在这些问题。软件危机主要表现在如下一些方面：

(1) 软件需求的增长得不到满足。用户对系统不满意的情况经常发生。

(2) 软件开发成本和进度无法控制。

(3) 软件质量难以保证。

(4) 软件不可维护或维护程度非常低。

(5) 软件的成本不断提高。

(6) 软件开发生产率的提高不及硬件的发展和应用需求的增长。

总之，可以将软件危机归结为成本、质量、生产率等问题。为了解决软件危机，科学家提出了软件工程的思想。

关于软件工程的定义，国标(GB)中指出，软件工程是应用于计算机软件的定义、开发和维护的一整套方法、工具、文档、实践标准的工序。

1993 年 IEEE(Institute of Electrical & Electronic Engineers，电气和电子工程师学会)给出了一个更加综合的定义："将系统化的、规范的、可度量的方法应用于软件的开发、运行和维护的过程，即将工程化应用于软件中。"

软件工程包括 3 个要素：方法、工具和过程。方法是完成软件工程项目的技术手段；工具支持软件的开发、管理、文档生成；过程支持软件开发各个环节的控制、管理。

软件工程的核心思想是把软件产品看作是一个工程产品来处理。

6.1.4 软件工程过程与软件生命周期

1. 软件工程过程(Software Engineering Process)

ISO 9000 定义：软件工程过程是把输入转化为输出的一组彼此相关的资源和活动。

　　　　　　　　大学计算机基础教程

ISO 9000 对软件工程过程的定义支持了它的两方面内涵。

其一，软件工程过程是指为获得软件产品，在软件工具支持下由软件工程师完成的一系列软件工程活动。基于这个方面，软件工程过程通常包含 4 种基本活动：

（1）P(plan)——软件规格说明。规定软件的功能及其运行时的限制。

（2）D(do)——软件开发。产生满足规格说明的软件。

（3）C(check)——软件确认。确认软件能够满足客户提出的要求。

（4）A（action）——软件演进。为满足客户变更要求，软件须在使用的过程中演进。

通常把用户的要求转变成软件产品的过程也叫做软件开发过程。此过程包括对用户的要求进行分析，解释成软件需求，把需求变换成设计，把设计用代码来实现并进行代码测试，有些软件还需要进行代码安装和交付运行。

其二，从软件开发观点看，软件工程过程使用适当资源（包括人员、硬软件工具、时间等）为开发软件进行的一组开发活动在过程结束时将输入（用户要求）转化为输出（软件产品）。

所以，软件工程的过程是将软件工程的方法和工具综合起来，以达到合理、及时地进行计算机软件开发的目的。软件工程过程应确定方法使用的顺序、要求交付的文档资料、为保证质量和适应变化所需要的管理、软件开发各个阶段完成的任务。

2. 软件生命周期

通常，将软件产品从提出、实现、使用维护到停止使用退役的过程称为软件生命周期，如图 6-1 所示。

软件生命周期的主要活动阶段如下：

（1）可行性研究与计划制定。确定待开发软件系统的开发目标和总的要求，给出它的功能、性能、可靠性以及接口等方面的可能方案，制定完成开发任务的实施计划。

（2）需求分析。对待开发软件提出的需求进行分析并给出详细定义，编写软件规格说明书及初步的用户手册，提交评审。

（3）软件设计。系统设计人员和程序设计人员应该在反复理解软件需求的基础上，给出软件的结构、模块和划分、功能的分配及处理流程。在系统比软件复杂的情况下，设计阶段可分解成概要设计阶段和详细设计阶段。编写概要设计说明书、详细设计说明书和测试计划初稿，提交评审。

（4）软件实现。把软件设计转换成计算机可以接受的程序代码。即完成源程序的编码，编写用户手册、操作手册等面向用户的文档，编写单元测试计划。

图 6-1 软件生命周期

（5）软件测试。设计测试用例，检验软件的各个组成部分。编写测试分析报告。

（6）运行和维护。将已交付的软件投入运行，并在运行使用中不断地维护，根据新提出的需求进行必要而且可能的扩充和删改。

6.1.5　软件工程的目标与原则

1. 软件工程的目标

软件工程的目标是,在给定成本与进度的前提下,开发出满足用户需求且其有效性、可靠性、可理解性、可维护性、可重用性、可适应性、可移植性、可追踪性和可互操作性较好的软件产品。

为了达到软件工程的目标,软件工程主要致力于两个方面的理论和技术性研究:软件开发技术和软件工程管理。

1) 软件开发技术

软件开发技术包括软件开发方法学、软件开发过程、软件开发工具和软件工程环境。其主体内容是软件开发方法学。软件开发方法学根据不同的软件类型,按照不同的观点和原则,对软件开发中应遵循的策略、原则、步骤和必须产生的文档资料都做出了规定,使得软件的开发能够进入规范化和工程化阶段,能够克服早期的手工方法生产中的随意性和非规范性做法。

2) 软件工程管理

软件工程管理包括软件管理学、软件工程经济学和软件心理学等内容。

软件工程管理是软件工程化生产时的重要环节,它要求按照预先制定的计划、进度和预算执行,以实现预期的经济效益和社会效益。多数软件开发项目的失败是由于管理不当造成的,软件管理学包括人员组织、进度安排、质量保证、配置管理、项目计划等。

软件工程经济学是研究软件开发中成本的估算、成本效益分析的方法和技术,用经济学的基本原理来研究软件工程开发中的经济效益问题。

软件心理学是软件工程领域具有挑战性的一个全新的研究视角,它是从个体心理、人类行为、组织行为和企业文化等角度来研究软件管理和软件工程的。

2. 软件工程的原则

为了达到上述软件工程目标,在软件开发过程中,必须遵循软件工程的如下基本原则。

(1) 抽象:抽取事物最基本的特性和行为而忽略其非本质的细节。在实施过程中,采用分层次抽象、自顶向下、逐层细化的方法来化解软件开发过程中的复杂性。

(2) 信息隐蔽:采用封装技术,将程序模块的实现细节隐藏起来,并提供尽可能简单的模块接口,以便于和其他模块接装在一起。

(3) 模块化:模块是程序中相对独立的成分,一个模块是一个独立的编程单位。模块应具有良好的接口定义,大小要适当。

(4) 局部化:在一个物理模块内集中逻辑上相互关联的计算资源,保证模块之间具有松散的耦合关系,而模块内部则有较强的内聚性,有助于控制系统的复杂性。

（5）确定性：软件开发过程中所有概念的表达应该是确定的、无歧义的、规范的。

（6）一致性：在程序、数据和文档的整个软件系统的各模块中，应使用已知的概念、符号和术语；程序内部和外部接口应保持一致，系统规格说明与系统行为应保持一致。

（7）完备性：指软件系统不丢失任何重要成分，完全实现系统所需的功能。

（8）可验证性：开发大型软件系统需要对系统自顶向下，逐层分解。系统分解应遵循易于检查、测评、评审的原则，以确保系统的正确性。

6.1.6　软件开发工具与软件开发环境

方法和工具是软件工程学中同一个问题的两个不同方面，方法是工具研制的先导，工具是方法的实在体现。软件工程方法的研究成果最终为软件工具和系统。软件工程环境就是围绕着软件开发的一定目标而组织在一起的一组相关软件工具的有机集合。

1. 软件开发工具

早期的工具主要支持软件生存周期的后期阶段的开发，如编码和调试，这一时期的编程工作量大，质量和进度难以保证，人们将很多精力和时间花费在程序的编制和调试上，而在更重要的软件的需求和设计上反而缺乏必要的精力和时间的投入。

软件开发工具的发展和完善将促进软件开发方法的进步和完善，促成软件开发的高速度和高质量。软件开发工具的发展是从单项工具的开发逐步向集成工具发展的，软件开发工具为软件工程方法提供了自动的或半自动的软件支撑环境。同时，软件开发方法的有效应用也必须得到软件工具的支持，否则方法将难以有效地实施。

2. 软件开发环境

软件开发环境（或称软件工程环境）是全面支持软件开发全过程的软件工具集合。它们按照一定的方法或模式组合在一起，支持软件生命周期内各个阶段中各项任务的完成。

计算机辅助软件工程（Computer Aided Software Engineering，CASE）是当前软件开发环境中富有特色的研究工作和发展方向。CASE 将各种软件工具、开发机器和一个存放开发过程信息的中心数据库组合起来，形成软件工程环境。CASE 的成功产品将最大限度地降低软件开发的技术难度，并使软件开发的质量得到保证。

6.2　结构化分析方法

软件开发方法是软件开发过程中所遵循的方法和步骤，研究和使用软件开发方法的目的在于有效地得到某些满足质量要求的软件产品，即程序和文档。软件开发方法包括分析方法、设计方法和程序设计方法。

结构化方法是指根据某种原理，使用一定的工具，遵循自顶向下、逐步求精、模块化的原则，按照特定步骤工作的软件开发方法。它实际上是由三部分构成的：结构化分析

(Structured Analysis，SA)、结构化设计（Structured Design，SD）和结构化程序设计（Structured Programming，SP），其核心和基础是结构化程序设计理论。

6.2.1 需求分析及其方法

软件需求是指用户对目标软件系统在功能、行为、性能、设计约束等方面的期望和要求。需求分析的任务是发现需求（搞清楚用户需要用软件解决什么问题）、求精、建模和定义需求的过程。需求分析将创建所需的数据模型、功能模型和控制模型。

1. 需求分析的定义

需求分析是指开发人员要进行细致的调查分析以便准确理解用户的要求，将用户的需求陈述转化为完整的需求定义，再由需求定义转换到相应的需求格式说明的过程。1997 年，在 IEEE 软件工程标准词汇表中对需求分析定义如下：

（1）用户解决问题或达到目标所需的条件或权能。

（2）系统或系统部件要满足合同、标准、规范或其他正式规定文档所需具有的条件或权能。

（3）一种反映（1）或（2）所描述的条件或权能的文档说明。

由需求分析的定义可知，需求分析的内容包括提炼、分析和仔细审查已收集到的需求；确保所有利益相关者都明白其含义并找出其中的错误、遗漏或其他不足的地方；从用户最初的非形式化需求到满足用户对软件产品的要求的映射；对用户意图不断进行提示和判断。

2. 需求分析阶段的工作

需求分析阶段的工作可以概括为 4 个方面。

（1）需求获取。需求获取的目的是确定对目标系统的各方面需求，涉及的主要任务是建立获取用户需求的方法框架，并支持和监控需求获取的过程。

在需求获取过程中，要在与用户交流的过程中不断收集用户的各种信息，通过认真理解用户的各种需求，澄清某些模糊的需求，去除不合理的需求，全面地提炼出系统的功能性需求与非功能性需求。一般地，功能性与非功能性需求包括系统功能、物理环境、用户界面、用户因素、资源、安全性、质量保证以及其他约束。

（2）需求分析。对获取的需求进行分析和综合，最终给出系统的解决方案和目标系统的逻辑模型。

（3）编写需求规格说明书。需求规格说明书作为需求分析的阶段成果，可为用户、分析人员和设计人员之间的交流提供方便，可直接支持目标软件系统的确认，还可作为控制软件开发进程的依据。

（4）需求评审。在需求分析的最后一步，要对需求分析阶段的工作进行复审，验证需求文档的一致性、可行性、完整性和有效性。

3. 需求分析方法

常见的需求分析方法有以下两种：

1）结构化分析方法

主要包括面向数据流的结构化分析方法（Structured Analysis，SA）、面向数据结构的 Jackson 方法（Jackson System Development Method，JSD），以及面向数据结构的结构化数据系统开发方法（Data Structured System Development Method，DSSD）。

2）面向对象的分析方法（Object-Oriented Analysis，OOA）

从需求分析建立的模型的特性来分，又分为表态分析方法和动态分析方法。

6.2.2　结构化分析方法

1. 结构化分析方法

结构化分析方法是结构化程序设计理论在软件需求分析阶段的运用。它起源于 20 世纪 70 年代的基于功能分解的分析方法，可帮助我们弄清楚用户对软件的需求。

对于面向数据流的结构化分析方法，按照 DeMaro 的定义："结构化分析就是使用数据流图（DFD）、数据字典（DD）、结构化英语、判定表和判定树等工具，来建立一种新的、称为结构化规格说明的目标文档。"

结构化分析方法着眼于数据流自顶向下、逐层分解、模块化的思想建立系统的处理流程，以数据流图和数据字典为主要工具建立系统的逻辑模型。

结构化分析的步骤如下：

（1）通过对用户的调查，以软件需求为线索，获得当前系统的具体模型。

（2）去掉具体模型中的非本质因素，抽象出当前系统的逻辑模型。

（3）根据计算机的特点分析当前系统与目标系统的差别，建立目标系统的逻辑模型。

（4）完善目标系统并补充细节，写出目标系统的软件需求规格说明。

（5）评审直到确认完全符合用户对软件的需求。

2. 结构化分析的常用工具

结构化分析的常用工具有数据流图、数据字典、判定表和判定树等。

1）数据流图（Data Flow Diagram，DFD）

数据流图是结构化分析方法中用于表示系统逻辑模型的一种工具。它以图形的方式描绘数据在系统中流动和处理的过程，是需求理解的逻辑模型的图形表示。由于它只反映系统必须完成的逻辑功能，所以是一种功能模型，直接支持系统的功能建模。

数据流图从数据传递和加工的角度来刻画数据流从输入到输出的移动变换过程。数据流图中的主要图形元素如图 6-2 所示。

一般地，通过对实际系统的了解和分析后，使用数据流图为系统建立逻辑模型。建立数据流图的步骤如下：

圆或椭圆	表示加工(转换)。输入数据经加工变换产生输出
箭头	表示数据流。沿箭头方向传送数据的通道,在旁边标注数据流名
双杠	表示存储文件(数据源),即处理过程中存放各种数据的文件
方框	表示数据的源点或终点。是系统和环境的接口,属系统之外的实体

图 6-2　数据流图中的主要图形元素

(1) 由外向里:先画系统的输入/输出,然后画系统内部。

(2) 自顶向下:顺序完成顶层、中间层、底层数据流图。

(3) 逐层分解。

数据流图的建立是从顶层开始的,顶层的数据流图(见图 6-3)包含所有相关的外部实体以及它们与软件中间的数据流,其作用主要是描述软件的作用范围,对总体功能、输入/输出进行抽象描述,并反映软件与系统、环境的关系。

图 6-3　顶层数据流图

为了表达数据处理过程中的数据加工情况,用一个数据流图往往是不够的。稍微复杂的实际问题在数据流图上常常出现十几个甚至几十个加工。这样的数据流图看起来很不清楚。层次结构的数据流图能很好地解决这一问题。按照系统的层次结构进行逐步分解,并以分层的数据流图反映这种结构关系,能清楚地表达和容易理解整个系统。

为使所构造的数据流图能够完整、准确、规范地表达系统的数据处理过程,应遵循以下数据流图的构造规则和注意事项。

(1) 对每个加工处理建立唯一、层次性的编号,要求每个加工处理既有输入又有输出。

(2) 数据存储之间不应该有数据流。

(3) 数据流图的一致性:包括数据守恒和数据存储文件的使用。其中有两种不遵守数据守恒规则的情况:

① 某个处理用来产生输入的数据没有输入,即出现遗漏。

② 某个处理的一些输入并未在处理中使用以产生输出。

数据存储(文件)应为数据流图中的读和写,而不是只读不写或只写不读。

(4) 父图、子图关系与平衡规则:相邻两层数据流图之间具有父、子关系,子图代表了父图中某个加工的详细描述,父图表示了子图间的接口。子图个数不大于父图中的处理个数。规定任何一个数据流子图必须与它上一层的一个加工对应,两者的输入数据流和输出数据流必须一致。

例如学生选课的数据流图如图 6-4 所示。

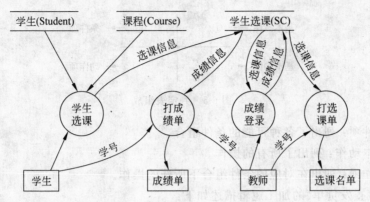

图 6-4　学生选课的数据流图

2) 数据字典(Data Dictionary,DD)

数据字典是结构化分析方法的核心。数据字典是所有与系统相关的数据元素的一个有组织的列表,以及精确的、严格的定义,使得用户和系统分析员对于输入、输出、存储成分和中间计算结果有共同的理解。数据字典把不同的需求文档和分析模型紧密地结合在一起,与各模型的图形表示配合,能清楚地表达数据处理的要求。

概括地说,数据字典就是用来定义数据流图中的各个成分的具体含义的,它以一种准确的、无二义的说明方式为系统的分析、设计及维护提供了有关元素的一致的定义和详细的描述。它和数据流图共同构成了系统的逻辑模型,是需求规格说明书的主要组成部分。

在编制数据字典的过程中,常使用定义式方式来描述数据结构,表 6-1 给出了常用的定义式符号。

表 6-1　定义式符号及说明

符号	含义	例子及说明
=	被定义为	
+	与	x=a+b 表示 x 由 a 和 b 组成
[...|...]	或	x=[a|b]表示 x 由 a 或 b 组成
m{...}m	重复	x=2{a}5 表示 x 中最少出现 2 次 a,最多出现 5 次 a
{...}	重复	x={a}表示 x 由 0 个或多个 a 组成
(...)	可选	x=(a)表示 a 可在 x 中出现,也可不出现
..	连接符	x=1..9,表示 x 可取 1 到 9 中任意一个值
＊＊	注释	

3) 判定表

数据流图中某个加工的一组动作有些情况下依赖于多个逻辑条件的取值。这时,用自然语言或结构化语言都不易描述清楚,而用表的形式则一目了然。当数据流图中的加工要依赖于多个逻辑条件的取值,即当完成该加工的一组动作是由于某一组条件取值的组合而引发的时候,使用判定表描述比较合适。

判定表由 4 部分组成:基本条件、条件项、基本动作和动作项,如图 6-5 所示。

(1) 基本条件:列出了各种可能的条件。

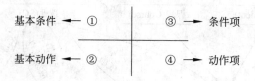

图 6-5　判定表组成

（2）条件项：列出了各种可能的条件组合。

（3）基本动作：列出了所有的操作。

（4）动作项：列出在对应的条件组合下所选的操作。

例如"检查发货单"的加工逻辑描述如下：

用如图 6-6 所示的检查发货单判定表来表示各种条件的发货过程。

条件	序号	1	2	3	4
	发货单金额	＞＄500	＞＄500	≤＄500	≤＄500
	赊欠情况	＞60 天	≤60 天	＞60 天	≤60 天
操作	不发出批准书	√			
	发出批准书		√	√	√
	发出发货单		√	√	√
	发出赊欠报告			√	

图 6-6　"检查发货单"判定表

4）判定树

判定树是判定表的变形，一般情况下它比判定表更加直观，且易于理解和使用。

使用判定树进行描述时，应先从问题定义的文字描述中分清哪些是判定的条件，哪些是判定的结论，根据描述问题中的连接词找出判定条件之间的从属关系、并列关系、选择关系，根据它们构造判定树。

图 6-7 是判定树的示例。

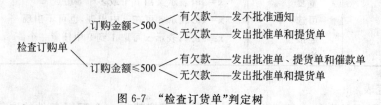

图 6-7　"检查订货单"判定树

6.2.3　软件需求规格说明书

软件需求规格说明书（Software Requirement Specification，SRS）是需求分析阶段的最后成果，是软件开发中的重要文档之一。软件需求规格说明书对所开发的软件的功能、性能、用户界面及运行环境等进行详细的说明。它是在用户与开发人员双方对软件需求取得共同理解并达成协议的条件下编写的,也是实施开发工作的基础。

1. 软件需求规格说明书的作用

(1) 便于用户与开发人员之间的理解和交流。

(2) 反映出用户的问题结构,可作为软件开发工作的基础和依据。

(3) 作为确认测试的验收依据。

2. 软件需求规格说明书的内容

软件需求规格说明书是作为需求分析的一部分而制定的可交付文档。该说明将在软件计划中确定的软件范围加以展开,制定出完整的信息描述、详细的功能说明、恰当的检验标准以及其他与要求有关的数据。

文档内容包括:

(1) 概述。从系统的角度描述软件的目标和任务。

(2) 数据描述。对软件系统所必须解决的问题作出详细说明。

(3) 功能描述。说明了为解决用户问题所需要的每项功能的过程细节,对每项功能要给出处理说明以及在设计时需要考虑的限制条件。

(4) 性能描述。说明系统应达到的性能和应该满足的限制条件、检测的方法和标准、预期的软件响应和可能需要考虑的特殊问题。

(5) 参考文献目录。应包括与该软件有关的全部参考文献。

(6) 附录。包括补充资料,如列表数据、算法详细说明、框图、图表及其他材料。

3. 软件需求规格说明书的特点

软件需求规格说明书是确保软件质量的有力措施,衡量软件需求规格说明书质量好坏的标准、标准的优先级及标准的内涵如下:

(1) 正确性:体现待开发系统的真实要求。

(2) 无歧义性:对每个需求只有一种解释,其陈述具有唯一性。

(3) 完整性:包括全功能、性能、设计、约束、属性或外部接口等方面的需求。

(4) 可验证性:描述的每个需求都是可验证的。

(5) 一致性:各个需求的描述不矛盾。

(6) 可理解性:需求说明书必须简明易懂,尽量少包含计算机的概念和术语。

(7) 可修改性:在需求有必要改变时,应该是易于实现的。

(8) 可追踪性:每个需求的来源、流向是清晰的,当产生和改变文件编制时,可以方便地引证每一个需求。

作为设计的基础和验收依据,软件需求规格说明书应该是精确而无二义的,软件需求规格说明书越精确,日后出现错误、混淆、反复的可能性越小。软件需求规格说明书应该是简单易懂的,以便用户和软件人员都能接受它。其中应尽量少包含计算机的概念和术语,以便用户能看懂并且发现和指出其中的错误,这是保证软件系统质量的关键。

6.3　结构化设计方法

在明确了用户的需求以后,下一步的任务就是对软件系统进行设计。通常可分为概要设计和详细设计。

6.3.1　软件设计的基本概念

分析阶段的需求说明书描述了用户要求软件系统"做什么"。但对于大型系统来说,为了保证软件产品的质量,并使开发工作顺利进行,必须先为编程序制订一个周密的计划,这项工作称为软件设计,设计是为需求说明书到程序之间的过渡架起一座桥梁。

1. 软件设计的基础

软件设计是软件工程的重要阶段,是一个把软件需求转换为软件表示的过程。软件设计的基本目标是用比较抽象概括的方式确定目标系统如何完成预定的任务,即软件设计是确定系统的物理模型。

软件设计的重要性和地位可概括为以下几点:

(1) 软件开发阶段(设计、编码、测试)占据软件项目开发总成本的绝大部分,是在软件开发中保证质量的关键环节。

(2) 软件设计是开发阶段最重要的步骤,是将需求准确地转化为完整的软件产品或系统的唯一途径。

(3) 软件设计做出的决策最终影响软件实现的成败。

(4) 设计是软件工程和软件维护的基础。

从技术观点来看,软件设计包括软件结构设计、数据设计、接口设计和过程设计。

其中,结构设计是定义软件系统各主要部件之间的关系。数据设计是将分析时创建的模型转化为数据结构的定义。接口设计是描述软件内部、软件和协作系统之间以及软件与人之间如何通信。过程设计是将系统结构部件转换成软件的过程性描述。

从工程管理角度来看,软件设计分两步完成:概要设计和详细设计。

概要设计:又称为结构设计。将软件需求转化为软件体系结构,确定系统级接口、全局数据结构或数据库模式。

详细设计:确定每个模块的实现算法和局部数据结构,用适当方法表示算法和数据结构的细节。

软件设计的一般过程:软件设计是一个迭代的过程,先进行高层次的结构设计;后进行低层次的过程设计;穿插进行数据设计和接口设计。

2. 软件设计的基本原理

在软件开发实践中,有许多软件设计的概念和原则,它们对提高软件的设计质量有很大的帮助。

1) 抽象

在现实世界中,事物、状态或过程之间存在共性。把这些共性集中和概括起来,忽略它们之间的差异,这就是抽象。简而言之,抽象就是抽出事物的本质特性而暂时不考虑它们的细节。软件设计中考虑模块化解决方案时,可以定出多个抽象级别。抽象的层次从概要设计到详细设计逐步降低。在概要设计中的模块分层也是由抽象到具体逐步分析和构造出来的。

2) 模块化

模块是数据说明、可执行语句等程序对象的集合,可以对模块单独命名,而且可通过名字访问,例如,过程、函数、子程序、宏等都可作为模块。模块化是指解决一个复杂问题时自顶向下逐层把软件系统划分成若干模块的过程。程序划分成若干个模块,每个模块具有一个确定的子功能,把这些模块集成为一个整体,就可以完成整个系统功能。

为解决复杂问题,在软件设计中必须把整个问题进行分解来降低复杂性,这样就可以减少开发工作量并降低开发成本和提高软件生产率。但是划分模块并不是越多越好,因为这会增加模块之间接口的工作量,所以划分模块的层次和数量应该避免过多或过少。

3) 信息隐蔽

信息隐蔽是指每个模块的实现细节对于其他模块来说是隐蔽的。也就是说,模块中所包括的信息不允许其他不需要这些信息的模块调用。

4) 模块独立性

模块独立性是指每个模块只完成系统要求的独立的子功能,最好与其他模块的联系最少且接口简单,这是评价设计好坏的重要度量标准。模块的独立性可由内聚性和耦合性两个标准来度量。

(1) 内聚性

内聚性是一个模块内部各个元素之间彼此结合的紧密程度的度量。内聚是从功能角度来度量模块内的联系的。简单地说,理想内聚的模块只完成一个子功能。

内聚有以下几种,它们之间的内聚性由弱到强排列如下。

① 偶然内聚:指一个模块完成一组任务,这些任务间的关系很松散,称为偶然内聚。

② 逻辑内聚:指一个模块完成的功能在逻辑上属于相同或相似的一类,通过参数确定该模块完成哪一个功能。

③ 时间内聚:指一个模块包含的任务必须在同一段时间内执行。

④ 过程内聚:指一个模块内各处理元素彼此相关,且必须按特定顺序执行。

⑤ 通信内聚:指一个模块内所有处理功能都通过使用公用数据而发生关系,这种内聚称为通信内聚,也具有过程内聚的特点。

⑥ 顺序内聚:指一个模块中各处理元素和同一个功能密切相关,而且这些处理必须顺序执行,通常前一个处理元素的输出就是下一个处理元素的输入。

⑦ 功能内聚:指模块内所有元素共同完成一个功能,缺一不可,模块已不可再分。这是最强的内聚。

内聚性是信息隐蔽和局部化概念的自然扩展。一个模块的内聚性越强,则该模块的模块独立性越强(见图 6-8)。作为软件结构设计的设计原则,要求每一个模块的内部都具有很强的内聚性,它的各个组成部分彼此都密切相关。

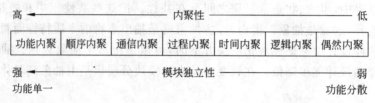

图 6-8 内聚性关系图

(2) 耦合性

耦合性是对一个软件结构内各个模块之间互相连接的紧密程度的度量。耦合的强弱取决于模块间接口的复杂程度、调用模块的方式,以及通过接口的是哪些信息。

耦合分为下列几种,它们之间的耦合度由高到低排列如下:

① 内容耦合:若一个模块直接访问另一个模块的内容,则这两个模块称为内容耦合。它是最高程度的耦合。

② 公共耦合:若一组模块都访问同一全局数据结构,则它们之间的耦合称为公共耦合。

③ 外部耦合:若一组模块都访问同一全局简单变量而不是同一全局数据结构,而且不通过参数表传递变量的信息,则称为外部耦合。

④ 控制耦合:若一个模块明显地将开关量、名字等信息送入另一个模块,控制另一个模块的功能,则称为控制耦合。控制耦合是中等程度的耦合,增加了系统的复杂程度。

⑤ 标记耦合:若两个以上的模块都需要其余某一数据结构子结构时,不使用其余全局变量的方式而是用记录传递的方式,即两模块之间通过数据结构交换信息,这样的耦合称为标记耦合。

⑥ 数据耦合:若一个模块访问另一个模块,被访问模块的输入和输出都是数据项参数,即两模块之间通过数据参数交换信息,则这两个模块为数据耦合。

⑦ 非直接耦合:若两个模块没有直接关系,它们之间的联系完全是通过主模块的控制和调用来实现的,则称这两个模块为非直接耦合。非直接耦合的独立性最强。

从上面关于耦合机制的分类可以看出,一个模块与其他模块的耦合性越强,则其模块独立性越弱(见图 6-9)。

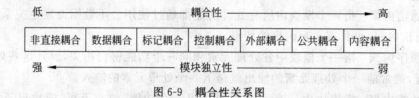

图 6-9 耦合性关系图

耦合与内聚是相互关联的,各模块的内聚性越强,其耦合性越弱。软件设计应尽量做到高内聚、低耦合,从而提高模块的独立性。

6.3.2 概要设计

1. 概要设计的任务

1) 设计软件系统结构

在需求分析阶段已将系统分解成层次结构,而在概要设计阶段,需要进一步分解。

(1) 采用某种设计方法,将一个复杂的系统按功能划分成多个模块。

(2) 确定每个模块的功能。

(3) 确定模块之间的调用关系。

(4) 确定模块之间的接口,即模块之间传递的信息。

(5) 评价模块结构的质量。

2) 数据结构和数据库设计

数据设计是实现需求定义和规格说明过程中提出的数据对象的逻辑表示。

数据设计的具体任务是:确定输入/输出文件的详细数据结构;结合算法设计,确定算法所必需的逻辑数据结构及其操作;确定对逻辑数据结构所必须进行的操作的程序模块,限制和确定各个数据设计决策的影响范围;在需要与操作系统或调试程序接口所必需的控制表进行数据交换时,确定其详细的数据结构和使用规则;数据的保护性设计,即防卫性、一致性、冗余性设计。

数据设计中应注意掌握以下设计原则:

(1) 用于功能和行为的系统分析原则也适用于数据。

(2) 应该标识所有的数据结构以及它们之上的操作。

(3) 应当建立数据字典,并用于数据设计和程序设计。

(4) 低层的设计决策应该推迟到设计过程的后期。

(5) 那些需要直接使用数据结构、内部数据的模块才能看到该数据的表示。

(6) 应该开发一个由有用的数据结构和应用于其上的操作组成的库。

(7) 软件设计和程序设计语言应该支持抽象数据类型的规格说明和实现。

3) 编写概要设计文档

在概要设计阶段,需要编写的文档有概要设计说明书、数据库设计说明书和集成测试计划等。

4) 概要设计文档评审

在概要设计中,为了防止在以后的设计中出现大问题而返工,需要对以下内容进行评审:设计部分是否完整地实现了需求中规定的功能、性能等要求;设计方案的可行性;关键的处理以及内部和外部接口定义的正确性、有效性、各部分之间的一致性等。

在概要设计过程中,常用的软件结构设计工具是结构图(Structure Chart,SC),也称为程序结构图。使用结构图描述软件系统的层次和分块结构关系,它反映了整个系统的功能实现,以及模块与模块之间的联系和通信,描述未来程序中的控制层次体系。

结构图是描述软件结构的图形工具,结构图的基本成分有模块、调用和数据。其基本符号如图 6-10 所示。

模块用一个矩形表示,矩形内注明模块的功能和名字,箭头表示模块间的调用关系。在结构图中还可以用带注释的箭头表示模块调用过程中来回传递的信息。如果希望进一步标明传递的信息是数据还是控制信息,则可用带实心圆的箭头表示传递的是控制信息,用带空心圆的箭头表示传递的是数据。

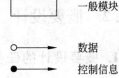

图 6-10　结构图的基本符号

根据结构化设计思想,结构图构成的基本形式如图 6-11 所示。其中(a)、(b)、(c)和(d)分别为基本形式、顺序形式、重复形式和选择形式。

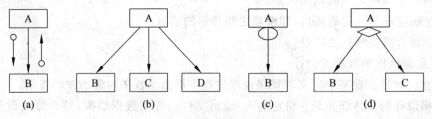

图 6-11　结构图构成的基本形式

常用的结构图有 4 种模块类型:传入模块、传出模块、变换模块和协调模块,其形式和含义如图 6-12 所示。

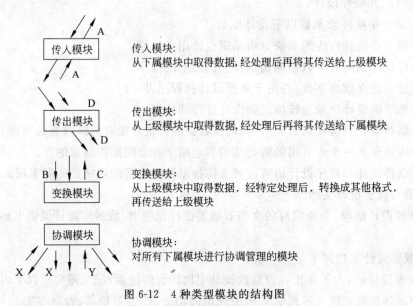

传入模块:
从下属模块中取得数据,经处理后再将其传送给上级模块

传出模块:
从上级模块中取得数据,经处理后再将其传送给下属模块

变换模块:
从上级模块中取得数据,经特定处理后,转换成其他格式,再传送给上级模块

协调模块:
对所有下属模块进行协调管理的模块

图 6-12　4 种类型模块的结构图

下面通过图 6-13 来进一步了解程序结构图的有关名词。

(1) 深度:表示控制的层数。

(2) 上级模块、下属模块:如果有上、下两层模块 A 和 B,且 A 调用 B,则 A 是上级模块,B 是下属模块。

(3) 宽度：整体控制跨度（最大模块数的层）的表示。

(4) 扇入：调用一个给定模块的模块个数。

(5) 扇出：一个模块直接调用的其他模块数。

(6) 原子模块：树中位于叶子节点的模块。

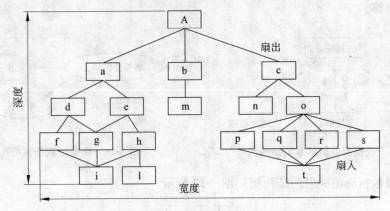

图 6-13　程序结构图的有关名词

2. 面向数据流的设计方法

结构化设计方法属于面向数据流的设计方法。面向数据流的设计要解决的任务就是将数据流图（DFD 图）映射为软件系统的结构。即此类设计方法将用 DFD 图表示的系统逻辑模型方便地转换成对于软件结构的初始设计描述。在结构化设计方法中，软件的结构将用系统结构图来描述。

1）数据流类型

在用面向数据流的设计方法将数据流映射成软件结构时，数据流的类型决定了映射的方法，典型的数据流有两种类型：变换型和事务型。

（1）变换型

变换型是指信息沿输入通路进入系统，同时由外部形式变换成内部形式，进入系统的信息通过变换中心，经加工处理后再沿输出通路变换成外部形式离开软件系统。变换型数据处理问题的工作过程大致分为三个步骤：取得数据、变换数据和输出数据。与之对应，变换型系统结构图由输入、中心变换和输出 3 部分组成，如图 6-14 所示。

图 6-14　变换型数据流结构

变换型数据流图映射的结构图如图 6-15 所示。

（2）事务型

在很多软件应用中，存在某种作业数据流，它可以引发一个或多个处理，这些处理能够完成该作业要求的功能,这种数据流就叫做事务。事务型数据流的特点是接受一项事务,根据事务处理的特点和性质,选择分派一个适当的处理单元(事务处理中心),然后给出结果。将这类数据流归为特殊的一类,称为事务型数据流,如图 6-16 所示。在一个事务型数据流中,事务中心接收数据,分析每个事务以确定它的类型,并根据事务类型选取一条活动通路。

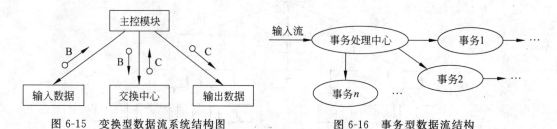

图 6-15 变换型数据流系统结构图   图 6-16 事务型数据流结构

事务型数据流图映射的结构图如图 6-17 所示。

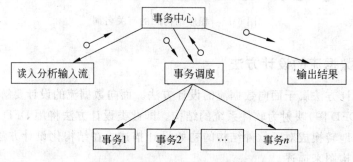

图 6-17 事务型数据流系统结构图

在事务型数据流系统结构图中,事务中心模块按所接收的事务类型选择某个事务处理模块执行,各事务处理模块是并列的。一个事务处理模块可能要调用若干个操作模块,而一个操作模块又可能调用若干个细节模块。

2) 面向数据流设计方法的实施要点与设计过程

面向数据流的结构设计过程和步骤如下:

(1) 分析、确认数据流图的类型,区分属于事务型还是变换型。

(2) 说明数据流的边界。

(3) 将数据流图映射为程序结构。如果是事务流,则区分事务中心和数据接收通路,将其映射成事务结构。如果是变换流,则区分输出和输入分支,将其映射成变换结构。

(4) 根据设计准则对产生的结构进行细化和求精。

3) 变换型数据流图转换成程序结构图的实施步骤

将变换型数据流图映射成软件结构图称为变换分析,其步骤如下:

(1) 确定数据流图是否具有变换特性。一个系统中所有的信息流都可以认为是变换流,但是,对于明显具有事务特性的信息流,最好采用事务分析方法进行设计。

(2) 确定输入流和输出流的边界。划分出输入及变换的输出,独立出变换中心。

（3）进行第一级分解，将变换型映射成软件结构。其中输入数据处理控制模块协调输出信息的产生过程。

（4）按上述步骤，如出现事务流，也可按事务流的映射方式对各个子流进行逐级分解。

（5）对每个模块写一个简要说明，内容包括该模块的接口描述、模块内部的信息、过程陈述、包括的主要判定点及任务等。

（6）利用软件结构的设计原则对软件结构进一步转化。

4）事务型数据流图转换成程序结构图的实施步骤

许多数据处理系统具有事务型的结构，需要用事务分析方法进行设计。虽然在任何情况下都可以使用变换分析方法设计软件结构，但是在数据流具有明显的事务特点时，也就是有一个明显的事务中心时，还是应采用事务分析方法。

将事务型映射成结构图称为事务分析。事务分析的设计步骤与变换分析的设计步骤大致类似，主要差别仅在于由数据流图到软件结构的映射方法不同。它是将事务中心映射成为软件结构中发送分支的调度模块，将接收通路映射成软件结构的接收分支。

3. 设计的准则

人们在软件设计实践中总结出以下设计准则，用于设计和对软件结构图进行优化。

（1）提高模块独立性。依据高内聚低耦合的原则修改程序结构。

（2）模块规模适中。模块增大时，其可理解性大幅度下降。但在分解一个较大的模块时，有可能会增加模块之间的依赖，从而降低模块的独立性。

（3）深度、宽度、扇出和扇入适当。深度大，可能是某些控制模块简单了；宽度大，可能是系统控制集中了；扇出大，意味着模块复杂，需要控制和协调过多的下属模块，这时应增加中间层次；扇出小，则可将下属模块进一步分解或者合并到上级模块中去；扇入大则共享该模块的上级模块数目多。

经验表明，软件设计结构通常以顶层高扇出，中间扇出较少，底层高扇入为好。

（4）将模块的作用域限制在该模块的控制域内。模块的作用域是指模块内一个判定的作用范围，凡是受该判定影响的所有模块都属于该判定的作用域。模块的控制域是指该模块本身以及所有直接或间接从属于它的模块的集合。在一个设计较好的系统中，所有受某个判定影响的模块都应从属于做出判定的那个模块。

（5）减少模块的接口和界面的复杂性。模块的接口复杂是软件容易发生错误的一个主要原因。因此，应该认真设计模块接口，使得信息传递简单且与模块的功能一致。

（6）设计成单入口、单出口的模块。

（7）设计功能可预测的模块。

6.3.3　详细设计

详细设计阶段的工作是在概要设计阶段的基础上考虑"怎样实现"这个软件系统，直到对系统中的每个模块给出足够详细的过程性描述。详细设计的任务是为软件结构图中的每个模块确定实现算法和局部数据结构,用某种选定的表达工具表示算法和数据结构的细节。表达工具可由设计人员自由选择,所选择的工具应该具有描述过程细节的能力,而且能够使程序设计者在编写程序时方便地直接翻译成程序设计语言的源程序。

在过程设计阶段,要对每个模块规定的功能以及算法的设计给出适当的算法描述,即确定模块内部的详细执行过程,包括局部数据组织、控制流、每一步的具体处理要求以及各种实现细节等。其目的是确定如何具体实现系统。

常见的过程设计工具有:

(1) 图形工具:程序流程图、N-S 图、PAD 图、HIPO 图。

(2) 表格工具:判定表。

(3) 语言工具:PDL(伪码)。

1. 程序流程图

流程图是用于描述算法的特殊图形,它由一些描述不同种类的操作的带有说明性文字的图框和描述各操作之间执行顺序的流程线构成。流程图可以形象地描述算法中各步操作的具体内容、相互联系和执行顺序,直观地表明算法的逻辑结构,是使用最多的算法表示法。

构成传统流程图的主要功能框如图 6-18 所示。

按照结构化程序结构的要求,程序流程图构成的任何程序描述的基本符号限制为如图 6-19 所示的几种控制结构。

1) 顺序结构

顺序结构是最基本、最常见的结构(见图 6-19(a)),各操作块按它们出现的先后顺序逐个执行。

2) 选择结构

在算法中,若要根据某一给定的条件是否成立来决定执行几个操作块中的哪一个,则构成选择结构。选择结构又分为双分支结构、单分支结构及多分支选择结构。

双分支结构:当条件成立时执行一个操作块,条件不成立时执行另一个操作块,如图 6-19(b)所示。

单分支结构:当条件不成立时不执行任何操作。

多分支结构:列举多种加工情况,根据控制变量的取值,选择执行其中之一,如图 6-19(c) 所示。

3) 当型循环结构

在算法中,经常需要在某处反复执行一连串的操作,则构成循环结构。需要反复执行的操作块称为循环体。当型循环结构如图 6-19(d)所示,其执行过程是:当给定条件 P1 成立时,反复执行循环体(A 框);条件不成立时终止执行。如果刚开始时条件 P1 就不成立,则一次也不执行循环体。

起止框

输入/输出框

处理框

判断框

流程线

连接点

图 6-18　程序流程图

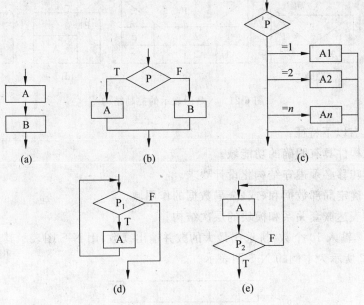

(a)　　　　　　(b)　　　　　　(c)

(d)　　　　　　(e)

图 6-19　5 种控制结构

4）直到型循环结构

直到型循环结构如图 6-19(e)所示，其执行过程是：反复执行循环体（A 框），一直执行到给定条件成立时，终止执行。无论条件 P2 是否成立，至少执行一次循环体。

【例 6-1】 输入 10 个数，挑出最大数并输出它，用流程图表示其算法。

方法是：先输入一个数，假定就是最大数；再输入下一个数，与前一个数比较，保留较大的数；依次输入其他的数，分别与上次保留的数比较并保留较大的数，一直进行到输入 10 个数并比较了 9 次为止，最后保留的就是最大的数。算法流程图如图 6-20 所示。

2. N-S 流程图

N-S 结构化流程图是一种符合结构化设计原则的图形描述工具。在这种流程图中，完全去掉了带箭头的流程线，全部算法写在一个矩形框内，每一种基本结构也是一个框，在该框内还可以包含其他的从属于它的框。N-S 图的顺序结构、选择结构、多分支选择结构、当型循环结构和直到型循环结构分别如图 6-21 所示。

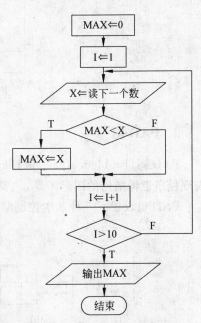

图 6-20　求最大数流程图示例

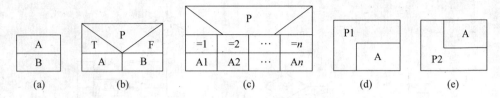

图 6-21　N-S 图表示的控制结构

N-S 图具有以下特征：

(1) 每个构件具有明确的功能域。

(2) 控制转移必须遵守结构化设计要求。

(3) 易于确定局部数据和(或)全局数据的作用域。

(4) 易于表达嵌套关系和模块的层次结构。

【例 6-2】　输入 10 个数，挑选出最大的数并输出读数，用 N-S 图表示其算法。

如图 6-22 所示为本例的 N-S 图表示。

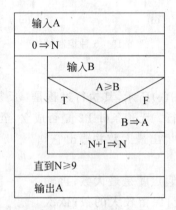

图 6-22　N-S 图的示例

3. PAD 图

PAD 图(Problem Analysis Diagram，问题分析图)是另一种用结构化程序设计思想表现程序逻辑结构的图形工具，主要用于描述软件详细设计。

PAD 也设置了 5 种基本控制结构的图示(见图 6-23)，并允许递归使用。

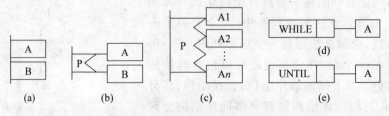

图 6-23　PAD 图的 5 种控制结构

PAD 图具有以下特征：

　　　　　　　大学计算机基础教程

（1）结构清晰，结构化程度高。

（2）易于阅读。

（3）最左端的纵线是程序的主干线，对应程序的第一层结构；每增一层则向右扩展一条纵线，故程序的纵线数与程序的层次数相等。

（4）程序执行：从 PAD 图最左端的主干线上端节点开始，自上而下、自左向右依次执行，程序终止于最左端的主干线。

4. PDL

PDL(Procedure Design Language，过程设计语言)也称为结构化的英语和伪码，它是一种混合语言，采用英语词汇和结构化程序设计语言的语法，类似于程序设计语言。

一般来说，PDL 具有以下特征：

（1）有为结构化构成元素、数据说明和模块化特征提供的关键词语法。

（2）处理部分的描述采用自然语言语法。

（3）可以说明简单和复杂的数据结构。

（4）支持各种接口描述的子程序定义和调用技术。

6.4　结构化程序设计

通过编写程序来解决某个实际问题，首先要理解问题本身的逻辑结构和工作方式，然后再考虑选用哪种程序设计语言或软件开发工具。而在程序设计过程中，还要考虑问题在计算机中如何表示，采用哪种算法，如何编写和调试程序等。另外，如果要解决的问题比较复杂或程序的规模较大，要保证程序的正确性难度较大。因此，学习和运用成熟的程序设计方法，形成良好的程序设计风格显得十分重要。

6.4.1　程序设计方法与风格

虽然程序编码是软件设计的自然结果，程序的质量基本取决于设计的质量，但在软件的生存周期，在对程序进行测试和维护的过程中，人们经常需要阅读程序、跟踪程序的执行过程，因此程序应该尽可能地简洁、清晰、便于阅读和理解。而人们在编写程序时所表现出来的习惯、特点和逻辑思路会影响程序的可读性与可维护性，从而影响程序的质量。因此，当今占主导地位的程序设计风格可简单地概括为"清晰第一，效率第二"。

一般来说，良好的程序设计风格包括以下几个方面。

1. 源程序文档化

所谓源程序文档化，指的是以下几点：

（1）符号名的命名：符号名最好能够"顾名思义"，以便于理解程序的功能。

（2）程序注释：好的注释能够帮助读者理解程序。注释可分为序言性注释和功能性注释。序言性注释通常位于每个程序的开头部分,给出程序的整体说明,描述程序标题、程序功能说明、主要算法、接口说明、程序位置、开发简历、程序设计人员、复审者、复审日期、修改日期等。功能性注释通常嵌入程序体之中,主要描述具体语句或代码段的功能。

（3）书写格式：为了使程序结构清晰、便于阅读,可以在程序中利用空格、空行、缩进等方式使程序层次分明,提高层次的直观性。

2. 数据说明的方法

当程序有大量的数据需要说明,为了便于理解和维护,一般应注意以下几点。

（1）数据说明的次序规范化：不同种类的数据说明次序固定,利于测试、排错和维护。

（2）语句中变量安排有序化：当需要声明多个变量时,变量应按其字母顺序排序。

（3）对于复杂的数据结构,可以使用注释来进行必要的说明。

3. 语句的结构

程序应简洁易懂,语句的书写应注意以下几点。

（1）一行只写一个语句。

（2）优先考虑程序的清晰性。

（3）在对效率没有特殊要求的情况下,编写程序要做到：清晰第一、效率第二。

（4）首先要保证程序正确,然后再考虑如何提高速度。

（5）避免使用临时变量而使程序的可读性下降。

（6）避免不必要的转移。

（7）尽可能使用库函数(由程序设计语言或开发环境提供的函数)。

（8）避免采用复杂的条件语句,尽可能减少使用"否定"条件的条件语句。

（9）采用有利于程序简化的数据结构。

（10）要模块化,每个模块功能尽可能单一,利用信息隐蔽,确保各模块的独立性。

（11）从数据出发去构造程序。

（12）对于不好的程序不做修补,最好重新编写。

4. 输入和输出

一个应用程序能否为用户所接受,常取决于输入/输出风格,设计时需要考虑以下几点。

（1）在输入数据时进行数据的合法性检查。

（2）进行输入项的各种组合的合理性检查。

（3）输入格式要简单,从而使得输入数据时的操作步骤及每一步操作尽可能简单。

（4）允许为数据设置默认值,以便减少要输入的数据个数。

（5）在输入一批数据时,最好使用输入结束标志。

（6）在通过交互式输入/输出方式进行输入时,屏幕上应给出明确的提示信息。

（7）如果程序设计语言(软件开发环境)对输入格式有严格要求,则应保持输入格式与输入语句的一致性,在输出内容中添加必要的注释,并设计输出报表格式。

6.4.2 结构化程序设计

人们研究程序设计的方法用于克服由于软件危机的出现而带来的问题,其中最主要的是结构化程序设计方法。结构化程序设计方法引入了工程思想和结构化思想,使大型软件的开发和编程都得到了极大的改进。结构化程序设计是一种进行程序设计的原则和方法,按照这种原则和方法设计出来的程序的特点是结构良好、易读、易修改、易验证。

1. 结构化程序设计原则

结构化程序设计的原则可以概括为:自顶向下、逐步求精、模块化、限制使用无条件转向(goto)语句。

1)自顶向下

在程序设计过程中,应从总体入手,先考虑全局目标,再考虑局部目标。

2)逐步求精

对于较为复杂的问题,可以设计一些子目标作为过渡,然后逐步细化。

3)模块化

模块化就是将程序要解决的总目标分解为分目标,把复杂问题分解为若干个较为简单的问题,再进一步分解为具体的小目标,其中每个小目标称为一个模块。

4)限制使用 goto 语句

一方面在某些情况下,使用 goto 语句能够提高程序的执行效率;另一方面 goto 语句会造成程序混乱,应限制使用 goto 语句,这样使程序易于理解、易于排查出错误、易于维护,且易于进行正确性证明。

2. 结构化程序设计方法的应用

1)结构化程序设计方法的要点

(1)使用程序设计语言中的语句构造顺序结构、选择结构和循环结构。

(2)每种控制结构只允许有一个入口和一个出口。

(3)使用程序设计语言的语句组成容易识别的程序块,每块只有一个入口和一个出口。

(4)复杂结构通过基本控制结构的组合嵌套形式来实现。

(5)对于程序设计语言中未提供的控制结构,应该采用前后一致的方法来模拟。

(6)尽量不用或少用 goto 语句。

2)结构化程序设计的实施

结构化程序设计是为了得到结构化程序而采用的程序设计方法。结构化程序设计要求设计者对程序首先要有全局的考虑,程序可以分解为几大部分,每一部分的功能,主模块和各个部分之间以及各部分相互之间的联系,以及实现数据联系的方式等。每一部分再分解成更小的部分,这样一层层分解下去,一直分解到基本的功能模块为止。于是一个完整的程序由多个模块组成。模块的调用分为不同的层次。每个模块只允许由三种基本结构组成。

6.5 面向对象程序设计

面向对象程序设计(Object Oriented Programming,OOP)方法是对现实世界的直接模拟,采用通常描述现实世界的方法来描述要解决的问题,并尽量把现实世界中的事物直接用软件系统反映出来。面向对象程序设计方法的研究和实践,解决了传统结构化程序设计方法难以解决的代码重用和维护等问题。

6.5.1 面向对象程序设计思想

结构化程序设计技术大大地降低了程序设计的复杂性,初步缓解了20世纪60年代后期出现的软件危机。然而,随着计算机性能的提高和图形用户界面的推广,应用软件的规模不断扩大,单靠传统的结构化方法已无法解决由此引发的复杂性。软件开发需要新的改革。于是,面向对象程序设计方法应运而生,成为当今程序设计的主流技术。

结构化程序设计中的所有程序均由一组被动的数据和一组能动的过程所组成,称为面向过程的程序设计。这种方式的弱点是问题的模型和求解的模型不相符合。在客观世界中,每一个实体都有自己的内部状态和运动规律。"状态"可映射为"数据","运动"可映射为施加于数据的"操作",二者本来是紧密关联的,但传统的程序设计语言却无法将数据和它的操作"封装"在一起,使程序员在设计程序结构时,只能按功能而不是按客观存在的实体来划分模块,造成求解空间和问题空间的错位,从而增加了程序设计的复杂性。随着软件规模的不断增长,这一矛盾越来越突出。

面向对象程序设计在吸取了结构化程序设计的优点的同时,又考虑了现实世界与面向对象程序设计空间的映射关系。它将数据及对数据的操作封装为对象,作为一个相互依存、不可分割的整体来处理;它采用数据抽象和信息隐蔽技术,将对象以及针对对象的操作抽象成类,以便产生多个同类对象。它可以将与所解决的问题有关的一组对象集成在一起,并使对象之间通过发送消息和接收消息而有机地联系在一起。在面向对象程序设计中,对象是数据和操作的"封装体",而消息则用于实现对象之间的通信。

6.5.2 面向对象程序设计的优点

面向对象程序设计方法的实质是从客观世界固有的事物出发来构造系统,使用人们在现实生活中常用的思维方式来认识、理解和描述客观事物,强调最终创建的系统能够映射问题域,即系统中的对象以及对象之间的关系能够反映问题域中固有的事物及事物之间的联系。

面向对象程序设计方法主要有以下优点。

1．与人们习惯的思维方式一致

每个事物都具有行为和属性两方面的特征。若将表示事物静态属性的数据和表示事物动态行为的操作组织成一个整体，就能完整地、自然地表示客观世界中的实体。基于这种认识，面向对象程序设计形成以对象为核心的方法和技术。对象是以数据和数据的操作构成的封装体，与客观实体有直接的对应关系。对象之间通过传递消息相互联系，以达到模拟现实世界中客观存在的不同事物以及事物之间的联系的目的。

2．稳定性好

面向对象程序设计方法基于构造问题领域的对象模型，以对象为中心构造软件系统。其基本方法是以对象来模拟问题域中的实体，以对象之间的联系来描述实体之间的联系。当系统的功能需求有所变化时，往往进行一些局部性的修改即可，不会引起软件结构的整体变化。

3．可重用性好

软件重用是指在不同的软件开发过程中重复使用相同或相似的软件元素的过程。重用是提高软件生产率的最主要的方法。

传统的软件重用技术是使用标准子程序（函数、过程）库，即通过标准子程序库中已设计好的子程序作为"预制件"来构建新的软件系统。但一般来说，标准库难以适应不同应用场合的不同需要，不是最理想的可重用的软件成分，因而，我们看到在开发一个新的软件系统时，多数子程序是开发者自己编写的。

在面向对象程序设计方法使用的对象中，数据和操作是作为同等重要的成分出现的，对象具有很强的自含性。另外，对象所固有的封装性实现了对象内部与外界的隔离，具有较强的独立性。因而对象提供了比较理想的模块化机制和比较理想的可重用的软件成分。

面向对象软件开发方法在利用可重用的软件成分构造新软件系统时具有很大的灵活性。有两种方法可以重复使用一个对象类：

（1）创建类的实例，从而直接使用这个类。

（2）从该类派生出一个满足当前需要的新类。继承性机制使得子类能够重用父类的数据结构和程序代码，而且可以在不影响父类使用的基础上进行扩充或更新。

4．易于开发大型软件产品

采用面向对象方法来开发软件时，可将一个大型产品看作一系列本质上相互独立的小产品来处理，这就降低了开发的技术难度，而且使得开发工作易于管理。实践证明，将面向对象技术用于大型软件开发时，可以明显降低软件开发成本，提高软件的整体质量。

5．可维护性好

面向对象程序的核心是类（对象），它具有理想的模块机制，独立性好，修改一个类很少涉及其他类,面向对象技术特有的继承性机制使得开发出来的软件易于修改和扩充,一般来说,可以从已有类派生出新的类而不必修改软件原有的成分。

因此,面向对象方法开发的软件稳定性好,易于修改,易于理解,易于测试和调试。

6.5.3 面向对象程序设计方法的基本概念

1. 对象

对象是面向对象程序设计方法中最基本的概念之一。对象是用类来定义的。面向对象程序设计方法中的对象是系统中用来描述客观事物的一个实体,是构成系统的一个基本单位,由一组表示其静态特征的属性和它可执行的一组操作组成。对象可以用来表示客观世界中的任何实体,应用领域内与所要解决的问题有关联的任何事物都可以作为对象,它既可以是具体的物理实体的抽象,也可以是人为的概念,可以是任何有明确边界和意义的东西。例如,一名职工、一个商品、图书的一次借阅、窗口中的一个按钮等,都可以作为一个对象。总之,对象是问题域中某个实体的抽象,创建一个对象就反映出软件系统保存了相关信息并具有与之进行交互的能力。

客观世界中的实体通常既有静态属性又有动态行为,因而,面向对象方法学中的对象是由描述对象属性的数据以及可以施加于这些数据之上的所有操作封装起来的一个整体。对象可以执行的操作表示它的动态行为,通常将对象的操作称为"方法"或"服务"。

属性是对象所包含的信息,它在设计对象时确定,通过执行对象的操作来改变。例如,假定根据已有的一个表示学生的类"student"创建了两个对象"张三"和"李四"来表示两个学生,则这两个对象中包含了"学号"、"姓名"、"性别"、"年龄"等各种属性,如果需要改变某个对象的某个属性值(如"年龄"),则可调用对象中包含的方法(具有给年龄属性赋值的语句)来进行。

操作描述了对象执行的功能,通过消息传递,还可使方法为其他对象所使用。操作的过程对外是封闭的,用户只能看到这一操作执行后的结果。这相当于事先设计好的各种过程。实际上,这个过程已经封装在对象中了,用户也看不到。这就是对象的封装性。

对象具有以下基本特点:

(1) 标识唯一性:对象是互相区分的,是由对象内在本质而不是通过描述来区分的。

(2) 分类性:可将具有相同属性和操作的对象抽象为类。

(3) 多态性:同一个操作可以是不同对象的行为。

(4) 封装性:指将一组数据和与之相关的操作放在一起,形成能动的实体——对象。

通常限制对于表示对象内部状态的数据成员的访问,并对外提供访问外部可见的数据成员的统一接口。在使用对象时,不必了解对象行为的实现细节,只需根据对象提供的外部接口来访问对象。

(5) 模块独立性:对象是面向对象软件的基本模块,由数据及操作数据的方法构成,以数据为中心,围绕数据的需要来设置操作,没有无关的操作。从独立性考虑,对象内部元素彼此结合得很紧密,内聚性强。

2. 类

面向对象程序设计的重点是类的设计。类是指具有共同属性、共同方法的对象的集合。所以类是对象的抽象，是创建对象的模板，它包含所能创建的对象的属性描述和行为特征的定义。而一个对象是它所对应的类的一个实例。

按类创建一个对象的过程称为类的实例化。例如，学生是一个类，而学生张三则是学生类的一个对象。

6.5.4　消息

消息（Message）是面向对象程序设计方法中的另一个重要概念。在面向对象的软件系统中，是通过对象与对象之间彼此协作来完成任务的。对象是集数据和处理能力于一身的独立个体，消息则是事物之间联系的抽象。一个对象既可传送消息给其他对象，也可接收由其他对象传来的消息。例如，在一个对象中封装变量 a 和针对 a 的操作，如加一个数的过程，它接收消息"＋2"后的响应是自主完成加 2 操作，并将结果返回给另一对象。用消息驱动对象来执行相关的程序，是面向对象系统的基本工作模式。

消息是一个实例与另一个实例之间传递的信息，它请求对象执行某个处理或回答某个要求的信息，它统一了数据流和控制流。在消息传递过程中，由发送消息的对象（发送对象）的触发操作产生输出结果，作为消息传送至接收消息的对象（接收对象），引发接收消息的对象一系列的操作。所传送的消息实质上是接收对象所具有的操作（方法）名称，有时还包括相应的参数，如图 6-24 所示。

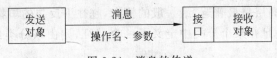

图 6-24　消息的传递

消息中只包含传递者的要求，它通知接收者需要做哪些处理，但并不指示接收者应该怎样完成这些处理。消息完全由接收者解释并自行决定采用什么方式来完成所需要的处理。发送者对接收者不起任何控制作用。

一个对象能够接收不同形式、不同内容的多个消息；相同形式的消息可以送往不同的对象；不同对象对于形式相同的消息可以有不同的解释，做出不同的反应。多个对象可以同时向一个对象传递消息，一个对象也可以将消息同时传递给多个对象。

一个消息由三部分组成：

(1) 接收消息的对象的名称。

(2) 消息标识符（也叫消息名）。

(3) 零个或多个参数。

例如，假定名为 myCircle 的圆是 Circle 类的对象，即 Circle 类的一个实例，如果要求它以蓝颜色在屏幕上显示出来时，则在 C＋＋ 语言中应该向该对象发送下面的消息：

```
myCircle.Show(blue);
```

其中,myCircle 是接收消息的对象的名字,Show 是消息名,blue 是消息的参数。

6.5.5 继承

继承性(Inheritance)是面向对象程序设计的一个主要特征。通过继承可以在已有类的基础上创建一个新的类,新类自然地继承已有类的所有成员,而且可以通过添加、修改或替换等方法进一步扩充和完善,以适应不同的应用需求。这样,就通过继承而省去重复定义成员的烦琐,实现了代码的重用,进而提高了代码的易维护性。

现实世界中的许多实体虽有细微的差别,但往往具有某些共同特征,可以使用层次结构来描述它们之间的相似点和不同点。例如,假定粗略地将人分成职员和学生两大类,则可用如图 6-25 所示的分类树来表示这两类人。

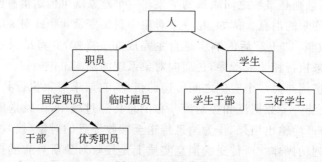

图 6-25　人的分类

在这个图中,最高层是最普遍、最一般的概念,越往下反映的事物越具体,并且下层都包含上层的特征。一旦在某个分类中定义了一个特征,则由该分类细分而成的下层类目都自动包含这个特征。

在这个结构中,由上而下是一个具体化、特殊化的过程;而由下而上是一个抽象化的过程。类的继承关系类似这种分类层次关系。如果一个类继承了另一个类的成员(包括数据成员和成员函数),则称后者为父类或基类,前者为其子类或派生类,派生类从基类派生,类的派生过程可以继续下去,即派生类又可作其他类的基类。这样,就无须从头开始设计每一个类,省去了许多重复性的工作。

继承分为单继承和多重继承两种情况。单继承是指一个类只允许有一个父类,多个类组成一个树型结构。多重继承是指一个类允许有多个父类。多重继承的类可以组合多个父类的特性而构成所需的特性,因而功能更强、使用更方便。但在使用多重继承时要注意避免二义性。

继承性的优点可归纳为:相似的对象可以共享程序代码和数据结构,从而大大减少程序中的冗余信息,提高软件的可重用性,便于软件的修改维护。另外,继承性使得用户在开发新的应用系统时不必从头开始,可以继承已有系统的功能,或从类库中选取需要的类,再派生出新的类,以实现所需的功能。

6.5.6　类的多态性

相同的消息为不同的对象所接收时,可能导致不同的行为,这种现象称为类的多态性。多态性是面向对象程序设计的另一个重要特征。

在面向对象程序设计技术中,子类的对象可以像父类的对象那样使用,同样的消息既可以发送给父类对象,也可以发送给子类对象。多态性允许程序员用向一个对象发送消息的方式来完成一系列动作而不必考虑软件系统如何实现这些动作。

假定有两个分别表示男生和女生的类 maleStu 和 femaleStu,它们都有一个表示朋友的 Friend 属性。在表示某个人的朋友时,既有可能与 maleStu 类的实例相关联,也有可能与 femaleStu 类的实例相关联,这就需要通过类的多态性来实现。多态性意味着可以关联不同的实例,而实例可以属于不同的类。

多态性机制增强了面向对象软件系统的灵活性,进一步减少了信息冗余,而且提高了软件的可重用性和可扩充性。多态性也使得用户能够发送一般形式的消息,而其细节由接收消息的对象来实现。

6.6　软件测试

由于客观系统的复杂性以及人的主观认识的局限性,无论采用哪种开发模型所开发出来的大型软件系统,都可能存在一定程度的缺陷,每个阶段的技术复审也不可能毫无遗漏地查出和纠正所有的设计错误。另外,编码阶段还会引入新的错误。因此,在软件交付使用以前,必须经过严格的软件测试,通过测试尽可能找出软件计划、总体设计、详细设计、软件编码中的错误,并加以纠正,才能得到高质量的软件。软件测试不仅是软件设计的最后复审,也是保证软件质量的关键。

6.6.1　软件测试的目的、准则与方法

软件测试的主要过程涵盖了软件生命周期的全过程,包括需求定义阶段的需求测试、编码阶段的单元测试、集成测试以及后期的确认测试、系统测试,验证软件是否合格、能否交付用户使用等。

软件测试的投入,包括人员和资金的投入都是很大的,一般情况下,软件测试的工作量、成本要占到软件开发总工作量、总成本的 40% 以上,而且有很高的组织管理和技术难度。

1. 软件测试的目的

1983 年,IEEE 将软件测试定义为:使用人工或自动手段来运行或测试某个系统的过程,其目的在于检验它是否满足规定的需求或是弄清预期结果与实际结果之间的差别。

关于软件测试的目的,Grenford J. Myers 在《The Art of Software Testing》一书中给出了更深刻的阐述:

- 软件测试是为了发现错误而执行程序的过程。
- 一个好的测试用例是指很可能找到迄今为正尚未发现的错误的用例。
- 一个成功的测试是发现了至今尚未发现的错误的测试。

Myers 的观点告诉人们,测试要以查找错误为中心,而不是为了演示软件正确功能。

2. 软件测试的准则

(1) 所有测试都应追溯到需求。

软件测试的目的是发现错误,而最严重的错误莫过于那些使得程序无法满足用户需求的错误。

(2) 严格执行测试计划,排除测试的随意性。

在软件测试时,应当制订明确的测试计划并按计划执行。测试计划应包括:所测软件的功能、输入和输出,测试内容、各项测试的目的和进度安排,测试资料、测试工具及测试用例的选择,资源要求、测试的控制方式和过程等。

(3) 充分注意测试中的群集现象。

经验表明,程序中存在错误的概率与该程序中已发现的错误数成正比。这个现象说明,为了提高测试效率,测试人员应该集中对付那些错误群集的程序。

(4) 避免由程序设计者自行检查程序。

为了保证测试效果,应该由独立的第三方来进行测试。因为程序设计者或设计方在自行测试程序时,难以保持客观的态度。

(5) 要认识到穷举测试是不可能的。

所谓穷举测试,是对程序中所有可能的执行路径都进行检查的测试。但在实际测试过程中,不可能穷尽每种组合。即使面对的是规模较小的程序,其路径排列数也是相当大的。因此,测试不能证明程序是正确的。即使在经过了最严格的测试之后,程序中仍可能有潜藏的错误。测试只能查找出程序中的错误,不能证明程序中没有错误。

(6) 妥善保存测试计划、测试用例、出错统计和最终分析报告,为维护提供方便。

3. 软件测试的技术和方法

测试方法研究如何以最少的测试用例集合来测试出程序中更多的潜在错误。如何进行彻底的测试、如何设计测试用例都是测试的关键技术。软件测试方法和技术可按其测试过程是否在实际应用环境中(是否需要执行被测软件)而分为两种:静态测试与动态测试。按照功能来划分则有白盒测试和黑盒测试两种方法。

1) 静态测试

静态测试包括代码检查、静态结构分析、代码质量度量等。静态测试可由人工进行,充分发挥人的逻辑思维优势,也可借助于软件工具自动进行。经验表明,使用人工测试能够有效地发现 30%~70% 的逻辑设计和编码错误。

代码检查主要检查代码和设计的一致性,包括代码的逻辑表达的正确性,代码结构的合理性等方面。这项工作可以发现违背程序编写标准的部分,程序中不安全、不明确和模糊的部分,找出程序中的不可移植部分及违背编程风格的问题,包括变量检查、命名和类型审查、程序逻辑审查、程序语法检查和程序结构检查等内容。代码检查包括代码审查、代码走查、桌面检查、静态分析等几种方式。

(1) 代码审查:小组集体阅读、讲座检查代码。

(2) 代码走查:小组成员通过思考研究、执行程序来检查代码。

(3) 桌面检查:由程序设计者自行检查程序。程序设计者在程序通过编译之后,进行单元测试之前,对源代码进行分析、检验,并补充相关文档,目的是发现程序的错误。

(4) 静态分析:对代码的机械性、程序化的特性分析方法,包括控制流分析、数据流分析、接口分析和表达式分析。

2) 动态测试

动态测试是为了发现错误而执行程序的过程,即根据软件开发各阶段的规格说明和程序的内部结构而精心设计一批测试用例(即输入数据及其预期的输出结果),并利用这些测试用例去运行程序,以发现程序错误的过程。

设计高效、合理的测试用例是动态测试的关键。测试用例是为测试设计的数据,测试用例出测试输入数据和与之对应的预期输出结果两部分组成。测试用例的格式为:

[(输入值集),(输出值集)]

动态测试既可用白盒法对模块进行逻辑结构的测试,又可用黑盒法做功能结构的测试、接口的测试,都是以执行程序并分析执行结果来发现错误的。

6.6.2 白盒测试及测试用例设计

白盒测试也称为结构测试或逻辑驱动测试。它是在程序内部进行的,主要用于完成软件内部操作的验证。

白盒测试方法根据软件产品的内部工作过程,检查内部成分,以确认每种内部操作都符合设计规格要求。白盒测试将测试对象看作一个打开的盒子,允许测试人员利用程序内部的逻辑结构及有关信息来设计或选择测试用例,对程序所有的逻辑路径进行测试。通过在不同点检查程序的状态来了解实际的运行状态是否与预期的一致。

白盒测试的基本原则是:保证所测模块中每个独立路径至少执行一次;保证所测模块中所有判断的每个分支至少执行一次;保证所测模块中每个循环都在边界条件和一般条件下至少各执行一次;验证所有内部数据结构的有效性。

按照白盒测试的基本原则,"白盒"法是穷举路径测试。在使用这一方案时,测试者必须检查程序的内部结构,从检查程序的逻辑着手,得出测试数据。贯穿程序的独立路径数是天文数字,即使每条路径都经过了测试,仍可能有未发现的错误,一般有三个原因:

(1) 穷举路径测试不可能查出程序是否违反了设计规范,即测试的程序本来就是一个错误的程序。

(2) 穷举路径测试不可能查出程序中因遗漏路径而出现的错误。

（3）穷举路径测试可能发现不了一些与数据相关的错误。

白盒测试的主要方法有逻辑覆盖、基本路径测试等。

1．逻辑覆盖测试

逻辑覆盖泛指一系列以程序内部的逻辑结构为基础的测试用例设计技术。通常所说的程序中的逻辑表示有判断、分支、条件等几种形式。

1）语句覆盖

语句覆盖的含义是，选择足够多的测试用例，使被测程序中每个语句至少执行一次。

图 6-26 是一个被测试模块的流程图。为了使每个语句执行一次，程序执行的路径可以是 a、c、e。选择测试数据为 A＝2，B＝0，x＝3。

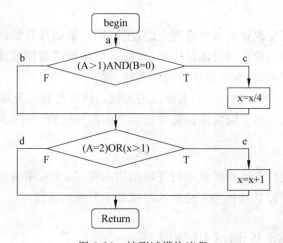

图 6-26　被测试模块流程

语句覆盖是逻辑覆盖中的基本覆盖，但它没有关注判断中的条件有可能隐含的错误。

例如，本例中只测试了两个判定条件为真的情况，如果条件为假时存在的错误则不能发现。此外，语句覆盖只测试判定表达式的值，而未分别测试判定表达式中每个条件取不同值时的情况。测试每个语句，只需两个判断表达式

$$（A>1）AND（B=0）\quad 和\quad （A=2）OR（x>1）$$

都取真值，使用上述一组测试数据就够了。但是，如果程序中第一个判定表达式中的"AND"错写成"OR"，或第二个表达式中的条件">1"误写成"<1"，则使用上面的测试数据不能查出这些错误。

2）判定覆盖

判定覆盖又称为分支覆盖，它的含义是不仅每个语句必须至少执行一次，而且每个判定的每种可能的结果都应该至少执行一次，也就是每个判定的每个分支都至少执行一次。

对于图 6-26，使用表 6-2 的测试数据。

判定覆盖比语句覆盖强，但对程序逻辑的覆盖程度仍然不高，例如，上面的测试数据只覆盖了程序全部路径的一半。如果一个判断中存在多个联立条件，仅保证判断的真假

表 6-2 判定覆盖测试数据

数　　据	覆盖路径	覆盖分支	x 值
A＝2,B＝0,x＝4	ace	TT	2
A＝1,B＝1,x＝0	abd	FF	0

值往往不能发现其中某个作为成员的条件的错误。例如,如果判断条件为"x＜1 OR y＞5",则当其中一个条件为真值时,无论另一个条件是否错误,判断的结果都为真。这说明,仅有判定覆盖还无法保证查出判断条件中的错误,需要更强的逻辑覆盖。

3）条件覆盖

条件覆盖的含义是,不仅每个语句至少执行一次,而且使判定表达式中的每个条件都取到各种可能的结果。

对于图 6-26 中的条件,依次规定 8 种状态:

T1:A＞1;F1:A≤1;

T2:B＝0;F2:B≠0;

T3:A＝2;F3:A≠2;

T4:x＞1;F4:x≤1。

为了达到条件覆盖,测试选择如表 6-3 所示。

表 6-3　条件覆盖测试

数　　据	覆盖路径	覆盖条件	x 值
A＝2,B＝0,x＝4	ace	T1,T2,T3,T4	2
A＝0,B＝1,x＝0	abd	F1,F2,F3,F4	0

条件覆盖通常比判定覆盖强,因为它使判定表达式中每个条件都取到了两个不同的结果,判定覆盖却只关心整个判定表达式的值。但是,也会有这种情况:虽然每个条件都取到了两个不同的结果,判定表达式却始终只取一个值。例如,如果使用下面两组测试数据,则只满足条件覆盖标准,而不满足判定覆盖标准,因为第二个判定表达式的值总为真:

$$A＝2,\quad B＝0,\quad x＝1\quad 和\quad A＝1,\quad B＝1,\quad x＝2$$

因此,条件覆盖虽然深入到判断中的每个条件,但可能会忽略全面的判定覆盖的要求。有必要考虑判断条件覆盖。

4）判定条件覆盖

既然判定覆盖不一定包含条件覆盖,条件覆盖也不一定包含判定覆盖,自然就会有一种能够同时满足这两种覆盖标准的逻辑覆盖,这就是判定条件覆盖。它的含义是,选取足够多的测试数据,使得判定表达式中的每个条件都取到各种可能的值,而且每个判定表达式也都取到各种可能的结果。

对于图 6-26,测试选择如表 6-4 所示。

但是,这两组测试数据也就是为了满足条件覆盖标准最初选取的两组数据,因此,有时判定条件覆盖也并不比条件覆盖更强。

第 6 章　软件工程基础 ——————— 213

表 6-4　判定条件覆盖测试

数　　据	覆盖路径	覆盖条件	x 值
A＝2,B＝0,x＝4	ace	T1,T2,T3,T4	2
A＝2,B＝1,x＝1	abe	T1,F2,T3,F4	2
A＝1,B＝0,x＝3	abe	F1,T2,F3,T4	4
A＝1,B＝1,x＝0	abd	F1,F2,F3,F4	0

因为判定条件覆盖也有缺陷,故对质量要求高的软件单元,可根据情况提出多重条件组合覆盖以及其他更高的覆盖要求。

5）路径覆盖

路径覆盖的含义就是选取足够多的测试数据,从而使程序的每条可能路径都至少执行一次。

路径覆盖是相当强的逻辑覆盖,它可以保证程序中每条可能的路径都至少执行一次,因此这样的测试数据更有代表性,暴露错误的能力也比较强。但是,为了做到路径覆盖,只需考虑每个判定表达式的取值,并未检验表达式中条件的各种可能的组合情况。如果将路径覆盖和条件组合覆盖结合起来,就可以设计出检错能力更强的测试数据。

2. 基本路径测试

上述测试使用的例子只有 4 条路径,但在实际问题中,一个不太复杂的程序中所包含的路径都是非常多的。因此,测试时不得不将路径数压缩到一定限度内。基本路径测试的思想和步骤是,根据软件过程性描述中的控制流程确定程序的环路复杂性度量,用此度量定义基本路径集合,并由此导出一组测试用例,对每条独立执行路径进行测试。

例如有一程序,其程序流程图如图 6-27 所示。

对图中程序流程图确定程序的环路复杂度的方法是:

环境复杂度＝程序流程图中判断框个数＋1

则环路复杂度的值即为要设计测试用例的基本路径数,本例的程序环路复杂度为 3,设计如表 6-5 所示的一组测试用例,覆盖的基本路径是 abf、acef、adcfd。

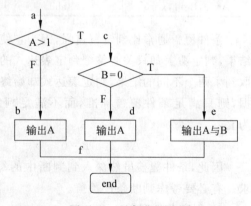

图 6-27　程序流程图

表 6-5　基本路径测试用例

测试用例	通过路径	测试用例	通过路径
[(A=-2,B=0),(输出略)]	abf	[(A=5,B=5),(输出略)]	acdf
[(A=5,B=0),(输出略)]	acef		

6.6.3　黑盒测试及测试用例设计

测试任何产品都有两种方法。如果已经知道了产品应该具有的功能,可以通过黑盒测试来检验是否每个功能都能正常使用。

黑盒测试法也称功能测试或数据驱动测试。将程序看成一个黑盒子,完全不考虑程序的内部结构和处理过程。即黑盒测试是在程序接口处进行的测试,它只检查程序功能是否能按照规格说明书的规定正常使用,程序是否能适当地接收输入数据产生正确的输出信息,并且保持外部信息(如数据库或文件)的完整性。

黑盒测试所进行的诊断主要有:功能不符或遗漏、界面错误、数据结构或外部数据库访问错误、性能错误、初始化和终止条件错误。

黑盒测试方法主要有等价类划分法、边界值分析法、错误推测法、因果图等,主要用于软件确认测试。

1. 等价类划分法

等价类划分法将程序中所有可能的输入数据分类,划分成若干等价类,然后从每个等价类中选取数据作为测试用例,对每个等价类来说,各输入数据对发现程序中的错误的几率都是相同的。

使用等价类划分法设计测试方案时,首先需要划分输入集合的等价类。等价类分为如下几类。

(1) 有效等价类:由合理、有意义的输入数据构成的集合。可以检验程序中符合规定的功能和性能。

(2) 无效等价类:由不合理、无意义的输入数据构成的集合。可以检验程序中不符合规定的功能和性能。

为此,需要研究程序的功能说明,从而确定输入数据的有效等价类和无效等价类。

等价类划分法按以下两步来实施:

(1) 划分等价类。

(2) 根据等价类选取相应的测试用例。

【例 6-3】　使用等价类划分法设计程序的测试方案:输入 A、B、C 三条边的长度,判断能否构成三角形。

满足测试该程序的等价类划分如表 6-6 所示。

表 6-6　输入数据的等价类划分

输入条件	有效等价类	无效等价类
条件1:边长 A,B,C 限制	A>0 且 B>0 且 C>0	A<=0 或 B<=0 或 C<=0
条件2:边长关系限制	A+B>C 且 B+C>A 且 A+C>B	A+B<=C 或 B+C<=A 或 A+C<=B

根据表 6-6 的等价类划分,可以设计以下的测试用例:

（1）为满足输入条件"条件1"和"条件2"的有效等价类所设计的测试用例：

　　　　[(A=3,B=4,C=5),(符合三角形构成条件)]

（2）为满足输入条件"条件1"的无效等价类设计的测试用例：

　　　　[(A=-3,B=4,C=5),(无效输入)]

（3）为满足输入条件"条件2"的无效等价类设计的测试用例：

　　　　[(A=3,B=4,C=8),(无效输入)]

划分等价类时应该掌握的几条原则如下：

（1）如果输入条件规定了确切取值范围，可分为一个有效等价类和两个无效等价类。

（2）如果输入条件规定了输入值的集合，可确定一个有效等价类和一个无效等价类。

（3）如果输入条件是一个布尔量，可确定一个有效等价类和一个无效等价类。

（4）如果输入数据是一组值，且程序要对每个值分别处理。可为每个输入值确定一个有效等价类和一个无效等价类。

（5）如果规定了输入数据必须遵守某些规则，可确定一个有效等价类和若干个无效等价类。

（6）如果已划分的等价类的各个元素在程序中的处理方式不同，需将该等价类进一步划分为更小的等价类。

2. 边界值分析法

边界值分析法是对各种输入/输出范围的边界情况设计测试用例的方法。

实践证明程序错误最容易出现在输入/输出范围的边界处。因此针对各种边界情况设计测试用例，可以查出更多的错误。所谓边界条件，是指相对于输入与输出等价类直接在其边界上，或稍高于其边界，或稍低于其边界的这些状态条件。

边界值分析专门挑选位于边界附近的值作为测试用例。经常把边界值分析方法与其他设计测试用例方法结合起来使用。例如，可用边界值分析法来补充等价类划分方法。

使用边界值分析方法时，要注意以下几点：

（1）如果输入条件规定了取值范围或数据个数，则可选择正好等于边界值、刚刚在边界范围内和刚刚超越边界外的值进行测试。

（2）针对规格说明的每个输入条件，使用上述原则。

（3）对于有序数列，选择第一个和最后一个作为测试数据。

【例6-4】 等价类划分法与边界值分析法结合设计程序的测试方案：输入 A、B、C 三条边的长度，判断能否构成三角形。

对于判断三角形构成的程序，如果在等价类划分法中加入边界值分析的思想，会使等价类划分法更为有效。

（1）为满足输入条件"条件1"的有效等价类设计的测试用例：

　　　　[(A=0,B=4,C=5),(无效输入)]

或　　　[(A=3,B=0,C=5),(无效输入)]

或　　　　[(A=3,B=4,C=0),(无效输入)]

　　（2）为满足输入条件"条件2"的无效等价类设计的测试用例：

　　　　　　[(A=3,B=4,C=7),(无效输入)]

或　　　　[(A=9,B=4,C=5),(无效输入)]

或　　　　[(A=3,B=8,C=0),(无效输入)]

3. 错误推测法

　　使用边界值分析和等价类划分技术，可以设计出具有代表性的、容易查出程序错误的测试方案。但是，不同类型与特点的程序往往还有某些易于出错的特殊情况。有时候分别使用每组测试数据时程序都能正常工作，而这些输入数据的组合却可能检测出程序的错误。一般情况下，一个程序可能的输入组合是非常多的，因此，在必要时，还需要依靠测试人员的经验和直觉，从各种可能的测试方案中选出一些最可能引起程序出错的方案。错误推测法在很大程度上靠直觉和经验进行。

　　错误推测法的基本思想是：列举出程序中所有可能有的错误和容易发生错误的特殊情况，根据它们选择测试用例。错误推测法针对性强，可以直接切入可能的错误，直接定位，是一种非常实用、有效的方法，但它需要丰富的经验和专业知识。

　　实际上，无论是使用白盒测试方法、黑盒测试方法，还是其他测试方法，针对一种方法设计的测试用例往往只适用于查找某种类型的错误，而对其他类型的错误则难以发现，没有一种用例设计方法能够适应全部测试方案。各种方法各有所长，在综合使用各种方法来确定测试方案时，应该在测试成本和测试效果之间取得某种程度的平衡。

6.6.4　软件测试的实施

　　与软件开发过程类似，测试过程也必须分步骤进行，每个步骤在逻辑上是前一个步骤的继续。大型软件系统通常由若干个子系统组成，每个子系统又由许多模块组成。因此，大型软件系统的测试基本上按4个步骤进行：单元测试、集成测试、验收测试（确认测试）和系统测试。通过这些步骤的实施来验证软件是否合格，能否交付用户使用。

1. 单元测试

　　单元测试是对源程序中每个程序单元进行测试，检查各个模块（软件设计的最小单位）是否能够正确实现规定的功能，从而发现各模块内部可能存在的各种错误。

　　单元测试的依据是详细设计说明书和源程序。

　　单元测试的技术可以采用静态分析和动态测试：动态测试通常以白盒测试为主，黑盒测试为辅。

　　单元测试主要针对模块的下列5个基本特性进行。

　　（1）模块接口测试。测试通过模块的数据流。例如，模块的输入参数和输出参数、全局变量、文件属性与操作等都属于模块接口测试的内容。

（2）局部数据结构测试。例如，检查局部数据说明的一致性、数据的初始化、数据类型的一致，以及数据的下溢和上溢等。

（3）重要执行路径的检查。

（4）出错处理测试。检查模块的错误处理功能。

（5）影响以上各点及其他相关点的边界条件测试。

单元测试针对的是某个模块，这样的模块通常并不是一个独立的程序，自己不能运行，要靠其他辅助模块调用或驱动。同时，模块自身也会作为驱动模块去调用其他模块。也就是说，单元测试要考虑它和外界的联系，必须在一定的环境中进行，这些环境可以是真实的，也可以是模拟的。

单元测试经常使用模拟环境，就是在单元测试中，用一些辅助模块去模拟与被测试模块相联系的其他模块，即为被测模块设计和搭建驱动模块和桩模块，如图 6-28 所示。

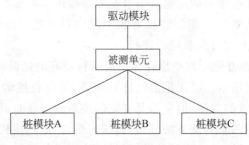

图 6-28　单元测试的测试环境

其中，驱动模块相当于被测模块的主程序。它接收测试数据，并传给被测模块，输出实际测试结果。桩模块通常用于代替被测模块调用的其他模块，其作用仅做少量的数据操作，是一个模拟子程序，不必将模块的所有功能带入。

2．集成测试

集成测试是在单元测试基础上将所有模块按照设计要求组装成一个完整的系统而进行的测试，其主要目的是发现跟接口有关的错误。集成测试的依据是概要设计说明书。

集成测试所涉及的内容包括软件单元的接口测试、全局数据结构测试、边界条件和非法输入的测试等。

集成测试通常采用两种方式：非增量方式组装与增量方式组装。

非增量方式也称为一次性组装方式，是将测试好的每个软件单元一次组装在一起再进行整体测试。

增量方式是将已测试好的模块逐步组装成较大的系统，在组装过程中边连接边测试，以及时发现连接过程中产生的问题，逐步组装至所要求的软件系统。

增量方式包括自顶向下、自底向上、自顶向下与自底向上相结合的混合增量方法。

1）自顶向下的增量方式

按系统程序结构，从主控模块（主程序）开始，将模块沿控制层次自顶向下逐个连接。自顶向下的增量方式在测试过程中能较早地验证主要的控制和判断点。

自顶向下集成测试的方法与步骤如下：

(1) 主控模块作为测试驱动器，附属于主控模块的各模块全都用桩模块代替。

(2) 按照一定的组装次序，每次用一个真模块取代一个附属的桩模块。

(3) 当装入每个真模块时都要进行测试。

(4) 做完每组测试后，再用一个真模块代替另一个桩模块。

(5) 进行回归测试（即重新再做以前做过的全部或部分测试），确定没有新错误发生。

2) 自底向上的增量方式

自底向上集成测试方法是从软件结构的最底层的、最基本的软件单元开始进行集成和测试。在模块的测试过程中，需要从子模块得到的信息可以直接运行子模块得到。由于在逐步向上组装过程中下层模块总是存在，因此不再需要桩模块，但是需要调用这些模块的驱动模块。

自底向上集成测试的方法与步骤如下：

(1) 低层的模块组成簇，以执行某个特定的软件子功能。

(2) 编写一个驱动模块作为测试的控制程序，和被测试的簇连在一起，负责安排测试用例的输入及输出。

(3) 对簇进行测试。

(4) 拆去各个小簇的驱动模块，把几个小簇合并成大簇，再重复进行(2)~(4)步。这样在软件结构上逐步向上组装。

3) 混合增量方式

自顶向下增量方式和自底向上增量方式各有优缺点。自顶向下测试的主要优点是能较早显示出整个程序的轮廓，主要缺点是测试上层模块时使用桩模块较多，很难模拟出真实模块的全部功能，使部分测试内容被迫推迟，直至换上真实模块后再补充测试。

自底向上测试从下层模块开始，设计测试用例比较容易，但是在测试的早期不能显示出程序的轮廓。针对这两种方法的优缺点刚好相反的情况，人们提出了自顶向下与自底向上相结合、从两头向中间逼近的混合式组装方法，被形象地称为"三明治"方法。这种方式综合考虑软件总体结构的设计原则，在程序结构的高层使用自顶向下方式，在程序结构的低层使用自底向上方式。

3. 确认测试

确认测试的任务是验证软件的功能、性能及其他特性是否满足需求规格说明中确定的各种需求，以及软件配置是否完全、正确。

确认测试的实施首先运用黑盒测试方法，对软件进行有效性测试，即验证被测试软件是否满足需求规格说明确定的标准。复审的目的在于保证软件配置齐全、分类有序，以及软件配置所有成分的完备性、一致性、准确性和可操作性，并且包括软件维护所必需的细节。

4. 系统测试

系统测试是将通过测试确认的软件作为整个基于计算机系统的一个元素，与计算机硬件、外设、支持软件、数据和人员等其他系统元素组合在一起,在实际运行(使用)环境下对计算机系统进行一系列的集成测试和确认测试。由此可知,系统测试必须在目标环境下运行,发现和捕捉软件中潜在的错误。

系统测试的目的是在真实的系统工作环境下检验软件是否能与系统正确连接,发现软件与系统需求不一致的地方。

系统测试的具体实施一般包括功能测试、性能测试、操作测试、配置测试、外部接口测试、安全性测试等。

6.7 程序调试

程序调试是在进行了成功测试之后才开始的工作。调试的目的是确定错误的位置和原因并改正错误,因此调试也称为纠错(Debug)。

6.7.1 程序调试的步骤与原则

调试的任务是诊断和改正程序中的错误。在通过软件测试发现了软件的错误之后,需要借助一定的调试工具去找出软件错误的具体位置和原因。软件测试贯穿整个软件生命周期,而调试主要是在开发阶段进行的。

程序调试活动由两部分组成:第一,根据错误的迹象确定程序中错误的确切性质、原因和位置;第二,对程序进行修改,排除这个错误。

1. 程序调试的基本步骤

1) 错误定位

根据错误的外部表现形式来研究程序的有关部分,确定程序中出错的位置,找出错误的内在原因。软件调试的工作量大多是用来确定错误位置的。

从技术角度来看,错误的特征和查找错误的难度在于:

(1) 现象与原因所处的位置可能相距很远。

(2) 在纠正其他错误时,这个错误现象可能会消失或暂时性消失,但并未实际排除。

(3) 现象可能并不是由错误引起的(如舍入误差)。

(4) 现象可能是由于一些不容易发现的人为错误引起的。

(5) 错误现象可能时有时无。

(6) 现象是由于难以再现的输入状态(如实时应用中输入顺序不确定)引起的。

(7) 现象可能是周期出现的,这在软件、硬件结合的嵌入式系统中常会遇到。

2) 修改设计和代码

软件工程人员在分析测试结果的时候会发现,软件运行失效或出现问题,往往只是潜在错误的外部表现,而外部表现与内在原因之间往往没有明显的联系。而找出真正原因、排除潜在错误并非易事。因此说调试是通过现象找出原因的一个思维分析的过程。

3）进行回归测试,防止引进新的错误

修改程序可能带来新的错误,重复进行暴露这个错误的原始测试或某些有关测试,以确认该错误是否已排除、是否引进了新的错误。如果所做的修正无效,则撤销这次改动,重复上述过程,直到找到一个有效的解决办法为止。

2. 程序调试的原则

在软件调试方面,许多原则实际上是心理学方面的问题。因为调试活动由对程序中错误的定性、定位和纠错两部分组成,因此调试原则也从以下两方面考虑。

1）确定错误的性质和位置时应注意的问题

（1）分析思考与错误征兆有关的信息。

（2）避免陷入困境。

（3）只把调试工具当做辅助手段来使用。

（4）避免采用试探法。

2）修改错误的原则

（1）在出现错误的地方可能还有别的错误。

（2）在改正错误时,避免只修改错误的征兆或其表现,而没有改正错误本身。

（3）注意在改正一个错误的同时不引入新的错误,因此必须进行回归测试。

（4）改正错误的过程迫使设计人员再回到程序设计阶段。

（5）修改源代码程序,不要改变目标代码。

6.7.2 软件调试方法

软件调试的关键在于根据测试出的错误的外因来推断程序内部的错误位置及原因。从是否跟踪和和执行程序的角度来看,软件调试分静态调试和动态调试。静态调试是通过人的思考来分析源程序代码并纠错,是主要的调试手段。动态调试是辅助静态调试的。

软件调试过程中采用的方法主要有强行排错法、回溯法、原因排除法等。

1. 强行排错法

强行排错法是依靠系统调试跟踪工具,或将信息打印显示出来,进行普遍的查找错误原因并纠错的方法。

（1）将内存中的内容全部输出(打印出来)以纠错。

（2）断点法:在程序的特定部位安排适当的输出(打印)语句,则当程序执行到该处(某一行)时,计算机自动停止运行,并保留此时各变量的状态,以便检查、核对。

（3）自动调试工具:利用调试工具追踪语句的执行、子程序的调用、指定变量的变化等,在适当的时候输出(打印出)这些信息,有助于查找错误。自动调试工具的功能是设置断点。当程序执行到断点时,程序暂停。程序设计者可观察此时程序的状态。

在使用以上技术之前,应先就错误征兆进行全面彻底的分析,在对出错位置及错误性质有了一定把握之后,再决定使用哪种排错方法来检验推测的正确性。

这种方法工作量大,浪费时间且缺乏分析,一般在迫不得已时才考虑使用。

2. 回溯法

回溯法是在错误的征兆附近进行追踪。在发现了错误之后,先分析错误征兆,确定最先出现"症状"的位置。然后,从有"症状"处开始,沿程序的控制流程逆向跟踪源程序代码,直到找出错误根源或确定错误产生的范围并纠正为止。

这种方法适用于小规模的程序纠错。当程序规模较大时回溯路径太多,实际上是无法进行的。

3. 原因排除法

原因排除法是通过演绎法、归纳法以及二分法来实现的。

演绎法是一种从一般原理或前提出发,经过排除和精化的过程来推导出结论的方法。测试人员先根据已有的测试用例,将所有可能出错的原因作为假设,然后再用原始测试数据或新的测试数据逐个排除不可能正确的假设。最后,再用测试数据验证其余的假设确定出错的原因。

归纳法是一种从特殊推断出一般的系统化方法。其基本思想是从一些线索(错误征兆或与错误发生有关的数据)着手,通过分析寻找潜在的原因,从而找出错误。

二分法实现的基本思想是:如果已知每个变量在程序中若干个关键点的正确性,则可使用定值语句(赋值语句、输入语句等)在程序中某点附近给这些变量赋予正确的值,然后运行程序并检查程序的输出。如果输出结果是正确的,则错误原因在程序的前半部分;反之,错误原因在程序的后半部分。对错误原因所在的部分重复使用这种方法,直到将出错范围缩小到容易诊断的程序段为止。

自 测 题

一、思考题

1. 什么是软件危机?什么是软件工程?
2. 简述软件生命周期的概念和各阶段的任务。
3. 简述需求分析阶段的任务、方法与工具。
4. 简述衡量模块独立性的度量标准。
5. 简述测试与调试的任务。

二、选择题

1. 在下面的描述中,符合结构化程序设计风格的是_____。
   A. 使用顺序、选择和重复(循环)三种基本控制结构表示程序的控制逻辑
   B. 模块只有一个入口,可以有多个出口(可以有 0 个出口)

C. 注重提高程序的执行效率

D. 不使用 goto 语句

2. 下面的概念不属于面向对象方法的是_____。

A. 对象   B. 继承   C. 类   D. 过程调用

3. 在结构化方法中,用数据流图(DFD)作为描述工具的软件开发阶段的是_____。

A. 可行性分析   B. 需求分析   C. 详细设计   D. 程序编码

4. 在软件开发中,下面的任务不属于软件设计阶段的是_____。

A. 数据结构设计   B. 给出系统模块结构

C. 定义模块算法   D. 定义需求并建立系统模型

5. 结构化程序设计主要强调的是_____。

A. 程序的规模   B. 程序的易读性

C. 程序的执行效率   D. 程序的可移植性

6. 在软件生命周期中,确定软件系统必须做什么和必须具备哪些功能的阶段是_____。

A. 概要设计   B. 详细设计   C. 可行性分析   D. 需求分析

7. 数据流图用于抽象描述一个软件的逻辑模型,数据流图由一些特定的图符构成。下列图符名标识的图符不属于数据流图合法图符的是_____。

A. 控制流   B. 加工   C. 数据存储   D. 数据流

8. 软件需求分析阶段的工作可以分为 4 个方面:需求获取、需求分析、编写需求规格说明书以及_____。

A. 阶段性报告   B. 需求评审

C. 总结   D. 前三项都不正确

9. 对建立良好的程序设计风格,下面的描述正确的是_____。

A. 程序应简单、清晰、可读性好   B. 符号名的命名要符合语法

C. 充分考虑程序的执行效率   D. 程序的注释可有可无

10. 下面对对象概念的描述错误的是_____。

A. 任何对象都必须有继承性   B. 对象是属性和方法的封装体

C. 对象间的通信靠消息传递   D. 操作是对象的动态属性

三、填空题

1. 软件的设计风格主要有_____和面向对象两种。

2. 模块的独立性要求设计模块做到_____和低耦合。

3. 软件测试的依据是需求分析阶段生成的_____。

4. 若按功能划分,软件测试的方法通常分为白盒测试方法和_____测试方法。

5. 结构化程序设计方法的主要原则可以概括为自顶向下、逐步求精、_____和限制使用 goto 语句。

6. 软件的调试方法主要有强行排错法、_____和原因排除法。

7. 面向对象的程序设计方法中涉及的对象是系统中用来描述客观事物的一

个_____。

8．软件的需求分析阶段的工作可以概括为_____、需求分析、编写需求规格说明书和需求评审 4 个方面。

9．软件工程研究的内容主要包括_____技术和软件工程管理。

10．在面向对象方法中，信息隐蔽是通过对象的_____性来实现的。

第 **7** 章 计算机网络技术应用

7.1 计算机网络概论

计算机网络是计算机技术与通信技术相结合的产物。计算机网络是信息收集、分配、存储、处理和消费的最重要的载体,是网络经济的核心,深刻地影响着经济、社会、文化和科技,是工作和生活的最重要的工具之一。计算机网络使得信息的收集、存储、加工和传播形成有机的整体,人们不论身处何地,只要通过网络就能获得所需的信息,利用计算机技术进行信息的存储和加工,利用通信技术传播信息。

7.1.1 计算机网络的产生和发展

1946 年世界上第一台电子数字计算机 ENIAC 诞生时,计算机技术与通信技术并没有直接的联系;20 世纪 50 年代初,由于美国军方的需要,在美国半自动地面防空系统(SAGE)的研究中开始了计算机技术与通信技术相结合的尝试;随着计算机应用的发展,出现了多台计算机互联的需求,网络用户希望通过网络实现计算机资源共享的目的;典型的研究成果是第一个远程分组交换网 ARPANET,是由美国 4 所大学的 4 台大型计算机采用分组交换技术,通过专门的接口通信处理机和专门的通信线路相互连接的计算机网络,第一次实现了由通信网络和资源网络复合构成计算机网络系统,是 Internet 的最早的雏形。

一般来讲,计算机网络的发展可分为 4 个阶段。

第一阶段:计算机技术与通信技术相结合,形成计算机网络的雏形。

20 世纪 60 年代末到 70 年代初为计算机网络发展的萌芽阶段。其主要特征是:为了增加系统的计算能力和资源共享,把小型计算机连成实验性的网络。

第二阶段:在计算机通信网络的基础上,完成网络体系结构与协议的研究,形成了计算机网络。

20 世纪 70 年代中后期是局域网络(LAN)发展的重要阶段,其主要特征为:局域网络作为一种新型的计算机体系结构开始进入产业部门。局域网技术是从远程分组交换通信网络和 I/O 总线结构计算机系统派生出来的。1976 年,美国 Xerox 公司的 Palo Alto 研究中心推出以太网(Ethernet),它成功地采用了夏威夷大学 ALOHA 无线电网络系统的基本原理,使之发展成为第一个总线竞争式局域网络。1974 年,英国剑桥大学计算机研究所开发了著名的剑桥环局域网(Cambridge Ring)。这些网络的成功实现,一方面标志着局域网络的产生;另一方面,它们形成的以太网及环网对以后局域网的发展起到了导航的作用。

第三阶段:在解决计算机联网与网络互连标准化问题的背景下,提出开放系统互连参考模型与协议,促进了符合国际标准的计算机网络技术的发展。

整个 20 世纪 80 年代是计算机局域网的发展时期。其主要特征是:局域网完全从硬件上实现了 ISO 的开放系统互连通信模式协议的能力。计算机局域网及其互连产品的集成,使得局域网与局域互连、局域网与各类主机互连,以及局域网与广域网互连的技术越来越成熟。综合业务数据通信网络(ISDN)和智能化网络(IN)的发展标志着局域网的飞速发展。1980 年 2 月,IEEE(美国电气和电子工程师学会)下属的 802 局域网标准委员会宣告成立,并相继提出 IEEE 801.5～802.6 等局域网标准草案,其中的绝大部分内容已被国际标准化组织(ISO)正式认可。作为局域网的国际标准,它标志着局域网协议及其标准化的确定,为局域网的进一步发展奠定了基础。

第四阶段:计算机网络向互连、高速、智能化方向发展,并获得广泛的应用。

20 世纪 90 年代初至今是计算机网络飞速发展的阶段,其主要特征是:计算机网络化,协同计算能力发展以及全球互联网络(Internet)的盛行。计算机的发展已经完全与网络融为一体,体现了"网络就是计算机"的口号。目前,计算机网络已经真正进入社会的各行各业,为社会各行各业所采用。另外,虚拟网络 FDDI 及 ATM 技术的应用,使网络技术得以蓬勃发展并迅速走向市场,走进大众的生活。

7.1.2 计算机网络概念

1. 计算机网络的定义

计算机网络是一个将分散的、具有独立功能的计算机系统通过通信设备与线路连接起来,由功能完善的软件实现资源共享的系统。

对于这一说法,其中仍有一些不确定的地方,如完善的标准是什么? 资源共享的内容、方式、程度是什么? 资源共享是最终目标吗? 鉴于这些不确定性,对计算机网络的理解主要有三种观点。

(1) 广义观点。持此观点的人认为,只要是能实现远程信息处理的系统或进一步能达到资源共享的系统都可以成为计算机网络。

(2) 资源共享观点。持此观点的人认为,计算机网络必须是由具有独立功能的计算机组成的、能够实现资源共享的系统。

(3) 用户透明观点。持此观点的人认为,计算机网络就是一台超级计算机,资源丰富、功能强大,其使用方式对用户透明,用户使用网络就像使用单一计算机一样,无须了解网络的存在、资源的位置等信息。这是最高标准,目前还未实现,是网络未来发展追求的目标。

计算机网络的应用越来越广泛,深刻地影响着社会发展的进程。如今想要找到哪里不需要计算机网络已经变得非常困难。在此只简单地说明计算机网络的几个应用方向。

（1）对分散的信息进行集中、实时处理。如航空订票系统、工业控制系统、军事系统等众多的系统，离开了计算机网络将无法进行。

（2）共享资源。实现对各类资源的共享，包括信息资源、硬件资源和软件资源。网格是计算机网络的高级形态，将使资源共享变得更加方便、透明。

（3）电子化办公与服务。借助计算机网络，得以实现电子政务、电子商务、电子银行、电子海关等一系列借助计算机网络实现的现代化办公及商务应用。在当今社会，就连到商场购物、餐馆吃饭这样的日常事务都离不开计算机网络。利用计算机网络进行网上购物更加方便、廉价。

（4）通信。电子邮件、即时通信系统等众多的通信功能极大地方便了人与人之间的信息交往，既快速又廉价。

（5）远程教育。利用网络可以提供远程教育平台，借助丰富的知识管理系统，学生可以更加方便地自学，提高学习效率。

（6）娱乐。娱乐是人的天性，对于大多数人来说，工作之余都需要娱乐活动来丰富自己的生活。利用网络提供各种各样的娱乐内容，既满足了社会的需要，同时也具有巨大的经济效益。

2. 计算机网络与通信、网络的关系

通信（communication）就是信息的传递，是指由一地向另一地进行信息的传输与交换，其目的是传输消息。实现通信功能的系统称为通信系统。

随着社会的发展，人们对传递消息的要求也越来越高。在各种各样的通信方式中，利用"电"来传递消息的通信方法称为电信（telecommunication），这种通信具有迅速、准确、可靠等特点，并且几乎不受时间、地点、空间和距离的限制，因而得到了飞速发展和广泛应用。

以语音通信为主要目的建立的通信系统称为电话网络或电信网络，包括固话网络、移动网络等。

以发送电视信号为目的建立的通信系统称为电视网络。

以数据通信为目的建立的网络称为数据通信网络。

计算机网络是计算机技术和通信技术相结合的产物，可实现数据的传输、收集、分配、处理、存储和消费。数据通信网络是计算机网络的基础或初级形式。

随着技术的进步和应用的相互渗透，电信网络、电视网络、计算机网络将逐步实现三网融合，走向统一。目前我国已经有 12 个城市在开展三网融合的试点工作。

7.1.3　计算机网络的功能

计算机网络的功能可归纳为资源共享、提供人际通信手段、提高可靠性、节省费用、便于扩充、分担负荷及协同处理等方面。这些方面的功能本身也是相辅相成的，下面将分别介绍。

1. 数据通信

数据通信即实现计算机与终端、计算机与计算机间的数据传输，是计算机网络的最基本的功能，也是实现其他功能的基础。如电子邮件、传真、远程数据交换等。

2. 资源共享

实现计算机网络的主要目的是共享资源。一般情况下，网络中可共享的资源有硬件资源、软件资源和数据资源，其中共享数据资源最为重要。

3. 远程传输

计算机已经由科学计算向数据处理方面发展，由单机向网络方面发展，且发展的速度很快。分布在很远的用户可以互相传输数据信息，互相交流，协同工作。

4. 集中管理

计算机网络技术的发展和应用已使得现代办公、经营管理等发生了很大的变化。目前，已经有了许多 MIS 系统、OA 系统等，通过这些系统可以实现日常工作的集中管理，提高工作效率，增加经济效益。

5. 实现分布式处理

网络技术的发展使得分布式计算成为可能。对于大型的课题，可以分为许许多多的小题目，由不同的计算机分别完成，然后再集中起来解决问题。

6. 负载平衡

负载平衡是指工作被均匀地分配给网络上的各台计算机。网络控制中心负责分配和检测，若某台计算机负载过重，系统会自动将部分工作转移到负载较轻的计算机中去处理。

7.1.4 计算机网络的组成

1. 计算机网络的物理组成

从物理构成上看，计算机网络包括硬件、软件和协议三大部分。

1）硬件

（1）两台以上的计算机及终端设备统称为主机（host），其中部分主机充当服务器，部分主机充当客户机。

（2）前端处理机（FEP）、通信处理机或通信控制处理机（CCP）负责发送和接收数据，最简单的 CCP 是网卡。

（3）路由器、交换机等连接设备：交换机将计算机连接成网络，路由器将网络互联组成更大的网络。

（4）通信线路：将信号从一个地方传送到另一个地方。通信线路包括有线线路和无线线路。

2）软件

主要有实现资源共享的软件、方便用户使用的各种工具软件。

3）协议

协议由语法、语义和时序三部分构成。其中语法部分规定传输数据的格式，语义部分规定所要完成的功能，时序部分规定执行各种操作的条件、顺序关系等。协议是计算机网络的核心。一个完整的协议应完成线路管理、寻址、差错控制、流量控制、路由选择、同步控制、数据分段与装配、排序、数据转换、安全管理、计费管理等功能。

2. 计算机网络的功能组成

从功能上，计算机网络由资源子网和通信子网两部分组成。其中资源子网完成数据的处理、存储等功能，通信子网完成数据的传输功能。资源子网相当于计算机系统，通信子网是为了联网而附加上去的通信设备和通信线路等，如图7-1所示。

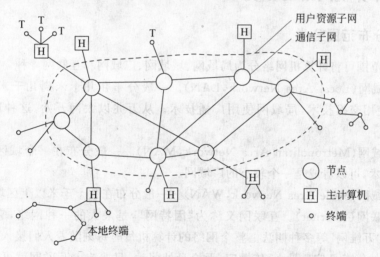

图 7-1　资源子网与通信子网

从工作方式上看，也可以认为计算机网络由边缘部分和核心部分组成。其中边缘部分是用户直接使用的主机，核心部分由大量的网络及路由器组成，为边缘部分提供连通性和交换服务，如图7-2所示。

3. 计算机网络的组成要素

从组成要素上看，计算机网络由计算机、路由器、交换机、网卡、通信线路、调制解调器等基本要素组成。其中计算机包括客户机和服务器；网卡负责与通信线路相连，完成收发工作；交换机用于把小范围内的计算机连接成网络；路由器用于互连多个网络以组成更大的网络；调制解调器是将孤立的计算机连接到网络上。

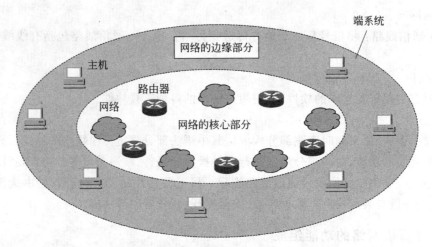

图 7-2 网络的边缘部分与核心部分

7.1.5 计算机网络的分类

1. 按分布范围分类

按分布范围可将计算机网络分为局域网、城域网、广域网和互联网 4 种。

(1) 局域网(Local Area Network,LAN)。一般分布在几十米到几千米范围,传统上,广域网使用交换技术,局域网使用广播技术。从万兆以太网开始,这种区别已经消除了。

(2) 城域网(Metropolitan Area Network,MAN)。一般分布在一个城区,一般使用广域网的技术,可以看成是一个较小的广域网。

(3) 广域网(Wide Area Network,WAN)。一般分布在数十千米以上区域。

(4) 互联网(Internet)。互联网又称为"因特网",是最大的一种网络,它有"Web"、"WWW"和"万维网"等多种叫法。整个网络的计算机每时每刻随着人们接入网络在不断地变化。它的优点是信息量大,传播广,无论身处何地,只要连上互联网就可以对任何可以联网的用户发出信函和广告。

2. 按拓扑结构分类

按拓扑结构可将计算机网络分为总线型网络、星型网络、环型网络、树型网络、网格型网络等基本形式。

(1) 总线型网络:用单总线把各计算机连接起来,如图 7-3 所示。总线型网络的优点是建网容易,增减节点方便,节省线路。其缺点是重负载时通信效率不高。

(2) 星型网络:每个终端或计算机都以单独(专用)的线路与一台中央设备相连,如图 7-4 所示。中央设备现在一般是交换机或路由器。星型网络的优点是结构简单,建网容易,延迟小,便于管理。其缺点是成本高,中心节点对故障敏感。

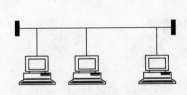

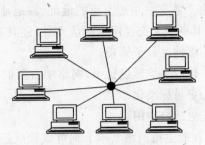

图 7-3　总线型网络　　　　　　　　　　　　图 7-4　星型网络

（3）环型网络：所有计算机环接口设备连接成一个环，可以是单环，也可以是双环。环中信号是单向传输的。双环网络中两个环上信号的传输方向相反，具备自愈功能。

（4）树型网络：节点组织成树型结构，具有层次性。

（5）网格型网络：每个节点至少有两条路径与其他节点相连。有规则型和非规则型两种。网格型网络的优点是可靠性高；缺点是控制复杂，线路成本高。

可以将这些基本型网络互连组织成更为复杂的网络。

3. 按交换技术分类

按交换技术可将网络分为线路交换网络、报文交换网络、分组交换网络等类型。

（1）线路交换网络：在源节点和目的节点之间建立一条专用的通路用于数据传送。包括建立连接、传输数据、断开连接三个阶段。最典型的线路交换网络就是电话网络。该类网络的优点是数据直接传送，延迟小。其缺点是线路利用率低，不能充分利用线路容量，不便于进行差错控制。

（2）报文交换网络：将用户数据加上源地址、目的地址、长度、校验码等辅助信息封装成报文，发送给下一个节点。下一个节点收到后先暂存报文，待输出线路空闲时再转发给下一个节点，重复这一过程直到到达目的节点。每个报文可单独选择到达目的节点的路径。这类网络也称为存储-转发网络。

其优点是：

① 可以充分利用线路容量；

② 可以实现不同链路之间不同数据率的转换；

③ 可以实现一对多、多对一的访问；

④ 可以实现差错控制；

⑤ 可以实现格式转换。

缺点是：

① 增加资源开销；

② 增加缓冲延迟；

③ 多个报文的顺序可能发生错误，需要额外的顺序控制机制；

④ 缓冲区难于管理，因为报文的大小不确定，接收方在接收到报文之前不能预知报文的大小。

（3）分组交换网络：也称包交换网络，其原理是将数据分成较短的固定长度的数据块,在每个数据块中加上目的地址、源地址等辅助信息组成分组(包),按存储转发方式传输。除具备报文交换网络的优点外,还具有自身的优点:

① 缓冲区易于管理;

② 包的平均延迟更小,网络中占用的平均缓冲区更少;

③ 更易标准化;

④ 更适合应用。

现在的主流网络基本上都可以看成是分组交换网络。

4. 按采用的协议分类

每层的协议都不同,因此按协议的分类应指明协议的区分方式。比如按网络层的关键协议来分类,可以分为 IP 网、IPX 网等,无线网络可以分为 Wi-Fi 网络、蓝牙网络等。

5. 按使用的传输介质分类

按传输介质可以分为有线网络和无线网络两大类。有线网络又可以分为双绞线网络、同轴电缆网络、光纤网络、光纤同轴混合网络等。无线网络又可分为无线电、微波、红外等类型。

6. 按用户与网络的关联程度分

按用户与网络的关联程度可以将计算机网络分为骨干网、接入网和驻地网。

7.1.6 计算机网络的协议与体系结构

1. 计算机网络协议

在计算机网络中为了实现各种服务,就要在计算机系统之间进行通信和对话。为了使通信双方能正确理解、接受和执行,就要遵守相同的规定,如同两个人交谈时必须采用双方都听得懂的语言和语速。

1) 协议的组成要素

两个对象要想成功地通信,在通信内容、怎样通信以及何时通信方面,要遵从相互可以接受的一组约定和规则,这些约定和规则的集合称为协议。协议的作用是控制并指导通信双方的对话过程,发现对话过程中出现的差错并确定处理策略。

一般来说,协议由语法、语义、定时规则三个要素组成。

语法确定通信双方之间"如何讲",即由逻辑说明构成,确定通信时采用的数据格式、编码、信号电平及应答方式等;语义确定通信双方之间"讲什么",即由通信过程的说明构成,要对发布请求、执行动作及返回应答予以解释,并确定用于协调和差错处理的控制信息;定时规则确定事件的顺序以及速度匹配。

2) 常用协议介绍

(1) TCP/IP

TCP/IP(Transmission Control Protocol/Internet Protocol)，即传输控制协议(TCP)和网际互连协议(IP)。TCP/IP 是 Internet 采用的协议标准，也是目前全世界采用的最广泛的工业标准。通常所说的 TCP/IP 是指 Internet 协议簇，它包括了很多种协议，如电子邮件、远程登录、文件传输等，而 TCP 和 IP 是保证数据完整传输的两个最基本的重要协议。因此，通常用 TCP/IP 来代表整个 Internet 协议系列。

(2) NetBEUI 协议

NetBEUI 的全称是 NetBIOS Extendes User Interface，就是"NetBIOS 扩展用户接口"的意思，其中 NetBIOS 是指"网络基本输入/输出系统"。

NetBEUI 协议最初是为面向几台到百余台计算机的工作组而设计的，支持小型局域网络。优点是效率高、速度快、内存开销少并易于实现，被广泛用于 Windows 组成的网络中。

2. 计算机网络体系结构

随着计算机网络技术的发展，形式又日趋多样化、复杂化，也提出了很多问题，其中最突出的问题是不同体系结构的网络很难互连起来（即所谓的异种机连接问题）。1977 年 3 月，国际标准化组织(ISO)的技术委员会 TC97 成立了一个新的技术分委会 SC16 来专门研究"开放系统互连"，并于 1983 年提出了开放系统互连参考模型，即著名的 ISO 7498 国际标准（我国相应的国家标准是 GB 9387），记为 OSI/RM。开放系统互连(Open Systems Interconnection)的目的是使世界范围内的应用系统能够开放式（而不是封闭式）地进行信息交换。"开放"是指：只要遵循 OSI 标准，一个系统就可以和位于世界上任何地方的也遵循同一标准的其他系统进行通信。开放系统和开放系统互连参考模型都是抽象的概念。

OSI 模型描述了在像 Windows 系列模块化操作系统中所有网络部件都应该承认的 7 个标准层：应用层、表示层、会话层、传输层、网络层、数据链路层、物理层。在这 7 个标准层中，每一层使用下一层的服务，并直接对上一层提供服务。例如，TCP 是传输层服务，使用可靠的 IP 服务，保证了对其上一层的可靠连接。OSI 参考模型如图 7-5 所示。

OSI 参考模型中各层的功能如下。

物理层：在链路上透明地传输位。需要完成的工作包括线路配置、确定数据传输模式、确定信号形式、对信号进行编码、连接传输介质。为此定义了建立、维护和拆除物理链路所具备的机械特性、电气特性、功能特性以及规程特性。

数据链路层：把不可靠的信道变为可靠的信道。为此将比特组成帧，在链路上提供点到点的帧传输，并进行差错控制、流量控制等。

网络层：在源节点和目的节点之间进行路由选择、拥塞控制、顺序控制、传送包，保证报文的正确性。网络层控制着通信子网的运行，因而它又称为通信子网层。

传输层：提供端-端间可靠的、透明的数据传输，保证报文顺序正确性、数据完整性。

会话层：建立通信进程的逻辑名字与物理名字之间的联系，提供进程之间建立、管理和终止会话的方法，处理同步与恢复问题。

表示层：实现数据转换（包括格式转换、压缩、加密等），提供标准的应用接口、公用的

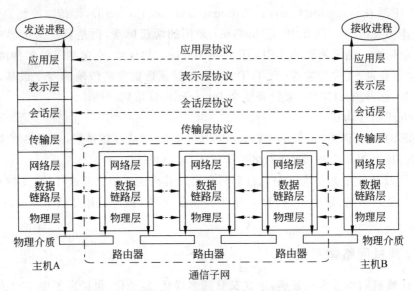

图 7-5 OSI 参考模型示意图

通信服务、公共数据表示方法。

应用层：对用户不透明的各种服务，如 E-mail。

OSI 模型比较完整，但也非常复杂。除了低三层有实现外，其余层次没有实现，现在已基本不用。

另外，美国国防部高级研究计划局（DOD-ARPA）1969 年在研究 ARPANET 时提出了 TCP/IP 模型，从低到高各层依次为网络接口层、互连网层、传输层、应用层，如图 7-6 所示。

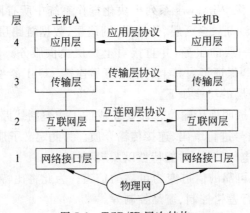

图 7-6 TCP/IP 层次结构

应用层、传输层、互联网层都定义了相应的协议和功能，但网络接口层一直没有明确地定义其功能、协议和实现方式。

应用层的主要协议有 DNS、HTTP、SMTP、POP3、FTP、TELNET、SNMP。

传输层的主要协议有 TCP、UDP。

互联网层的主要协议有 IP、ICMP、ARP、RARP。

TCP/IP 模型与 OSI 模型的大致对应关系如表 7-1 所示。

表 7-1　OSI 模型与 TCP/IP 模型对比

OSI 模型	TCP/IP 模型
应用层	应用层
表示层	不存在
会话层	
传输层	传输层
网络层	互联网层
数据链路层	网络接口层
物理层	

由于 TCP/IP 有大量的协议和应用支持，现在已成为事实上的标准。

7.2　数据通信概念

广义地讲，把由一地向另一地或多地进行消息的有效传递称为数据通信。例如打电话、发电子邮件等，分别是通过电话系统和计算机网络来传递消息的，通信距离可以很长。自从 19 世纪末人们开始利用电信号传递消息以来，电信这种通信方法得到了深入研究和飞速发展，形成了一整套完备的理论、技术及相应的设备，成为当今社会最重要的通信手段。从狭义的角度讲，把利用电磁波、电子技术、光电子等手段，借助电信号或光信号实现从一地向另一地或多地进行消息的有效传递和交换的过程称为数据通信。

7.2.1　基本概念

1. 数据和信号

数据是运送信息的实体，而信号则是数据的电气的或电磁的表现。无论数据或信号，都既可以是模拟的也可以是数字的。

2. 信道

信道一般用来表示向某一个方向传送信息的媒体，因此，一条通信电路往往包含一条发送信道和一条接收信道。从通信的双方信息交互的方式看，可以有三种基本方式。

1）单工通信

单工通信只有一个方向的通信而没有反方向的交互，仅需要一条信道，无线电广播、电视广播就属于这种类型。

2）半双工通信

半双工通信即通信的双方都可以发送信息，但不能同时发送。

3）全双工通信

全双工通信即通信的双方可以同时发送和接收信息，通常需要两条信道。

3. 码元

数字通信中对数字信号的计量单位采用码元这个概念。一个码元指的是一个固定时长的数字信号波形，该时长称为码元宽度。

4. 传输速率

数字通信系统的传输有效程度可以用码元传输速率和信息传输速率来描述。

1）码元传输速率

码元传输速率又称为码元速率、信号速率、符号速率、波形速率等，它表示单位时间内数字通信系统所传输的码元个数（符号个数或脉冲个数），单位是波特（Baud）。1波特表示数字通信系统每秒传输1个码元。码元可以是多进制的，也可以是二进制的。

2）信息传输速率

信息传输速率又称为信息速率、比特率等，它表示单位时间内数字通信系统传输的二进制码元个数，单位是比特/秒（b/s）。

5. 抖动

抖动是指在噪声因素影响下，数字信号的有效瞬间相对于应生成理想时间位置短时偏离，是数字通信系统中数字信号传输的一种不稳定现象，也即数字信号在传输过程中造成的脉冲信号在时间间隔上不再是等间隔的，而是随时间变化的。

7.2.2 传输指标

通常需要对网络的效率和性能进行衡量，因此了解各种影响网络性能的传输指标是很重要的。

1. 带宽

在模拟信号中，一个特定的信号通常是由许多不同的频率成分组成的，一个信号的带宽是指该信号的各种不同频率成分所占据的频率范围。

当通信线路传送数字信号时，数据率就应当成为数字信道最重要的指标。网络的带宽是指在一段特定的时间内网络所能传送的比特数，单位是比特/秒。例如，一个网络带宽为10Mb/s，意味着每秒能传送1千万个比特。

2. 时延

时延是指一个报文或分组从一个网络的一端传到另一端所需的时间。通常，时延由三个部分组成。

1）发送时延

发送时延又称为传输时延，是从报文或分组的第一个比特开始发送算起，到最后一个比特发送完毕所需的时间。

2）传播时延

传播时延是电磁波在信道中需要传播一定的距离而花费的时间。

3）处理时延

处理时延是数据在交换节点为存储转发而进行一些必要的处理所花费的时间。处理时延的长短通常取决于网络中当时的通信量，当网络的通信量大时，还会发生队列溢出，使分组丢失，这相当于处理时延为无穷大。

数据经历的总时延就是以上三种时延之和：

总时延＝传播时延＋发送时延＋处理时延

3．时延带宽积

将网络性能的传播时延和带宽两个基本度量相乘，就得到另一个有用的度量：时延带宽积，即：

时延带宽积＝传播时延×带宽

直观地说，如果将一对进程之间的信道看成一条中空的管道，时延相当于管道的长度，带宽相当于管道的直径，如图 7-7 所示，那么时延带宽积就是管道的容积，即它所能容纳的比特数。

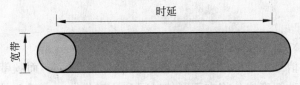

图 7-7　将网络看作一个管道

4．误码率

在数字通信中是用脉冲信号携带信息，由于噪声、串音、码间干扰以及其他突发因素的影响，当干扰幅度超过脉冲信号再生判决的某一门限值时，将会造成误判而成为误码。误码用误码率来表征，它指在一定统计时间内数字信号在传输过程中发生错误的位数与传输的总位数之比。

7.2.3　数字传输与模拟传输

按承载消息的电信号形式的不同，通信可分为模拟传输和数字传输。

模拟传输是指以模拟信号来传输消息的通信方式。当信号的某一参量可以取无限多个数值，且直接与消息相对应时，称为模拟信号。

数字传输是指用数字信号来传送消息的通信方式。当信号的某一参量只能取有限个数值，且常常不直接与消息相对应时，称为数字信号，有时也称为离散信号。

7.2.4　基带传输与频带传输

基带传输是指信号没有经过调制而直接送到信道中去传输的一种方式，采用这种信号传输技术的通信系统称为基带传输通信系统，简称基带系统。频带传输是指信号经过调制后再送到信道中传输的一种方式，接收端要进行相应的解调才能恢复原来的信号，采用这种信号传输技术的通信系统称为频带传输通信系统，简称频带系统。

7.2.5　传输损害

由于各种传输损害，任何通信系统接收到的信号和发送的信号会有所不同。对模拟信号而言，这些损害导致了各种随机的改变而降低了信号的质量。对数字信号而言，则引起位串错误，比特1变为比特0或比特0变成比特1。最有影响的传输损害包括衰减、延迟变形和噪声。

1. 衰减

在任何传输介质上信号强度将随着距离延伸而减弱。对有线类传输介质，强度减弱或衰减一般具有对数函数性质，对无线类传输介质，衰减是距离和大气组成所构成的复合函数。

2. 延迟变形

在一个有限的信号频带中，中心频率附近的信号速度最高，而频带两边的信号速度较低，这样，信号的各种频率成分将在不同的时间到达接收器。由于信号中各种成分延迟使得接收到的信号变形的这种效果称为延迟变形。

3. 噪声

因传输系统造成的各种失真，以及在传输和接收之间的某处插入的不必要的信号产生了噪声。噪声可分为热噪声、内调制杂音、串扰和脉冲噪声4种。

热噪声是导体中电子的热振动引起的，它出现在所有电子设备和传输介质中，并且是温度的函数。

当不同频率的信号共享同一传输介质时，可能导致内调制杂音。内调制杂音的结果往往产生一些新的信号，它们的频率是某两个频率和、差或倍数，这些信号可能对正常信号产生影响。当发送器、接收器或介入的传输设备里有一些非线性问题时，将会产生内调制杂音。

串扰是信号通路之间产生了不必要的耦合，这一般在邻近的双绞线之间因电耦合而产生，在极少数情况下也可能在运载多个信号的同轴电缆中产生。

脉冲噪声是非连续的且不可预测的。在短时间里,它可具有不规则的脉冲或噪声峰值,并且振幅较大。它产生的原因包括各种意外的电磁干扰,如闪电、故障等。

7.3 局域网技术及组建

局域网是一种高速的通信系统。局域网的本质特征是分布距离短。构成局域网的计算机可以是不同厂商生产的。但是,单纯的"连接"是不能使这些计算机充分发挥功效的,一般需要一些基本的软件与硬件相互配合,才能使连接起来的计算机具有处理通信的控制能力。这样一来,连成局域网的计算机不但可以保持原有单机时的功能,而且还可以增加网络的功能。

7.3.1 局域网的定义、特点与发展

1. 局域网的定义

局域网是将分散在有限地理范围内的多台计算机通过传输媒体连接起来的通信网络,通过功能完善的网络软件,实现计算机之间的相互通信和资源共享。

美国电气和电子工程师协会(IEEE)于 1980 年 2 月成立局域网标准化委员会(简称IEEE802 委员会)专门对局域网的标准进行研究,并提出了 LAN 的定义。LAN 是允许中等地域内的众多独立设备通过中等速率的物理信道直接互连通信的数据通信系统。

局域网有三个不同的特征:(1)范围;(2)传输技术;(3)拓扑结构。

2. 局域网的特点

(1) 通信速率较高。局域网络通信传输率为每秒百万比特(Mb/s),从 5Mb/s、10Mb/s 到 100Mb/s,随着局域网技术的进一步发展,目前正在向着更高的速度发展(例如 155Mb/s、655Mb/s 的 ATM 及 1000Mb/s 的千兆以太网等)。

(2) 通信质量较好,传输误码率低,位错率通常为 $10^{-12} \sim 10^{-7}$。

(3) 通常属于某一部门、单位或企业所有。在设计、安装、操作使用时由单位统一考虑、全面规划,不受公用网络当局的约束。

(4) 支持多种通信传输介质。例如电缆、光纤及无线传输等。

(5) 局域网成本低,安装、扩充及维护方便。目前大量采用星型网络的结构,扩充服务器、工作站等十分方便,某些站点出现故障时整个网络仍可以正常工作。

(6) 宽带局域网可以实现数据、语音和图像的综合传输。在基带网上,随着技术的迅速进展也逐步能实现语音和静态图像的综合传输,这也正是办公自动化的需求。

3. 局域网的发展

局域网是计算机网络发展的一个独立分支,起源于 20 世纪 60 年代末,成熟于 20 世

纪 80 年代,广泛应用于 20 世纪 90 年代至今。局域网的典型代表有以下几种。

(1) 1975 年美国 Xerox 公司的 Ethernet。

(2) 1975 年英国剑桥大学的 Cambridge Ring。

(3) Novell 公司的 NetWare。

(4) 3Com 公司的 3Com Ether 和 3Plus。

(5) IBM 公司的令牌环网。

(6) Microsoft 公司的 Windows NT 网。

在我国,局域网现在广泛使用在厂矿、教育、商业和家庭环境中。

局域网在近几年受到了人们的广泛重视,它是宽带接入 Internet 的一种最常用的方式,具有很多其他宽带接入方式所不具备的优点。

7.3.2 局域网的组成

计算机网络系统是由网络硬件系统和网络软件系统组成的。

1. 网络硬件系统

硬件系统主要包括网络服务器、工作站、外设、网络接口卡和传输介质,根据传输介质和拓扑结构的不同,还需要集线器(Hub)、集中器(Concentrator)等,如果要进行网络互连,还需要网桥、路由器、网关以及网间互连线路等。

1) 服务器

在局域网中,服务器可以将其 CPU、内存、磁盘、打印机、数据等资源提供给网络用户使用,并负责对这些资源的管理,协调网络用户对这些资源的使用。因此要求服务器具有较高的性能,包括较快的处理速度、较大的内存、较大容量和较快访问速度的磁盘等。

2) 工作站

任何微机都可以作为网络工作站,目前使用最多的网络工作站是基于 Intel CPU 的微机,这是因为这类微机的数量最多,用户最多,而且网络产品也最多。

3) 通信设备

(1) 网络接口卡

网络接口卡(简称网卡)提供数据传输功能,如图 7-8 所示,用于把计算机同电缆线连接起来,进而把计算机连入网络,所以每一台连网的计算机都需要有一块网卡。

(2) 中继器

中继器(Repeater,RP)常用于两个网络节点之间物理信号的双向转发工作,主要完成物理层的功能,负责在两个节点的物理层上按位传递信息,完成信号的复制、调整和放大功能,以此来延长网络的长度。

(3) 集线器

集线器(Hub)是对网络进行集中管理的最小单元,像树的主干一样,它是各分支的汇集点,如图 7-9 所示。Hub 是一个共享设备,其实质是一个中继器。

图 7-8　网卡

图 7-9　集线器

（4）交换机

交换机（Switch）也叫交换式集线器，是一种工作在 OSI 第二层（数据链路层）上的、基于 MAC（网卡的介质访问控制地址）识别、能完成封装转发数据包功能的网络设备，如图 7-10 所示。它通过对信息进行重新生成，并经过内部处理后转发至指定端口，具备自动寻址能力和交换作用，可以同时互不影响的传送这些信息包，并防止传输冲突，提高了网络的实际吞吐量。

（5）路由器

路由器（Router）在 OSI/RM 中完成网络层中继或第三层中继的任务，从事不同网络之间的数据包的存储和分组（Packet）转发，是用于连接多个逻辑上分开的网络（逻辑网络是代表一个单独的网络或者一个子网）的网络设备，如图 7-11 所示。它具有判断网络地址和选择路径的功能，能在多个网络互联环境中建立灵活的连接；可用完全不同的数据分组和介质访问方法连接各种子网；路由器只接受源站或其他路由器的信息，属于网络层的一种互连设备。

图 7-10　交换机

图 7-11　路由器

（6）网关

网关（Gateway）又称网间连接器、协议转换器。网关在传输层上实现网络互连，是最复杂的网络互连设备，仅用于两个高层协议不同的网络互连。网关的结构也和路由器类似，不同的是用于互连层。网关既可以用于广域网互连，也可以用于局域网互连。

4）传输介质

网络接口卡的类型决定了网络所采用的传输介质的类型、物理和电气特征性、信号种类，以及网络中各计算机访问介质的方法等。局域网中常用的电缆主要有同轴电缆、双绞线和光纤，如图 7-12 所示。

5）外设

外设主要是指网络上可供网络用户共享的外部设备，通常，网络上的共享外设包括打印机、绘图仪、扫描器、Modem 等。

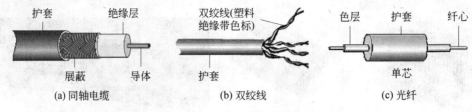

图 7-12　局域网中常用的电缆

2. 网络软件系统

计算机系统是在计算机软件的控制和管理下进行工作的,同样计算机网络系统也要在网络软件的控制和管理下才能进行工作。计算机网络软件主要指网络操作系统和网络应用软件。

1) 网络操作系统

网络操作系统是指能够控制和管理网络资源的软件系统。它的主要功能是控制和管理网络的运行、资源管理、文件管理、通信管理、用户管理和系统管理。网络服务器必须安装网络操作系统,以便对网络资源进行管理,并为用户提供各种网络服务。目前,常用的网络操作系统有 UNIX、Linux、Windows Server 2003、Novell NetWare 等。

2) 网络应用软件

网络应用软件是根据用户的需要开发出来的。网络应用软件能为用户提供各种服务,如浏览网页软件、文件传输软件、电子邮件管理软件、游戏软件、聊天软件等。

7.3.3　无线局域网应用

无线局域网(Wireless Local Area Network,WLAN)的室内应用包括大型办公室、车间、酒店宾馆、智能仓库、临时办公室、会议室、证券市场;室外应用包括城市建筑群间通信、学校校园网络、工矿企业厂区自动化控制与管理网络、矿山、水利、油田、港口、码头、江河湖坝区、野外勘测实验、军事流动网、公安流动网等。

1. 无线局域网的组成

无线局域网由无线网卡、无线接入点(AP)、计算机和有关设备组成,如图 7-13 所示,采用单元结构,将整个系统分成许多单元,每个单元称为一个基本服务组(BSS),BSS 的组成有以下三种方式:一是集中控制方式,每个单元由一个中心站控制,网中的终端在该中心站的控制下与其他终端通信。二是分布对等式,BSS 中任意两个终端可直接通信,无须中心站转接。三是集中控制式与分布对等式相结合的方式。

2. 接入无线局域网

无线接入技术区别于有线接入的特点之一是标准不统一,不同的标准有不同的应用。目前比较流行的接入标准有:IEEE 802.11 协议族、家庭网络(HomeRF)、蓝牙

图 7-13　无线路由、无线接入点和无线网卡

(Bluetooth)和红外线数据标准(Infrared Data Association,IrDA)。

1) IEEE 802.11 协议族

802.11 指由 IEEE 提出的协议族,它们是 802.11,802.11a 和 802.11b。该标准在 1997 年颁布,1999 年更新完善的 IEEE 802.11e 及 IEEE 802.11g 是下一代无线 LAN 标准。被称为无线 LAN 标准方式 IEEE 802.11 的扩展标准。

2) 家庭网络(HomeRF)

HomeRF 把共享无线连接协议(SWAP)作为未来家庭内联网的几项技术指标,使用 IEEE802.11 无线以太网作为数据传输标准,通信频段也是 2.4GHz,HomeRF 提出了一整套应用于家庭联网的完整体系。2000 年 8 月 31 日,美国联邦通信委员会批准了 Intel、Microsoft、Motorola 和 Proxim 等 HomeRF 组织成员的要求,允许 HomeRF 的传输速率在原来的 2Mb/s 的基础上提高 4 倍,达到 8~11Mb/s 的传送速率,而且 HomeRF 可以实现多个(最多 5 个)设备之间的互联。

3) 蓝牙(Bluetooth)

在 1999 年 12 月发布的蓝牙 1.0 版的标准中,定义了包括使用 WAP 协议连接互联网的多种应用软件。它能够使蜂窝电话系统、无绳通信系统、无线局域网和互联网等现有网络增添新功能,使各类计算机、传真机、打印机设备增添无线传输和组网功能,在家庭和办公自动化、家庭娱乐、电子商务、无线公文包应用、各类数字电子设备、工业控制、智能化建筑等场合开辟了广阔的应用。

4) 红外线数据标准(Infrared Data Association,IrDA)

红外线数据标准是一种利用红外线进行点对点通信的技术,其相应的软件和硬件技术都已比较成熟。优点是无须专门申请特定频率的使用执照,体积小、功率低,传输速率适合于家庭和办公室使用,由于采用点到点的连接,数据传输所受到的干扰较少,速率可达 16Mb/s。

7.3.4　局域网组建实例

1. 家庭局域网概述

家庭网络属于一种小型网络,组建方法较为简单。

组建家庭局域网时,常用的硬件包括集线器(Hub)或交换机、宽带路由、网卡、双绞线以及墙座。

1）网卡

台式机的无线网卡主要有 USB 接口和 PCI 接口两种，一般使用 PCI 接口无线网卡，如图 7-14 所示，目前笔记本电脑大都已集成无线网卡。

2）宽带路由器

宽带路由器是集共享接入网关、防火墙和交换机于一身，性能比较强大，具备完善的网络服务功能的设备。

目前适合家庭使用的宽带路由器也被称为 SOHO 路由器，分为无线路由器和有线路由器，如图 7-15 所示。

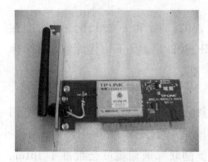

图 7-14　PCI 接口无线网卡

(a) 无线路由器

(b) 有线路由器

图 7-15　家用宽带路由器

3）交换机

家庭中的交换机通常有 4 端口或 8 端口。此外，如果家中有支持路由功能的 ADSL Modem 接入 Internet，也可以选购交换机而不使用路由器来组建家庭局域网。

4）信息模块

家庭中如果采用有线局域网，则需要进行布线，特别是新装修的房子，在装修时应将网线布好，根据需要预留相应的与接口数量相同的信息模块和面板。

2. 家庭局域网组网方法

家庭组网建议组建无线局域网，需要选择无线路由器。除了无线路由器有 4 个 LAN 接口外，还可以连接无线设备，如笔记本、手机、上网本、iPod Touch 等。家庭无线局域网（WLAN）的组网方式如图 7-16 所示。

家庭组网一般分以下几个步骤进行：

1）硬件设备的安装

首先断掉所有设备的电源，用一根交叉双绞线连接调制解调器和宽带路由器，然后用一根直通双绞线连接宽带路由器和无线接入点，再连接所有的电源。为两台计算机安装无线网卡，并分别装上驱动程序。设置宽带路由器、无线接入点

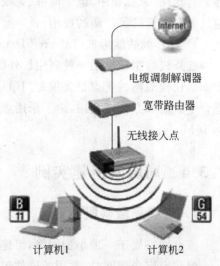

图 7-16　家庭无线局域网组网方式

和无线网卡。下面以 Windows 7 操作系统为例介绍无线路由器和无线网卡的设置。

2）宽带路由设置

一般来说，路由器的 LAN 端不需要进行特殊的设置，只要连接上路由器，然后计算机选择自动获取 IP 地址即可，路由器会为客户端计算机自动分配 IP 地址、网关以及子网掩码。登录路由器的 Web 设置页面之后，绝大部分路由器都有 LAN 设置、DHCP 设置以及 WAN 设置，无线路由器还会多一个无线设置选项。

（1）LAN 设置

LAN 设置是用来设置局域网的，LAN 设置里一般有两个选项，一是路由器的 IP 地址，另外一个是子网掩码。路由器的 IP 地址实际上就是给直接客户端计算机分配的网关，比如本例的路由器 IP 地址为 192.168.1.1，则计算机自动获取到的网关也应该是 192.168.1.1，如果手动填写网关，也应该填写这个数字。一旦路由器的 IP 地址改变，计算机上的网关地址也必须更新。另外，子网掩码其实也就是给计算机分配的子网掩码，一般为 255.255.255.0，如图 7-17 所示。

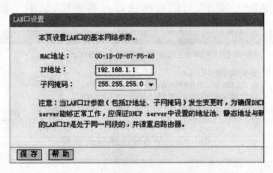

图 7-17　路由的 IP 地址和网关

（2）DHCP 设置

DHCP 是 Dynamic Host Configuration Protocol（动态主机分配协议）的缩写。DHCP 能使路由器自动给电脑分发 IP 地址，客户端计算机才会获得 IP 地址；如果关闭 DHCP，则在计算机上必须手动设置 IP 地址、子网掩码、网关等才能够上网。DHCP 的设置如图 7-18 所示。

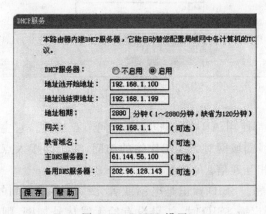

图 7-18　DHCP 设置

（3）WAN 设置

WAN 设置主要用来设置 Internet 的接入方式，如果是家庭 ADSL，则可以直接选择 PPPoE 接入方式，然后在下面填写上用户名与密码，如图 7-19 所示。

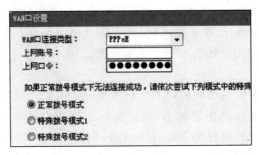

图 7-19　WAN 接入设置

需要注意的是，对于包时付费的 ADSL 用户，一定要将连接模式设置为按需连接，如果使用的是不限时的 ADSL 宽带，可以直接选择保持连接，如图 7-20 所示。

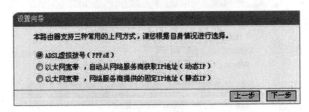

图 7-20　WAN 连接模式设置

（4）无线设置

无线设置主要是用来设置无线路由器的工作模式以及无线路由器的访问加密等，如图 7-21 所示。

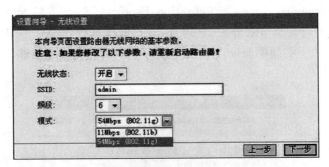

图 7-21　无线设置

① 无线模式一般都使用 AP 模式，也就是访问节点模式。它主要是提供无线工作站对有线局域网和从有线局域网对无线工作站的访问，在访问接入点覆盖范围内的无线工作站可以通过它进行相互通信。

② 给无线信号加密。SSID 标识是电脑或者无线设备搜索到的无线网络名称，可以选择是否广播；当选择广播 SSID 时，如果没有给无线信号加密，则在无线信号覆盖范围

大学计算机基础教程

内的用户就可以直接连接该无线信号上网。

③ 安全设置。个人用户可以选择 WPA Personal,并且在下面填写要设置的密码,这样无线设备即使搜索到了 SSID,也需要密码和对应的加密方式才可以连接无线路由器。

无线信号的加密方式如图 7-22 所示。

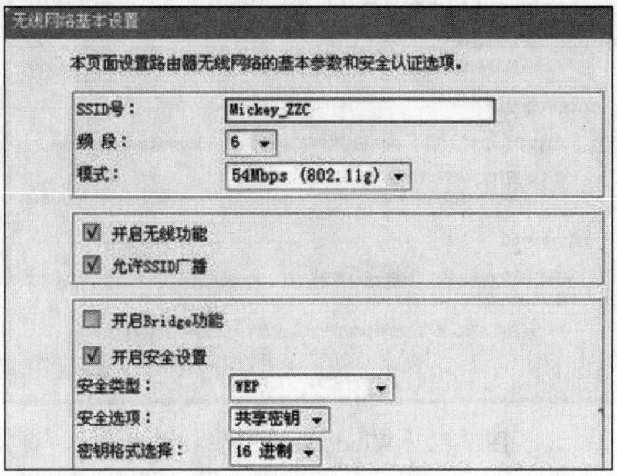

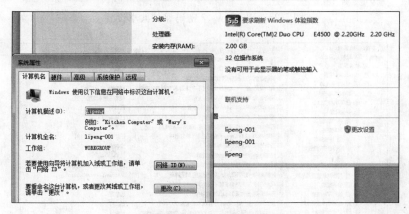

图 7-22　无线加密设置

（5）局域网内访问权限的设置

局域网组建好了之后,各计算机之间仍然可能无法相互访问。

首先,要使局域网内的客户端能够相互访问,必须要保证在同一个工作组或域以内,检查计算机是否在同一个工作组内,如图 7-23 所示。

图 7-23　Windows 7 局域网的工作组

其次,开启共享权限。开启共享权限可以在控制面板的网络和共享中心进行,如图 7-24 所示。

有很多用户都遇到过如下问题：能发现对方,但是在访问时必须输入密码,而无论输入什么密码都不正确,这种情况需要对方将共享密码取消,如图 7-25 所示。

在 Windows 操作系统中,很多时候都是因为组策略中的设置不当,导致无法访问局域网内的计算机,根据经验可以在目标计算机上启用来宾帐户,并且启用空密码登录,如图 7-26 所示。

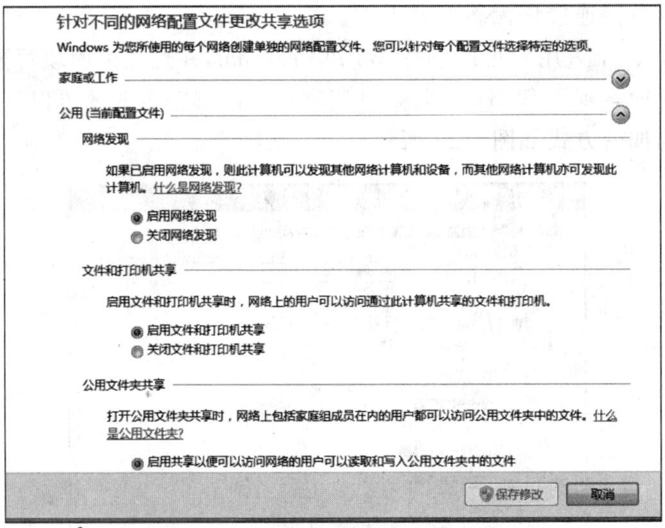

針对不同的网络配置文件更改共享选项

Windows 为您所使用的每个网络创建单独的网络配置文件。您可以针对每个配置文件选择特定的选项。

家庭或工作 ⌄

公用 (当前配置文件) ⌃

网络发现

如果已启用网络发现，则此计算机可以发现其他网络计算机和设备，而其他网络计算机亦可发现此
计算机。什么是网络发现?

● 启用网络发现
○ 关闭网络发现

文件和打印机共享

启用文件和打印机共享时，网络上的用户可以访问通过此计算机共享的文件和打印机。

● 启用文件和打印机共享
○ 关闭文件和打印机共享

公用文件夹共享

打开公用文件夹共享时，网络上包括家庭组成员在内的用户都可以访问公用文件夹中的文件。什么
是公用文件夹?

● 启用共享以便可以访问网络的用户可以读取和写入公用文件夹中的文件

保存修改   取消

图 7-24   Windows 7 共享权限设置

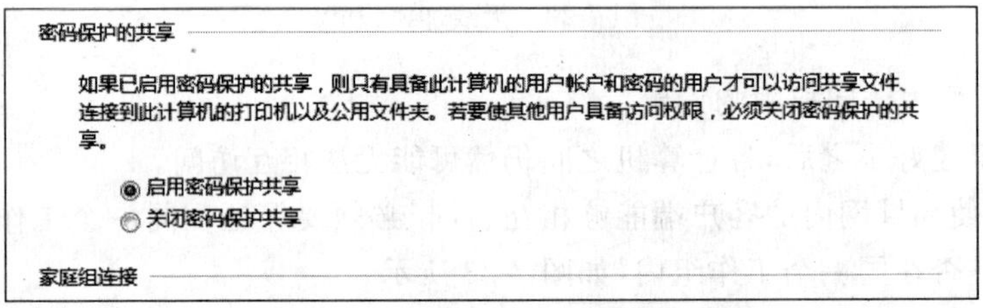

密码保护的共享

如果已启用密码保护的共享，则只有具备此计算机的用户帐户和密码的用户才可以访问共享文件、
连接到此计算机的打印机以及公用文件夹。若要使其他用户具备访问权限，必须关闭密码保护的共
享。

● 启用密码保护共享
○ 关闭密码保护共享

家庭组连接

图 7-25   Windows 7 密码保护共享设置

图 7-26   Windows 7 来宾帐户设置

还要给需要共享的文件夹分配共享的权限，在文件夹或者磁盘盘符上单击鼠标右键，
选择"共享"→"高级共享"→"共享此文件夹"即可，也可在这里指定用户的访问权限，如
图 7-27 所示。

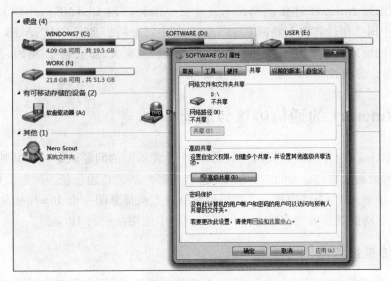

图 7-27　Windows 7 共享文件设置

7.4　国际互联网——Internet

7.4.1　Internet 的形成与发展

自人类社会跨入 21 世纪以来，大众传播媒介的一个新闻热点就是 Internet——国际互联网。随着计算机和通信技术的发展，Internet 的规模不断扩大，从学术性网络转变为商业化网络，覆盖的范围遍布全球。

1. Internet 的起源与发展

Internet 是一个全球性计算机网络的网络，它的前身可以追溯到 1969 年，美国国防部高级研究工程组织（Defense Advanced Research Projects Agency，DARPA）创建的一项计算机工程 ARPANET，它的指导思想是要研制一个能经得起故障考验（战争破坏）而且能维持正常工作的计算机网络。经过 4 年的研究，1972 年 ARPANET 正式亮相，该网络建立在 TCP/IP 协议之上。1986 年美国国家科学基金会（NSF）把建立在 TCP/IP 协议上的 NSFNET 向全社会开放。1990 年 NSFNET 取代 ARPANET 称为 Internet。90 年代以来，WWW 技术及其服务在 Internet 确立，Internet 被国际企业界普遍接受。

2. 我国的 Internet

Internet 在我国的发展经历了两个阶段：第一阶段是 1987—1993 年，只对少数高等院校、研究机构提供了 Internet 的电子邮件服务；第二阶段从 1994 年开始，实现了和 Internet 的 TCP/IP 连接，从而开通了 Internet 的全功能服务。根据国务院当时的规定，有权直接与国际 Internet 连接的网络有 4 个：中国科技网 CSTNET、中国教育科研网 CERNET、中国公用计算机互联网 CHINANET、中国金桥信息网 CHINAGBN。

中国的网络地理域名为 .cn，连接的国家有美国、加拿大、澳大利亚、英国、德国、法国、日本、韩国等。目前，Internet 正在迅速发展

7.4.2　Internet 的通信协议与地址

对于 Internet 这样世界最大的互联网，一个非常重要的问题就是对象识别问题，在网络中，对象的识别依靠地址，所以对 Internet 首先要解决的是地址统一问题。Internet 采用通用的地址格式，为全网的每一个网络的每一台主机都分配一个 Internet 地址。IP 协议的一项重要功能就是处理在整个 Internet 网络中使用统一的 IP 地址。

1. 传输层协议组

Internet 传输层协议组包括两个协议：传输控制协议(TCP)和用户数据报协议(UDP)。

1) 传输控制协议(TCP)

传输控制协议(TCP)是面向连接的控制协议，即在传输数据前要先建立逻辑连接，数据传输结束还要释放连接。因此，传输控制协议(TCP)是用于在不可靠的 Internet 上提供可靠的、端到端的字节流通信的协议。

2) 用户数据报传输协议(UDP)

用户数据报传输协议(UDP)提供了无连接的数据报服务。由于 UDP 协议在数据传输过程中无须建立逻辑连接，对数据包也不进行检查，似乎不如传输控制协议(TCP)可靠性高。但其工作的效率较 TCP 协议要高，具有 TCP 所望尘莫及的速度优势。这使得在有些情况下 UDP 协议变得非常有用，如视频电话会议系统等实时性要求高的应用。

2. 网际层协议组

Internet 的网际层协议组是以网际协议(IP)为主的一组协议，包括网际协议(IP)、地址解析协议(ARP)、逆向地址解析协议(RARP)及 Internet 控制信息协议(ICMP)等。

1) IP 地址

所有 Internet 上的计算机都必须有一个 Internet 上唯一的编号作为其在 Internet 的标识，这个编号称为 IP 地址。每个数据报中包含有发送方的 IP 地址和接收方的 IP 地址。IP 地址是一个 32 位二进制数，即 4 个字节，为方便起见，通常将其表示为 w.x.y.z 的形式。其中 w、x、y、z 分别为一个 0～255 的十进制整数，对应二进制表示法中的一个字节。这样的表示叫做点分十进制表示。

例如，某台机器的 IP 地址为：

11001010 011100010 01000000 00000010

则写成点分十进制表示形式是：

202.114.64.2

整个 Internet 由很多独立的网络互连而成,每个独立的网络就是一个子网,包含若干台计算机。根据这个模式,Internet 的设计人员用两级层次模式构造 IP 地址,类似电话号码。电话号码的前面一部分是区号,后面一部分是某部电话的客户号。IP 地址的 32 个二进制位也被分为两个部分,即网络地址和主机地址,网络地址就像电话的区号,标明主机所在的子网,主机地址则是在子网内部区分具体的主机。

IP 地址的取得方式,简单地说是大的组织先向 Internet 的 NIC(Network Information Center)申请若干 IP 地址,然后将其向下级组织分配,下级组织再向更下一级的组织分配 IP 地址。各子网的网络管理员将取得的 IP 地址指定给子网中的各台计算机。

2) A、B、C 三类网络

为了便于对 IP 地址进行管理,同时还考虑到网络的差异很大,有的网络拥有很多主机,而有的网络上的主机则很少,因此 Internet 的 IP 地址分成为 5 类,即 A 类到 E 类。D 类地址是多播地址,主要留给 Internet 体系结构委员会(IAB)使用。E 类地址保留在今后使用。目前大量使用的 IP 地址仅 A 至 C 类三种,如图 7-28 所示。

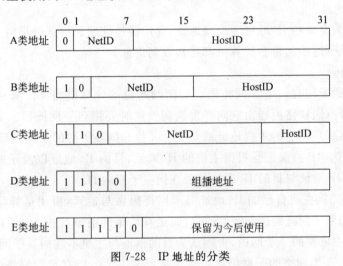

图 7-28   IP 地址的分类

(1) A 类地址

A 类 IP 地址的最高位为 0,其前 8 位为网络地址,是在申请地址时由管理机构设定的,后 24 位为主机地址,可以由网络管理员分配给本机构子网的各主机。一个 A 类地址最多可容纳 2^{24}(约 1600 万)台主机,全世界最多可有 $2^7 = 128$ 个 A 类地址。当然这两个"最多"是纯从数学上讲的,事实上不可能达到,因为一个网络中有些地址另有特殊用途,不能分配给具体的主机和网络。用 A 类地址组建的网络称 A 类网络。

(2) B 类地址

B 类 IP 地址的前 16 位为网络地址,后 16 位为主机地址,且前两位为 10。B 类地址的第一个十进制整数的值在 128~191 之间。一个 B 类网络最多可容纳 2^{16} 即 65 536 台主机,全世界最多可有 2^{14}(约 1.6 万)个 B 类地址。

(3) C 类地址

C 类 IP 地址的前 24 位为网络地址,最后 8 位为主机地址,且前三位为 110。C 类地址的第一个整数值在 192～223 之间。一个 C 类网络最多可容纳 2^8-2 即 254 台主机。全世界共有 2^{21}（约 209 万）个 C 类地址。C 类地址如下所示：

211.67.48.8
210.52.149.2

3）特殊 IP 地址

有些 IP 地址具有特定的含义，因而不能分配给主机。

（1）回送地址

指前 8 位为 01111111 的 IP 地址，这个地址用于网络软件测试和用于本机进程间通信。这使"A 类地址"127.0.0.0 不能分配给网络，减少了 224 个可用的 IP 地址。

（2）子网地址

主机地址全为 0 的 IP 地址为子网地址，代表当前所在的子网。例如，网络 150.24.0.0 指的是整个子网，这个地址不会分配给网络中的任何一台主机。

（3）广播地址

主机地址为全 1 的 IP 地址为广播地址，向广播地址发送信息就是向子网中的每个成员发送信息，该子网中的每台计算机都将接收到信息。

4）子网掩码

每个独立的子网有一个子网掩码。如何判断目的计算机与源计算机是在同一子网中，还是应将分组送往路由器由它向外发送呢？这时要用到子网掩码。如果一个子网的网络地址占 n 位（当然它的主机地址就是 $32-n$ 位），则该子网的子网掩码的前 n 位为 1，后 $32-n$ 位为 0。IP 协议正是根据主机的 IP 地址、目的 IP 地址以及子网掩码进行相应运算来判断源 IP 地址与目的 IP 地址是否在同一子网内的。

IP 协议首先将主机自己的 IP 地址与子网掩码做与运算，再用运算结果同目的地址做异或运算，如果子网掩码的前 n 位为 1，而运算结果的前 n 位全为 0，IP 软件就会认为该目的地址与主机在同一子网内，否则认为目的地址与主机不在同一子网内。

例如，所有 A 类网络的子网络掩码一定是 255.0.0.0，所有 C 类网络的子网掩码一定是 255.255.255.0。

5）IPv6

现有的互联网是在 IPv4 协议的基础上运行的。IPv6 是下一版本的互联网协议，因为互联网的迅速发展，IPv4 定义的有限地址空间将被耗尽。为了扩大地址空间，拟通过 IPv6 重新定义地址空间。IPv4 采用 32 位地址长度，有大约 43 亿个地址，而 IPv6 采用 128 位地址长度，可以实现扩大地址空间、提高网络的整体吞吐量、改善服务质量（QoS）、安全性有更好的保证、支持即插即用和移动性、更好地实现多播功能。

7.4.3 Internet 接入方法

Internet 接入技术根据其传输介质可分为有线接入和无线接入两大类，接入技术的具体分类如表 7-2 和表 7-3 所示。

　　　　　　　大学计算机基础教程

表 7-2 　有线接入技术的主要类型

接入方式		说　　明
拨号接入	ISDN 接入	综合业务数字网
	ADSL 接入	非对称数字用户线
	HFC 接入	混合光纤/同轴电缆
光纤接入	DDN 接入	数字数据网
	LLC	电力线上网

表 7-3 　无线接入技术的主要类型

	固定接入	移动接入
微波	一点多址	无线寻呼
	固定无线接入	蜂窝移动电话
卫星	VSAT	无绳电话
	直播卫星	卫星移动

1. 拨号接入

拨号接入方式一般都是通过 Modem 将用户的计算机与电话线相连,通过电话线传输数据。利用 Modem 拨号接入 Internet 的方式如图 7-29 所示。图中,ISP 为因特网服务提供商,PSTN 为公用电话交换网,RAS 为远程接入服务器。

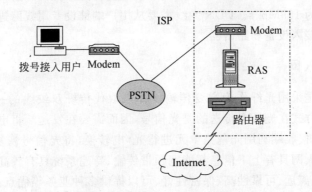

图 7-29 　拨号接入方式示意图

2. 非对称数字用户线接入

ADSL 是一种充分利用现有的电话铜质双绞线来开发宽带业务的非对称性的因特网接入技术。所谓非对称就是指用户线的上行(从用户到网络)和下行(从网络到用户)的传输速率不相同。经 ADSL Modem 编码后的信号通过电话线传到电话局后再通过一个信号识别/分离器,如果是语音信号就传到电话交换机上,如果是数字信号就接入 Internet。

ADSL 具有下行速率高、频带宽、性能优良等特点。

ADSL 的系统结构如图 7-30 所示，它主要由中央交换局端模块和远端模块组成。其中，ATU-C 为中央交换局端模块的 ADSL Modem，ATU-R 为用户端 ADSL Modem。

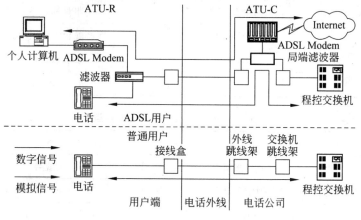

图 7-30   ADSL 的系统结构

3. 数字数据网

数字数据网(Digital Data Network，DDN)是利用数字通道传输数据信号的数据传输网。DDN 可提供点对点、点对多点透明传输的数据专线，为用户传输数据、图像、声音等信息。

DDN 的主干传输为光纤传输，采用数字通道直接传送数据，传输质量高，目前可达到的最高传输速率为 155Mb/s。DDN 专线需要从用户端铺设专用线路进入主干网络，用户端还需要专用的接入设备和路由器。

4. 光纤接入网

光纤接入网是采用光纤作为主要传输媒体来取代传统双绞线的一种宽带接入网技术。这种接入网方式在光纤上传送的是光信号，因而需要在发送端将电信号通过电/光转换变成光信号，在接收端利用光网路单元进行光/电转换，将光信号恢复为电信号送至用户设备。光纤接入网具有上下信息都能宽频带传输、新建系统具有较高的性能价格比、传输速度快、传输距离远、可靠性高、保密性好、可以提供多种业务等优点。

7.5   Internet 信息服务

Internet 的基本服务主要有以下几种：

(1) WWW(World Wide Web)

(2) 电子邮件(E-mail)

(3) 文件传输(FTP)

（4）信息资源检索

除此之外，还有远程登录（Telnet）、新闻小组（Usenet）、电子公告栏（BBS）、网络会议、IP 电话、电子商务等应用。

7.5.1　WWW 服务

1. 万维网概述

WWW（World Wide Web）简称 3W，也称为万维网，它拥有图形用户界面，使用超文本结构链接。它是一种基于超文本（Hypertext）方式的信息查询工具。Internet 的很多其他功能，如 E-mail、FTP、Usenet、BBS、WAIS 等，都可通过 WWW 方便地实现。万维网的出现使 Internet 从仅由少数计算机专家使用变为普通大众也能利用的信息资源，它是 Internet 发展中的一个非常重要的里程碑。

超文本文件由超文本标注语言（Hypertext Markup Language，HTML）格式写成，这种语言是欧洲粒子物理实验室（CERN）提出的 WWW 描述语言。WWW 文本不仅含有文本和图像，还含有作为超链接的词、词组、句子、图像和图标等。这些超链接通过颜色和字体的改变与普通文本区别开来，它含有指向其他 Internet 信息的 URL 地址。将鼠标移到超链接上点击，Web 就根据超链接所指向的 URL 地址跳到不同站点、不同文件。链接同样可以指向声音、影像等多媒体，超文本与多媒体一起构成了超媒体（Hypermedia），因而万维网是一个分布式的超媒体系统。

WWW 由三部分组成：浏览器（Browser）、Web 服务器（Web Server）和超文本传送协议（HTTP Protocol）。浏览器向 Web 服务器发出请求，Web 服务器向浏览器返回其所需的 WWW 文档，然后浏览器解释该文档并按照一定的格式将其显示在屏幕上。浏览器与 Web 服务器使用 HTTP 协议进行互相通信。为了制定用户所要求的 WWW 文档，浏览器发出的请求采用 URL 形势描述。

2. 统一资源定位符（URL）

HTML 的超链接使用统一资源定位符 URL（Uniform Resource Locators）来定位信息资源所在位置。URL 描述了浏览器检索资源所用的协议、资源所在计算机的主机名，以及资源的路径与文件名。Web 中的每一页，以及每页中的每个元素、图形、热字或是帧也都有自己唯一的地址。

标准的 URL 如下：

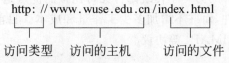

这个例子表示的是：用户要连接到名为 www.wuse.edu.cn 的主机上，采用 http 方式读取名为 index.html 的超文本文件。

URL 是在一个计算机网络中用来标识、定位某个主页地址的文本。简单地说，URL

提供主页的定位信息,用户可以看到浏览器在定位区内显示 URL。用户一般不需要了解某一主页的 URL,因为有关的定位信息已经被包括在加亮条的链接信息之中,当用户选择某一加亮条时,浏览器就已经知道了它的 URL。同时,浏览器提供让用户直接输入 URL 对 WWW 进行访问的功能。

3. 超文本传输协议(HTTP)

超文本传输协议(HTTP)是位于 TCP/IP 协议体系结构的应用层的协议。我们每天通过浏览器浏览的网页实际就是使用 HTTP 协议在因特网中的 Web 服务器和 Web 浏览器应用之间传输的。

HTTP 采用客户机/服务器模式(Client/Server,C/S)。客户机在需要时首先提出服务请求,服务器则是用来提供 Web 服务、文件服务、数据服务或其他服务的高性能计算机。在用户需要浏览某台 Web 服务器中的网页文件时,打开一个 HTTP 会话,并向远程服务器发出 HTTP 请求。接到请求信号后,服务器产生一个 HTTP 应答信息,并发回到客户端浏览器。这种工作模式就是客户机/服务器工作模式。该执行过程如图 7-31 所示。

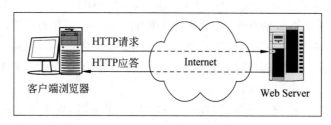

图 7-31　HTTP 协议的执行过程

7.5.2　电子邮件服务

电子邮件(E-mail)是 Internet 上用户最广泛的应用之一。由于其快捷、方便和低成本,所以深受个人和企业用户的青睐。

在 Internet 上发送和接收电子邮件,实际并不是直接在发送方和接收方的计算机之间传送的,而是通过 Internet 服务提供商(Internet Service Provider,ISP)的邮件服务器(全天 24 小时都运行)作为代理环节实现的。发送方可在任何时间将邮件发送到邮件服务器中接收者的电子邮箱中并被存储起来。接收方在需要的时候检查自己的邮箱,并下载自己的邮件。电子邮件的另一个传统邮件无可比拟的优点是可以同时向多个以至于无数个接收者发送电子邮件,而并不增加多少工作量和成本。目前应用比较多的电子邮件协议是 SMTP、POP3 和 IMAP4 等协议。

1. 简单邮件传输协议(SMTP)

简单邮件传输协议(SMTP)是一个简单的基于文本的电子邮件传输协议,是在

大学计算机基础教程

Internet 上用于在邮件服务器之间交换邮件的协议。SMTP 作为应用层的服务,可以适应于各种网络系统。

使用 SMTP 要经过建立连接、传送邮件和释放连接三个阶段。

2. 邮局协议(POP)

电子邮件的收信人使用邮局协议(Post Office Protocol,POP)从邮件服务器上自己的邮箱中取出邮件。POP3 是目前与 SMTP 协议相结合最常用的电子邮件服务协议,它为邮件系统提供了一种接收邮件的方式,使用户可以直接将邮件下载到本地计算机,在自己的客户端阅读邮件。

电子邮件发送过程如图 7-32 所示。

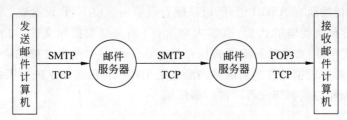

图 7-32   电子邮件传输协议

7.5.3　文件传输服务

1. 文件传输的概念

FTP(File Transfer Protocol)为文件传输协议,用于管理计算机之间的文件传送。FTP 服务是基于 TCP 的连接,端口号为 21。若想获取 FTP 服务器的资源,需要拥有该主机的 IP 地址(主机域名)、账号、密码。但许多 FTP 服务器允许用户用 anonymous 用户名登录。口令任意,一般为电子邮件地址。

FTP 可以实现文件传输的两种功能:

(1) 下载(download):从远程主机向本地主机复制文件。

(2) 上载(upload):从本地主机向远程主机复制文件。

Internet 是一个非常复杂的计算机环境,有 PC、工作站、大型机等。据统计,连接在 Internet 上的计算机已有上亿台,而这些计算机可能运行不同的操作系统,而各种操作系统的文件结构各不相同,要解决这种异种机和异种操作系统之间的文件交流问题,需要建立一个统一的文件传输协议,这就是所谓的 FTP。基于不同的操作系统,有不同的 FTP 应用程序,而所有这些应用程序都遵守同一种协议,这样用户就可以把自己的文件传送给他人,或者从其他的用户环境中获得文件。

Internet 由于采用了 TCP/IP 协议作为它的基本协议,所以在 Internet 中无论两台计算机在地理位置上相距多远,只要它们都支持 FTP 协议,它们之间就可以随时相互传送文件。这样做不仅可以节省实时联机的通信费用,而且可以方便地阅读与处理传输来的文件。同时,采用 FTP 传输文件时,不需要对文件进行复杂的转换,因此具有较高的效率。

2. FTP 文件传输方式

文件传送服务是一种实时的联机服务。在进行文件传送服务时,首先要登录到对方的计算机上,登录后只可以进行与文件查询、文件传输相关的操作。

使用 FTP 可以传输多种类型的文件,如文本文件、二进制可执行程序、声音文件、图像文件与数据压缩文件等。

文件传输有两种模式:文本模式和二进制模式。文本传输使用 ASCII 字符,并由回车键和换行符分开,而二进制不用转换或格式化就可传输字符。二进制模式比文本模式更快,并且可以传输所有 ASCII 值,所以系统管理员一般将 FTP 设置成二进制模式。

为了减少存储与传输的代价,通常大型文件(如大型数据库文件、讨论组文档、BSD UNIX 全部源代码等)都是按压缩格式保存的。由于压缩文件也是按二进制模式来传送的,因此接收方需要根据文件的后缀来判断它是用哪一种压缩程序进行压缩的,在解压缩文件时就应选择相应的解压缩程序进行解压缩。

3. 如何使用 FTP

使用 FTP 的条件是用户计算机和向用户提供 Internet 服务的计算机能支持 FTP 命令。首先启动 FTP 客户端程序,与远程主机建立链接,然后向远程主机发出传输命令,远程主机在接收到命令后,就会立即返回响应,并完成文件的传输。

FTP 提供的命令十分丰富,涉及文件传输、文件管理、目录管理与连接管理等方面。根据所使用的用户账户不同,FTP 服务分为普通 FTP 服务和匿名 FTP 服务。

用户在使用普通 FTP 服务时,必须建立与远程计算机之间的链接。首先要给出目的计算机的名称或地址,当连接到宿主机后,要进行登录,检验用户 ID 号和口令后,连接才得以建立。因此用户要在远程主机上建立一个账户。对于同一目录或文件,不同的用户拥有不同的权限,所以在使用 FTP 的过程中,如果发现不能下载或上载某些文件时,一般是因为用户权限不够。用户用 anonymous 用户名匿名登录时,口令任意,一般为电子邮件地址。用自己的 E-mail 地址作为用户密码,匿名 FTP 服务器便可以允许这些用户登录到这台匿名 FTP 服务器中,提供文件传输服务。如果是通过浏览器访问 FTP 服务器,则不用登录,就可访问到提供给匿名用户的目录和文件。

7.6　网页制作初识

在 Internet 上的网站(网页)异彩纷呈。要使网站(网页)受到用户欢迎,一个关键的因素是设计出好的网页。

7.6.1 什么是 HTML 语言

HTML(HyperText Markup Language)即超文本标记语言,是 WWW 的描述语言。设计 HTML 语言的目的是能把存放在一台计算机中的文本或图形与另一台计算机中的文本或图形方便地联系在一起,形成有机的整体。我们只需使用鼠标在某一文档中点取一个图标,Internet 就会马上转到与此图标相关的内容上去,而这些信息可能存放在网络的另一台计算机中。HTML 文本是由 HTML 命令组成的描述性文本,HTML 命令可以说明文字、图形、动画、声音、表格、链接等。HTML 是网络的通用语言,是一种简单、通用的全置标记语言。它允许网页制作者建立文本与图片相结合的复杂页面,这些页面可以被网上任何其他人浏览,无论使用的是什么类型的计算机或浏览器。

7.6.2 网页基本元素

1. 文字

文字是网页发布信息所用的主要形式,由文字制作出的网页占用空间小,因此,当用户浏览时,可以很快地展现在用户面前。另外,文字性网页还可以利用浏览器中的"文件"菜单下的"另存为"功能将其下载,便于以后长期阅读,也可对其进行编辑打印。

1) 标题

一个网页通常都有一个标题,表明本网页的主要内容。标题是否醒目是能否吸引浏览者注意的一个关键,因此对标题的设计是很重要的。

2) 字号

网页中的文字不能太大或太小。一个网页中的文字应统筹规划,大小搭配适当,给人以生动活泼之感觉。

3) 字形

在网页适当的位置采用不同的字体字形,也能使网页产生吸引人的效果。应该注意的是有些美丽的字形在制作网页的计算机上有,但将来别人浏览你的网页时,浏览者的计算机上未必装有这种字体,这样浏览者就无法得到你预想的浏览效果,甚至适得其反。

如果只是标题或少量的文字,可以将采用的特殊字体制作成图形方式,就可避免其他浏览者看不到的情况了。

当文本内容较多时,可以利用表格形式来实现。

2. 图形

图形可以是普通的绘制图形和各种图像,还可以是视频和动画。一个网页除了有能吸引浏览者的文字形式和内容外,图形的表现功能是不能低估的。网页上的图形格式一般使用 JPEG 和 GIF,这两种格式具有跨平台的特性,可以在不同操作系统支持的浏览器上显示。

3. 链接标志

链接是网页中一种非常重要的功能,通过链接可以从一个网页转到另一个网页,也可以从一个网站转到另一个网站。链接的标志有文字和图形两种。制作一些精美的图形作为链接按钮,可以使它与整个网页融为一体。

4. 交互功能

Internet 区别于其他媒体的一个重要标志就是它的交互功能。例如在商务网站的页面上,人们经过浏览,选择了某一个产品,就需要将自己的决定通过 Internet 告诉这个网站,网站能够自动对该产品的数据库进行检索,及时回应有无、数量、规格、价格等信息。如果用户选择确定,则网站能够返回确认信息。像这种交互功能其他媒体是无法比拟的。

通常网页的交互功能都是利用表单来实现的。表单是网页中站点服务器处理的一组数据输入域,当访问者单击按钮或图形来提交表单后,数据就会传送到服务器上。

7.6.3 网页制作和美化工具

1. 网页制作工具

1) FrontPage

FrontPage 是由 Microsoft 公司推出的 Web 网页制作工具。它使网页制作者能够更加方便、快捷地创建和发布网页,具有直观的网页制作和管理方法,简化了大量工作。

FrontPage 界面与 Word、PowerPoint 等软件的界面极为相似,易学易用,Microsoft 公司将 FrontPage 封装入 Office 之中,成为 Office 家族的一员,使之功能更为强大。

2) Dreamweaver

Dreamweaver 是由美国著名的软件开发商 Macromedia 公司(现在已经被 Adobe 公司并购)推出的一个"所见即所得"的可视化网站开发工具,它具有可视化编辑界面,用户不必编写复杂的 HTML 源代码就可以生成跨平台、跨浏览器的网页,不仅适合于专业网页编辑人员使用,同时也容易被业余网友们所掌握。

Dreamweaver 支持动态 HTML,并采用了 Roundtrip HTML 技术,从而奠定了在网页高级设计功能方面的领先地位。动态 HTML 技术能够让用户轻松设计复杂的交互式网页,产生动态效果;而 Roundtrip HTML 技术则可以真正支持 HTML 源编辑模式,不会产生冗余代码,使网页渲染速度加快。

2. 网页美化工具

为了使制作的网页更为美观,用户还需利用网页美化工具对网页进行美化。

1) Photoshop

Photoshop 是由 Adobe 公司开发的图形处理软件,它是目前公认的 PC 上最好的通用平面美术设计软件,它功能完善、性能稳定、使用方便,所以在几乎所有的广告、出版机构和软件公司,Photoshop 都是首选的平面制作工具。

2) Fireworks

Fireworks 是由 Macromedia 公司开发的图形处理工具,它是第一套专门为制作网页图形而设计的软件。Fireworks 还能够自动切割图像、生成光标动态感应的 JavaScript 程序等,而且 Fireworks 具有强大的动画功能和一个相当完美的网络图像生成器。

3) Flash

Flash 是 Macromedia 公司开发的矢量图形编辑和动画创作的专业软件,它是一种交互式动画设计工具,用它可以将音乐、声效、动画以及富有新意的界面融合在一起,以制作出高品质的网页动态效果。Flash 广泛应用于网页动画制作、教学动画演示、网上购物、在线游戏等的制作中。

7.6.4　网页制作的基本步骤

1. 整体规划

进行网站的整体规划就是组织网站的内容和设计其结构。网页制作者在明确网页制作的目的及要包括的内容之后,应该对网站进行规划,以确保文件内容条理清楚、结构合理,这样不仅可以很好地体现设计者的意图,也将使网站可维护性与可扩展性增强。

1) 层状结构

层状结构类似于目录系统的树型结构,由网站文件的主页开始,依次划分为一级标题、二级标题等,逐级细化,直至提供给浏览者具体信息。

2) 线性结构

线性结构类似于数据结构中的线性表,用于组织本身以线性顺序形式存在的信息,可以引导浏览者按部就班地浏览整个网站文件。这种结构一般都用在平行的页面上。

通常情况下,网站文件的结构是层状结构和线性结构相结合的,这样可以充分利用两种结构各自的特点,使网站文件既具有条理性和规范性,又可同时满足设计者和浏览者的要求。

3) Web 结构

Web 结构(见图 7-33)类似于 Internet 的组成结构,各网页之间形成网状连接,允许用户随意浏览。

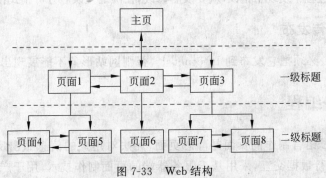

图 7-33　Web 结构

2. 网页设计与制作

在开始制作网页之前,建议对要制作的主页进行总体设计,例如希望主页是怎样的风格,应该放一些什么信息,其他网页如何设计,分几层来处理等。

在进行网页开发时,首先进行静态网页的制作,然后再在其中加入脚本程序、表单等。静态网页是仅用来被动地发布信息,而不具有任何交互功能的网页,它是 Web 网页的重要组成部分。

对网页设计与制作的建议如下:

(1) 不要先决定网页的外观,然后迫使自己去适应它,应该根据网站的访问者对象、要提供的信息以及制作目标得出一个最适合的网页架构。

(2) 每页排版不要太松散或用太大的字,尽量避免访问者浏览网页时要作大幅度的滚动,对于篇幅太长的一页可以使用内部链接解决。

(3) 不应在每页中插入太多的广告。

(4) 不要每页都采用不同的墙纸,以免每次转页时都要花费过多的时间去下载,采用相同的底色或墙纸还可以增强网页的一致性,以树立自己的风格。

(5) 底色或墙纸必须与文字对比强烈,以便于阅读。

(6) 不要把图片白色当做透明,要知道别人的系统不一定把内定底色设为白色,最好用图片编辑工具将图片设为透明颜色。

3. 为网页添加动态效果

在静态网页制作完成后,接下来的工作就是为网页添加动态效果,包括一些脚本语言程序和数据库程序的设计,以及加入动画效果等。

4. 测试网页

当网页设计人员制作完所有网站页面之后,需要对所设计的网页进行审查和测试,测试内容包括功能性测试和完整性测试两个方面。

功能性测试就是要保证网页的可用性,达到最初的内容组织设计目标,实现所规定的功能,读者可方便快速地寻找到所需的内容。完整性测试就是保证页面内容显示正确,链接准确,无差错无遗漏。

如果在测试过程中发现了错误,就要及时修改,在准确无误后方可正式在 Internet 上发布。

5. 网页上传发布

网页设计好,必须把它发布到 Internet 上,否则网站形象不能展现出去。

7.6.5　网络编程

使用 HTML 语言制作的页面是静态页面,无法对用户的信息做出反应,为了能使客户机与服务器进行数据交互,采用基于服务器端的页面制作技术,用于产生动态网页。

目前在制作动态网页方面采用的主要有 ASP、ASP. NET、PHP 和 JSP,可以直接在 HTML 中包含可执行的脚本语言,可以进行数据库和网页之间的数据交互。它们都是在 Web 服务器上执行,程序代码的执行结果被重新嵌入到 HTML 代码中,然后一起发给浏览器,所以具有与浏览器无关的特征,而且源程序不会被传送到客户浏览器,可以避免源程序被人下载而窃取,提高了程序的安全性。

1. ASP 与 ASP. NET

ASP(Active Server Pages,活动服务器页面)是一种服务器端脚本编写环境,它以 VBScript 或 JavaScript 作为脚本语言,可以用来创建包含 HTML 标记、文本和脚本命令的动态网页,称为 ASP 动态网页,其文件扩展名是. asp。ASP 动态网页中可以包含服务器端脚本,安装在 Web 服务器计算机上的应用程序扩展软件负责解释并执行这些脚本,该软件的文件名为 Asp. dll,通常称为 ASP 引擎,也就是应用程序服务器。

ASP. NET 是建立在微软新一代. NET 平台架构上,利用普通语言运行时(Common Language Runtime)在服务器后端为用户提供建立强大的企业级 Web 应用服务的编程框架。ASP. NET 可完全利用. NET 架构的强大、安全、高效的平台特性。ASP. NET 是运行在服务器后端编译后的普通语言运行时代码,运行时早期绑定(Early Binding)、即时编译、本地优化、缓存服务、零安装配置、基于运行时代码受管与验证的安全机制等都为 ASP. NET 带来卓越的性能。

ASP 与 ASP. NET 的区别如下:

1) 开发语言不同

ASP 仅局限于使用 non-type 脚本语言来开发,用户给 Web 页中添加 ASP 代码的方法与客户端脚本中添加代码的方法相同,导致代码杂乱。

ASP. NET 允许用户选择并使用功能完善的 strongly-type 编程语言,也允许使用潜力巨大的. NET Framework。

2) 运行机制不同

ASP 是解释运行的编程框架,所以执行效率较低。

ASP. NET 是编译性的编程框架,运行的是服务器上的编译好的公共语言运行时库代码,可以利用早期绑定和实时编译来提高效率。

3) 开发方式不同

ASP 把界面设计和程序设计混在一起,维护和重用困难。

ASP. NET 把界面设计和程序设计以不同的文件分离开,复用性和维护性得到了提高。

2. JSP

JSP(JavaServer Pages)技术提供了一种简单快速的方法来创建显示动态生成内容的 Web 页面。由业界处于领先地位的 Sun 公司制定了相关的 JSP 技术规范,该规范定义了如何在服务器和 JSP 页面间进行交互,还描述了页面的格式和语法。JSP 页面使用 XML 标签和 scriptlets(一种使用 Java 语言编写的脚本代码),封装了生成页面内容的逻辑。它将各种格式的标签(HTML 或者 XML)直接传递回响应页面。通过这种方式,JSP 页面实现了页面逻辑与其设计和显示的分离。JSP 页面被编译成 servlets,并可能调用 JavaBeans 组件(beans)或 Enterprise JavaBeans 组件(企业 beans),以便在服务器端处理。因此,JSP 技术在构建可升级的基于 Web 的应用程序时扮演了重要角色。JSP 页面并不局限于任何特定的平台或 Web 服务器上。JSP 规范在业界有着广泛的适应性。

自 测 题

1. 在目前的学习生活中哪些时候用到了计算机网络?
2. 计算机的发展可以分为哪几个阶段?
3. 简述局域网的发展概况及其特点。
4. 组建一个局域网需要哪些设备?
5. 你认为未来的计算机网络的发展方向是什么?
6. 在网上选择一家书店,体验并描述网上购书的感受。
7. 给你的老师和同学发一封电子邮件。
8. 在网上创建一个自己的个人主页。

 **章 计算机信息安全**

8.1 计算机信息系统安全

计算机系统从 1946 年诞生至今,经历了科学计算、过程控制、数据加工、信息处理等应用发展过程,功能逐步完善。网络技术的应用使得在空间和时间上原先分散、独立的信息形成了庞大的信息资源系统。网络资源的共享提高了信息系统中信息的有效使用价值。但是,信息资源的共享也带来了信息安全的问题。计算机信息系统安全包括实体安全、运行安全和信息安全等几个部分。

8.1.1 计算机信息系统实体安全

计算机信息系统的实体安全是整个计算机信息系统安全的前提。因此,保证实体的安全是十分重要的。计算机信息系统的实体安全是指计算机信息系统设备及相关设施的安全和正常运行,其具体内容包括以下三个方面。

1. 环境安全

环境安全是指计算机和信息系统的设备及其相关设施所放置的机房的地理环境、气候条件、污染状况以及电磁干扰等对实体安全的影响。

(1) 远离滑坡、危岩、砾石流等地质灾害高发地区。

(2) 远离易燃、易爆物品的生产工厂及储库房。

(3) 远离环境污染严重的地区。例如,不要将场地选择在水泥厂、火电厂及其他有毒气体、腐蚀性气生产工厂的附近。

(4) 远离低洼、潮湿及雷击区。

(5) 远离强烈振动设备、强电场设备及强磁场设备所在地。

(6) 远离飓风、台风及洪涝灾害高发地区。

根据计算机信息系统在国民经济中的地位和作用,场地的选择有不同的控制标准。总的说来,越重要的系统,场地的选择标准越高。当实在不能满足其某些条件时,应采取相应的安全措施。

2. 设备安全

设备安全保护是指计算机信息系统的设备及相关设施的防盗、防毁以及抗电磁干扰、静电保护、电源保护等几个方面：

(1) 防盗、防毁保护。

(2) 抗电磁干扰。

(3) 静电保护。

(4) 电源保护。

3. 媒体安全

媒体安全是指对存储有数据的媒体进行安全保护。存储信息的媒体主要有纸介质、磁介质(硬盘、软盘、磁带)、半导体介质的存储器以及光盘。媒体是信息和数据的载体，媒体损坏、被盗或丢失，损失最大的不是媒体本身，而是媒体中存储的数据和信息。对于存储有一般数据信息的媒体，这种损失在没有备份的情况下会造成大量人力和时间的浪费，对于存储有重要和机密信息的媒体，造成的是无法挽回的巨大损失，甚至会影响到社会的安定和战争的成败。媒体的安全保护，一是控制媒体存放的环境要满足要求，对磁介质媒体库房温度应控制在 $15\sim25$℃之间，相对湿度应控制在 $45\%\sim65\%$，否则易发生霉变，造成数据无法读出。二是完善相应的管理制度，存储有数据和信息的媒体应有专人管理，使用和借出应有十分严格的控制。对于需要长期保存的媒体，则应定期翻录，避免因介质老化而造成损失。

8.1.2　计算机信息系统的运行安全

计算机信息系统的运行安全包括：系统风险管理、审计跟踪、备份与恢复、应急 4 个方面的内容。系统的运行安全是计算机信息系统安全的重要环节，是为保障系统功能的安全实体，其目标是保证系统能连续、正常地运行。

运行安全的保护是指计算机信息系统在运行过程中的安全必须得到保证，使之能对信息和数据进行正确的处理，正常发挥系统的各项功能。影响运行安全的主要有下列因素。

1. 工作人员的误操作

工作人员的业务技术水平、工作态度及操作流程的不合理都会造成误操作，误操作带来的损失可能是难以估量的。常见的误操作有误删除程序和数据、误移动程序和数据的存储位置、误切断电源以及误修改系统的参数等。

2. 硬件故障

造成硬件故障的原因很多，如电路中的设计错误或漏洞、元器件的质量、印刷电路板的生产工艺、焊结的工艺、供电系统的质量、静电影响及电磁场干扰等，均会导致在运行过程中硬件发生故障。硬件故障，轻则使计算机信息系统运行不正常、数据处理出错；重则导致系统完全不能工作，造成不可估量的巨大损失。

3. 软件故障

软件故障通常是由于程序编制错误而引起。随着程序规模的增大,出现错误的地方就会越来越多。这些错误对于很大的程序来说是不可能完全排除的,因为在对程序进行调试时,不可能通过所有的硬件环境和处理数据进行测试。这些错误只有当满足它的条件时才会表现出来,平时我们是不能发现的。众所周知,微软的 Windows 系列操作系统均存在多处程序错误,发现这些错误后均通过打补丁的形式来解决,以至于"打补丁"这个词在软件产业界已经习以为常。程序编制中的错误尽管不是恶意的,但仍会带来巨大的损失。

4. 计算机病毒

计算机病毒是破坏计算机信息系统运行安全的最重要因素之一,Internet 在为人们提供信息传输和浏览方便的同时,也为计算机病毒的传播提供了方便。1999 年,人们刚从"美丽杀手"的阴影中解脱出来,紧接着全球便遭到了比较厉害的病毒 CIH 的洗劫,全球至少有数百万台计算机因 CIH 而瘫痪,它不但破坏 BIOS 芯片,而且破坏硬盘中的数据,所造成的损失难以用金钱的数额来估计。目前病毒的种数已经难以准确估计,并且每天都以超过 200 个诞生。

5. 黑客攻击

黑客具有高超的技术,对计算机硬、软件系统的安全漏洞非常了解。他们的攻击目的具有多样性,一些是恶意的犯罪行为;一些是玩笑型的恶作剧行为;也有一些是正义的攻击行为,如在美国等北约国家对南联盟轰炸期间,许多黑客对美国官方网站进行攻击,他们的目的是反对侵略战争和霸权主义。随着 Internet 的发展和普及,黑客的攻击会越来越多。近年,我国的几个大型门户网站均受到过黑客的攻击,网站的运行安全受到不同程度的影响。

6. 恶意破坏

恶意破坏是一种犯罪行为,它包括对计算机信息系统的物理破坏和逻辑破坏两个方面。物理破坏只要犯罪分子能足够地接近计算机便可实施,通过暴力对实体进行毁坏。逻辑破坏是利用冒充身份、窃取口令等方式进入计算机信息系统,改变系统参数、修改有用数据、修改程序等,造成系统不能正常运行。物理破坏容易发现,而逻辑破坏具有较强的隐蔽性,常常不能及时发现。

8.1.3　计算机信息系统的信息安全

计算机信息系统的信息安全是指防止信息资产被故意的或偶然的非法授权泄露、更改、破坏或信息被非法辨识、控制,确保信息的保密性、完整性、可用性和可控性。针对计算机信息系统中信息的存在形式和运行特点,信息安全包括操作系统安全、数据库安全、网络安全、病毒防护、访问控制、加密与鉴别 7 个方面。信息安全的破坏主要表现在如下几个方面。

1. 信息可用性遭到破坏

信息的可用性是指用户的应用程序能够利用相应的信息进行正确的处理。计算机程序与信息数据文件之间都有约定的存放磁盘、文件夹、文件名的关系，如果将某数据文件的文件名称进行了改变，对于它的处理程序来说，这个数据文件就变成了不可用，因为它不能找到要处理的文件。同样，将数据文件存放的磁盘或文件夹进行了改变后，数据文件的可用性也遭了破坏。另一种情况是在数据文件中加入一些错误的或应用程序不能识别的信息代码，导致程序不能正常运行或得到错误的结果。

2. 对信息完整性的破坏

信息的完整性包含信息数据的多少、正确与否、排列顺序等几个方面。任何一个方面遭破坏，均会破坏信息的完整性。信息完整性的破坏可能来自多个方面，人为因素、设备因素、自然因素及计算机病毒等均可能破坏信息的完整性。

3. 保密性的破坏

对保密性的破坏一般包括非法访问、信息泄露、非法复制、盗窃以及非法监视、监听等方面。非法访问指盗用别人的口令或密码等对超出自己权限的信息进行访问、查询和浏览。信息泄露包含人为泄露和设备、通信线路的泄露。

人为泄露是指掌握有机密信息的人员有意或无意地将机密信息传给了非授权的人员。设备及通信线路的信息泄露主要指电磁辐射泄漏、搭线侦听、废物利用几个方面。电磁辐射泄漏主要是指计算机及其设备、通信线路及设备在工作时所产生的电磁辐射，利用专门的接收设备就可以在很远的地方接收到这些辐射信息。

8.2　计算机的网络安全

计算机网络的应用越来越广泛，人们的日常生活、工作、学习等各个方面几乎都会应用到计算机网络。尤其是计算机网络应用到电子商务、电子政务以及企事业单位的管理等领域，对计算机网络的安全要求也越来越高。一些怀有恶意者也利用各种手段对计算机网络的安全造成各种威胁。因此，计算机网络的安全越来越受到人们的关注，成为一个新的研究课题。

8.2.1　计算机网络安全威胁

计算机网络面临多种安全威胁，国际标准化组织(ISO)对开放系统互联(OSI)环境定义了以下几种威胁：

(1) 伪装。威胁源成功地假扮成另一个实体，随后滥用这个实体的权利。

（2）非法连接。威胁源以非法的手段形成合法的身份，在网络实体与网络资源之间建立非法连接。

（3）非授权访问。威胁源成功地破坏访问控制服务，如修改访问控制文件的内容，实现了越权访问。

（4）拒绝服务。阻止合法的网络用户或其他合法权限的执行者使用某项服务。

（5）抵赖。网络用户虚假地否认递交过信息或接收到信息。

（6）信息泄露。未经授权的实体获取到传输中或存放着的信息，造成泄密。

（7）通信量分析。威胁源观察通信协议中的控制信息，或对传输过程中信息的长度、频率、源及目的进行分析。

（8）无效的信息流。对正确的通信信息序列进行非法修改、删除或重复，使之变成无效信息。

（9）篡改或破坏数据。对传输的信息或存放的数据进行有意的非法修改或删除。

（10）推断或演绎信息。由于统计数据信息中包含原始的信息踪迹，非法用户利用公布的统计数据推导出信息源的来源。

（11）非法篡改程序。威胁源破坏操作系统、通信软件或应用程序。

以上所描述的种种威胁大多由人为造成，威胁源可以是用户，也可以是程序。除此之外，还有其他一些潜在的威胁，如电磁辐射引起的信息失密、无效的网络管理等。研究网络安全的目的就是尽可能地消除这些威胁。

8.2.2　计算机网络面临的安全攻击

计算机网络的主要功能之一是通信，信息在网络中的流动过程有可能受到中断、截取、修改或捏造等形式的安全攻击。

（1）中断：指破坏者采取物理或逻辑方法中断通信双方的正常通信，如切断通信线路、禁用文件管理系统等。

（2）截取：指未授权者非法获得访问权，截获通信双方的通信内容。

（3）修改：指未授权者非法截获通信双方的通信内容后，进行恶意篡改。

（4）捏造：指未授权者向系统中插入伪造的对象，传输欺骗性消息。

信息在网络中正常流动和受到安全攻击的示意图如图 8-1 所示。

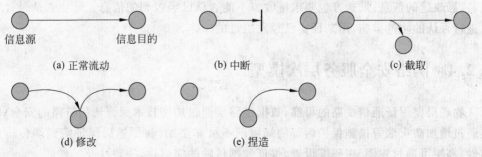

图 8-1　信息在网络中流动示意图

8.2.3 计算机网络安全体系

ISO 提供了以下 5 种可供选择的安全服务。

1. 身份认证

身份认证是访问控制的基础,是针对主动攻击的重要防御措施。身份认证必须做到准确无误地将对方辨别出来,同时还应该提供双向认证,即互相证明自己的身份。网络环境下的身份认证更加复杂,因为验证身份一般通过网络进行而非直接交互,常规验证身份的方式(如指纹)在网络上已不适用;另外,大量黑客随时随地都可能尝试向网络渗透,截获合法用户口令,并冒名顶替以合法身份入网,所以需要采用高强度的密码技术来进行身份认证。

2. 访问控制

访问控制的目的是控制不同用户对信息资源的访问权限,是针对越权使用资源的防御措施。

3. 数据保密

数据保密是针对信息泄露的防御措施。数据加密是常用的保证通信安全的手段,但由于计算机技术的发展,使得传统的加密算法不断地被破译,不得不研究更高强度的加密算法,如目前的 DES 算法、公开密钥算法等。

4. 数据完整性

数据完整性是针对非法篡改信息、文件及业务流而设置的防范措施。也就是说,网上所传输的数据应防止被修改、删除、插入、替换或重发,从而保护合法用户接收和使用该数据的真实性。

5. 防止否认

接收方要求发送方保证不能否认接收方收到的信息是发送方发出的信息,而非他人冒名、篡改过的信息;发送方也要求接收方不能否认已经收到的信息。防止否认是针对对方进行否认的防范措施,用来证实已经发生过的操作。

8.2.4 网络安全服务层次模型

物理层要保证通信线路的可靠;数据链路层通过加密技术保证通信链路的安全;网络层通过增加防火墙等措施保护内部的局域网不被非法访问;传输层保证端到端传输的可靠性;高层可通过权限、密码等设置,保证数据传输的完整性、一致性及可靠性。

表 8-1 列出了网络安全服务层次模型的具体内容。

表 8-1 网络安全服务层次模型内容

OSI 模型的层	对应的安全服务模型的内容
应用层	身份认证、访问控制、数据保密、数据完整
表示层	
会话层	
传输层	端-端的数据加密
网络层	防火墙、IP 安全
数据链路层	相邻节点的数据加密
物理层	安全物理信道

8.2.5 数据加密技术

数据加密技术由来已久,随着数字技术、信息技术和网络技术的发展,数据加密技术也在不断发展。

1. 数据加密标准(DES)

数据加密标准(Data Encryption Standard,DES)是由 IBM 公司于 20 世纪 70 年代初开发的,于 1977 年被美国政府采用,作为商业和非保密信息的加密标准被广泛采用。尽管该算法较复杂,但易于实现。它只对小的分组进行简单的逻辑运算,用硬件和软件实现起来都比较容易,尤其是用硬件实现使该算法的速度快。DES 算法的加密和解密密钥相同,属于一种对称加密技术。采用 DES 算法加密,通信双方进行通信前必须事先约定 1 个密钥,这种约定密钥的过程称为密钥的分发或交换。关键是如何进行密钥的分发才能在分发的过程中能对密钥保密,如果在分发过程中密钥被窃取,再长的密钥也无济于事。

2. 公开密钥加密算法 RSA

公开密钥加密算法展现了密码应用中的一种崭新的思想,公开密钥加密算法采用非对称加密算法,即加密密钥和解密密钥不同。因此在采用加密技术进行通信的过程中,不仅加密算法本身可以公开,甚至加密用的密钥也可以公开(为此加密密钥也被称为公钥),而解密密钥由接收方自己保管(为此解密密钥也被称为私钥),增加了保密性。

RSA 算法是由 R. Rivest,A. Shamir 和 L. Adleman 于 1977 年提出的。RSA 的取名就来自这 3 位发明者姓氏的第一个字母。后来,他们在 1982 年创办了以 RSA 命名的公司 RSA Data Security Inc. 和 RSA 实验室,该公司和实验室在公开密钥密码系统的研究和商业应用推广方面具有举足轻重的地位。

目前,RSA 被广泛应用于各种安全和认证领域,如 Web 服务器和浏览器信息安全、E-mail 的安全和认证、对远程登录的安全保证和各种电子信用卡系统等。

密钥越长,安全性也就越高,但相应的计算速度也就越慢。由于高速计算机的出现,以前认为已经很具安全性的 512 位密钥长度已经不能满足人们的需要。1997 年，RSA 组织公布当时密钥长度的标准是个人使用 768 位密钥，公司使用 1024 位密钥，而一些非常重要的机构使用 2048 位密钥。

3. 对称和非对称数据加密技术的比较

对称数据加密技术和非对称数据加密技术的区别如表 8-2 所示。

表 8-2   对称数据加密技术和非对称数据加密技术的比较

	对称数据加密技术	非对称数据加密技术
密码个数	1	2
算法速度	较快	较慢
算法对称性	对称，解密密钥可以从加密密钥中推算出来	不对称，解密密钥不能从加密密钥中推算出来
主要应用领域	数据的加密和解密	对数据进行数字签名、确认、鉴定、密钥管理和数字封装等
典型算法实例	DES 等	RSA 等

8.2.6   网络防火墙

随着 Internet 的广泛应用以及企业内部网的发展，防火墙（Firewall）成了人们讨论的热门话题。虽然网络安全可以在网络模型的多个层次上实现（如物理层、数据链路层、网络层、应用层），但防火墙技术以其独特的魅力在实现网络安全方面独占鳌头。

1. 防火墙的概念

防火墙是加强 Internet 与内部网（Intranet）或内部网与外部网之间安全防范的一个或一组系统。具体来说是指设置在不同网络（如可信任的企业内部网和不可信的公共网）或网络安全域之间的一系列部件的组合。它可通过监测、限制、更改跨越防火墙的数据流，尽可能地对外部屏蔽网络内部的信息、结构和运行状况，以此来实现网络的安全保护。

在逻辑上，防火墙是一个分离器、一个限制器，也是一个分析器，有效地监控了它所隔离的网络之间的任何活动，保证了所保护的网络的安全。

防火墙是在两个网络之间执行控制策略的系统，可以是软件，也可以是硬件，或两者的结合。

2. 防火墙的功能

防火墙具有以下功能。

（1）过滤掉不安全服务和非法用户。

（2）控制对特殊站点的访问。

（3）提供监视 Internet 安全和预警的方便端点。

3. 防火墙安全控制模型

根据防火墙作用的不同,可将防火墙的安全控制模型分为以下两种。

（1）禁止没有被列为允许的访问。在防火墙看来,允许访问的站点是安全的,开放这些服务并封锁没有被列入的服务。这种模型安全性较高,但较保守,即提供的能穿越防火墙的服务数量和类型均受到很大限制。

（2）允许没有被列为禁止的访问。在防火墙看来,只有被列为禁止的站点才是不安全的,其他站点均可以安全地访问。这种模型比较灵活,但风险较大,特别是网络规模扩大时,监控比较困难。

4. 防火墙的分类

从不同的角度对防火墙可以有不同的分类,按照防火墙技术可根据防范的方式和侧重点的不同可分为包过滤、应用级网关和代理服务器等几大类型;按照防火墙的体系结构可分为屏蔽路由器、双穴主机网关、被屏蔽主机网关和被屏蔽子网等,并可以有不同的组合。

1）双穴主机网关

双穴主机网关是用 1 台装有两块网卡的堡垒主机做防火墙。两块网卡各自与受保护网和外部网相连。堡垒主机上运行着防火墙软件,可以转发应用程序、提供服务等。双穴堡垒主机网关结构如图 8-2 所示。

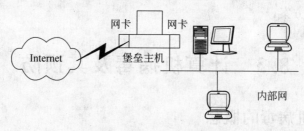

图 8-2　双穴堡垒主机网关

2）屏蔽主机网关

屏蔽主机网关结构如图 8-3 所示。堡垒主机置于内部网中,在内外部网间增加分组过滤路由器,堡垒主机上运行防火墙软件,分组过滤路由器只允许外部网络访问内部网络中的堡垒主机。这样,内外部网络的连接需要经过路由器和堡垒主机两道屏障,增加了网络的安全性。对于屏蔽主机网关,堡垒主机上只有一块网络接口卡。

3）屏蔽子网网关

屏蔽子网网关结构如图 8-4 所示。屏蔽子网网关在屏蔽主机网关的基础上又增加了一个内部过滤路由器,并且堡垒主机也不止 1 个,形成了一个独立的小型堡垒主机子网。

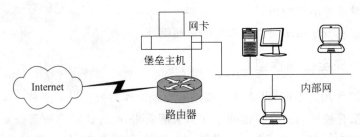

图 8-3　屏蔽主机网关

对这个子网的访问受路由器中屏蔽规则的保护,子网中的堡垒主机是唯一能被内外部网

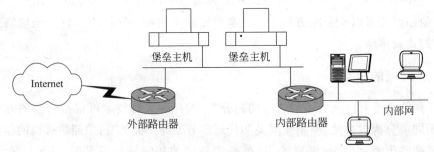

图 8-4　屏蔽主机网关

络访问到的系统。与屏蔽主机网关相比,屏蔽子网网关增加了路由选择,提高了网络的可靠性及安全性,是一种比较好的大型网络保护方案。

上面介绍的几种防火墙技术安全级别越来越高,成本造价也越来越大。在实际构造防火墙时,需要考虑已有的网络技术、投资资金代价、网络安全级别等各种因素,确定符合实际情况的防火墙方案。

8.3　计算机病毒及其预防

8.3.1　计算机病毒的概念

病毒一词来源于生物学。计算机病毒类似于生物学中的病毒,只不过它是一组特殊的程序。简单地说,计算机病毒是人为特制的能自我复制并破坏计算机功能的程序。这种程序利用操作系统的缺陷,隐藏在计算机系统的数据资源中,利用系统数据资源进行繁殖、生存,影响计算机系统的正常运行,并通过系统数据共享的途径进行传染。

《中华人民共和国计算机信息系统安全保护条例》第二十八条对病毒的定义是:"计算机病毒,是指编制或者在计算机程序中插入的破坏计算机功能或者毁坏数据,影响计算机使用,并能自我复制的一组计算机指令或者程序代码。"这个定义明确表明了计算机病毒就是具有破坏性的计算机程序。

　　　　　　　大学计算机基础教程

8.3.2　计算机病毒的特征

计算机病毒具有以下特征：

（1）破坏性。

（2）隐蔽性。

（3）传染性。

（4）潜伏性。

（5）可触发性。

（6）不可预见性。

计算机病毒的破坏性、隐蔽性和传染性是计算机病毒的基本特征。

8.3.3　计算机病毒的种类

计算机病毒大致分为 7 种类型。

1．引导型病毒

主要通过感染软盘、硬盘上的引导扇区或改写磁盘分区表（FAT）来感染系统。早期的计算机病毒大多数属于这类病毒。

2．文件型病毒

它主要是以感染 COM、EXE 等可执行文件为主，被感染的文件在运行的同时，病毒被加载并向其他正常的可执行文件传染或执行破坏操作。文件型病毒大多是常驻内存的。

3．宏病毒

宏病毒是一种寄存于微软 Office 的文档或模板的宏中的计算机病毒，是利用宏语言编写的。由于 Office 软件在全球存在着广泛的用户，所以宏病毒的传播十分迅速和广泛。

4．蠕虫病毒

蠕虫病毒与一般的计算机病毒不同，它不采用将自身复制附加到其他程序中的方式来复制自己，也就是说蠕虫病毒不需要将其自身附着到宿主程序上。蠕虫病毒主要通过网络传播，具有极强的自我复制能力、传播性和破坏性。

5．特洛伊木马型病毒

特洛伊木马型病毒实际上就是黑客程序。典型的黑客程序一般不对计算机系统进行直接破坏,而是通过网络任意控制其他计算机,包括窃取国家、部门或个人宝贵的秘密信息,占用其他计算机系统资源等。

6. 网页病毒

网页病毒一般也是使用脚本语言将有害代码直接写在网页上,当浏览网页时会立即破坏本地计算机系统,轻者修改或锁定主页,重者格式化硬盘,使用户防不胜防。

7. 混合型病毒

兼有上述计算机病毒特点的病毒统称为混合型病毒,所以它的破坏性更大,传染的机会也更多,杀毒也更加困难。

8.3.4　计算机病毒的传播途径

计算机病毒主要是通过复制文件、发送文件、运行程序等操作传播的。通常有以下几种传播途径。

1. 移动存储设备

移动存储设备包括软盘、硬盘、移动硬盘、光盘、磁带等。硬盘是数据的主要存储介质,因此也是计算机病毒感染的主要目标。

2. 网络

目前大多数病毒都是通过网络进行传播的,破坏性很大。

8.3.5　计算机病毒的表现

(1) 平时运行正常的计算机突然经常无缘无故地死机。

(2) 运行速度明显变慢。

(3) 打印和通信发生异常。

(4) 系统文件的时间、日期、大小发生变化。

(5) 磁盘空间迅速减少。

(6) 收到陌生人发来的电子邮件。

(7) 自动链接到一些陌生的网站。

(8) 计算机不识别硬盘。

(9) 操作系统无法正常启动。

(10) 部分文档丢失或被破坏。

(11) 网络瘫痪。

8.3.6　计算机病毒程序的一般构成

病毒程序一般由三个基本模块组成,即安装模块、传染模块和破坏模块。

1. 安装模块

每个用户都不会主动运行一个病毒程序的,因此,病毒程序必须通过自身的程序实现自启动并安装到计算机系统中,不同类型的病毒程序会使用不同的安装方法。

2. 传染模块

传染模块包括三部分内容:

(1) 传染控制部分。病毒一般都有一个控制条件,一旦满足这个条件就开始感染。例如,病毒先判断某个文件是否是. EXE 文件,如果是再进行传染,否则再寻找下一个文件。

(2) 传染判断部分。每个病毒程序都有一个标记,在传染时将判断这个标记,如果磁盘或者文件已经被传染就不再传染,否则就要传染了。

(3) 传染操作部分。在满足传染条件时进行传染操作。

3. 破坏模块

计算机病毒的最终目的是进行破坏,其破坏的基本手段就是删除文件或数据。破坏模块包括两部分:一是激发控制,二是破坏操作。对每一个病毒程序来说,安装模块、传染模块是必不可少的,而破坏模块可以直接隐含在传染模块中,也可以单独构成一个模块。

8.3.7　计算机病毒制作技术

1. 采用自加密技术

计算机病毒采用自加密技术就是为了防止被计算机病毒检测程序扫描出来,并被轻易地反汇编。这给分析和破译计算机病毒的代码及清除计算机病毒等工作都增加了很多困难。

2. 采用变形技术

计算机病毒编制者通过修改某种已知计算机病毒的代码,使其能够躲过现有计算机病毒检测程序,则这种新出现的计算机病毒被称为原来被修改计算机病毒的变形或变种。

3. 采用特殊的隐形技术

当计算机病毒采用特殊的隐形技术后,可以在计算机病毒进入内存后,使计算机用户几乎感觉不到它的存在。采用这种"隐形"技术的计算机病毒有以下几种表现形式。

(1) 这种计算机病毒进入内存后,若用户不用专用软件或专门手段去检查,则几乎察觉不到因计算机病毒驻留内存而引起内存可用容量的减少。

(2) 计算机病毒感染了正常文件后,该文件的日期、时间和文件长度不发生变化。

(3) 计算机病毒在内存中时,若查看被该计算机病毒感染的文件,则看不到计算机病毒的程序代码,只能看到原正常文件的程序代码。

(4) 计算机病毒在内存中时,若查看被计算机病毒感染的引导扇区,则只会看到正常的引导扇区,而看不到实际上处于引导扇区位置的计算机病毒程序。

(5) 计算机病毒在内存中时,计算机病毒防范程序和其他工具程序检查不出中断向量被计算机病毒接管,但实际上计算机病毒代码已链接到系统的中断服务程序中。

4. 对抗计算机病毒防范系统

当计算机病毒发现有某些著名的计算机病毒杀毒软件或在文件中查找到出版这些软件的公司名时,就会删除这些杀毒软件或文件等。

5. 反跟踪技术

计算机病毒采用反跟踪措施的目的是要提高计算机病毒程序的防破译能力和伪装能力。常规程序使用的反跟踪技术在计算机病毒程序中都可以利用。

6. 利用中断处理机制

病毒设计者篡改中断处理功能以达到传染、激发和破坏等目的。如 INT 13H 是磁盘输入/输出中断,引导型病毒就是用它来传染病毒和格式化磁盘的。

8.3.8 计算机杀毒软件制作技术

1. 特征代码法

从病毒程序中抽取一段独一无二、足以代表该病毒特征的二进制程序代码,并将这段代码作为判断该病毒的依据,这就是所谓的病毒特征代码。

从各种病毒样本中抽取特征代码,就构成了病毒资料库。

选择病毒特征码要能够反映出该病毒典型特征,如它的破坏、传播和隐藏性代码。

在检查文件是否含有病毒时,可以先打开被检测文件,在文件中搜索,检查文件中是否含有与病毒数据库中相同的病毒特征代码。如果发现文件中含有病毒特征代码,便可以断定被查文件中患有何种病毒。

特征代码法的优点是检测准确、快速、可识别病毒的名称,是检测已知病毒的最简单、开销最小的方法。其缺点是不能检测未知病毒、变种病毒和隐蔽性病毒(隐蔽性病毒进驻内存后,会自动剥去染毒程序中的病毒代码),需定期更新病毒资料库,具有滞后性。

2. 校验和法

校验和法是根据文件的内容计算其校验和,并将所有文件的校验和放在资料库中。检测时将文件现有内容的校验和与资料库中的校验和作比较,若不同则判断为被感染病毒。运用校验和法查病毒可以采用三种方式:

(1) 在检测病毒工具中加入校验和法。

(2) 在应用程序中加入校验和法自我检查功能。

(3) 将校验和检查程序常驻内存。

校验和法的优点是可检测未知病毒和变种病毒。其缺点是误报警率高,无法确定病毒类型,对隐蔽性病毒无效。

3. 行为监测法

行为监测法是将病毒中比较特殊的共同行为归纳起来,例如,对 COM、EXE 文件做写入动作,格式化硬盘动作、修改网页等。当程序运行时监视其行为,若发现类似病毒的行为,立即报警。行为监测法优点是能相当准确地预报未知的多数病毒。缺点是可能会误报警,不能识别病毒名称,实现难度大。

4. 虚拟机技术

虚拟机技术的具体做法是用程序代码虚拟一个 CPU,各个寄存器、硬件端口也虚拟出来,用调试程序调入被调的"样本",这样就可以通过内存和寄存器以及端口的变化来了解程序的执行情况。将病毒放到虚拟机中执行,则病毒的传染和破坏等动作一定会被反映出来。

5. 主动内核技术

主动内核技术是主动给操作系统和网络系统打了一个个"补丁",这些补丁将从安全的角度对系统或网络进行管理和检查,对系统的漏洞进行修补,任何文件在进入系统之前,反病毒模块都将首先使用各种手段对文件进行检测处理。

6. 启发扫描的反病毒技术

是以特定方式实现对有关指令序列的反编译,逐步理解和确定其蕴藏的真正动机。例如,一段程序有 MOV AH ,5 和 INT 13h,即调用格式化磁盘操作的指令功能,尤其是这段指令之前不存在取得命令行关于执行的参数选项,又没有要求用户交互性输入继续进行的操作指令时,可以有把握地认为这是一个病毒或恶意破坏的程序。

7. 实时反病毒技术

实时反病毒是对任何程序在调用之前都被先过滤一遍,一有病毒侵入,它就报警,并自动杀毒,将病毒拒之门外,做到防患于未然。

8. 邮件病毒防杀技术

智能邮件客户端代理 SMCP 技术具有完善的邮件解码技术,能对邮件的各个部分进行病毒扫描,清除病毒后能将无毒的邮件数据重新编码,传送给邮件客户端,并且能够更改主题、添加查毒报告附件、具备垃圾邮件处理功能等。

8.3.9 计算机病毒的防范措施

从广义上说,病毒是可知的,只要有数据共享和程序存储,病毒就不可能消失。

从狭义上说,单一病毒产生的时间又是不可判定的。这就决定了病毒的防治是一种被动的以防为主的局面。因此,我们应该采取必要的防范措施:

(1) 严禁使用来路不明的程序。

(2) 游戏盘常常带有病毒,避免将各种游戏软件装入计算机系统。

(3) 不能随意地将本系统与外界系统接通,以免计算机病毒乘虚而入。

(4) 尽量不要使用软盘引导系统。

(5) 对于系统盘要写保护。启动盘不要装入用户程序或数据。

(6) 对重要软件要采取加密措施,运行时再解密。

(7) 对重要程序和数据要备份,以便系统破坏时能及时复制。

(8) 不做非法复制操作,以免感染病毒。

(9) 安装防、杀毒软件,并及时升级。一旦发现系统有异常,要及时查毒和杀毒。

(10) 对新购买的软件必须进行病毒检查,以防不测。

(11) 不要轻易下载文件,不要随意打开不明邮件,特别是附件。

(12) 对计算机网络应采取更加严密的安全防范措施。

自 测 题

1. 在目前的学习生活中你遇到过什么样的计算机安全问题?

2. 简单思考人、制度和技术对计算机信息安全的影响。

3. 谈谈你对计算机安全的认识。

4. 在你自己的计算机上采用不同的杀毒软件全面杀毒,对比一下,不同杀毒软件的扫描结果一样吗? 为什么?

5. 你认为未来的计算机信息安全的发展方向是什么?

第 9 章 上机实验

实验一 计算机基本操作与 Windows 操作系统

【实验目的】

(1) 熟悉计算机的基本配置及各部件的功能。

(2) 掌握 Windows XP 的基本操作。

(3) 掌握文件、文件夹的基本操作。

【实验准备】

(1) 预习计算机组成和操作的基本知识。

(2) 预习 Windows XP 的基本知识。

(3) 熟练掌握文件和文件夹的基本操作：新建、重命名、删除、复制、移动等。

【实验内容和步骤】

1. 计算机的启动与关闭

按照正确顺序进行开机、关机操作。

【操作提示】首先确认计算机的电源线连接正常，打开电源插座的开关；然后打开显示器和其他外部设备的电源开关；最后打开机箱的电源开关。

计算机的关闭步骤：首先单击屏幕下方的 🪟 开始 按钮，在打开的"开始"菜单中单击 🔴 关闭计算机(U) 按钮；然后从弹出的窗口中单击"关闭"按钮，计算机会自动关闭主机电源；最后关闭显示器等外部设备电源，关闭电源插座的开关。

2. 键盘的基本操作

熟练掌握键盘操作，进行打字练习。

【操作提示】在 Windows 系统中，用户与计算机的交互主要是通过键盘和鼠标来完成的。键盘是目前最普遍的输入设备。

1) 常用键的功能(见表 9-1)

表 9-1　键盘常用键功能表

键	Windows 系统中的功能
Esc	退出程序
Tab	光标移到下一制表位
CapsLock	大、小写字母切换
Shift	上档键
Backspace	退格键,删除光标前的字符
Enter	回车换行
Print Screen	将当前屏幕以图像方式复制到剪贴板
Scroll Lock	锁定滚动条
Home	光标移到行首
End	光标移到行尾
PageUp	每按一次光标向上移一屏幕
PageDown	每按一次,光标向下移一屏幕
Delete(Del)	将光标所在位置后面的字符删除
Insert(Ins)	改变输入状态
Num Lock	数字锁定键

2) 键盘的指法操作

双手平放在键盘上,左手食指放在字母键"F"上,中指放在"D"上,无名指放在"S"上,小指放在"A"上;右手食指放在字母键"J"上,中指放在"K"上,无名指放在"L"上,小指放在";"上。敲击键时,手指暂时离开指定位置去敲击键,然后回到原位置。

3. 任务栏和桌面的设置

启动 Windows XP 以后,出现在屏幕上工作界面称为桌面。

(1) 设置屏幕的分辨率为"1024 * 768"像素,设置桌面背景图案为"Bliss",设置屏幕保护程序为 Windows XP 方案。

【操作提示】在桌面空白处右击,在打开的快捷菜单中单击"属性"命令,弹出"显示属性"对话框。在"设置"选项卡中可设置分辨率,在"桌面"选项卡中设置背景,在"屏幕保护程序"选项卡中设置屏幕保护。

(2) 设置自动隐藏任务栏,隐藏时钟。

【操作提示】在任务栏的空白处右击,在打开的快捷菜单中单击"属性"命令,弹出"任务栏和'开始'菜单属性"对话框,在此对话框中可以进行自动隐藏任务栏和隐藏时钟的设置。

4. 屏幕与窗口的图像复制操作

复制整个屏幕的图像,保存到画图程序中,并命名为"aa.jpg"保存到 D 盘。打开"附件"中"计算器"程序,将此窗口的图像复制,保存到画图中,命名为"bb.jpg"保存到 D 盘。

【操作提示】使用键盘上 Print Scre 键,可将整个屏幕的图像复制到剪贴板。然后通过"开始"菜单中"附件/画图"命令打开画图程序窗口,用"编辑/粘贴"命令将剪贴板上的内容复制到画板,并保存。使用 Alt＋Print Scre 组合键,可将当前打开窗口的图像复制到剪贴板。

5. 使用资源管理器管理文件和文件夹

使用"资源管理器"查看 D 盘根目录中的内容,并将 D 盘根目录中的文件和文件夹按照"详细信息"的形式查看,最后按照"修改日期"对文件、文件夹排序。

【操作提示】用鼠标右击桌面上"我的电脑"图标,在弹出的快捷菜单中选择"资源管理器"命令,打开资源管理器窗口,如图 9-1 所示。单击左侧窗格中的"＋"、"－"可以进行展开、折叠文件夹的操作。展开 D 盘后,选择"查看"菜单中"详细信息"命令设置查看方式。通过"查看"菜单中"排列图标/修改日期",对文件和文件夹进行排序。

6. 文件、文件夹操作

(1) 在 D 盘新建文件夹,并重命名为"abc",将之前建立的"aa.jpg"和"bb.jpg"文件移动到"abc"文件夹中。

【操作提示】打开 D 盘,通过"文件/新建"命令,建立一个新建文件夹。选择该文件夹,通过"文件/重命名"命令给文件夹更名。按下"Ctrl"键,用鼠标依次单击"aa.jpg"和"bb.jpg"这两个文件进行选中。通过"编辑/剪切"命令和"编辑/粘贴"命令或右键快捷菜单中的相关命令,也可用"Ctrl＋X"和"Ctrl＋V"这组快捷键对文件进行移动。

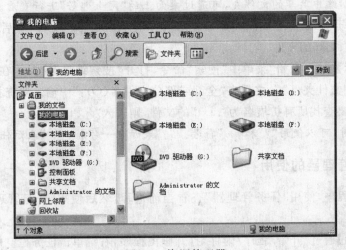

图 9-1 资源管理器

(2) 显示文件的扩展名,将"aa.jpg"更名为"cc.bmp",然后将文件属性设置为"隐藏",最后将隐藏文件显示出来。

【操作提示】显示文件扩展名和显示隐藏文件,可通过"工具/文件夹选项…"命令,打开"文件夹选项"对话框,在"查看"选项卡中进行设置,如图 9-2 所示。文件的扩展名显示后即可对文件进行重命名操作。右击文件,在快捷菜单中选择"属性"命令,在打开的"属性"对话框"常规"选项卡中设置文件的隐藏属性。

（3）将"abc"文件夹设置为共享，并设置不允许其他网络用户更改文件。

【操作提示】通过"文件"菜单或快捷菜单中的"共享与安全…"命令，打开"属性"对话框，选择"共享"选项卡，按如图9-3所示进行设置。

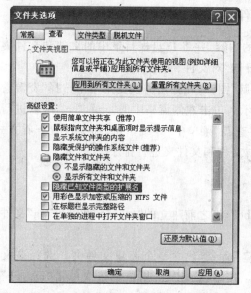

图9-2 "文件夹选项"对话框中"查看"选项卡

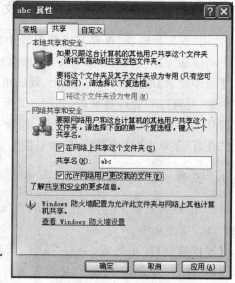

图9-3 文件夹共享设置

注：查看网络中共享的文件夹，可通过桌面上的"网上邻居"进行查看。

（4）通过"开始"菜单中"搜索"命令在 D 盘中搜索"bb.jpg"文件，然后在 C 盘中搜索所有扩展名为".txt"的文件。

【操作提示】通过"开始"菜单中"搜索"命令，打开"搜索结果"窗口。在左侧窗格中选择"所有文件和文件夹(L)"，之后在"全部或部分文件名(O)："中输入要查找的文件名，即可进行搜索。要查找所有扩展名为".txt"的文件，则输入"*.txt"。

注：搜索时，可以使用"?"和"*"符号。"?"表示任一字符，"*"表示任一字符串。

7. 任务管理器的使用

打开画图程序，使用"任务管理器"查看当前进程，然后使用"任务管理器"关闭画图程序。

【操作提示】通过"开始/程序/附件"打开画图程序，右键单击任务栏空白处，在快捷菜单中选择"任务管理器"命令或使用快捷键 Ctrl＋Alt＋Delete，打开"任务管理器"对话框，在"进程"选项卡中能查看当前进程，在"应用程序"选项卡中可以选择应用程序，通过"结束任务"按钮进行关闭。

8. 快捷方式的建立

（1）在桌面上建立"画图"程序的快捷方式。

【操作提示】打开"开始/所有程序/附件"菜单，按住 Ctrl 键，选中"画图"图标，拖曳到

大学计算机基础教程

桌面上或直接用右键选中拖曳到桌面上,并在弹出的快捷菜单中选择"复制到当前位置(C)"。

(2) 在桌面上建立文件夹"abc"的快捷方式。

【操作提示】在桌面的空白处右击,从"快捷菜单/新建"中选择"快捷方式(S)",在弹出的快捷方式对话框中,通过"浏览"找到文件夹"abc"的位置(如图 9-4 所示),然后单击"下一步"按钮设置快捷方式的名字,最后单击完成,此时在桌面上建立了文件夹的快捷方式。

图 9-4　创建快捷方式对话框

【实验作业】

1. 查看计算机配置,并记录内存、硬盘、CPU 的基本信息。
2. 通过查找资料,了解计算机组装的基本知识。

实验二　Word 文字处理软件

【实验目的】

(1) 掌握图文混排技术与文档格式编排技巧。
(2) 掌握 Word 表格与图形的制作与编辑。
(3) 掌握长文档的编排方法。
(4) 掌握文档的排版与打印技术。

【实验准备】

(1) 掌握 Word 文档的建立和文字输入的方法。
(2) 预习 Word 的操作方法。

【实验内容和步骤】

1. Word 2003 的主界面介绍

Word 2003 的操作界面如图 9-5 所示。

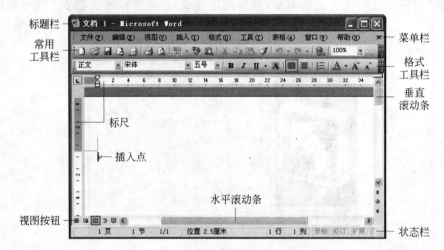

标题栏 — 常用工具栏 — 标尺 — 插入点 — 视图按钮 — 菜单栏 — 格式工具栏 — 垂直滚动条 — 水平滚动条 — 状态栏

图 9-5　Word 2003 操作界面

2. 文档编排操作

(1)在 D 盘上新建一个 Word 文档,并命名为"实验练习.doc",在文档中输入以下内容。

《荷塘月色》选摘

曲曲折折的荷塘上面,弥望的是田田的叶子。叶子出水很高,像亭亭的舞女的裙。层层的叶子中间,零星地点缀着些白花,有袅娜地开着的,有羞涩的打着朵儿的;正如一粒粒的明珠,又如碧天里的星星,又如刚出浴的美人。微风过处,送来缕缕清香,仿佛远处高楼上渺茫的歌声似的。这时候叶子与花也有一些的颤动,像闪电般,霎时传过荷塘的那边去了。

叶子本是肩并肩密密的挨着,这便宛然有了一道凝碧的波痕。叶子底下是脉脉的流水,遮住了,不能见一些颜色;而叶子却更见风致了。月光如流水一般,静静地泻在这一片叶子和花上。薄薄的青雾浮起在荷塘里。叶子和花仿佛在牛乳中洗过一样;又像笼着轻纱的梦。

虽然是满月,天上却有一层淡淡的云,所以不能朗照;但我以为这恰是到了好处:酣眠固不可少,小睡也别有风味的。月光是隔了树照过来的,高处丛生的灌木,落下参差的斑驳的黑影,却又像是画在荷叶上。

塘中的月色并不均匀,但光与影有着和谐的旋律,如梵婀玲上奏着的名曲。

(2)给这篇文档设置艺术字标题。

（3）设置正文的部分为华文行楷、小四、文字颜色为灰色 80％。

（4）设置文档左右分别缩进1字符，段前、段后间距1行，首行缩进2字符，行间距设置为1.5倍，对齐方式为两端对齐。

（5）在第一段文字中设置首字下沉，下沉3行，字体为隶书。

（6）在第二段文字中设置分栏，使这段文字分为2栏，添加分割线。

（7）在第三段中添加一张图片，要求对图片的大小进行调节，设置图片在第三段成紧密型环绕效果。

（8）给第四段段落增加边框和底纹，底纹设置为灰度－5％，样式为10％，设置边框为阴影、双实线、深蓝色、1/2磅，边框和底纹应用于段落。

【操作提示】

（1）通过"开始/所有程序/Microsoft Word 2003"或桌面上相应的快捷方式来启动Word程序，单击"文件/保存"命令，将文件保存到D盘，命名为"实验练习.doc"。

（2）通过"插入/图片/艺术字"命令，可以添加艺术字标题，并使用艺术字工具栏对艺术字进行相关设置。

注：Word 2003中的工具栏可通过"视图/工具栏"菜单进行选择打开。

（3）选中正文部分，通过"格式"工具栏或"格式/字体（F）…"命令打开"字体"对话框进行设置。

（4）选中四段文字，通过"格式/段落"命令打开"段落（P）…"对话框（如图9-6所示）进行设置。

（5）选中第一段文字，通过"格式/首字下沉（D）…"命令，打开"首字下沉"对话框（如图9-7所示）进行设置。

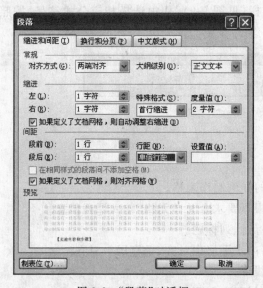

图9-6 "段落"对话框

图9-7 "首字下沉"对话框

（6）选中第二段文字，通过"格式/分栏（C）…"命令，打开"分栏"对话框进行设置。

（7）首先将插入点设置在第三段中，然后通过"插入/图片"菜单，插入剪贴画或其他

图片。单击图片,在图片周围有 8 个控制点,利用鼠标拖曳可以调节图片的大小。使用
"图片"工具栏(见图 9-8),或右击图片,在弹出的
快捷菜单选择"设置图片格式(I)…"命令打开
"设置图片格式"对话框,在其中进行设置。

图 9-8 "图片"工具栏

注:"图片"工具栏中常用按钮的功能:

按钮用于设置图片的颜色,有自动、黑白、灰度、水印四种设置;

这两个按钮用于设置图片的对比度;

这两个按钮用于设置图片的亮度;

按钮用于裁剪图片;

按钮用于旋转图片;

按钮设置图片版式,有嵌入型、四周型环绕、紧密型环绕、衬于文字下方、浮于文字
上方、上下型环绕、穿越型环绕、编辑环绕顶点 8 种版式。

(8) 首先选择第四段文字,然后通过"格式/边框和底纹(B)…"命令,打开"边框和底
纹"对话框,通过该对话框中的"边框"和"底纹"选项卡进行设置。

3. 公式编辑器的使用

在"实验练习.doc"中插入公式:

$$\int \frac{1}{1+x^2} \mathrm{d}x = \arctan x + C$$

【**操作提示**】通过"插入/对象(O)…"命令,打开"对象"对话框,在"新建"选项卡"对象
类型"中选择"Microsoft 公式 3.0"选项,然后单击"确定"按钮。在插入位置会出现公式
编辑框,同时屏幕上出现的"公式"工具栏(见图 9-9),从中选择相应公式符号,按照要求
输入变量和数字,编辑公式。

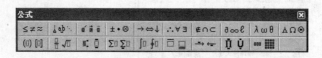

图 9-9 "公式"工具栏

4. 表格制作

在"实验练习.doc"中按照图 9-10 的样例制作表格。

(1) 按照图片的样式插入表格,并根据要求合并单元格,输入课程信息。

(2) 设置表格斜线表头,并输入行标题、列标题。

(3) 设置值表格中的文字在单元格内水平居中对齐、垂直居中对齐。

(4) 设置表格的内、外边框不同的线形。

(5) 插入图片,设置水印效果,并且衬于文字下方,做背景效果。

【**操作提示**】

(1) 通过"表格/插入/表格(T)…"命令,或通过"常用"工具栏上的 "插入表格"按

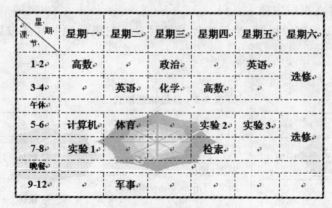

图 9-10　表格样例

钮,插入 8 行 7 列的表格。用鼠标左键拖曳选择要合并的连续单元格,使用"表格/合并单元格"命令,进行合并单元格操作。

(2) 选择表格,使用"表格/绘制斜线表头(U)…"命令,打开"插入斜线表头"对话框,选择"样式一",并对行标题、列标题进行设置,如图 9-11 所示。

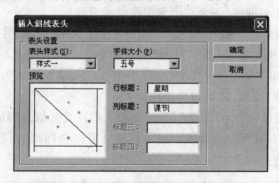

图 9-11　"插入斜线表头"对话框

(3) 选中要设置的表格,通过"表格/表格属性"命令,打开"表格属性"对话框中相应的选项卡进行设置。

(4) 选中整个表格,使用"格式/边框和底纹(B)…"命令,在打开的对话框中进行表格内、外边框的设置。在对话框"边框"选项卡中进行边框设置时,先选边框的线形、颜色、宽度,然后单击各边框按钮,对边框进行设置。

(5) 将插入点设置在表格外插入图片,将图片的大小调整到与表格大小一致,通过"图片"工具栏对图片按要求设置,最后用鼠标左键拖曳到表格所在位置。

5. 长文档的排版

(1) 打开"长文档练习.doc",对文档的页边距为上、下 2.5 厘米,左、右 2 厘米,方向纵向,纸型 A4,每行 38 个字符,每页 38 行。

(2) 将文档中所有"计算机"设置为红色、下划线。

(3) 给长文档设置奇偶页不同的页眉,奇页页眉为"计算机文化基础",偶页页眉为

"长文档排版",并在页眉中插入页码。

(4) 给文档设置三级标题,给长文档设置目录。三级标题的样式按照表 9-2 所示进行设置。

表 9-2　各级标题格式

内　容	样式	字　体	字　号	对　齐
一级标题如 第一章	标题 1		二号粗体	居中
二级标题如 1.1	标题 2	中文:黑体 西文:Times New Roman	三号粗体	两端对齐
三级标题如 1.1.1	标题 3	中文:宋体 西文:Times New Roman	四号粗体	两端对齐

【操作提示】

(1) 使用"文件/页面设置(U)…"命令,打开"页面设置"对话框。在该对话框中的"页边距"、"纸型"、"文档网络"三个选项卡中按要求设置。

(2) 首先使用"编辑/替换(E)…"命令,打开"替换"对话框,然后在"替换"选项卡"查找内容"中输入"计算机",在"替换为"中输入"计算机"。最后单击"高级"按钮打开下拉对话框,单击其中的"格式"按钮选择其中的"字体…"命令,设置字体为红色、下划线。设置完成后单击"全部替换"按钮,进行替换操作。

(3) 首先在"页面设置"对话框中"版式"选项卡中设置页眉页脚的奇偶页不同。然后通过"视图/页眉页脚(H)"命令,设置页眉。设置页眉时会弹出"页眉和页脚"工具栏,如图 9-12 所示。其中 按钮为插入页码。

图 9-12　"页眉和页脚"工具栏

(4) 选择"格式/格式与样式"命令打开"格式与样式"任务窗格,按要求修改"标题 1"、"标题 2"、"标题 3"的样式,并将这三级标题应用在文档中。然后通过"插入/引用/检索和目录(D)…"命令打开"索引和目录"对话框,在"目录"选项卡中设置。

【实验作业】

1. 自行设计一份个人简历表。

2. 建立一个 Word 文档,输入一篇文章,对文档进行以下操作:

(1) 要求文档中文字有三种字体、字形、颜色变化,行间距 1.5 倍,首行缩进。

(2) 在文档中的各段分别设置分栏、首字下沉、边框底纹等效果。

(3) 在文档中插入图片,并设置环绕效果。

(4) 将文档的标题设置为页眉,插入页码。

(5) 预览文档,观察排版效果。

实验三　Excel 电子表格制作软件

【实验目的】

(1) 掌握表处理软件 Excel 的建立和编辑。

(2) 掌握公式及函数的使用。

(3) 掌握数据图表的建立及格式化。

(4) 掌握数据的排序、筛选、分类汇总、数据透视表的操作。

(5) 掌握 Excel 文档的页面设置和打印方法。

【实验准备】

(1) 掌握表处理软件 Excel 的建立和编辑。

(2) 预习 Excel 2003 的操作方法。

【实验内容和步骤】

1. Excel 2003 的主界面介绍

Excel 2003 的操作界面如图 9-13 所示。

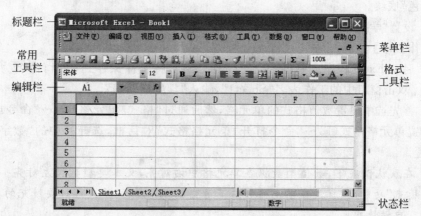

图 9-13　Excel 2003 操作界面

一个 Excel 文件称为一个工作簿,新建一个 Excel 文件默认的标题为 Microsoft Excel - Book1,其文件的扩展名为.XLS。一个新的工作簿默认包含 3 个工作表,三个工作表标签名为 Sheet1、Sheet2、Sheet3,一个工作簿最多可容纳 255 个工作表。

工作表由 256 列、65 536 行组成,其中列标题从"A"到"IV",总计 256 列。单击某一列标题,则选中该列全部表项单元格。行标题从 1 到 65 536 行。单击某一行标,则选中该行。工作表中每一个方格称为单元格,单元格的引用一般通过指定其行标题、列标题组合来实现,如"A1"。

2. 工作簿的建立和编辑、格式化工作表

(1) 在 D 盘上建立名为"表格练习. xls"的 Excel 文件,将工作表 Sheet1 重命名为"学生成绩表",按照表 9-3 在工作表中建立表格。

表 9-3　学生成绩表

学号	姓名	性别	出生日期	高数	英语	计算机	平均成绩	总成绩
09002301	白民丰	男	90-01-17	86.5	95	91		
09002302	王子涵	女	91-02-23	52	72	56		
09002303	田苗苗	女	91-10-21	91	82	89.5		
09002304	刘清华	男	92-08-07	68.5	46	66		
09002305	李强	男	91-12-11	42	56	46.5		
09002306	邢云龙	男	90-07-19	72.5	62	86		
09002307	张艾娜	女	92-02-03	78	71	81		
09002308	董明	男	91-11-25	62	61	75.5		

(2) 设置"学生成绩表"中学号、姓名、性别为"文本"类型,出生日期为"日期"类型,其他为"数值"类型并保留 1 位小数。设置完成后,在表格中输入数据。

(3) 设置"学生成绩表"为"黑体/18 号/粗体";字段名为"黑体/12 号";表格中的数据为"宋体/10 号"。设置单元格中的数据水平和垂直对齐方式都为"居中"。

(4) 设置"学生成绩表"的外边框为"蓝色/双实线",内框为"红色/虚线",表中第一行设置"灰色"底纹。

(5) 设置"学生成绩表"的行高为"25",列宽为"最适合的列宽"。

【操作提示】

(1) 启动 Excel 程序。单击"文件/保存"命令,将文件保存到 D 盘,命名为"表格练习. xls"。双击窗口中的工作表名"Sheet1",输入"学生成绩表"。

(2) 首先选中设置数值格式的单元格,然后通过"格式/单元格(E)…"命令或快捷菜单中"设置单元格格式(F)…"命令打开"单元格格式"对话框,选择其中的"数字"选项卡进行设置。

注:在默认情况下,数值型数据在单元格中右对齐,文本类型数据左对齐。Excel 提供"自动填充"功能,鼠标放在单元格的右下角变成"+"图标,拖曳经过要填充的单元格后释放,即可自动填充。

(3) 通过"格式"工具栏或"格式/单元格(E)…"打开"单元格格式"对话框,选择其中的"字体"选项卡进行设置。

(4) 首先选中表格,通过"格式/单元格(E)…"打开"单元格格式"对话框,选择其中的"边框"、"图案"选项卡进行表格边框和底纹的设置。

大学计算机基础教程

(5) 通过"格式/行/行高(E)…"或"格式/列/最适合的列宽(A)"设置行高和列宽。

3. Excel 中公式和函数的使用

(1) 用公式的方式计算"学生成绩表"中的平均成绩。

(2) 用函数的方式计算"学生成绩表"中的总成绩。

【操作提示】

(1) 公式是指一个等式，是由数值、单元格引用(地址)、名字、函数或运算符号组成的序列，公式都是由"＝"开头。在单元格 H3 中输入"＝(E3＋F3＋G3)/3"(如图 9-14 所示)后回车，单元格中会出现计算结果。

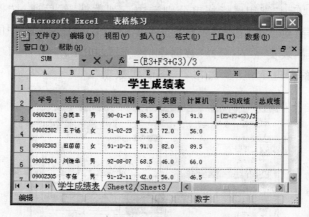

图 9-14　Excel 2003 中的公式编辑

注：在 Excel 计算时，计算完第一个学生的成绩后用"自动填充"的方法来完成其他成绩的计算。

(2) 函数是预先定义好的公式，用来进行算术、文本、逻辑运算或查找工作区中的信息。在"学生成绩表"中选中 I3 单元格，用"插入/函数(F)…"或单击 *fx* 按钮，弹出"粘贴函数"对话框，从"函数分类"中选择函数类型，再从"函数名"中选择函数，进入"函数参数"对话框，按如图 9-15 所示进行设置后单击"确定"按钮，单元格中会出现计算结果。

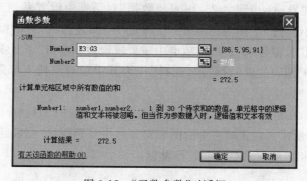

图 9-15　"函数参数"对话框

4．图表的创建与编辑

（1）使用"学生成绩表"中的姓名、数学、平均成绩各列创建数据点折线图表。

（2）设置图表系列产生在"列"；图表标题为"成绩表"，分类（X）轴为"学生"，分类（Y）轴为"分数"；图例位置设置为"底部"；在折线上显示数据的值；将图表作为其中的对象插入当前工作表，放置在学生成绩表的下方。

（3）设置图表区的颜色为"浅青绿"，边框为"圆角"、"阴影"；绘图区的颜色设置为"浅黄色"。

【操作提示】

（1）首先按住"Ctrl"键用鼠标拖曳分别选中三列数据，然后通过"插入/图表（H）…"命令打开"图表向导"对话框，在"图表向导—4步骤之1—图表类型"中的"图表类型"中选择"折线图"，在"子图表类型"中选择"数据点折线图"，如图9-16所示。选择之后单击"下一步"按钮，进入"图表向导—4步骤之2—图表源数据"。

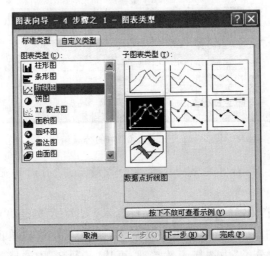

图9-16 "图表向导—4步骤之1—图表类型"对话框

（2）在"图表向导—4步骤之2—图表源数据"对话框中设置系列产生在"列"。设置后单击"下一步"按钮，进入"图表向导—4步骤之3—图表选项"对话框，如图9-17所示，在"标题"、"图例"、"数据标志"三个选项卡中按要求设置。单击"下一步"按钮，进入"图表向导—4步骤之4—图表位置"对话框，选择"作为其中的对象插入"，最后单击"完成"按钮，完成图表的创建。

（3）选中图表，在窗口中出现"图表"工具栏或通过"视图/工具栏/图表"，打开"图表"工具栏，如图9-18所示。在工具栏中的图表对象区中分别选择"图表区"、"绘图区"，单击"格式"按钮，打开相应的格式对话框进行设置。

5．数据管理操作

（1）在"学生成绩表"中筛选"高数"不及格的学生，把筛选的结果复制到图表的下方，

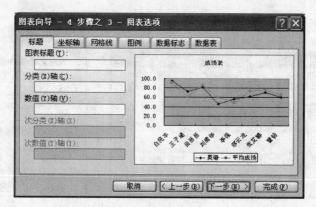

图 9-17 "图表向导-4 步骤之 3-图表选项"对话框

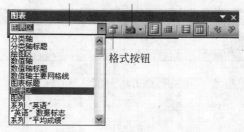

图 9-18 "图表"工具栏

并恢复原表格。

（2）将"学生成绩表"复制到工作表 Sheet2 中，将工作表重命名为"排序"，按照"平均成绩"降序排列。

（3）将"学生成绩表"复制到工作表 Sheet3 中，将工作表重命名为"分类汇总"，按照"性别"进行分类汇总，统计男、女生的平均成绩。

【操作提示】

（1）首先选择"学生成绩表"中的列标题，使用"数据/筛选/自动筛选(D)"命令，此时在每个列标题的右侧会出现一个下拉按钮，单击列标题为"高数"右侧的按钮打开下拉菜单，从菜单中选择"（自定义…）"命令，打开"自定义自动筛选方式"对话框，按如图 9-19 所示设置后，单击"确定"按钮，即将满足条件的数据记录显示在当前工作表中。筛选后，可以通过再次选择"自动筛选"命令退出筛选状态。

（2）首先选中"排序"工作表中的数据表，然后通过"数据/排序(S)…"，打开"排序"对话框，在主要关键字中选择"平均成绩"、"降序"，最后单击"确定"按钮完成排序。

注：Excel 提供了三组关键字排序，分别是主要关键字、次要关键字、第三关键字。主要关键字排序相同时，次要关键字才起作用；主要关键字和次要关键字排序都相同时，第三关键字才起作用。

（3）选中"分类汇总"工作表中的数据表，首先按照"性别"进行排序。然后通过"数据/分类汇总(B)…"命令，打开"分类汇总"对话框，按如图 9-20 所示进行设置，单击"确定"

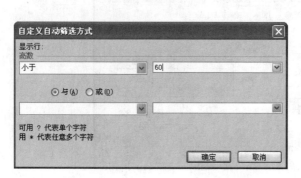

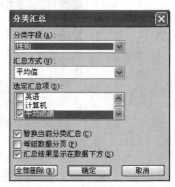

图 9-19　"自定义自动筛选方式"对话框　　　图 9-20　"分类汇总"对话框

按钮,分类汇总结果如图 9-21 所示。

	A	B	C	D	高数	英语	计算机	平均成绩	总成绩
1				学生成绩表					
2	学号	姓名	性别	出生日期	高数	英语	计算机	平均成绩	总成绩
3	09002301	白民丰	男	90-01-17	86.5	95.0	91.0	90.8	272.5
4	09002304	刘清华	男	92-08-07	68.5	46.0	66.0	60.2	180.5
5	09002305	李强	男	91-12-11	42.0	56.0	46.5	48.2	144.5
6	09002306	邢云龙	男	90-07-19	72.5	62.0	86.0	73.5	220.5
7	09002308	董明	男	91-11-25	62.0	61.0	75.5	66.2	198.5
8			男 平均值					67.8	
9	09002302	王子涵	女	91-02-23	52.0	72.0	56.0	60.0	180.0
10	09002303	田苗苗	女	91-10-21	91.0	82.0	89.5	87.5	262.5
11	09002307	张艾娜	女	92-02-03	78.0	71.0	81.0	76.7	230.0
12			女 平均值					74.7	
13			总计平均值					70.4	

图 9-21　分类汇总结果

6. Excel 电子表格的排版

设置"学生成绩表"使用"A4 纸"、"纵向"打印,工作表在纸张中"居中对齐",页眉设置为"Excel 上机实验"、页脚设置为当前页码。

【操作提示】使用"文件/页面设置(U)…"命令,打开"页面设置"对话框,在其中的"页面"选项卡中设置纸型和方向,在"页边距"选项卡中设置对齐方式,在"页眉/页脚"选项卡中设置页眉、页脚。

【实验作业】

参照表 9-4 建立职工工资表。

(1) 将姓名、职称设置为文本类型,基本工资、津贴、应发工资、扣款、实发工资都设置成货币类型并保留一位小数。

表 9-4　职工工资表

姓名	职称	基本工资	津贴	应发工资	扣款	实发工资
王正华	讲师	￥900	￥600		￥245.6	
刘忠文	助教	￥750	￥450		￥192.4	
刘淑玲	副教授	￥1100	￥1200		￥376.8	
李兆林	助教	￥760	￥450		￥193.1	
李素芬	讲师	￥920	￥600		￥246.2	
冯国良	讲师	￥900	￥600		￥245.6	
胡亚兰	副教授	￥1110	￥1200		￥376.9	
武志库	副教授	￥1100	￥1200		￥376.8	

（2）表中数据都设置为"宋体"、"10"号字，"居中"对齐，行高设置为"18"，列宽设置为"最适合的列宽"；自行设置边框、底纹。

（3）利用公式或函数计算：应发工资＝基本工资＋津贴，实发工资＝应发工资－扣款。

（4）筛选职称为"副教授"的记录，并将筛选结果复制到工资表下方。恢复原表格，按照"应发工资"升序排列。

（5）按照"职称"进行分类汇总，分类统计"应发工资"的平均值。

实验四　PowerPoint 演示文稿制作软件

【实验目的】

（1）掌握演示文稿的基本制作过程。
（2）掌握幻灯片的制作、编辑和美化方法。
（3）掌握对幻灯片设置动画效果的方法。
（4）掌握演示文稿的放映和打印方法。

【实验准备】

（1）了解 PowerPoint 的工作界面。
（2）预习 PowerPoint 的基本操作方法。

【实验内容和步骤】

1. PowerPoint 的主界面介绍

PowerPoint 2003 的操作界面如图 9-22 所示。

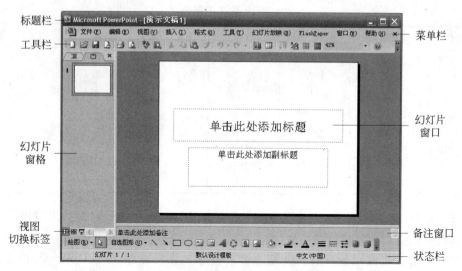

图 9-22　PowerPoint 2003 操作界面

2. 建立以"我的幻灯片制作"为题目的 6 张幻灯片

（1）在 D 盘上建立有 6 张幻灯片的名为"幻灯片制作.ppt"的文件，如图 9-23 所示。

（2）第 1 张幻灯片：标题为"我的幻灯片制作"，设置"黑体/46 号/加粗/蓝色/阴影"。副标题第一行"制作人：李明"，第二行"制作时间：2011 年 1 月"，设置为"32 号/黑色"。

（3）第 2 张幻灯片：设置"标题和文本"版式，输入标题"我的目录"，标题为艺术字格式，设置为"华文彩云/40 号"。输入 4 行文本内容，设置为"36 号"，为文本设置填充效果"黄、白双色渐变"。

（4）第 3 张幻灯片：设置"只有标题"版式，输入标题"学院简介"，设置为"黑体/40 号/蓝色"。在标题下面插入"水平文本框"，输入内容，设置为"华文行楷/32 号"。在幻灯片右下角插入"剪贴画"，调整到合适大小。

（5）第 4 张幻灯片：设置"标题和内容"版式，输入标题"我的学习计划"，设置为"黑体/40 号/蓝色"。插入"组织结构图"，分别输入文字内容，设置"组织结构图"的填充颜色为"天蓝色"，图形为"1.5 磅"。在"组织结构图"中输入内容。

（6）第 5 张幻灯片：设置"标题和表格"版式，输入标题"在校所修课程和成绩"，设置为"黑体/40 号/蓝色"。添加一个 5 行 4 列的表格，输入文字内容，字号为"36 号"。为第一行表格填充颜色为"橙色"并设置内边框为"虚线"。

（7）第 6 张幻灯片：设置"空白"幻灯片版式，编辑标题部分，插入"横卷形"自选图形，在自选图形中输入标题"诗歌欣赏"，设置为"黑体/40 号"，填充颜色为"雨后初晴"，在"诗"的部分，插入自选图形"折角形"，填充颜色为"花束纹理"，在"折角形"自选图形中输入文字内容并调整合适大小。最后为幻灯片添加音乐。

（8）给幻灯片设置美化效果：把第 2 张幻灯片背景设置为淡蓝色，其他幻灯片设置为"诗情画意"设计模板。

大学计算机基础教程

(a) 样图1   (b) 样图2

(c) 样图3   (d) 样图4

(e) 样图5   (f) 样图6

图 9-23　幻灯片实例

【操作提示】

（1）启动 PowerPoint 程序。系统将自动新建一个默认为"演示文稿 1"的空白演示文稿。选择"文件/保存"命令将文件保存到 D 盘,命名为"幻灯片制作.ppt"。

（2）制作第 1 张幻灯片:在"单击此处添加标题"和"单击此处添加副标题"处直接单击输入相应的文本。选中输入的标题文本,选择"格式/字体"命令,或者在选中的文本处右击选择"字体",在弹出的"字体"对话框中按要求完成设置。

（3）制作第 2 张幻灯片:通过"插入/新幻灯片"命令,插入一张新的幻灯片。在窗口右侧的"幻灯片版式"中选择"标题和文本"版式,把鼠标移动到"单击此处添加标题"的文本框处,当鼠标的光标显示为"十"字形时,单击选中文本框,并按键盘上的 Delete 键,把文本标题删除。通过"插入/图片/艺术字"命令,选择一种艺术字样式,在弹出的"编辑艺术字文字"窗口中输入文本内容,并设置艺术字属性。在"单击此处添加文本"处添加文本内容。输入文字后选中文本框并双击,在弹出的窗口中选择"填充效果",如图 9-24 所示,在默认的"渐变"标签中选择双色,分别设置颜色 1 和颜色 2。

（4）制作第 3 张幻灯片:选择"插入/新幻灯片"命令,选择"只有标题"版式,按照要求输入标题文本。选择"插入/文本框/水平",在幻灯片的空白处单击,输入文本。然后选择"插入/图片/剪贴画"命令,打开"插入剪贴画"任务窗格,单击"搜索"按钮,通过垂直滚动条浏览列表框中的图片,单击插入到当前幻灯片中。

(5) 制作第 4 张幻灯片:选择"插入/新幻灯片"命令,选择"标题和内容"版式,添加标题内容后,选择"插入组织结构图或其他图示" ,打开"图示库"对话框,单击"确定"按钮,输入文本内容,双击文本框,设置填充颜色,选中文本框,右击添加或者删除文本框。

(6) 制作第 5 张幻灯片:选择"插入/新幻灯片"命令,选择"标题和表格"版式,添加标题内容后,双击图标插入 5 行 4 列的表格,输入表格内容后,选中表格,右击选择"边框和填充",弹出"设置表格格式"对话框,设置表格内边框为虚线,如图 9-25 所示。再选中第一行表格,用同样的方法在"设置表格格式"中选择填充标签,为表格填充颜色。

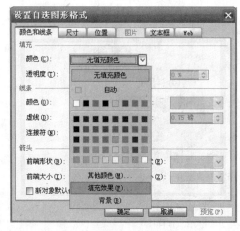

图 9-24　设置文本框的填充效果

图 9-25　"设置表格格式"对话框

(7) 制作第 6 张幻灯片:选择"插入/新幻灯片"命令,选择"空白"幻灯片版式,选择"插入/图片/自选图形"命令,在自选图形工具栏中打开"星与旗帜" 选项中的"横卷形",拖动画出图形,双击打开"设置自选图形格式"对话框,打开填充颜色的"填充效果",在默认的"渐变"标签中选择"预设"颜色中的"雨后初晴"效果,在设置好的自选图形中输入文本内容。用同样的方法编辑"诗歌"的部分,在自选图形中选择"基本形状" 选项中的"折角形",在"填充效果"中选择"纹理"标签中的"花束"效果。选择"插入/影片和声音/文件中的声音"命令,选择好音乐后会出现小喇叭的符号 ,至此就完成了第 6 张幻灯片。

图 9-26　设置幻灯片的背景

(8) 给幻灯片设置美化效果:选择"格式/幻灯片设计"命令,在模板中选择"诗情画意"模板。然后选中第 2 张幻灯片,选择"格式/背景"命令,弹出"背景"对话框,如图 9-26 所示。选择"其他颜色",单击"应用"为当前幻灯片设置背景颜色,如果单击"全部应用"会将所有的幻灯片的背景替换。

　　注:如果对幻灯片颜色不满意,也可以在"配色方案"中设置幻灯片。选择"格式/幻灯片设计"命令,此时在幻灯片右侧任务窗格中出现"配色方案"选项,单击选择一种最满

大学计算机基础教程

意的配色方案,如图 9-27 所示。也可以右击选择"应用于所选幻灯片"。

3. 给幻灯片添加效果

要求对"幻灯片制作.ppt"演示文稿加入动画效果、切换效果、设置超级链接效果。

【操作提示】

(1) 给幻灯片设置动画效果。

选择第 1 张幻灯片的标题和文本,选择"幻灯片放映/自定义动画"命令,在幻灯片右侧任务窗格中出现"自定义动画"选项。单击"添加效果"按钮,选择"进入/百叶窗"效果,如图 9-28 所示。用此方法为第 3 张幻灯片的图片添加动画效果。在修改中可以设置动画的"开始"、"方向"和"速度"。

图 9-27 "幻灯片设计"的配色方案

图 9-28 设置幻灯片动画效果

(2) 设置幻灯片的切换效果。

选择第 4 张幻灯片,通过"幻灯片放映/幻灯片切换"命令,选择"向右推出"效果。在"修改切换效果"中可设置"速度"和"声音"效果。也可设置"换片方式"等。

(3) 设置幻灯片的超级链接。

可以用两种方法建立超级链接:"超链接"和"动作设置"。

选择第 2 张幻灯片,选中"学院简介"文本,通过"插入/超链接"命令,弹出"插入超链接"对话框,选择第 3 张幻灯片,如图 9-29 所示。单击"确定"按钮。在幻灯片放映时单击

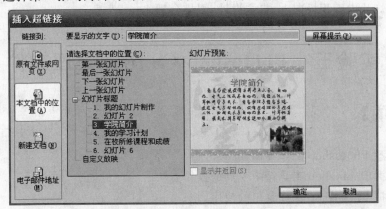

图 9-29 "插入超链接"对话框

"学院简介"文本,可看到链接效果。接下来选择第 3 张幻灯片,通过"幻灯片放映/动作按钮"命令,选择一种按钮,在幻灯片空白处拖动,这时弹出"动作设置"对话框,选择"超链接到"下拉列表里的"幻灯片"选项,如图 9-30 所示。在弹出的"超链接到幻灯片"窗口中选择第 2 张幻灯片。单击"确定"按钮。在幻灯片放映时单击"链接"按钮,可看到链接效果。

图 9-30 "动作设置"对话框

4. 幻灯片的放映

(1) 执行"幻灯片放映/观看放映"命令。
(2) 执行"视图菜单/幻灯片放映"命令。
(3) 单击演示文稿窗口左下角的 ▱ 按钮。
(4) 按快捷键"F5"。

5. 打印演示文稿

执行"文件/打印"命令,弹出"打印"对话框,在"打印内容"选项中选择"讲义",在"每页幻灯片数"选项中选择"6"。

注:通过"视图/母版/讲义母版"命令,可以对纸张的页眉和页脚进行设置。

【实验作业】

制作一个含有"自我介绍"演示文稿的 6 张幻灯片。
(1) 幻灯片的背景可用 PowerPoint 的应用设计模板、背景,也可自己设计。
(2) 第一张幻灯片为标题、制作人姓名和制作时间。
(3) 幻灯片内容包括文字、艺术字、图片。
(4) 在幻灯片中设置动画效果、幻灯片切换效果和链接。
(5) 幻灯片内容积极向上、自主设计、编排合理。

实验五 Photoshop CS 图像处理软件

【实验目的】

(1) 熟悉 Photoshop 工作界面。
(2) 掌握 Photoshop 工具箱中工具的操作方法。
(3) 掌握 Photoshop 选择菜单的使用。
(4) 理解 Photoshop 图层的功能,掌握图层的基本操作方法。

【实验准备】

(1) 了解 Photoshop 的工作界面。
(2) 预习 Photoshop 的操作方法。

【实验内容和步骤】

1. Photoshop CS 的主界面介绍

通过"窗口"菜单,可以显示或隐藏工具箱。命令前的"对号"表示该项已显示。
Photoshop CS 的操作界面如图 9-31 所示。

图 9-31　Photoshop CS 的工作界面

2. 制作背景插图"星空"

最终效果如图 9-32 所示。

【操作提示】

(1) 通过"开始/程序/Adobe Photoshop CS"命令,或双击桌面上相应的快捷方式来
启动 Photoshop 程序。

(2) 通过"文件/新建"命令,打开"新建文档"对话框,单击"确定"按钮。选择"文件/
存储为"命令,在弹出的对话框中输入文件名 photo1,默认的文件格式为. PSD,单击"确
定"按钮。

图 9-32　背景插图"星空"

（3）单击工具箱中上方的颜色框，弹出"拾色器"窗口，设置前景色为"深蓝色"。接下来选择工具箱的"油漆桶工具"，在画布上单击，将背景填充为深蓝色。

（4）在"图层"面板中单击"创建新的图层"按钮，对准"图层1"名称双击，使其处于编辑状态后，输入新名称"草地"，如图 9-33 所示。

（5）选择工具箱中的"画笔工具"，在工具箱中设置前景色为"深绿色"，背景色为"浅绿色"。在画笔选项栏中打开"画笔预设"选取器，选择"草"画笔样式，如图 9-34 所示。在画布上按住鼠标左键拖动，画出"草地"。

图 9-33　新建"草地"图层

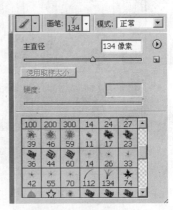

图 9-34　画笔预设选取器

（6）在"图层"面板中单击"创建新的图层"按钮，修改图层名为"月亮"。右击工具箱的"矩形选框工具"，选择"椭圆选框工具"，在椭圆工具的选项栏中选择"新选区"按钮，设置"羽化值"为"20像素"，如图 9-35 所示。在画布上画"圆形选区"，接下来在选项栏中选择"从选区减去"按钮，拖动鼠标左键，再次绘制"圆形选区"（两个选区有一

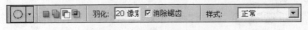

图 9-35　设置椭圆工具属性

　大学计算机基础教程

部分是重叠的),新绘制的选区从已经存在的选区中减去一部分选区,显示出月亮形状的选区,如图 9-36 所示。

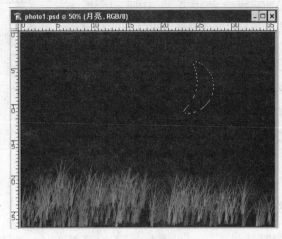

图 9-36 "月亮"选区

(7) 选择工具箱的"油漆桶工具"，在工具箱中设置前景色为"黄色"。在"油漆桶工具"的选项栏中,设置"不透明度"选项为"75％"不透明度: 75% ▶ ,接下来在选区中单击,为选区填充颜色。用工具箱中的"选择工具"，把"月亮"调整到合适的位置。

(8) 在"图层"面板中单击"创建新的图层"按钮，修改图层名为"星星"。在工具箱中设置前景色为"白色"。选择工具箱中的"画笔工具"，在画笔工具的选项栏中设置"不透明度"为"100％"。按"F5"快捷键调出画笔菜单,设置"画笔笔尖的形状"为"柔角 100",设置"角度"为"0度",设置"圆度"为"8％",设置"硬度"为"0％",设置"间距"为"1000％",如图 9-37 所示。

(9) 鼠标回到画布中单击,画出一条线,再次按 F5 快捷键,设置"角度"为"130 度",在原来的"线"上单击,再一次按 F5 快捷键,设置"角度"为"60 度",再次单击。画出星星形状。选择"编辑/自由变换"命令,在"星星"四周出现控制点,用鼠标拖动控制点调整大小,按 Enter 键。

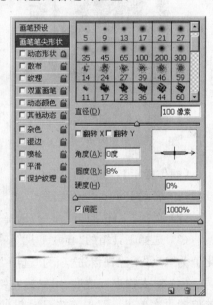

图 9-37 设置"画笔"属性图

(10) 在图层面板中,右击"星星"图层,选择"复制图层",在弹出的"复制图层"对话框中单击"确定"按钮,复制一个图层。用鼠标拖动星星放到合适位置。继续用相同的方法复制多颗星星,并调整合适大小和位置。

(11) 在图层面板中链接所有的"星星"图层,在"星星"图层前面的选项中单击显示"链接图层"标记，选择"图层/合并链接图层",把所有的"星星"合并成一个图层。如

图 9-38 所示。

(12) 选择"文件/另存为"命令，弹出"存储为"对话框，选择路径，在格式下拉菜单中选择 JPEG 格式，在"JPEG 选项"对话框中单击"好"按钮，保存为文件名为 photo1.jpg。

注：Photoshop 支持的图像格式有很多种，PSD 格式是 Photoshop 默认的格式，可以保存图层、路径、Alpha 通道等信息及图像最原始的文件。JPEG 格式是互联网中最常用的图像格式之一，存储的文件小，图像质量取决于压缩级别。GIF 格式用 8 位颜色保存图像，文件小，可做动画，适合应用于网络。

图 9-38　合并"星星"链接图层

3. 图像的合成

准备一张人物图片（见图 9-39）、一张风景图片（见图 9-40），为人物图片更换背景。

图 9-39　示例图片（来自互联网）

图 9-40　图像合成效果

【操作提示】

(1) 启动 Photoshop 程序。

(2) 选择"文件/打开"命令，选择人物图片，单击"打开"按钮。

(3) 选择工具箱的"套索工具"，右击选择"磁性套索工具"，在属性栏中选择羽化值为"1"，"消除锯齿"选项为"选中"状态，羽化：1像素　☑消除锯齿。

(4) 对人物进行选取，用鼠标左键单击人物的边缘，出现选取点，拖动到下一个选取的位置再次单击。双击或按 Ctrl 键使选区闭合，此时出现人物选区。在选取过程中放大图片用 Ctrl＋＋，缩小图片用 Ctrl＋－，用空格键抓图。用属性栏的"添加到选区"和"从选区减去"按钮，来修改选区，如图 9-41 所示。

(5) 通过"文件/打开"命令，打开"风景"图片，回到刚刚选取的"人物选区"，选择"编辑/拷贝"命令，选择"风景"文件，通过"编辑/粘贴"命令，这时在"风景"图片上出现"人物"选区，在图层面板上出现"图层 1"，双击更改图层名为"人物"。通过"编辑/自由变换"命令或按快捷键 Ctrl＋T，拖动图片周围的控制点，把图片缩小并调整位置（按住 Shift 键则同比例放大或缩小）。

（6）通过"图像/调整/曲线"命令，把鼠标放到"曲线"上拖动，调整图像的明暗度，使人物图像和背景的环境色更加一致。

注：在选取图像时，建立任意形状的选区一般用套索工具；魔棒工具  主要是根据图像中相近的颜色来建立选取区域的，适合选取颜色一致或相近的大块单色区域。

图 9-41 选取人物选区

4. 为人物图像添加影子效果

【操作提示】

（1）选择"人物"图层，按快捷键 Ctrl＋J，复制"人物副本"图层，更改图层名为"影子"。单击"人物"图层"眼睛"，把"人物"图层隐藏 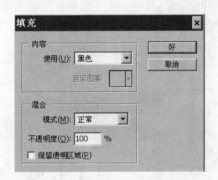。

（2）按住 Ctrl 键的同时单击"影子"图层，这时出现"人物"的选区，选择"编辑/填充"命令，弹出"填充"窗口。在"使用"下拉菜单中选择"黑色"，如图 9-42 所示。单击"好"按钮，已把当前选区填充为"黑色"。用"选择工具"  把选区往右侧移动，按快捷键"Ctrl＋T"键，在图像的四周出现控制点，按住 Ctrl 键的同时，向左拖动图像下面中间的控制点进行斜切，调整"影子"图层的位置和大小。

（3）选择"影子"图层，通过"滤镜/模糊/高斯模糊"，弹出"高斯模糊"对话框，半径的值为"9"像素，单击"好"按钮。选择本图层的"不透明度"为"30％"，如图 9-43 所示。调整好合适的位置。

图 9-42 "填充"对话框

图 9-43 设置"影子"图层的不透明度

（4）通过"文件/存储为"命令，选择".JPG"格式，保存名为 photo2.jpg。

【实验作业】

1. 对实验步骤中的实例再作加工处理，得到最佳效果。
2. 将某个图像处理成你喜欢的特效。

实验六　Flash 动画制作软件(一)

【实验目的】

(1) 掌握 Flash 8 启动和退出的方法。
(2) 掌握 Flash 8 界面的组成和工具的使用。
(3) 理解 Flash 动画制作的基本原理。
(4) 掌握元件与元件库的创建及其使用方法。
(5) 掌握图层的基本操作,能制作简单的动画。

【实验准备】

(1) 熟悉 Flash 8 的启动和工作环境。
(2) 预习动画制作的基础知识。

【实验内容和步骤】

1. Flash 8 的主界面介绍

Flash 8 主界面的布局如图 9-44 所示。

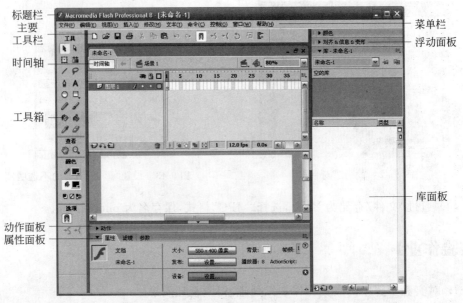

图 9-44　Flash 8 的工作界面

—————————大学计算机基础教程

2. Flash 动画制作原理

Flash 动画是二维动画。在我们观看动画时画面是连续、流畅和自然的，但是制作 Flash 动画要一帧一帧地进行，Flash 动画是由一系列单个画面以一定的速度显示，每一幅画面就是"帧"(frame)，只有以一定的速率把一系列的帧显示出来才能生成运动的视觉效果。

3. 制作形状补间动画

形状补间动画是 Flash 中非常重要的表现手法之一，在一个关键帧中绘制一个形状，然后在另一个关键帧中更改该形状或绘制另一个形状，Flash 根据二者之间的帧的值或形状来创建的动画被称为"形状补间动画"。如果使用图形元件、按钮或文字，则必先"打散"才能创建变形动画。

【操作提示】

(1) 启动 Flash 8 程序。

(2) 首先在 D 盘上新建文件 flash1(扩展名为.fla)，单击"确定"按钮。

(3) 制作"圆形变矩形"动画效果。选择工具箱中的"椭圆工具"○，在工具箱中将笔触颜色设为"无填充色"✐ |✐，"填充色"中选择"蓝色"，如图 9-45 所示。在舞台上拖动鼠标(按住键盘上的 Shift 键画正圆)，画一个圆形。回到时间轴选中 20 帧，右击鼠标选择"插入关键帧"，如图 9-46 所示。

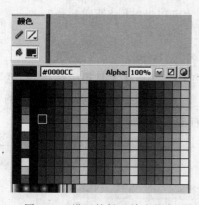

图 9-45 设置笔触及填充颜色

图 9-46 在时间轴上插入关键帧

(4) 用选择工具 ▶ 选中"圆形"。按住键盘上的 Shift 键的同时，把"圆形"在舞台上平移一段距离，单击键盘上的 Delete 键删除圆形，在原来的位置用"工具箱"中的"矩形工具"□拖动鼠标画正方形，设置颜色为"红色"。可以用工具箱里的"任意变形工具"□改变图形的大小。

(5) 选中时间轴的第 1 帧，在"属性"栏中选择"形状"补间，现在已经创建了"形状补间"动画，时间轴面板的背景色变为淡绿色，在起始帧和结束帧之间有一个长长的箭头。按"回车"键观看动画效果，如图 9-47 所示。

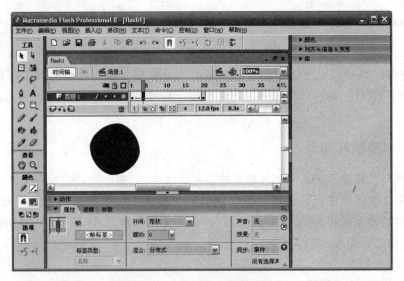

图 9-47 "圆形变矩形"动画效果

4. 制作动画补间动画

动画补间动画是在一个关键帧上放置一个元件,然后在另一个关键帧改变这个元件的大小、颜色、位置及透明度等,Flash 根据二者之间的帧的值创建的动画被称为动画补间动画。构成动画补间动画的元素是元件,包括影片剪辑、图形元件、按钮、文字等,但不能是形状,只有把形状"组合"或者转换成"元件"后才可以做"动画补间动画"。

【操作提示】

(1) 选择"文件/新建"命令,创建新文件,文件名为 flash2。

(2) 制作"小球跳跳"动画效果。选中"图层 1"的第 1 帧,在工具箱中选择"铅笔工具" ✏,在属性栏的"笔触高度"中输入"3" ✏ ■ 3 实线————————,按住键盘上的 Shift 键的同时在舞台中画一条水平线。选中第 40 帧,右击选择"插入帧"。

(3) 在时间轴窗口中,单击 ➕ 按钮,在"图层 1"的上方插入新的图层为"图层 2",如图 9-48 所示。

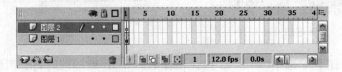

图 9-48 插入新的图层 2

(4) 选中"图层 2"的第 1 帧,选择"椭圆工具",设置笔触颜色为"无填充色","填充色"设置为红色渐变色,如图 9-49 所示。在舞台中按住键盘上的 Shift 键的同时拖动鼠标,画出小球。选中小球,右击选择"转换为元件",弹出"转换为元件"对话框,在类型中选择"图形",单击"确定"按钮。

(5) 接下来选中第 20 帧,右击选择"插入关键帧",把小球拖动到水平线的位置,选中

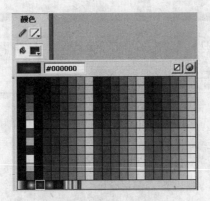

图 9-49   设置图形颜色

第 40 帧，右击选择"插入关键帧"，把小球再移回到第 1 帧的位置。

（6）选中时间轴的第 1 帧，在"属性"栏中选择"动画"补间，现在已经创建了"动画补间"动画，时间轴面板的背景色变为淡紫色，在起始帧和结束帧之间有一个长长的箭头。按 Enter 键观看动画效果，如图 9-50 所示。

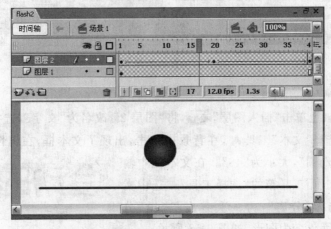

图 9-50   "小球跳跳"效果

5．制作"会动的风景"

最终效果如图 9-51 所示。

【操作提示】

（1）选择"文件/新建"命令，创建新文件，文件名为 flash3。

（2）在属性栏的"背景" 背景: ▢ 中选择淡蓝色。在时间轴中双击"图层 1"名称，使其处于编辑状态，输入新名称"动画背景"，如图 9-52 所示。

（3）选中"动画背景"层的第 1 帧。选择工具箱的"矩形工具"，设置笔触颜色为"无填充色"，"填充色"设置为绿色。在舞台的下方画出矩形（土地的效果）。再选择"椭圆工具"，设置笔触颜色为黄色，"填充色"设置为红色。在舞台右上方画出圆形作为太阳。在

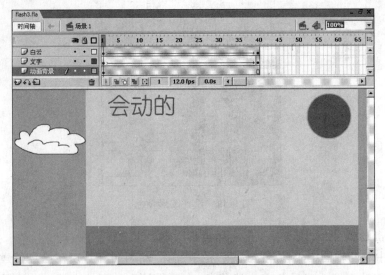

图 9-51 "会动的风景"动画效果

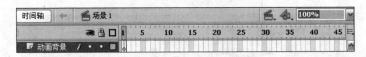

图 9-52 修改图层名称

40 帧右击"插入帧"。

（4）在时间轴上单击"插入图层" ，将"图层 2"改名为"文字"，选择本图层的第 1 帧，在工具箱中选择"文本"工具 A ，在背景中单击，出现了文本框，在属性栏设置颜色为

"红色"，字体为"幼圆"，大小为"46"。在文本框中输入"会动的风景"。用工具箱的"选择工具" 选中文字，右击鼠标，选择"分离"，再一次右击，选择"分离"，这时文字由元件变为图形，如图 9-53 所示。

图 9-53 把文字分离

（5）接下来用"选择"工具 拖动，选中"风景"文字，右击鼠标选择"剪切"，在本图层中选中 40 帧，右击选择"插入关键帧"，在舞台上右击选择"粘贴到当前位置"。在属性栏中选择"形状"补间。

（6）在时间轴上选择"插入图层" ，把"图层 3"改名为"白云"，选择"插入/新建元件"命令，弹出"创建新元件"对话框，类型选择"图形"，单击"确定"按钮。这时进入"元件 1"中，选择工具箱中的"铅笔工具" ，设置笔触颜色为"深蓝色"。按住鼠标左键拖动，画出白云形状（尽量一次性完成，中间不要断，线条一定要闭合）。选择工具箱中的"颜料桶工具" ，"填充色"设置为白色，单击"白云"填充颜色，如图 9-54 所示。

（7）单击"场景 1"按钮 时间轴 ← 场景 1 元件 1 ，回到场景中。选择"白云"图层的第 1 帧，打开浮动面板的"库"面板，把刚刚做好的"白云"元件拖到舞台左侧，用"任意变形工具" 改变大小。在本图层选择 40 帧，右击插入"关键帧"。把"白云"元件拖到舞台

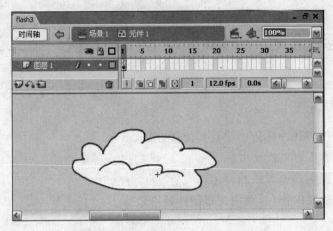

图 9-54　在元件中制作"白云"效果

右侧。选中时间轴的第 1 帧,在"属性"栏中选择"动画"补间,按组合键 Ctrl＋Enter 观看动画效果。

6. 发布和浏览作品

将 Flash 动画作品制作完成之后,必须将其输出或发布成为指定格式的播放作品,才能够用于网页或其他的用途。

(1) 打开作品,执行"文件/发布设置"命令,在格式标签的类型项中选择所要发布的作品类型(.swf、.html、.GIF、.JPG、.EXE、.MOV 等),一般情况下发布默认为.swf 和.html 类型。单击"发布"按钮,单击"确定"按钮。

(2) ＊.swf 格式的动画作品是 Flash 自身特有的文件,按 Ctrl＋Enter 键测试作品的效果时,会自动在作品.fla 文件的同一目录下生成同名的.swf 文件。.swf 格式的作品不但可以播放出动画效果或交互功能,而且容量小,还可以对该格式的作品设置保护,是网络和多媒体中常用的格式。

(3) 打开 flash3 作品,按快捷键 Ctrl＋Enter,生成.swf 类型的文件,并观看动画效果。

【实验作业】

根据学到的 Flash 知识,继续完成 flash3 动画作品。要求如下:

(1) 在 flash3 的基础上,新建"花朵"图层,完成"花朵"的制作,添加动画效果。

(2) 新建"大树"图层,添加动画效果。

(3) 新建"彩球"图层,使彩色小球上下垂直跳跃。

(4) 使用工具箱的工具绘制一些不同颜色、不同形状的图形。

实验七　Flash 动画制作软件（二）

【实验目的】

（1）掌握元件与元件库的创建及其使用方法。

（2）熟练掌握图层的操作方法。

（3）熟悉掌握运动引导线的使用。

（4）熟悉遮罩层的作用，利用遮罩制作特殊效果。

【实验准备】

（1）复习 Flash 8 软件的基本操作方法。

（2）预习制作简单动画的方法。

（3）掌握工具箱中的工具的使用方法。

【实验内容和步骤】

1. 什么是引导层和被引导层

引导层是用来定义物体运动路径的层，其定义的是被引导层上对象的路径。引导层中的内容可以是用钢笔、铅笔、线条、椭圆工具、矩形工具或画笔工具等绘制出的线段。让被引导层中的元件、组件或文本块沿着这些路径运动，从而产生自己想要的曲线运动，这在创建比较复杂的 Flash 动画中是非常有用的。被引导层中的对象可以使用影片剪辑、图形元件、按钮、文字等，但不能应用形状。

2. 制作运动引导层动画

【操作提示】

（1）选择"开始/程序/Macromedia/Macromedia Flash 8"，或双击桌面上相应的快捷方式来启 Flash 8 程序。

（2）在 D 盘上新建 Flash 文档。选择"文件/新建"命令，打开"新建文档"对话框，选择"Flash 文档"，单击"确定"按钮。选择"文件/保存"，弹出对话框，输入文件名为 flash4，单击"确定"按钮。

（3）制作"行星模拟"动画效果，制作"太阳图层"。双击时间轴上"图层 1"，修改图层名为"太阳"。选中第 1 帧，选择工具箱中的"椭圆工具" ⬭，设置工具箱中的笔触颜色为"无填充色" ✎∕∕∕，，"填充色"中选择"渐变红色"。在舞台中央按住 Shift 键的同时拖动鼠标画正圆。回到时间轴选中 30 帧，右击选择"插入帧"，如图 9-55 所示。

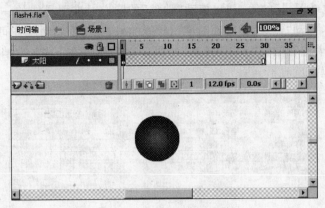

图 9-55　"太阳"图层

（4）制作"地球图层"。新建"图层 2"，修改图层名称为"地球"，选中本图层的第 1 帧，用"椭圆工具"画一个"地球"，颜色为"渐变蓝色"。选中"地球"，右击转换为"元件"（非常重要）。在第 30 帧插入关键帧，如图 9-56 所示。

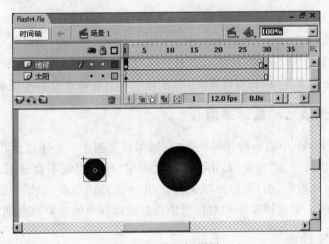

图 9-56　"地球"图层

（5）为"地球图层"添加引导层。选中"地球"图层，单击"添加运动引导层"按钮 添加"引导层"，如图 9-57 所示。选中本图层的第 1 帧，选择工具箱中的"椭圆工具" ，设置笔触颜色为"黑色"，填充色为"无填充色" ，拖动鼠标左键画一个圆圈。用工具箱中"橡皮"工具 擦出缺口。

图 9-57　"地球"图层

（6）选择"地球图层"的第 1 帧，拖动"地球"的圆心对准引导线的一端，再选中"地球图层"的第 30 帧，拖动"地球"的圆心对准引导线的另一端，创建动画补间。按 Enter 键后能看见"地球"沿着路径围绕"太阳"转动，如图 9-58 所示。在 Flash 文档编辑过程中能看到引导线，发布以后就看不到引导线了。

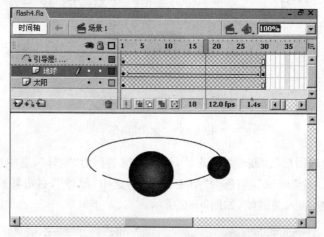

图 9-58 "行星模拟"动画效果

注： 在做引导路径动画时，按下工具箱中的"紧贴至对象"按钮，可以使"对象附着于引导线"的操作更容易成功，拖动对象时，对象的中心会自动吸附到路径端点上。

3．什么是遮罩层和被遮罩层

遮罩动画是 Flash 中的一种特殊用法，在遮罩层上创建一个任意形状的"视窗"，遮罩层下方的对象可以通过该"视窗"显示出来，而"视窗"外的对象不会显示。遮罩层中的内容可以是按钮、影片剪辑、图形、位图或文字等，但不能使用线条，如果一定要用线条，可将线条转化为"填充"。被遮罩层中的对象只能透过遮罩层中的对象被看到。

4．制作遮罩动画

最终效果如图 9-59 所示。

【操作提示】

（1）创建新文件 flash5，制作"遮罩"效果。

（2）导入背景图片。选中时间轴的第 1 帧，选择"文件/导入/导入到舞台"，弹出"导入"对话框，查找到图片，单击"打开"按钮，在舞台中导入一幅图片。选中第 40 帧，右击"插入帧"。

（3）新建图层 2，选中第 1 帧，选择工具箱中的"椭圆工具"，在舞台左上角画出合适大小的圆（颜色不限）。再选中时间轴的第 10 帧，插入关键帧，把圆拖动到右侧。接下来分别选中时间轴的第 20 帧和第 30 帧，插入关键帧，并移动位置，如图 9-60 所示。把本图层设置为"动画"补间。

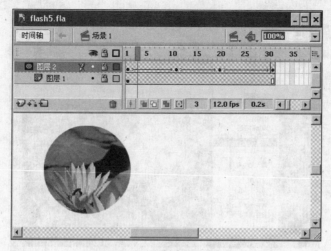

图 9-59　制作"遮罩"效果

图 9-60　在图层 2 中插入"圆形"

（4）设置遮罩层。选中"图层 2"，右击选择"遮罩层"，如图 9-61 所示。按 Enter 键后，观看动画效果，如图 9-59 所示。

注：在制作过程中，遮罩层经常挡住下层的元件，影响视线，无法编辑，可以按下遮罩层时间轴面板的显示图层轮廓按钮，使遮罩层只显示边框形状，在这种情况下，可以拖动边框调整遮罩图形的外形和位置。在被遮罩层中不能放置动态文本。

5．制作圣诞贺卡

【操作提示】

（1）创建新文件，文件名为 flash6，制作圣诞贺卡，如图 9-62 所示。

（2）在"属性"栏中设置背景颜色为蓝色。选择"插入/新建元件"命令，在"创建新元件"对话框中选"图形"，单击"确定"按钮，进入"元件"编辑窗口，在"元件"窗口中画出圣诞

图 9-61　设置图层 2 为"遮罩"

图 9-62　圣诞贺卡效果

树,如图 9-63 所示。返回"场景 1"中,这时,在库中已经有此元件。

（3）选择"图层 1",修改图层名为"圣诞树",选中"圣诞树"层的第 1 帧,在库中把"圣诞树"元件拖动到"舞台"中,并用工具箱的"任意变形工具"调整"圣诞树"的大小。在 20帧处选择"插入帧"。

（4）新建"图层 2",修改图层名为"文字",选中本图层的第 1 帧,选择工具箱的"文本工具",输入文字"圣诞快乐"。文字设置笔触颜色为"无填充色" ，填充色为"红色"。选中文字,右击"分离",再一次右击,选择"分离",用工具箱的"墨水瓶工具" 单击文字外边进行描边。在 20 帧处选择"插入帧"。

大学计算机基础教程

图 9-63　在元件中画"圣诞树"

（5）新建"图层 3"，修改图层名为"雪花"。选择"插入/新建元件"命令，在弹出的"创建新元件"对话框中选择"影片剪辑"，单击"确定"按钮，进入"影片剪辑"编辑窗口。

（6）在"影片剪辑"窗口选择"图层 1"的第 1 帧，设置笔触颜色为"无填充色"，填充色为"白色"。选择工具箱中的"椭圆工具"，在"舞台"中画圆形，右击转换为"图形"元件。在 40 帧插入"关键帧"。在该图层中"右击"添加"运动引导层"，在本图层第 1帧处画一条曲线。选择"图层 1"，拖动"雪花"的圆心，对准引导线的上端，再选中"雪花"的第 40 帧，拖动"雪花"圆心，对准引导线的另一端，创建"动画"补间，如图 9-64 所示。按回车键后能看见"雪花"沿着路径下落的效果。

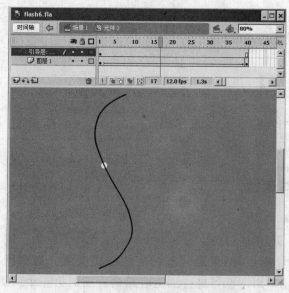

图 9-64　在"影片剪辑"中创建雪花效果

（7）选中"雪花"图层的第 1 帧,在库中对雪花的影片进行剪辑,拖动几个雪花到舞台的上方,再分别从本图层的第 5、10、15、20 帧插入关键帧,并从库中拖动雪花到各关键帧处,可以通过工具箱的"自由变换工具"改变雪花的大小。

（8）按快捷键 Ctrl＋Enter 观看动画效果。

【实验作业】

制作一张新年贺卡的动画,送给亲人或朋友。要求如下:

（1）添加"运动引导层"或"遮罩层"的动画效果。

（2）发挥想象力,运用学到的知识完成新年贺卡的制作。

实验八　Dreamweaver 网页制作软件(一)

【实验目的】

（1）掌握启动和退出 Dreamweaver 8 的方法。

（2）熟悉 Dreamweaver 8 网页编辑、站点管理及各种常用面板的使用方法。

（3）掌握建立站点的方法。

（4）掌握一个简单网页的制作过程。

【实验准备】

（1）熟悉 Dreamweaver 8 的启动和工作环境。

（2）预习网页设计的基础知识。

【实验内容和步骤】

1. Dreamweaver 8 的主界面介绍

Dreamweaver 8 的工作界面如图 9-65 所示。

2. 了解网页与网站

1）什么是网站和网页

网页即 HTML 页,是通过浏览器在 Internet 上看到的页面。网站是网页的集合,一个网站通常包含大量网页,网页之间有一定的链接关系。这些网页的首页称作主页(home page),它是用户用浏览器进行浏览时默认看到的第一个网页。一个网站可以有很多网页,而首页只有一个。

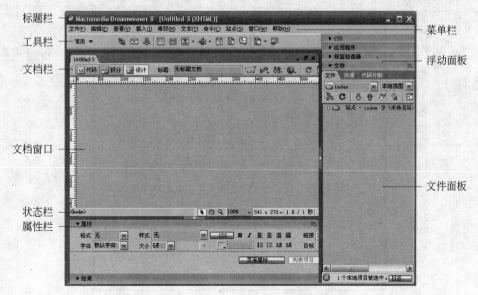

图 9-65　Dreamweaver 8 的工作界面

2) 网站的开发流程

确定网站主题和网站内容→网站整体风格及布局设计→资料的搜集整理→定义站点→建立站点结构→首页的设计和制作→制作其他页面→技术实现→发布和维护。

3. 本地站点的创建与管理

站点是所有属于网站上的文档的存储位置,分为本地站点和远程站点。远程站点位于运行 Web 服务器的计算机上,而本地站点就是在本地计算机中创建一个文件夹,将所有与制作网页相关的文件都存放在该文件夹内,以便于进行网站制作和管理。

【操作提示】

(1) 首先在 D 盘上新建一个文件夹,例如,建立 D:\web 文件夹,用于存放所有站点的所有文件。在 web 文件夹里新建 image 文件夹,存储网站的所有图片文件,如 D:\web\image。

(2) 选择"开始/程序/Macromedia/Macromedia Dreamweaver 8"命令,或双击桌面上相应的快捷方式来启动 Dreamweaver 8。

(3) 选择"站点/新建站点"命令,打开"未命名站点 1 的站点定义为"对话框。在"您打算为您的站点起什么名字"文本框中输入站点名称"我的第一个网页",如图 9-66 所示。然后单击"下一步"按钮。

(4) 进入站点定义向导的第 2 个页面,选中默认情况下的"否,我不想使用服务器技术"单选按钮。设置后单击"下一步"按钮。

(5) 进入站点定义向导的第 3 个页面,选中默认情况下的"编辑我的计算机上的本地副本…"单选按钮。接下来提示用户将文件存储在计算机中的什么位置,在下面的文本框中输入 D:\web,或者单击文件夹图标,选择创建站点的绝对路径。设置后单击"下一步"

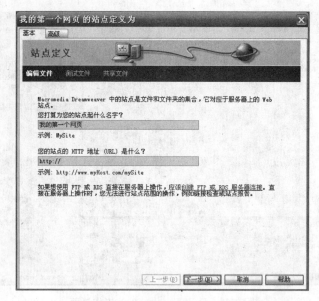

图 9-66　站点定义向导第 1 页

按钮。

（6）进入站点定义向导的第 4 个页面，如果用户暂时不能确定连接方式，在"您如何连接到远程服务器"下拉列表中选择"无"选项。设置后单击"下一步"按钮，再单击"完成"按钮，结束"站点定义"对话框的设置。至此站点已创建完成，文件面板显示出刚才建立的站点，如图 9-67 所示。

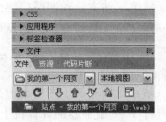

图 9-67　"我的第一个网页"站点

（7）选择"站点/管理站点"，弹出"管理站点"对话框，在这里可以完成站点的新建、编辑、复制等操作。

注：用户可以使用另一种方式创建站点，打开"未命名站点 1 的站点定义为"对话框后，选择"高级"选项卡，添加"本地信息"等内容后，应用高级方式创建站点。也可以通过"站点/管理站点"来进行新建、编辑、复制等操作。

4. 创建我的"第一个页面"

用"页面设计"模板创建我的第一个页面，如图 9-68 所示。

【操作提示】

（1）新建文档。选择"文件/新建"命令，打开"新建文档"对话框，选中对话框的"常规"选项卡，在"类别"列表框中，选中"页面设计"，在"页面设计"选中"文本：文章 C"，如图 9-69 所示。选中"创建"右侧的"文档"单选框，单击"创建"按钮，创建了一个新的文档。

（2）保存文件。在新建文档中选择"文件/保存"命令，弹出"另存为"对话框，保存在新建的 D:\web 文件夹中，文件名为"index"，单击"保存"按钮。在弹出"复制相关文件"对话框中选择"取消"按钮。这时在"文件面板"的"我的站点"中已显示文件名为 index.

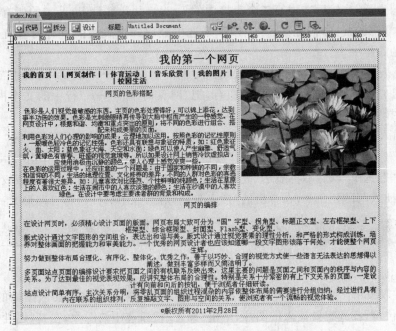

图 9-68 "我的第一个网页"示例

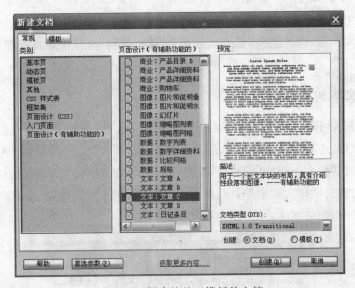

图 9-69 创建的基于模板的文档

html 的网页文件。

5. 输入文本内容

(1) 在网页中输入文本内容,如图 9-69 所示。鼠标左键拖动,选中第一个表格中的 Lorem Ipsum Dolor,输入标题"我的第一个网页"。选中第二个表格中的 Lorem Ipsum dolor sit amet……的所有内容,输入"我的首页‖网页制作‖体育运动‖音乐欣赏‖我的

图片||校园生活"。然后选中第三个表格中的 Lorem Ipsum Dolor……的所有内容,输入文本内容,"网页的色彩搭配……"。接下来选中最后一个表格的所有内容,输入文本内容,"网页的编排……"。

(2)在表格中插入行。把"插入点"置于"网页的编排……"表格中,右击"表格/插入行",这时已在此行上面插入了新的空白行,把"网页的编排……"行中的文本内容全部选中,右击选择"剪切",再粘贴到新插入的行中。

(3)插入版权符、日期。把插入点置于最后一行中,选择"工具栏"中的"文本"选项卡,如图 9-70 所示。单击其中的"版权"按钮,插入一个版权符。这时弹出"Dreamweaver警告对话框",选中"以后不再显示"复选框即可。在版权符后面输入文本"版权所有"。接下来选择"插入/日期"命令,在弹出的"插入日期"对话框中选择一种日期形式。

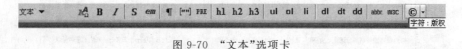

图 9-70 "文本"选项卡

(4)插入图片。网页的右侧是"图像占位符",是用来表示将要插入图像的地方。双击"图像占位符"找到想要插入的图片,单击"确定"按钮选中该图像,在其"属性"面板中分别设置为宽"260"、高"200",接下来单击文字部分,恢复表格大小。

注:在中文的写作习惯中,我们在每一个自然段的开始要空两个格。在Dreamweaver 中要实现这个效果,可以通过插入"不换行空格"符来实现。和插入"版权"符号一样,在"文本"选项卡中单击"不换行空格" ▲▾ 按钮,连续单击该按钮就是插入多个空格。

6. 网页文本的格式化

(1)编辑字体列表。单击"属性"面板中"字体",选中"编辑字体列表",如图 9-71 所示。在"可用字体"中,选中"黑体",单击添加按钮 «,则在"选择的字体"区域里显示"黑体",继续单击对话框左上角的 ➕ 按钮,这时在"字体列表"中已显示添加的字体。接下来把"宋体""华文彩云""华文隶书"等字体添加到"字体列表"中。如果想删除字体,可以选中"字体列表"栏里面的字体,单击删除按钮 ➖。

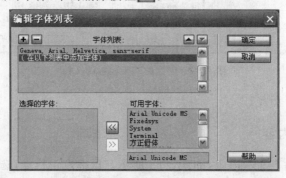

图 9-71 "编辑字体列表"对话框

（2）设置文本效果。选中第一个表格"我的第一个网页"，在属性栏中设置字体为"华文隶书"、大小为"30"像素、颜色为深蓝色"♯000066"、水平为"居中对齐"、背景颜色为"66FFFF"，如图 9-72 所示。

图 9-72　设置"我的第一个网页"文本属性栏

（3）选中第二个表格的"我的首页｜｜网页制作｜｜体育运动｜｜音乐欣赏｜｜我的图片｜｜校园生活"，在属性栏中设置字体为"宋体"、大小为"12 像素"、水平为"居中对齐"、背景颜色为"♯66FFFF"。

（4）按照上面的方法，把第三个表格和第四个表格的所有文本在属性栏中设置字体为"宋体"、大小为"12"像素、水平为"左对齐"。

（5）选中最后一个表格，在属性栏中设置字体为"宋体"、大小为"14"像素、水平为"居中对齐"、背景颜色为"♯66FFFF"。

7. 给网页文本设置超级链接

（1）新建一个网页，选中对话框的"常规"选项卡，在"类别"列表框中，选中"基本页"，在"基本页"选中"HTML"，单击"创建"按钮。打开新建网页后，在网页中输入文字"网页制作"，选择"文件/另存为"，弹出"另存为"对话框，选择路径 D:\web，在文件名文本框中输入文件名"wyzz.html"，单击"保存"按钮，这时就新建了文件名为"wyzz.html"的网页。

（2）打开"index.html"文件，选第二个表格的"网页制作"，在"属性"栏中的"链接"右侧的文本框中输入"wyzz.html"，链接 wyzz.html，或者单击"浏览文件"按钮，弹出"选择文件"对话框，选择"wyzz.html"文件，单击"确定"按钮，为"网页制作"文本已建立超链接。

（3）在"页面属性"对话框中设置链接属性。选择"属性"栏的"页面属性"按钮页面属性...，弹出"页面属性"对话框，在"分类"列表框中选择"链接"，设置大小为"12 像素"、链接颜色为"♯000000"、变换图像链接为"♯999999"、下划线样式为"始终无下划线"，如图 9-73 所示。

（4）在"页面属性"对话框中设置网页的"标题/编码"。在"页面属性"对话框中的"分类"列表框中选择"标题/编码"，在"标题"中输入"我的第一个网页"，单击"确定"按钮。

（5）把表格"居中"对齐。把鼠标移到大表格的外框位置，鼠标下面出现表格提示，单击选中表格，此时外框表格为选中状态，然后在"属性"栏中选择对齐为"居中对齐"。

注：使用"页面属性"对话框可以设置网页整体效果。选择"修改/页面属性"命令，快捷键是 Ctrl＋J，或者在未选择页面中任何内容的前提下单击属性栏的"页面属性"按钮，打开"页面属性"对话框后，除了在上文中设置的"链接"、"标题/编码"外，还可以设置网页的外观、标题、跟踪图像。

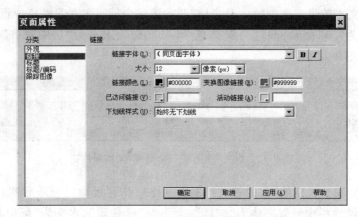

图 9-73 "页面属性"对话框

8. 浏览网页

（1）按快捷键 F12。

（2）单击"在浏览器中预览/调试"按钮 ⊕。

（3）浏览 index.html 网页，查看链接情况。

【实验作业】

根据前面学习的知识，创建一个主页和一个网页，按下列要求完成。

（1）在 D 盘新建一个站点。

（2）用网页模板新建两个网页，网页内容为两段文字，版面编排自定，按网页文档内容对段落进行格式化设置（字体、字号、颜色等）。

（3）在原有文字页面的基础上，在合适的位置添加图片。

（4）为其中一个网页创建链接，链接到另一个页。

（5）在页面的下方插入版权信息、日期等。页面主内容与版权信息相符。

（6）保存和浏览网页。

实验九　Dreamweaver 网页制作软件（二）

【实验目的】

（1）掌握网页中插入表格、表格编辑和使用表格布局网页元素的方法。

（2）掌握网页结构的布局、编排、设计方法。

（3）掌握网页中插入媒体 Flash 动画和插件的方法。

（4）熟练掌握网站的链接方法。

（5）能熟练创建一个简单的网页。

【实验准备】

（1）复习 Dreamweaver 8 的基本操作方法。

（2）预习制作简单的图文混排页面的方法。

【实验内容和步骤】

制作标题为"大学计算机基础"的网页，如图 9-74 所示。

图 9-74 "大学计算机基础"站点

【操作提示】

1. 创建本地站点

（1）首先在 D 盘上新建一个文件夹，例如，建立 D:\web1 文件夹，用于存放所有站点的所有文件。在 web1 文件夹里新建 image1 文件夹，存储网站所有的图片文件，如 D:\web1\image1。

（2）通过"开始/程序/Macromedia/Macromedia Dreamweaver 8"，或双击桌面上相应的快捷方式来启动 Dreamweaver 8。

（3）执行"站点/新建站点"菜单命令，打开"未命名站点 1 的站点定义为"对话框，选择"高级"选项卡，在"分类"列表的"本地信息"项右侧的"站点名称"文本框中输入"大学计算机基础课程"。

（4）在"本地根文件夹"文本框中输入"D：\web1"，或单击右侧的按钮，打开"选择站点…"对话框，选择 D 盘的web1 文件夹，单击"确定"按钮。

（5）在"默认图像文件夹"文本框中输入"D：\web1\image1"，或单击右侧的按钮，查找 D 盘的 web1 文件夹里的 image1 文件夹，单击"确定"按钮，完成网站定义。此时，"文件"面板中可看见所创建的网站，如图 9-75 所示。

图 9-75　"大学计算机基础课程"站点

2. 用表格布局网页

在 Dreamweaver 8 中，为了方便合理地使用表格，系统一共提供了三种模式：标准模式、扩展表格模式、布局模式。第一个实验"我的第一个网页"，表格的绘制就是在标准模式下进行的。扩展模式是标准模式的延伸，是为了方便制作网页时对表格进行编辑而设计的。布局模式则是为了方便网页布局而设计的。

（1）新建网页。选择"文件/新建"菜单命令，打开"新建文档"对话框，选中对话框的"常规"选项卡，在"类别"列表框中，选中"基本页"，在"基本页"选中 HTML。单击"创建"按钮。选择"文件/另存为"，在打开的"另存为"对话框的"文件名"文本框中输入文件名index. html，单击"保存"按钮，新建了文件名为 index. html 的网页。

（2）在网页中插入表格。通过"插入/表格"命令，或者在"布局"选项中单击表格按钮布局▼　　　▦，弹出"表格"对话框，在"表格大小"列表框中设置行数为"5"、列数为"1"，表格宽度为"780"像素，边框粗细为"0"，单击"确定"按钮，如图 9-76 所示。返回到网页后，表格处于选中状态，在表格属性中设置对齐为"居中对齐"。

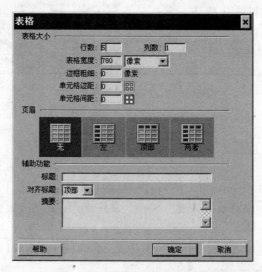

图 9-76　设置"表格"对话框

（3）把插入点置于第一个表格，选择"插入/图像"命令插入标题图片（图片的宽度为

　　　　　　　　　　　　大学计算机基础教程

780 像素,保存在 D:\web1\image1 文件夹中),或者把站点的 image1 文件夹里的图片直接拖曳到表格中。

(4) 在第二个表格中插入导航栏的图片(图片的宽度为 780 像素,保存在 D:\web1\image1 文件夹中),插入方法同上。

(5) 把插入点置于第三个表格,右击选择"表格/拆分单元格",弹出"拆分单元格"对话框,把单元格拆分为 2 列,单击"确定"按钮。在右侧单元格插入文本内容,在属性栏中设置字体为"宋体"、大小"12"像素、颜色为"黑色"。

(6) 把插入点置于第四个表格,在表格中输入文本内容,并设置字体为"宋体"、大小"12"像素、颜色为"黑色",文本标题选择"粗体"按钮 **B** 。

(7) 把插入点置于最后一个表格,在表格属性的背景文本栏中输入背景图片的路径 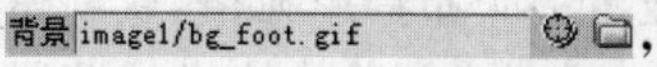
背景 image1/bg_foot.gif ，或者选择"单元格背景 URL"按钮来插入背景图片(图片高 24 像素、宽 780 像素,并且保存在 D:\web1\image1 文件夹中)。并插入版权符、插入日期,输入文本"版权所有 信息学院",设置属性为字体"宋体"、大小"12"像素、颜色为"白色"、对齐方式"居中对齐"。

注:在网页中插入表格、单元格,如果感觉菜单操作麻烦,可以单击鼠标右键,在"表格"中可以设置插入、删除、合并单元格等命令。

3. 添加 Flash 动画

创建 Flash 动画,宽、高 170,把 Flash 动画存放到"D:\web1\image1"文件夹中。

(1) 把插入点置于左侧单元格选择"插入/媒体/Flash"命令,在弹出对话框中找到 Flash 文件,单击"确定"按钮。在弹出的"对象标签辅助功能属性"对话框中单击"确定"按钮。这时在单元格中插入了 Flash 图标。也可以直接在站点的文件夹中把 Flash 文件拖动到单元格中。插入 Flash 动画后,拖动单元格调整单元格的大小。

(2) 单击 Flash 动画,在属性栏中,可以直接单击"播放"按钮 ▷ 播放 ,观看动画效果,还可以设置其他属性。

4. 用"布局模式"在网页中布局表格

在 D:\web1 文件夹下创建新网页,名称为"kcjs.html"。

(1) 要使用布局模式进行页面设计,必须从"标准"模式切换到"布局"模式,在工具栏的"布局"选项卡中,单击"布局"按钮进行切换,如图 9-77 所示。在页面中添加布局单元,这些单元能够完成设计页面布局。

布局 ▼ 　　　　标准 | 扩展 | 布局 　　

图 9-77 用"布局模式"插入表格

(2) 创建布局表格。打开新建的 kcjs.html 文件,在"布局"选项卡中单击"布局表格"按钮 ,鼠标指针会变为"十"字形,按住鼠标左键在"文档"窗口中进行拖动,当绘制出大小合适的单元格时,释放鼠标即可。这时,页面中将出现带有绿色边框的表格,如图 9-78 所示。在属性栏中的宽输入"780"。

图 9-78　布局表格

（3）创建布局单元格。在"布局"选项卡中，单击"布局单元格"按钮 ▤，鼠标指针会变为"十"字形，按住鼠标左键在刚刚绘制的"表格"中进行拖动。单元格的默认颜色为蓝色。布局表格不能存放在布局表格之外，在一个布局表格中可以放置多个布局单元格，或创建多个布局表格。我们插入两个单元格，在第一个单元格中，输入文本"大学计算机基础课程介绍"。

注：调整布局单元格和表格尺寸时，首先要选中该单元格或表格，然后将鼠标移动到边角控制点，根据箭头方向调整大小，并且布局单元格边界不能超出它所在的布局表格。

5. 创建图形热点链接

（1）打开 index. html 文件，使用"图形热点链接"把导航文字分别链接到不同的网页上，选中"首页|课程介绍|教学大纲…"导航图片。

（2）打开导航栏的"属性"面板，单击其中的"矩形热点工具"按钮 ▢，在导航栏上的"课程介绍"上拖动鼠标，绘制出的矩形热点如图 9-79 所示。

图 9-79　绘制的矩形热点

（3）单击"属性"栏中"链接"右侧的"浏览文件"按钮 🗁，在弹出的对话框中查找到"kcjs. html"文件，单击"确定"按钮，如图 9-80 所示。

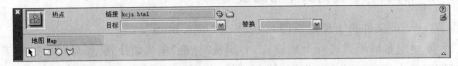

图 9-80　"属性"面板

（4）最后，在"页面属性"中设置标题为"大学计算机基础"。

（5）按快捷键 F12 测试并浏览网页。

【实验作业】

创建一个主页和一个网页，按下列要求完成。

（1）网页题目自拟，使用布局模式和标准模式分别布局页面。

————————大学计算机基础教程

(2) 版面编排自定,按网页文档内容对段落进行格式化设置(字体、字号、颜色等)。

(3) 在网页插入多媒体元素、图片等。

(4) 使用两种以上链接方法链接网页。

实验十　SQL Server 数据库管理系统(一)

【实验目的】

(1) 熟悉 SQL Server 2000 服务管理器的启动方法。

(2) 掌握用企业管理器和 Transact-SQL 语句创建和编辑数据库的方法。

(3) 掌握利用企业管理器和 Transact-SQL 语句创建表、修改表以及删除表。

(4) 掌握创建数据库关系图的方法。

【实验准备】

(1) 了解 SQL Server 2000 服务管理器。

(2) 掌握 SQL Server 2000 中数据库、数据表的相关操作。

【实验内容和步骤】

1. SQL Server 服务管理器的启动

(1) 通过"开始"菜单启动服务管理器。

(2) 设置在启动 OS 时自动启动 SQL Server 服务管理器。

【操作提示】

(1) 选择"开始/所有程序",在 Microsoft SQL Server 中选择"服务管理器"(如图 9-81(a)所示),打开"服务管理器"对话框(如图 9-81(b)所示)。单击 ▶ 按钮启动服务管

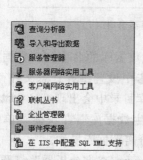

(a) Microsoft SQL Server 子菜单　　　　(b) "服务管理器"对话框

图 9-81　启动 SQL Server 服务管理器

理器。当服务管理器启动后,任务栏的右侧会出现图标 。

(2)在"服务管理器"对话框中选择"当启动 OS 时自动启动服务(A)"复选框。

2. 数据库的创建与管理

(1) 在 D 盘新建文件夹,以 SQL 命名。建立"学生选课"数据库,并将数据库文件和事务日志文件保存在 D:\SQL 文件夹中。

(2) 将"学生选课"数据库分离出来。

(3) 使用 Transact-SQL 语句创建"图书借阅"数据库,保存在 D:\SQL 文件夹中,大小为 10MB,最大为 50MB,增长率为 5MB。

(4) 使用 Transact-SQL 语句打开"图书借阅"数据库,查看数据库的属性,最后删除"图书借阅"数据库。

(5) 将之前分离出来的"学生选课"数据库重新附加。

【操作提示】

(1) 选择"开始/所有程序/Microsoft SQL Server/企业管理器",打开 SQL Server 企业管理器。单击企业管理器窗口左侧窗格中的"+"号打开本地服务项目菜单,右击"数据库",会出现数据库的快捷菜单,如图 9-82 所示。单击"新建数据库"命令,出现"数据库属性"对话框,如图 9-83 所示。

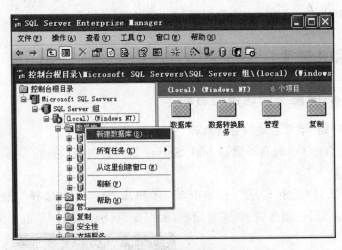

图 9-82　企业管理器窗口

在"数据库属性"对话框"常规"选项卡中设置数据库的名称,在"数据文件"中设置数据文件存放位置和文件属性,在"事务日志"选项卡中设置事务日志文件存放位置和文件属性。设置完成后单击"确定"按钮,此时在数据库目录中会出现 学生选课 数据库。

(2) 在企业管理器窗口左侧窗格中右击"学生数据库",在快捷菜单中选择"所有任务/分离数据库(H)…",通过打开的对话框进行分离数据库操作。

(3) 选择"开始/所有程序/Microsoft SQL Server/查询分析器",打开"查询分析器窗口",并弹出"连接到 SQL Server"对话框,按如图 9-84 所示进行设置,连接到 SQL Server。

——————— 大学计算机基础教程

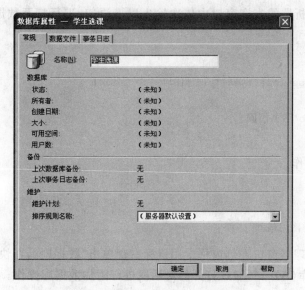

图 9-83 "数据库属性"对话框

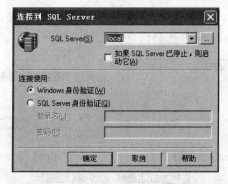

图 9-84 "连接到 SQL Server"对话框

在查询分析器的查询窗口中输入如图 9-85 所示的内容,来创建"图书借阅"数据库。

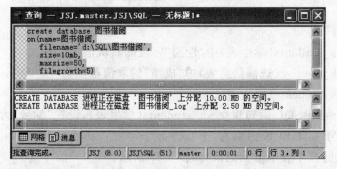

图 9-85 用 Transact-SQL 语句创建"图书借阅"数据库

注:当语句输入完成后,单击工具栏中的 ✓(分析查询)按钮对 SQL 语句进行分析,若没有出现错误提示时,单击 ▶(执行查询)按钮来执行查询语句。

（4）在查询分析器的查询窗口中依次输入以下语句，进行打开数据库和查看数据库属性的操作。

```
use 图书借阅
select databasepropertyex('图书借阅','collation')
go
exec sp_helpdb'图书借阅'
go
```

删除数据库操作：

```
use master
go
drop database 图书借阅
```

（5）在企业管理器窗口左侧窗格中用鼠标右键单击"数据库"，在快捷菜单中选择"所有任务/附加数据库（A）…"，通过打开的对话框进行附加数据库操作。

3. 数据库表的创建与管理

（1）使用企业管理器，在"学生选课"数据库中建立以下表：xk_students（学生表）、xk_course（课程表）、xk_ elective（选修信息表），如图 9-86 所示。

列名	数据类型	长度	允许空
学号	char	6	
姓名	char	10	✓
性别	char	2	
专业	char	20	✓
总学分	tinyint	1	✓
籍贯	char	20	✓

(a) xk_students(学生表)

列名	数据类型	长度	允许空
课程号	char	3	
课程名	char	18	
开课学期	tinyint	1	✓
学时	tinyint	1	✓
学分	tinyint	1	✓
授课教师	char	8	✓

(b) xk_ course(课程表)

列名	数据类型	长度	允许空
学号	char	6	
课程号	char	3	
成绩	tinyint	1	✓

(c) xk_elective(选修信息表)

图 9-86　数据表结构

（2）设置 xk_students（学生表）中"性别"字段的默认值为"男"。

（3）设置 xk_elective（选修信息表）中"成绩"的取值范围为 0～100。

（4）删除 xk_students（学生表）。

（5）用 Transact-SQL 语句建立 xk_students（学生表），设置"学号"为主键，"性别"字段的默认值为"男"，CHECK 约束为"男"或"女"。

（6）在建立的三个表中输入记录，如图 9-87 所示。

【操作提示】

（1）在企业管理器窗口左侧窗格中单击"学生选课"数据库前面的"＋"，展开数据库目录，右击目录中的"表"，在快捷菜单中选择"新建表（B）…"命令打开新建表对话框。按

学号	姓名	性别	专业	总学分	籍贯
001	王丹	女	土木	37	<NULL>
002	刘明	男	力学	36	<NULL>
003	李宁	男	土木	30	<NULL>
004	张丽	女	测绘	32	<NULL>
005	张林	男	土木	26	<NULL>
006	赵园	男	力学	35	<NULL>

(a) xk_students(学生表)

学号	课程号	成绩
001	101	65
001	102	70
002	101	85
002	103	50
003	102	78
004	104	89

(b) xk_elective(选修信息表)

课程号	课程名	开课学期	学时	学分	授课教师
101	c语言	2	36	2	李铭
102	数据库	3	24	3	刘鹏
103	计算机文化基础	1	36	2	王宇
104	CAD	4	40	4	孙涛

(c) xk_course(课程表)

图 9-87　数据库表中的记录

照如图 9-88 所示建立 xk_students(学生表)，图中🔑图标表示主键，它是通过右击列名"学号"并在快捷菜单中选择"设置主键(Y)"命令来设置的。如图设置完成后，单击🖫按钮，弹出"选择表名"对话框(如图 9-89 所示)，输入表名后单击"确定"按钮。用同样的方法建立另两个表。

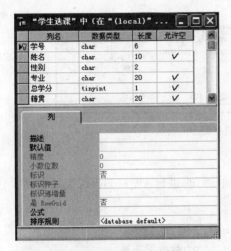

图 9-88　"新建表"对话框

图 9-89　"选择表名"对话框

（2）在企业管理器中，展开"学生选课"数据库的表目录，右击"xk_students"表，在打开的快捷菜单中选择"设计表(S)"，打开设计表对话框，如图 9-90 所示，设置"性别"的默认值。

（3）在"学生选课"数据库的表目录右击"xk_elective"表，在打开的快捷菜单中选择"设计表(S)"，在设计表对话框中右键单击"成绩"列名，在打开的快捷菜单中选择 CHECK 约束(H)…命令，弹出"属性"对话框，选择"CHECK 约束"选项卡，如图 9-91 所示。设置完成后，往表中输入数据时，如果输入的成绩不在设置的范围内时，程序会显示如图 9-92 所示的错误信息，提示出错。

（4）在"学生选课"数据库的表目录右击 xk_students 表，在打开的快捷菜单中选择"删除(D)"命令，在弹出的"除去对象"对话框中选择表，单击"全部除去(D)"按钮，完成删

图 9-90 在设计表中设置默认值

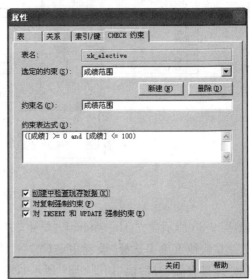
图 9-91 CHECK 约束的设置

图 9-92 错误信息提示

除操作。

(5) 打开查询分析器,在查询窗口中输入以下语句,进行 xk_students 表的建立操作:

```
use 学生选课
create table xk_students(学号 char(6) primary key, 姓名 char(10),
性别 char(2) default '男' not null, constraint c1 check(性别
in ('男','女')), 专业 char(20), 总学分 tinyint, 籍贯 char(20))
```

(6) 打开企业管理器,在左侧的目录窗格中展开"学生选课"数据库,打开其中"表"目录。右击 xk_students 表,在快捷菜单中选择"打开表/返回所有行(A)…"命令,然后参照图 9-87 所示在打开的对话框中输入数据。用同样的方法完成 xk_course 表和 xk_elective 表中的数据输入。

4. 数据库关系图的建立

在"学生选课"数据库中对 xk_students(学生表)、xk_course(课程表)、xk_elective(选修信息表)建立关系图,如图 9-93 所示。

【操作提示】打开企业管理器,在左侧的目录窗格中展开"学生选课"数据库,右击目录中的"关系图",在弹出的快捷菜单中选择"新建数据库关系图",通过"创建数据库关系图向导"对话框将三个表添加到关系图中。在打开的新关系表窗口中显示三个表的结构。首先选中窗口中 xk_students 表的"学号"前 🔑 图标按住鼠标左键拖曳到 xk_ elective 表中的"学号"前 🔑 图标的位置,这时会出现一条关系连线,并打开"创建关系"对话框(如图 9-94 所示),单击"确定"按钮,完成关系的创建。用同样的方法创建 xk_ course 表和 xk_ elective 表之间的关系。

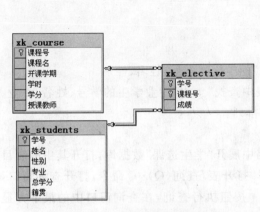

图 9-93 "学生选课"数据库关系图   图 9-94 "创建关系"对话框

【实验作业】

1. 自行设计图书借阅数据库,并设计数据库中读者信息表、图书信息表、借阅情况表的结构。

2. 按照设计方案使用企业管理器和 Transact-SQL 语句创建数据库和表,并输入表的数据。

3. 为图书借阅数据库创建关系图。

实验十一　SQL Server 数据库管理系统(二)

【实验目的】

(1) 掌握用企业管理器查询的方法。

(2) 掌握使用 SQL 语句查询数据。

(3) 掌握视图的创建方法。

【实验准备】

（1）预习企业管理器查询、索引、视图的创建。

（2）掌握 SQL 语句查询数据的格式。

【实验内容和步骤】

1. 使用企业管理器查询数据

（1）在 xk_students 表中查找性别为"男"的学生的学号、姓名、性别。

（2）在 xk_students 表和 xk_elective 表中查找"土木"专业学生的学号、姓名、专业、成绩、课程号，并将查询结果按照成绩的降序排列。

【操作提示】

（1）打开企业管理器，在左侧的目录窗格中展开"学生选课"数据库，打开其中的表目录。右击 xk_students 表，在快捷菜单中选择"打开表/查询(Q)…"命令，打开查询窗口，然后按照如图 9-95 所示进行设置，最后单击 ! 按钮执行查询，在查询窗口中的最下方显示查询数据，如图 9-96 所示。

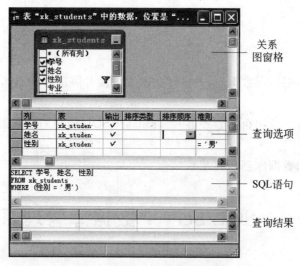

图 9-95　企业管理器查询窗口

（2）打开企业管理器，在左侧的目录窗格中展开"学生选课"数据库，打开其中的表目录。右击 xk_students 表，在弹出的快捷菜单中选择"打开表/查询(Q)…"命令，打开查询窗口，右击数据表窗格的空白处，选择快捷菜单中的"添加表(B)…"命令，将 xk_elective 表添加进来。然后按照如图 9-97 所示进行设置，并出现图中的运行结果。

学号	姓名	性别
002	刘明	男
003	李宁	男
005	张林	男
006	赵园	男
*		

图 9-96　查询结果

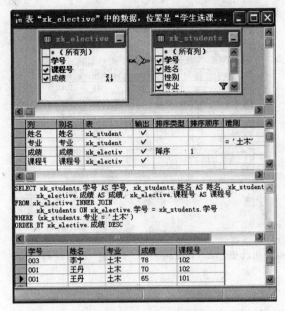

图 9-97　多表查询

2. SQL 语句的简单查询

(1) 查看 xk_students 表中的所有记录。

(2) 查询 xk_students 表中男生的姓名和专业,并按总学分降序排列。

(3) 查询 xk_course 表中的课程号、课程名、学时,并将课程号和课程名放入"课程"列中,并加入说明文字,将学时放入到"学时数"列中。

(4) 查询 xk_students 表中测绘专业的女同学。

(5) 查询 xk_course 表中学分在 3 到 4 之间的课程。

(6) 查询 xk_students 表中土木和力学专业的学生。

(7) 查询 xk_students 表中姓"李"的学生。

(8) 查询 xk_students 表中各专业学分的最高分、最低分和平均分。

【操作提示】

(1) 使用 SQL 语句进行查询。首先打开查询分析器,在查询窗口中输入查询语句,单击工具栏中的 ✓ (分析查询)按钮对 SQL 语句进行分析,若没有出现错误提示,单击 ▶ (执行查询)按钮执行查询语句,查询结果如图 9-98 所示。

(2) 查询语句:

```
select 姓名,学号,总学分　from xk_students　where 性别='男'order by 总学分 desc
```

(3) 查询语句:

```
select '课程:'+课程号+','+课程名 as '课程',学时 as '学时数'
from xk_course
```

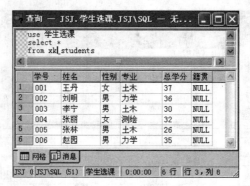

图 9-98　简单查询

（4）查询语句：

select * from xk_students where 专业='测绘' and 性别='女'

（5）查询语句：

select * from xk_course where 学分 between 3 and 4

（6）查询语句：

select * from xk_students where 专业 in('土木','力学')

（7）查询语句：

select * from xk_students where 姓名 like '李%'

（8）查询语句：

select 专业,max(总学分)as'最高分',min(总学分)as'最低分',avg(总学分)as'平均分'
from xk_students group by 专业

3. SQL 语句的连接查询和嵌套查询

（1）在学生选课数据库 xk_students 表和 xk_ elective 表中内连接查询所有学生的学号、姓名、课程号及成绩。

（2）查询选修 C 语言课程的学生的学号和姓名。

（3）查询学生选修数据库课程成绩高于王丹的学生的学号和成绩。

【操作提示】

（1）首先打开查询分析器,在查询窗口中输入查询语句:

```
use 学生选课
select xk_students.学号,xk_students.姓名,xk_elective.课程号,xk_elective.成绩
from xk_students inner join xk_elective
on xk_students.学号=xk_elective.学号
```

（2）查询语句：

```
use 学生选课
select 学号,姓名 from xk_studentswhere 学号
in(select 学号   from xk_elective where 课程号
in(select 课程号 from xk_course where 课程名='C语言'))
```

(3) 查询语句:

```
select 学号,成绩 from  xk_elective
where 课程号=(select 课程号 from xk_course where 课程名='数据库')
and 成绩>(select 成绩 from xk_elective
where 课程号=(select 课程号 from xk_course where 课程名='数据库')
and 学号=(select 学号 from xk_students  where 姓名='王丹'))
```

4. 视图的创建与编辑

(1) 使用企业管理器在学生选课数据库中建立名为"xk1"的视图,在视图中查看 xk_course 表、xk_elective 表中选修"数据库"课程的课程号、课程名、学号及成绩,并按照成绩降序排列。

(2) 在企业管理器中编辑视图 xk1,在视图中增加"学时"列,保存后查看视图。

(3) 使用 SQL 语句在学生选课数据库中创建视图 xk2,在视图中查看每个学生的姓名、专业以及选修的课程。

【操作提示】

(1) 打开企业管理器,在左侧的目录窗格中展开学生选课数据库,右击目录中的"视图",在快捷菜单中选择"新建视图(V)…"命令,打开新建视图对话框。这个视图窗口与查询窗口的操作类似,首先在"关系图窗格"中右击,在弹出的快捷菜单中选择"添加表…"命令,将 xk_course 表、xk_elective 表添加进来,然后在"查询选项"窗格中按题意设置查询条件和排序方式,如图 9-99 所示,最后单击 ! 按钮执行查询,在查询窗口中的最下方。单击 按钮保存视图。

(2) 打开企业管理器,在左侧的目录窗格中展开"学生选课"数据库,打开其中"视图"目录。在视图目录中右击 xk1,在弹出的快捷菜单中选择"设计视图(S)…"命令编辑视图,选择"打开视图/返回所有行(A)"来查看视图。

(3) 首先打开查询分析器,在查询窗口中输入查询语句:

```
use 学生选课
go
create view xk2
as
select 姓名,专业,课程名 from xk_students,xk_course,xk_elective where xk_students.学号=xk_elective.学号 and  xk_elective.课程号=xk_course.课程号
```

单击工具栏中的 ✔(分析查询)按钮对 SQL 语句进行分析,若没有出现错误提示,单击 ▶(执行查询)按钮执行视图的创建。查看视图的 SQL 语句为:

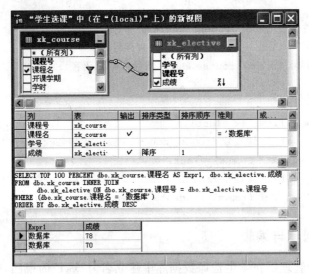

图 9-99　创建视图

```
select * from xk2
```

【实验作业】

1. 在学生选课数据库中,分别使用企业管理器和 SQL 语句完成以下查询:

(1) 查询 xk_students 表中土木专业总学分大于 25 的男同学的学号、姓名、专业及总学分,按照总学分降序排列。

(2) 查询 xk_course 表中开课学期在 2～4 学期的课程。

(3) 查询 xk_students 表中姓刘的同学的学号、姓名和专业。

(4) 查询 xk_students 表中男生、女生的最高分、最低分和平均分。

(5) 查询选修课程号"101"的学生成绩低于"刘明"的学号和成绩。

2. 在学生选课数据库中,分别使用企业管理器和 T-SQL 语言创建一个视图,视图名称自定义,在视图中体现每个学生的学号、姓名、专业、选修课程及成绩。

实验十二　Internet 基本应用

【实验目的】

(1) 掌握 IE 浏览器的使用。

(2) 掌握使用网络查找资料的方法。

【实验准备】

(1) 了解互联网的相关知识。

(2) 熟悉 IE 浏览器的基本使用。

【实验内容和步骤】

1. 网络连接协议的设置

(1) 查看当前计算机的本地连接状态和 TCP/IP 属性,设置本地连接"连接后在通知区域显示图标"。

(2) 设置 Windows 防火墙的开启和关闭。

【操作提示】

(1) 选择"开始/控制面板"命令,打开"控制面板"窗口,单击"网络和 Internet 连接"图标,在打开的窗口中单击"网络连接"图标打开网络连接窗口。双击窗口中的本地连接 按钮打开"本地连接 状态"对话框,如图 9-100(a)所示,在该对话框中能查看本地连接的状态。

单击对话框中的"属性"按钮,打开"本地连接 属性"对话框,在"常规"选项卡中选择"Internet 协议(TCP/IP)"项,如图 9-100(b)所示,单击"属性"按钮,即可在打开的对话框中查看 IP 地址和 DNS 服务器地址。在"本地连接 属性"对话框下方可设置本地连接"连接后在通知区域显示图标"。

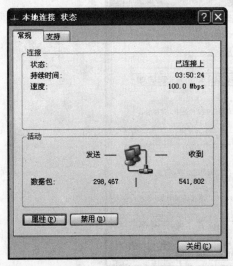
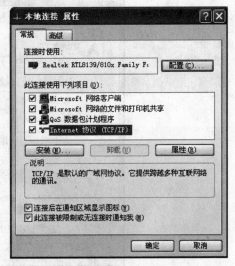

(a) "本地连接 状态"对话框   (b) "本地连接 属性"对话框

图 9-100　本地连接相关设置

(2) 打开"本地连接 属性"对话框,在"高级"选项卡中单击"设置"按钮打开"Windows

防火墙"对话框,在此进行防火墙的启用和关闭的设置。

2. IE 浏览器的基本使用

(1) 浏览网页打开 www.163.com,将网页首页左上角的"网易"图片保存到 D 盘的新建文件夹中。单击网页中的一篇新闻,将新闻网页保存到新建文件夹中。

(2) 设置 www.163.com 为 IE 浏览器的主页。

(3) 打开网页 www.sohu.com,将该网页添加到收藏夹中。

(4) 设置 IE 浏览器的脱机工作状态,删除 IE 中的历史记录。

【操作提示】

(1) 双击桌面上的 ![icon] 图标打开 IE 浏览器。在 IE 地址栏中输入网易主页的网址:www.163.com,然后按 Enter 键,打开网易主页。右击主页上方的"网易"图片,在打开的快捷菜单中选择"图片另存为(S)…"命令,将图片保存在 D 盘的新建文件夹中。在网页的新闻版块中单击一则新闻的链接,打开这则新闻,单击"文件"菜单中"另存为(A)…"命令打开"保存网页"对话框,在保存类型中选择"网页,仅 HTML(*.htm;*.html)"类型,将网页保存到 D 盘的新建文件夹中。

注:通过网页上的导航条和超链接打开网页,使用鼠标滚轮可以上下滚动显示网页的全部内容,按键盘的上、下光标键也可以实现翻页。上下拖动窗口右侧滚动条上的滑块也可以进行翻页。

(2) 单击"工具/Internet 选项"命令,打开"Internet 选项"对话框。在"常规"选项卡的"主页"设置区中的地址框中输入网址 www.163.com,如图 9-101 所示。

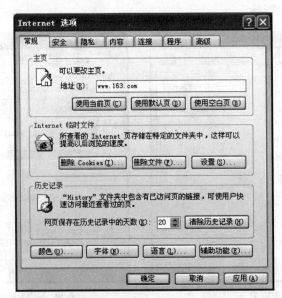

图 9-101 "Internet 选项"对话框

(3) 打开 IE 浏览器。在 IE 地址栏中输入网址:www.sohu.com,然后按回车键,打开搜狐主页。选择"收藏/添加到收藏夹",打开"添加到收藏夹"对话框,如图 9-102 所示,选择"允许脱机使用"后单击"确定"按钮,完成对收藏的操作。

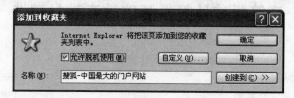

图 9-102 "添加到收藏夹"对话框

(4) 单击"文件/脱机工作"命令,在此选项前出现"√"符号,表明当前浏览器工作在"脱机浏览"方式下。在 IE 地址栏中输入网址:www.sohu.com,然后按 Enter 键,观察浏览器窗口右上角的 IE 标志,停止转动表明现在 IE 浏览区处于在"脱机工作"方式,获得的网页内容是从本地机上来的。单击"工具/Internet 选项"命令打开"Internet 选项"对话框,如图 9-101 所示。选择"历史记录"中的选择要删除记录的天数后单击"清除历史记录"按钮,可以完成对历史记录的删除。

3. 利用网络查找资料

(1) 在百度搜索引擎中查找"全国计算机等级考试"的相关内容。

(2) 学习在"中国知网"中搜索期刊。

【操作提示】

(1) 首先打开 IE 浏览器,然后在 IE 地址栏中输入 http://www.baidu.com,按 Enter 键进入百度搜索引擎界面。然后在搜索内容文本框中输入关键字:"全国计算机等级考试",单击"百度一下"按钮进行搜索。搜索结果出现在浏览窗口中,其中可以看到"百度一下,找到相关网页约 7 390 000 篇,用时 0.001 秒",当前页面显示 10 条搜索记录。每一条搜索记录包含以下信息:标题、摘要、百度快照、相关信息。

注:标题实际上是一个超链接,单击它就可以直接跳转到相应的结果页面。摘要是一段有关页面内容的描述文字,内容中出现的关键字以红色显示。每个被收录的网页在百度上都存有一个纯文本的备份,称为"百度快照"。位于结果页面底部的"相关搜索"是其他用户相类似的搜索方式。

(2) 首先打开 IE 浏览器,然后在 IE 地址栏中输入 http://www.cnki.net,按 Enter 键进入中国知网首页。选择"学习教育"类中的"中国高等教育文献总库",在打开的窗口中搜索"计算机教学"的相关文章。

【实验作业】

1. 打开学校网站主页,并设置为 IE 浏览器的主页。

2. 利用百度搜索引擎搜索"沈阳故宫"的相关信息,将相关资料及图片保存到一篇 Word 文档中,保存到 D 盘,并以"沈阳故宫.doc"命名。

3. 在"中国知网"中搜索"高校教育"相关的文章,并复制 10 篇文章的摘要保存到一篇 Word 文档中,保存到 D 盘,并以"高校教育摘要.doc"命名。

高等学校计算机基础教育教材精选